INGRID WALTHER

MADAME BEAUMARIE

und der Winter in der Provence

INGRID WALTHER

MADAME BEAUMARIE

und der Winter in der Provence

KRIMINALROMAN

GMEINER

Immer informiert

Spannung pur – mit unserem Newsletter informieren wir Sie regelmäßig über Wissenswertes aus unserer Bücherwelt.

Gefällt mir!

Facebook: @Gmeiner.Verlag
Instagram: @gmeinerverlag
Twitter: @GmeinerVerlag

MIX
Papier | Fördert gute Waldnutzung
FSC® C083411

Besuchen Sie uns im Internet:
www.gmeiner-verlag.de

Im Ehnried 5, 88605 Meßkirch
Telefon 07575/2095-0
info@gmeiner-verlag.de

2. Auflage 2022

Lektorat: Claudia Senghaas, Kirchardt
Herstellung: Mirjam Hecht
Umschlaggestaltung: U.O.R.G. Lutz Eberle, Stuttgart
unter Verwendung eines Fotos von: © Marina VN / shutterstock
Druck: CPI books GmbH, Leck
Printed in Germany
ISBN 978-3-8392-0280-7

Sämtliche Personen in diesem Roman sind frei erfunden. Jede Ähnlichkeit mit lebenden Personen ist rein zufällig. Von den Schauplätzen des Romans sind einige der Fantasie der Autorin entsprungen, andere sind ganz real. Es bleibt den Lesern und Leserinnen überlassen, den Unterschied herauszufinden.

TEIL 1
ADVENTZAUBER

1

»Das Kaufhaus *Bon Marché* in Paris ist das älteste und beste Kaufhaus der Welt!«

Diesen Satz hatte Florence Beaumarie ihre Tante Odette im Laufe ihrer Kindheit wohl mehr als 100 Mal sagen hören. Ihre Großmutter väterlicherseits, die sie nicht mehr gekannt hatte, hatte in diesem Kaufhaus gearbeitet – und dann die Tante!

Jetzt war Florence selbst schon Großmutter. Vor gut einem halben Jahr war sie, eine hochangesehene Mitarbeiterin im Kommissariat des 5. Arrondissements in Paris, in Pension gegangen. Gelegenheit, mit ihrer Enkelin ins *Bon Marché* zu gehen, hatte sie aber noch keine gehabt. Florences Sohn Michel lebte in China, und ihre chinesische Schwiegertochter schien genauso wenig Lust auf eine Reise nach Europa zu haben wie sie auf eine Reise nach Asien.

Als Florence ein kleines Mädchen war, hatte sie ihre Tante Odette angehimmelt. So sehr, dass die eigene Mutter beinahe eifersüchtig geworden wäre. Die kinderlose Tante war im Kaufhaus *Bon Marché* ausgerechnet die Chefin der Abteilung für Kindermoden gewesen. Das war auch der Grund, weshalb Florence zweimal im Jahr an der Hand ihrer Mutter in dieses glitzernde Märchenschloss spazierte, um Tante Odette zu besuchen, welche die schönste und gepflegteste Dame war, die sie kannte. Wie sie mit ihren eleganten, blassen Händen die entzückendsten – und für Florences Mutter unerschwinglichen – Kleidchen auf eine unnachahmliche Weise faltete und in gläserne Schaukästen legte, hatte die kleine Florence jedes Mal tief beeindruckt. Dass die anderen Angestellten der Kinderabteilung von ihrer Chefin jedoch alles andere als angetan waren, hatte sie dabei nicht mitbekommen. Florence hatte bereits mit ihrer Tätigkeit im Polizeikommissariat begonnen, als sie erfuhr, dass Tante Odette von heute auf morgen ihren Job aufgegeben hatte, aus Gesundheitsgründen, wie sie der Familie mitteilte. Ein paar Wochen später hatte allerdings eine der Mitarbeiterinnen, und gleichzeitig eine Kundin im Blumengeschäft von Florences Mutter, ganz etwas anderes zu berichten gewusst. Seit Jahren hatten sich regelmäßig die Untergebenen der Tante an oberster Stelle über deren tyrannische und boshafte Art beschwert, und schließlich sei das Fass zum Überlaufen gekommen und die Tante gekündigt worden. Sie hatte einem kleinen Mädchen, das es gewagt hatte, ein von ihr soeben sorgfältig zusammengefaltetes Kleidchen zu berühren, eine Ohrfeige verpasst.

Ach, Tante, dachte Florence jetzt, als sie an einem milden Vormittag im Dezember den kleinen Park vor dem *Bon Marché* durchquerte. Du hast es dir und deiner Umgebung mit deinem übertriebenen Ordnungssinn wirklich nicht leicht gemacht. Aus der bewunderten Tante war im Laufe der Jahrzehnte eine tyrannische Alte geworden, die insbesondere ihrem Onkel August das Leben schwer gemacht hatte. Was Tante Odette wohl heute zu diesem Konsumtempel sagen würde? Die früheren Abteilungen des Kaufhauses mit ihren hölzernen Ladentischen und den raumhohen Regalen samt verschiebbaren Leitern, in denen man von Nägeln und Putzeimern bis hin zu den großartigsten Ballroben alles kaufen konnte, waren von sogenannten luxuriösen *Department Stores* abgelöst worden, die hauptsächlich auf Schmuck, Kosmetik und Bekleidung in den allerhöchsten Preiskategorien spezialisiert waren.

Heutzutage falle wahrscheinlich sogar ich hier unangenehm auf, weil ich keine Sachen von *Dior* oder *Chanel* trage, überlegte Florence, während sie in einem gläsernen Lift in den dritten Stock des Kaufhauses hinauf schwebte und die Weihnachtsdekorationen betrachtete. Die waren aufwendig und raffiniert, besaßen jedoch nichts mehr vom Charme und Glanz des *Bon Marché* von anno dazumal. Hier würde sie wohl kaum ein Geschenk für ihren Freund Charles Florentin finden, der sie für die Weihnachtsfeiertage in sein Landhaus ins malerische Saignon in der Provence eingeladen hatte. Sie wusste noch nicht, ob sie diese Einladung annehmen sollte. Erst vorgestern Abend hatte er sie angerufen und ihr mitgeteilt, dass seine Tochter Chantal, eine Musikerin, über Weihnachten ein Engagement in Wien habe, und er sich über Florences Gesellschaft freuen würde. Florence hatte sich Bedenkzeit erbeten. Sie war sich noch immer nicht im Klaren über ihre Beziehung zu diesem attraktiven älteren Herrn aus Avignon, den sie erst vor knapp einem halben Jahr kennengelernt hatte. Es konnte jedenfalls nicht schaden, sich so nebenbei nach einem Geschenk für ihn umzuschauen.

Wenigstens die Abteilung für Papier- und Schreibwaren, die sie nun betrat, befand sich noch immer an ihrem alten Platz. Wie jedes Jahr hatte sich diese auch heuer wieder in eine glitzernde Welt mit endlosen Regalen voll mit Weihnachtskitsch und Christbaumschmuck verwandelt. Florence ging davon aus, dass sie hier keine ihrer Bekannten antreffen würde. Die würden sich ihre vorweihnachtliche Stimmung lieber bei den mit beweglichen Bildern ausgestatteten Auslagen der Kaufhäuser *Galerie Lafa-*

yette und *Printemps* abholen. Es wäre ihr auch ein wenig peinlich gewesen, ausgerechnet hier angetroffen zu werden. Der Besuch dieser Abteilung war ausschließlich ihrer Tante geschuldet, denn diese hatte hier im Dezember ihrer Maman alljährlich die neueste, mit weihnachtlichen Motiven bedruckte Stofftasche überreicht. Immerhin, diese Tradition der »Weihnachtstasche« hatte das Management bis heute beibehalten.

»Florence, was verschlägt denn dich ins *Bon Marché*?«

Florence, die gerade ihre Tasche bezahlte, erkannte die Stimme sofort. Dieser klangvolle Mezzosopran konnte nur zu Hélène Mordent, der Frau ihres ehemaligen Chefs gehören. Erstaunt drehte sie sich um.

»Was für eine Überraschung, Hélène«, antwortete sie, »warte bitte, ich bin sofort bei dir.«

Zehn Minuten später saßen die beiden Frauen rauchend und in ihre Wintermäntel gehüllt vor dem Café *Les Oiseaux* mit Blick auf das Kaufhaus. Florence, die bereits vor mehr als 20 Jahren das Rauchen aufgegeben hatte, machte jedes Mal eine Ausnahme, wenn sie mit Hélène zusammen war.

Nach einem kleinen Disput, den sie und Hélène einst miteinander hatten, hatte Florence ausnahmsweise eine Zigarette quasi als Friedenspfeife geraucht, und diesen Brauch hatten sie bei ihren selten stattfindenden Treffen beibehalten.

Warum sie denn so erstaunt gewesen sei, sie im *Bon Marché* anzutreffen, fragte Florence nun Hélène Mordent.

»Ehrlich gesagt, Florence, habe ich in diesem versnobten Konsumtempel wirklich nicht damit gerechnet, ausgerechnet dir zu begegnen. Hier verkehrt ja, abgesehen von einigen reichen Ausländern, nur die stockkonservative französische Bourgeoisie. Ich jedenfalls habe diese Art von Leuten, mit denen ich in meinem früheren Beruf als Sensalin viel zu tun hatte, seit meinem Rückzug ins Privatleben endgültig satt.«

»Aha und deshalb bist du ausgerechnet heute hier!«, antwortete Florence amüsiert. »Vielleicht hast du doch ein wenig Sehnsucht nach diesen Leuten?«

»Du hast mich erwischt, Florence«, antwortete Hélène mit gespielter Entrüstung. »Ich habe meine Gründe für den Ausflug in die Welt der Schönen und Reichen. Der erste ist politischer Natur, davon später. Der zweite allerdings pure Sentimentalität. Als Kind hat mich die Weihnachtsabteilung des *Bon Marché* immer sehr beglückt, und da wollte ich heute einmal kurz überprüfen, ob ich dieses Glücksgefühl noch nachempfinden kann.«

»Sie mal einer an, da haben wir ja etwas gemeinsam. Ich kann leider kein politisches Motiv für einen Besuch hier vorweisen. Die Familientradition und wohl auch etwas Sentimentalität haben mich heute hierher gebracht.«

Natürlich wollte Hélène nun mehr über diese Familientradition erfahren und so erzählte ihr Florence die Geschichte ihrer Tante Odette. Dabei blickte sie von Zeit zu Zeit verträumt zum Kaufhaus hinüber.

»Weißt du, Hélène«, meinte sie schließlich, »von hier aus sieht das *Bon Marché* so schön aus wie eh und je und man kann sich gar nicht vorstellen, dass jetzt im Inneren alles anders ist.«

Hélène Mordent seufzte.

»Genau, Florence. Die Zeiten haben sich eben geändert. Zur Zeit deiner Tante gab es noch recht passable Arbeitsbedingungen für die Angestellten des Kaufhauses.

Die Familie, die das Kaufhaus gegründet hat, hatte eine soziale und fortschrittliche Ader. Die Arbeitsbedingungen für die Näherinnen und Spitzenklöpplerinnen, die in den Werkstätten der Zulieferer arbeiteten, waren jedoch schlimm. Leider ist das heute überhaupt nicht besser. Mich haben in letzter Zeit Zeitungsartikel erschüttert, die von den Arbeitsbedingungen in der Textilindustrie berichten. Diese sind vielleicht noch katastrophaler als anno dazumal! Sogar Luxuslabels produzieren ihre Kleidung in Billiglohnländern! Ich sage dir, diese Waren werden mit dem Blut und den Tränen von Arbeitssklaven erzeugt!«

Den letzten Satz hatte sie mit einem für sie ungewöhnlichen Pathos gesprochen. Florence war erstaunt, aber bevor sie Hélène antworten konnte, fuhr diese fort.

»Weißt du, ich überlege allen Ernstes, eine Protestaktion zu starten, um auf diese Arbeitsbedingungen aufmerksam zu machen.« Jetzt sah sie Florence erwartungsvoll an.

»Du und Protestaktion, Hélène, das höre ich zum ersten Mal. Ich habe dich doch noch nie bei einer der Demos angetroffen, zu denen ich von Zeit zu Zeit gehe.«

»Da wirst du dich vielleicht noch wundern, Florence. Nur in der Welt herumreisen, reicht mir nicht. Du weißt doch, dass ich vorzeitig pensioniert wurde, weil unser Auktionshaus zugesperrt hat. Ordentlich abgefunden haben Sie mich ja. Jetzt will ich noch etwas Sinnvolles tun. Auf einer meiner letzten Reisen hat sich mein soziales Gewissen gemeldet. – Aber nun genug von mir. Sag mir lieber, was du zu Weihnachten vorhast.«

»Wenn ich das wüsste! Charles hat mich in sein Wochenendhaus in Saignon eingeladen! Ein bisschen spät, finde ich. Auf die Idee kam er nämlich erst, als er erfuhr, dass seine Tochter nicht mit ihm Weihnachten feiern würde.«

»Na und? Du weißt doch, wie die Männer sind! Nicht besonders großartig, wenn es darum geht, privat etwas zu planen. Wahrscheinlich ist ihm Weihnachten überhaupt erst eingefallen, als seine Tochter abgesagt hat. Der Mann hat Klasse, finde ich! Mich hat er wirklich beeindruckt, als ich ihn nach dem Gedenkkonzert für Lemercier kennengelernt habe.«

Florence hielt viel von Hélènes Urteil, und in Liebesangelegenheiten war sie vermutlich auch erfahrener als sie selbst. Während ihres Urlaubs in Avignon im letzten Sommer hatte Florence entscheidend zur Aufklärung des Mordes an dem berühmten Dirigenten Stephan Lemercier beigetragen, und zu dessen Gedenkkonzert in Paris waren sowohl Charles als auch Hélène und Honoré Mordent gekommen.

Florence wusste nicht, was sie Hélène antworten sollte. Nach diesem Konzert hatte sie mit Charles Florentin noch zwei bemerkenswert schöne Tage in Paris verbracht. Als er ihr aber nach seiner Abreise verliebte Briefe schrieb, hatte sie sich innerlich wieder zu distanzieren begonnen. Sie war sich über ihre Gefühle nicht im Klaren. Schuldgefühle, weil Charles durch sie im letzten Sommer in eine fürchterliche Lage geraten war, mischten sich mit einem seltsamen Gefühl der Sehnsucht nach ihm. Ihre persönliche Freiheit wollte sie bestimmt nicht aufgeben. Aber wäre das denn notwendig? Möglicherweise hatte sie so wie andere Frauen ihrer Generation eine etwas altmodische Vorstellung von der Beziehung zwischen Mann und Frau.

Hélène schien ihre Gedanken gelesen zu haben.

»Warum fährst du nicht einfach hin und quartierst dich, so wie im Sommer, in der Pension dieser Elena Gilbert ein? Dort hat es dir doch gefallen. Einen Mann wie Charles

Florentin darf man sich nicht so einfach entgehen lassen. Ich hatte den Eindruck, dass er dir ohnedies aus der Hand frisst. Gestalte eure Beziehung zu deinen Bedingungen. Du bist eine so ungewöhnlich scharfsinnige Ermittlerin, Florence, aber was Männer betrifft, hast du noch einiges dazuzulernen.«

Florence musste lächeln. Hélène hatte natürlich wieder einmal den Nagel auf den Kopf getroffen. Somit stand fest, wo sie Weihnachten verbringen würde. Das Wochenendhaus von Charles befand sich in einer herrlichen Gegend. Im Sommer war sie so sehr mit den Recherchen zu einem Mord beschäftigt gewesen, dass sie gar keine Zeit gefunden hatte, sich dort in Ruhe umzusehen.

»Es tut mir leid«, sagte Hélène, »ich muss los! Mein lieber Mann erwartet mich zum Lunch im *Les Deux Magots*. Wir haben nämlich heute etwas zu feiern. Was, das verrate ich dir vielleicht ein anderes Mal.«

Schon am übernächsten Tag las Florence eine interessante Nachricht in den Tageszeitungen. Eine Unbekannte hatte am Tag zuvor Unmengen von bunten Etiketten vom obersten Stock des Kaufhauses *Bon Marché* bis ins Parterre hinunter schweben lassen. Diese waren mit einem grellroten Schriftzug bedruckt:

Kauft nichts von Chenil, Deor, Almeni und Neki! Diese Kleider wurden mit dem Blut und den Tränen von Arbeitssklaven erzeugt!

Der Unbekannten war es gelungen, die Etiketten in einer edlen Einkaufstasche in das Kaufhaus zu schmuggeln und nach dieser Aktion wieder unbemerkt unterzutauchen.

Florence musste nicht ihren scharfen Verstand bemühen, um sich vorstellen zu können, wer diese Dame gewesen war. Eine derartige Formulierung hatte sie vorgestern auch schon gehört. »Alle Achtung, Hélène«, murmelte sie, während sie gerade ihr Déjeuner in ihrem Lieblingsbistro verzehrte, »das hätte ich dir nun doch nicht zugetraut. Hoffentlich hast du da keine Dummheit gemacht.« Sie überlegte kurz, ob sie Hélène anrufen sollte, ließ es dann aber bleiben. Hélène würde schon wissen, was sie tat. Sie war bestimmt nicht daran interessiert, von einer ehemaligen Mitarbeiterin ihres Mannes Ratschläge entgegenzunehmen.

2

Zwei Tage vor Weihnachten saß Florence im Schnellzug nach Avignon und blätterte in einer Tageszeitung. Ein Foto auf der vorletzten Seite des sonst recht uninteressanten Blattes erregte ihre Aufmerksamkeit. Drei elegante Pariserinnen mittleren Alters präsentierten sich einer Kamera und zeigten auf bunte Etiketten, die an ihren Mänteln befestigt waren. In einem kurzen Interview bekundeten sie ihre Solidarität mit der Unbekannten aus dem Kaufhaus *Bon Marché*. »Sie hat unser Gewissen wachgerüttelt«, sagte eine von ihnen. »Wir nehmen diese Botschaft ernst und kaufen ab jetzt nur mehr fair produzierte Bekleidung.« Florence ertappte sich dabei, wie sie ihrer Freundin Hélène Beifall klatschte. Sie war überzeugt davon, dass diese hinter dem Vorfall stand.

Florence hatte sich in der Zwischenzeit noch genauer über die Zustände in den Textilfabriken in Bangladesch und anderen Ländern der Dritten Welt informiert und war schockiert gewesen. Sie selbst hatte sich diesbezüglich wenig vorzuwerfen.

Ein erheblicher Teil ihrer Garderobe wurde im kleinen Modeatelier ihrer Nachbarin Sarah Laurent produziert, deren handwerkliches Können und Kreativität nichts zu wünschen übrig ließen. Den Rest erwarb sie in kleinen Boutiquen im Marais, in denen sie seit Jahren Stammkundin war. Es war ihr immer wichtig gewesen, gut angezogen zu sein, aber sie hatte weder Zeit noch Lust für ausgedehnte Einkaufsbummel und mied Großkaufhäuser.

Jetzt musste sie an ihre erste Zugfahrt nach Avignon denken, die vor einem halben Jahr stattgefunden hatte und bei der sie die Bekanntschaft von Chantal Florentin, der Tochter von Charles, gemacht hatte. Die ihr unbekannte junge Musikerin hatte sie damals nämlich auf ihre schicke Jacke angesprochen, und daraus hatte sich ein Gespräch entwickelt, das letztendlich zur Bekanntschaft zwischen Charles und Florence geführt hatte.

Diesmal war ihr Zugabteil recht leer geblieben, und die ruhige und angenehme Bahnfahrt neigte sich bereits ihrem Ende zu.

Florences ursprünglicher Plan, in Saignon in der charmanten Pension von Madame Elena Gilbert zu nächtigen, hatte sich leider nicht in die Tat umsetzen lassen, da deren

Haus zu Weihnachten bereits ausgebucht gewesen war. So hatte sie doch die Einladung von Charles angenommen, bis zum Neujahrstag in seinem Wochenenddomizil zu nächtigen. Wie er ihr via Telefon beteuert hatte, gab es dort mehr als ein Zimmer, in das sie sich in Ruhe zurückziehen konnte. Eingedenk ihres Gesprächs mit Hélène hatte sie dennoch ein Zeichen ihrer Unabhängigkeit setzen wollen und sich einen eigenen Wagen gemietet. Sie war eine gute Autofahrerin, hatte zwar in Paris nie ein Auto besessen, jedoch früh ihren Führerschein gemacht und viele Fahrten am Steuer von Dienstwagen absolviert.

Als sie am Bahnhof von Avignon ihren Mietwagen abholte, herrschte dichter Nebel. In dem Kiosk, in dem sich ihr Autoverleih befand, war sie die einzige Kundin. Die Formalitäten waren rasch erledigt, und bald darauf hatte sie in ihrem kleinen Toyota auch schon die mächtigen Stadtmauern von Avignon erreicht. Dort geriet sie jedoch in einen Stau. Nur ein Fahrstreifen war befahrbar, und es ging im Schritttempo voran. Als ihr Wagen endgültig zum Stehen kam, sah sie, dass sie sich auf der Höhe des Gebäudes der *Police National* befand.

Der Anblick dieses lang gestreckten, reizlosen Bauwerks war ihr vertraut. Sie hatte es im letzten Sommer kennengelernt und einer ihrer früheren und von ihr sehr geschätzten Arbeitskollegen aus Paris, Antoine Lambert, war hier der Chef. Hatte es einen Autounfall gegeben? Nein, danach sah es nicht aus. Kein Autowrack, keine Feuerwehr, auch keine Rettungsfahrzeuge, dafür eine Phalanx von Polizisten sowie Personen in weißer Schutzkleidung, die sich schemenhaft im Nebel bewegten. Mehr konnte sie nicht erkennen, doch ihr geschultes Auge ordnete das Geschehen als Schauplatz eines Verbrechens ein.

Soeben wurde von zwei Beamten wieder ein weiterer Fahrstreifen freigegeben, und einer von ihnen bedeutete ihr weiterzufahren. Sie beschloss, nach vorne zu blicken und sich nicht länger mit dem zu befassen, was hier möglicherweise geschehen war.

Nach einigen Kreuzungen und Abzweigungen zeigte ihr Navi an, dass sie sich auf der D900 befand, die in die kleine Stadt Apt führte. An deren nördlichen Rand befand sich der Gebirgszug des Luberon, zu dem auch Saignon, das Ziel ihrer Reise, gehörte. Florence freute sich auf diesen malerischen Ort. Gleich einer Festung thronte er hoch über Apt, das ihr im Vergleich dazu wie die hübsche, aber schlichte und pragmatische Schwester einer stolzen Prinzessin erschien.

Hier auf dem Land hatte sich der Nebel fast zur Gänze verflüchtigt, und befreit brauste sie los. Es herrschte wenig Verkehr, und schneller als gedacht war sie in Apt. Am Eingang des Städtchens entdeckte sie einen freien Parkplatz und einer spontanen Eingebung folgend, fuhr sie hinein. Sie hatte Lust auf einen Bummel durch die Provinzstadt, denn bei ihrem letzten Aufenthalt hatte sie außer dem Krankenhaus wenig davon gesehen.

In der Stadt ging es zu dieser nachmittäglichen Stunde überraschend lebhaft zu. Die Menschen machten Weihnachtseinkäufe. Eine schmale Straße, den Fußgängern vorbehalten, schlängelte sich mitten durch das Städtchen. Florence war keine fünf Minuten unterwegs, als auch schon ein bekanntes Gesicht vor ihr auftauchte. Es war Elena Gilbert, die Vermieterin der Künstlerpension in Saignon, in der sie schon einmal genächtigt hatte und in der diesmal kein Zimmer mehr frei gewesen war. Elena Gilbert war eine aparte Erscheinung. Schlank und mittelgroß fiel sie auch jetzt wieder durch ihre extravagante Kleidung und ihr kohlrabenschwarzes Haar auf, das ihr in einem asymmetrischen Zopf über die Schulter hing und diesmal von einigen rotgoldenen Strähnen durchzogen war.

»Ah, Madame Beaumarie«, beim Anblick von Florence hatte diese sofort eine schuldbewusste Miene aufgesetzt, »ich freue mich ja so, Sie wiederzusehen. Sie müssen mir glauben, dass ich Sie wirklich gerne als Gast bei mir gehabt hätte.«

Florence erinnerte sich noch gut an das entsetzte Gesicht von Elena, als sie im vergangenen Sommer direkt vor deren Haustür von der Polizei abgeführt worden war.

»Danke, dass Sie das sagen, Madame Gilbert. Meine Abreise hatte sich ja damals einigermaßen ungewöhnlich gestaltet, und ich muss mich noch nachträglich für die Aufregung entschuldigen, die ich bei Ihnen verursacht habe.«

»Sie müssen sich nicht entschuldigen, Madame. Sie sind eine Heldin! Ich weiß doch mittlerweile, worum es damals ging. Wenn sie jetzt für ein paar Tage in Saignon sind, müssen Sie mich unbedingt einmal besuchen. Ich war wirklich geschockt, als Sie damals im Polizeiwagen nach Avignon gefahren wurden. Wissen Sie, dort, wo ich herkomme, habe ich auch einmal Bekanntschaft mit der Polizei gemacht, und das hat letztendlich dazu geführt, dass ich meine Heimat verlassen musste. Ich kann heute noch kaum darüber sprechen.«

Sie seufzte und schüttelte gleich darauf den Kopf. »Das ist aber jetzt wirklich nicht der richtige Ort für so ein Thema. Sind Sie vielleicht auch auf der Suche nach Weihnachtsgeschenken? Ich könnte Ihnen ein Geschäft zeigen, das eine Bekannte vor einem Jahr hier eröffnet hat. Sie verkauft ausschließlich Sachen von kleinen heimischen Handwerksbetrieben und hat wirklich einen besonderen Geschmack. Ich war gerade dort. Heute ist sie selbst im Geschäft, weil ihre Verkäuferin erkrankt ist.«

»Warum nicht? Vielleicht entdecke ich ja doch noch ein Geschenk für Charles. Ich habe noch nichts gefunden. Notfalls bringe ich ihm eine Flasche *Muscat Beaumes de Venice* mit, den ich selbst gerne mag.«

»Im Fall von Charles würde ich Ihnen zu Whisky raten, Madame Beaumarie. Zu dieser Jahreszeit ist es für ihn das Schönste, mit einem Glas Whisky und einem Buch vor seinem Kamin zu sitzen. Er hat sein Lieblingsgetränk gerne rauchig. Darf ich Ihnen einen Tipp geben?«

Als Florence nickte, fuhr sie fort: »Sie könnten ihm eine Flasche *Lagavulin Single Malt* mitbringen, denn den leistet er sich nur selten. Er kann ein wenig knausrig sein, wenn es um ihn selbst geht.«

Auf die Frage von Florence, ob man den hier in Apt kaufen könne, deutete Elena Gilbert in eine Seitengasse.

»Gleich hier in dieser Gasse ist das Geschäft von Eloise Bonnet, und an deren Ende gibt es einen Platz, auf dem sich eine exzellent ausgestattete Vinothek befindet. Sie gehört Raimond, und der hat auch ein schönes Whisky-Sortiment. Wenn es Ihnen passt, begleite ich Sie noch bis zum Geschäft von Eloise. Dann muss ich schnell zurück nach Saignon. Ich erwarte eine größere Gruppe von Gästen aus Deutschland. Seit die Journalistin eines bekannten deutschen Magazins mein Haus als ›Geheimtipp‹ beschrieben hat, rennen mir die Deutschen die Türe ein.«

»Dann machen Sie ja bestimmt gute Geschäfte.«

»Na ja, wie man es nimmt. Unser Hauptinteresse ist doch die Galerie im Erdgeschoss, und die wird von diesen Leuten nur bestaunt, aber kaufen tun sie nichts. Diese Deutschen erwarten sich Wunder von meiner Pension, haben aber ständig etwas zu bemängeln. Ab dem neuen Jahr wird dieser Teil unseres Betriebes wieder geschlossen, und dann werden hier nur mehr einige ausgewählte Gäste und Künstler wohnen. Sie können im Übrigen jederzeit gerne meinen Garten aufsuchen!«

Schon war sie verschwunden und hatte offensichtlich vergessen, dass sie Florence noch das Geschäft ihrer Bekannten zeigen wollte. Das war ohnedies leicht zu finden. *De belles Choses* hieß es und auf einer kleinen Plakette an der Tür war auch der von Elena genannte Name der Inhaberin eingraviert: »Eloise Bonnet«.

Als sie in den Verkaufsraum eintrat, sah sie, dass sie die einzige Kundin war. Die Wände waren weiß gekalkt, die Regale aus hellem Holz. Alles sehr schlicht, aber dennoch einladend. Unter den Dingen, die hier ausgestellt waren, gab es kaum etwas, das ihr nicht gefallen hätte. Aber auch nichts, was sie wirklich dringend brauchte.

»Alles, was Sie hier sehen, ist unter regionalen und fairen Bedingungen produziert«, erklärte ihr die Geschäftsinhaberin, eine elegante Frau in mittleren Jahren. Sie trug ein buntes, exotisch anmutendes Kleid, das ihre schlanke Taille betonte. Darüber eine rote Strickjacke aus feinem Mohair. Die auffallend dichten dunkelbraunen Haare wurden von einem roten Haarreif aus der Stirn gehalten. Eine hohe Stirn, ein schmales Gesicht und ein rot geschminkter Mund, bei dem sich Florence nicht sicher war, ob sie ihn als eher verdrossen oder trotzig bezeichnen würde.

Beim Eingang entdeckte Florence ein Regal mit den obligaten Lavendelprodukten. In dieser Gegend kam wohl kein Geschenk- oder Souvenirladen ohne dieses Markenzeichen des Luberon aus. Ähnlich verhielt es sich mit den herrlich duftenden, von Hand fabrizierten Seifen, ebenfalls ein beliebtes Produkt der Provence, die hier nach Farben geordnet in mit Seidenpapier ausgeschlagenen Schachteln gleich daneben präsentiert wurden.

»Das ist eine echte *Savon de Marseille«*, erklärte die Geschäftsfrau. »Sie kommt aus einer kleinen Savonerie, die sich auf der Insel Ratonneau vor Marseille befindet. Es gibt ja massenhaft Seifen in der Provence zu kaufen, aber nur wenige, die nach altem Originalrezept mit ausschließlich natürlichen und allerbesten Zutaten hergestellt werden.« Sie nahm ein Stück aus der Schachtel und hielt es Florence unter die Nase. »Mein Lieblingsduft, Zitrone! Es gibt für mich keine bessere Seife.«

Florence, der man mit einem falschen Duft schnell die Laune verderben konnte, war beeindruckt. Dieser Duft war faszinierend. Hell, freundlich, beglückend und dennoch unaufdringlich und nach ihrem Geschmack noch besser zur Gegend passend als der Duft von Lavendel. Das wäre vielleicht ein Mitbringsel für Hélène Mordent, überlegte sie, aber das muss ich nicht gleich am ersten Tag kaufen! Vielleicht komme ich ja eines Tages sogar noch auf diese Insel, auf der die Seife hergestellt wird.

Während sie noch überlegte, fiel ihr Blick auf eine Gruppe kleiner mit Lackfarben bemalten Tonfiguren. Ein bezauberndes kleines Orchester von Elfen und Feen! Auch eine pausbäckige, Trompete blasende Figur war darunter. Die Seife war vorerst vergessen. Nun war es keine Frage mehr, welches Geschenk Charles zu Weihnachten bekommen würde. Sie hatte ihm zwar nie verraten, dass sie seine Tochter Chantal insgeheim gerne als »die Elfe« bezeichnet hatte, aber diese Figur hatte Ähnlichkeit mit der jungen Trompeterin und würde hervorragend auf seinen Kaminsims passen – so er einen hatte. Die Geschäftsinhaberin hätte Florence gerne das ganz Orchester verkauft, musste sich jedoch damit begnügen, dass ihre Kundin nur eine Figur nahm. Als Florence sie bat, ihren Kauf als Weihnachtsgeschenk einzupacken, bedauerte sie. Das Geschenkpapier sei ihr ausgegangen.

Sie nahm das Figürchen. »Darf ich es in Zeitungspapier einwickeln? Ich habe gerade nichts anderes, und es soll ja nicht zerbrechen.«

Florence nickte und hielt bald darauf eine kleine braune Papiertüte mit der in Zeitungspapier eingewickelten Figur in den Händen. Irgendwie fand sie das unpassend für diese schöne Figur. Als sie den durchaus stolzen Preis bezahlt hatte, fiel ihr noch einmal die Seife ein, denn deren Duft hatte inzwischen eine feine Spur der Erinnerung in ihrem Gehirn hinterlassen.

»Wie hieß die Insel, auf der die Seife produziert wird?«, fragte sie.

»Ile de Ratonneau.« Der Ton, den die Verkäuferin jetzt anschlug, war gereizt. »Kaufen können Sie sie aber nur bei mir. Ich habe einen Exklusivvertrag mit der Savonerie.«

»Ich werde es mir überlegen«, sagte Florence. Ihre Kauflust war weg. Sie würde noch den Whisky besorgen und dann schnellstens zu Charles fahren.

Als sie 20 Minuten später die steile, gewundene Straße nach Saignon hinauffuhr, begann es bereits zu dämmern. Die locker verteilten Büsche und Bäume links und rechts der Straße hatten die Gestalt von Gespenstern angenommen. Vereinzelt war ein steinernes Haus zu sehen, in dem die ersten Lichter angingen. Unten in Apt der Trubel, hier auf dem Weg nach oben eine ganz andere Atmosphäre, fast als würde sich ein Fenster in längst vergangene Zeiten öffnen. Als sie in Apt weggefahren war, hatte sie Charles Florentin per SMS von ihrer baldigen Ankunft verständigt. Und da war er auch schon! Im Schein einer Straßenlampe erwartete er sie auf dem beinahe leeren Parkplatz neben der Kirche des Ortes. Wenn sie es nicht besser gewusst hätte, hätte sie ihn für den Weihnachtsmann gehalten. Er trug eine rote Daunenjacke und hatte sich einen kurzen weißen Bart wachsen lassen.

Er musste lachen, als sie ihn darauf ansprach: »Du hast mit deiner Vermutung gar nicht so unrecht. Seit einigen Jahren muss ich hier bei den Kindern einer befreundeten Familie als *Père Noël* antreten. Sie fanden, dass ich mit meinem Aussehen und wohl auch Alter der richtige Kandidat für diesen Job bin. Ich hasse Bärte aus Watte, deshalb lasse ich mir im Winter immer einen wachsen. Sollte er dir allerdings nicht gefallen, Florence, muss er in drei Tagen wieder ab.«

Florence war dankbar für dieses Thema. So waren sie ungezwungen ins Gespräch gekommen, auf eine kumpelhafte Weise, mit der sie gut umgehen konnte.

Nach einer kurzen Umarmung nahm er ihr den Koffer ab und reicht ihr den Arm. Sie hakte sich bei ihm ein. Bildete sie es sich ein oder roch er ein wenig nach Whisky?

Er war jedenfalls bester Laune. »Ich liebe Weihnachten hier oben. Es ist nicht viel los, und so ist es genau richtig. Das Wetter ist meist angenehm mild, und im Haus ist es besonders gemütlich.«

Tatsächlich begegnete ihnen keine Menschenseele, als sie den Ort durchschritten. An den Häusern angebrachte Laternen warfen lange Schatten in die engen Gassen. Auch hier ein Gefühl, als wäre man in einem früheren Jahrhundert gelandet. Es hätte Florence nicht überrascht, wenn ein Nachtwächter mit langem Mantel und Hellebarde aufgetaucht wäre.

Charles hatte sein altes, drei Stockwerke hohes Haus von seiner Mutter geerbt. Im Erdgeschoss befanden sich ein großzügiger Flur, ein Abstellraum und eine Bibliothek. Er war Inhaber eines Buchantiquariats in Avignon und hatte Florence einmal erklärt, dass seine Leidenschaft für Bücher weit über das Berufliche hinausging und deshalb schon immer in seinen Behausungen Bücherregale wucherten. »Ideal ist es hier für die Bücher nicht«, sagte er jetzt, als sie einen kurzen Blick in die Bibliothek warfen. »Ich muss ständig lüften und auf die richtige Raumtemperatur achten, aber schwere Bücherkisten über enge Treppen nach oben zu schleppen ist auch kein Vergnügen.«

»Jedenfalls werde ich hier für die Weihnachtsfeiertage bestimmt die passende Lektüre finden«, sagte Florence und blickte neugierig in den im Dämmerlicht liegenden Raum.

»Das wirst du ganz bestimmt, und diesmal wirst du es in Saignon geruhsam haben, das schwöre ich dir! Wir werden uns oben im Kamin ein Feuer machen und angenehme Stunden verbringen.«

Als sie darauf nicht sofort reagierte, fügte er hinzu: »Aber vielleicht bist du ja gar nicht der Typ für Träumereien an französischen Kaminen, sondern hättest Lust, etwas zu unternehmen. Auch damit kann ich gerne dienen, wenn es dabei nicht allzu aufregend wird.«

»Mir ist alles recht, Charles. Ich freue mich jedenfalls auf ruhige Tage und brauche bestimmt keine Abenteuer.«

Wenig später saßen sie im Salon im obersten Stock vor einem imposanten gemauerten Kamin. Mit drei großen Holzscheiten hatte Charles dem verglimmenden Feuer neue Nahrung gegeben und sich dann tatsächlich eine Pfeife angezündet. Statt in altmodischen Lehnstühlen saßen sie in bequemen Campingsesseln, die wohl im Sommer auf der Terrasse standen, zwischen ihnen ein kleines Tischchen mit Whiskygläsern. Charles hatte den *Lagavulin Single Malt* freudig in Empfang genommen. »Macht es dir was aus, wenn ich uns diese Köstlichkeit gleich heute zum Aperitif serviere?« Florence hatte lachend den Kopf geschüttelt. Natürlich machte es ihr nichts aus. Ein paar Schlückchen würden auch zu ihrer Entspannung beitragen.

Zuvor hatte er sie in ihr Zimmer im ersten Stock geführt. Ein großzügig bemessener Raum mit einem altmodischen Doppelbett, einer großen Kommode, einem geblümten Sofa nebst zwei Fauteuils und einem ovalen Tisch mit vier Sesseln. Die Bilder an den Wänden waren Zeugen vergangener Zeiten, teils Landschaften, teils Familienporträts. Später sollte sie erfahren, dass hier früher die Küche gewesen war. Eigentlich war das Haus ein altes Bauernhaus, und direkt unter ihrem Zimmer hatte sich einmal der Schafstall befunden. Als Charles' Mutter das Haus, in dem sie geboren und aufgewachsen war, von seiner Großmutter geerbt hatte, hatte sie sich von seinem Vater bereits wieder getrennt und war mit einem Ingenieur aus Paris verheiratet. Der konstruierte nicht nur Brücken, sondern hatte auch dieses Haus umgebaut. Die Dachterrasse kam dazu, und Küche und Salon wurden ganz nach oben verlegt.

Warum finde ich das alles durchaus bezaubernd und bin dennoch irritiert?, fragte sich Florence gerade. Die Szene vor dem Kamin hätte wahrscheinlich auch aus einem Kriminalroman von Agatha Christie oder Dorothy Sayers stammen können, nur dass es hier keine Toten und bestimmt auch keinen Grund gab zu befürchten, dass sich das noch ändern würde. Wie hatte Hélène Mordent in Paris zu ihr gesagt? »Stolpere mir bitte nicht wieder über eine Leiche!« Wenn sie mich hier so sehen würde, würde sie genau das jetzt von mir erwarten, dachte Florence. Wie Miss Marple am Beginn eines Kriminalromans! Na gut, Hélène hatte sie ja auch oft genug in einer derartigen Rolle erlebt, ständig mit einem Mordfall beschäftigt und jedes Mal davon besessen, diesen aufzuklären.

Gerade jetzt hatte sie aber genug von dieser Rolle. Man sollte sich ihrer dereinst nicht nur als wandelndes Klischee erinnern.

Sie schüttelte den Kopf, um ihre Irritation loszuwerden. Es musste doch möglich sein, es sich ohne Hintergedanken einfach nur gutgehen zu lassen.

Charles registrierte ihre Bewegung und wandte ihr sein von Whisky und Kaminfeuer gerötetes Gesicht zu.

»Was beschäftigt dich, Florence?«, fragte er und lieferte gleich darauf selbst eine Erklärung. »Vermutlich ist dir nicht ganz wohl dabei, hier einem alten Junggesellen ausgeliefert zu sein, zusammen mit dem Chaos, das ihn umgibt!«

Aha, dachte Florence. Fishing for Compliments, sprach es jedoch nicht aus. Es stimmte schon, es herrschte hier eine gewisse bohemehafte Unordnung, aber die würde sie nur in ihrer eigenen Wohnung stören. Hier gefiel es ihr.

»Ganz und gar nicht«, sagte sie deshalb lächelnd, dachte sich jedoch, dass an seiner Aussage auch etwas dran war. Auf fremdem Territorium hatte sie sich noch nie so gut entspannen können wie bei sich zu Hause. Jetzt war sie aber nun einmal hier, und es wäre vielleicht keine schlechte Idee, ihrem kritischen Verstand eine kleine Verschnaufpause zu gönnen und die Situation zu nehmen, wie sie war.

Charles hatte wirklich noch eine andere Antwort verdient. »Ich finde es hier ausgesprochen schön, Charles. Das Haus ist ein Juwel und hat eine besondere Atmosphäre, die gerade zu dieser Jahreszeit perfekt passt. Und auch zu dir, wie mir scheint.«

Charles nickte nur und sank entspannt in seinen Lehnsessel zurück.

»Danke, Florence«, sagte er, »das hört man natürlich gerne.«

Sie war aber noch nicht ganz fertig.

»Bitte verstehe aber auch, dass ich noch ein wenig Zeit brauche, mich zu akklimatisieren. So viel Idylle auf einem Fleck ist auch gewöhnungsbedürftig.«

3

»Ich dachte mir, du wirst nach der langen Reise bestimmt hungrig sein.«

Zum Abendessen überraschte Charles mit einem »Tian à la provençal«, und zwar eine winterliche Version mit

Kürbis und servierte dazu frisches Baguette und ein kleines Steak mit einem Zweig Thymian.

»Oh nein, ich stehe nicht andauernd in der Küche«, sagte er, nachdem Florence ihn begeistert auf seine Kochkünste angesprochen hatte. »Ich esse nur gerne und habe aus der Not eine Tugend gemacht. So habe ich mir ein überschaubares Repertoire an Speisen erarbeitet. Alles Rezepte, die mir bei Freunden besonders gut geschmeckt haben und die ich ihnen abgeluchst habe. Sogar bei einigen Restaurantköchen ist mir das gelungen. Den Thymian habe ich gestern oben am Luberon gepflückt. Wenn du willst, zeige ich dir, wo. Da herrscht eine wunderbare Stille, und man hat großartige Ausblicke.«

Florence hatte tatsächlich Lust und war auf einmal sehr neugierig darauf, diese lichten Wälder, in denen unterschiedliche Kiefern und Eichen wuchsen und durch die sie im Sommer mit dem Auto gefahren waren, zu Fuß zu erkunden. Als sie ihn nach den Pflanzen und Tieren fragte, die es dort gab, zeigte er sich äußerst kundig und gab so ausführliche Erklärungen ab, dass sie über seinen beständigen Redefluss einnickte.

»Wie wäre es, Florence«, schlug er ihr deshalb vor, »wenn du jetzt ins Bett gehen würdest. Kein Wunder, dass du nach diesem langen Reisetag bei meinem Gelaber eingeschlafen bist.«

»Kommt nicht infrage, Charles«, sie sprang sofort auf, »so früh gehe ich grundsätzlich nicht ins Bett. Ich räume jetzt das Geschirr in die Spülmaschine. Du hast heute schon genug für mich getan.«

»Da muss ich dich enttäuschen, Florence.« Er sah sie belustigt an. »Ein solches Gerät besitze ich nicht!«

»Ach ja, das habe ich ganz vergessen. Sie sind ja ganz

schön altmodisch, Monsieur«, scherzte sie, »vielleicht sollte ich Ihnen zu Weihnachten eine schenken.«

»Merci beaucoup, meine Liebe, so etwas brauche ich nicht. Geschirr abwaschen ist etwas, was ich sehr gerne mache. Eine meditative Tätigkeit, die dem Büchermenschen zu etwas zusätzlicher Bewegung verhilft. Wenn du noch nicht ins Bett gehen willst, dann setz dich stattdessen vor den Fernsehapparat. Ich habe am Vormittag gelesen, dass heute der erste Teil des *Weihnachtsoratoriums* von Johann Sebastian Bach übertragen wird. Eine angeblich besonders gelungene, schon über 30 Jahre alte Aufführung aus einer kleinen Kirche in Autriche, dirigiert vom Barockspezialisten Nicolaus Harnoncourt übrigens. Ich nehme an, deine Leidenschaft für barocke Klänge ist ungetrübt?«

»Oh ja, das würde mir gefallen«, antwortete Florence, »Monsieur Harnoncourt ist ein großartiger Dirigent.«

Schon hatte Charles die Fernbedienung in der Hand und rückte Florence einen Sessel vor dem altmodischen Fernseher zurecht, der sich genau zwischen Küche und Salon befand.

Als er einschaltete, erschien jedoch auf dem Bildschirm statt dem festlichen Inneren einer Kirche eine Straßenszene mit Blaulicht und Polizeiaufgebot.

»Hoppala«, sagte Charles, »das ist unser regionales TV, das ich zuletzt geschaut habe. Ich schalte gleich um.«

»Warte mal, Charles«, sagte sie, »das interessiert mich jetzt doch. Das scheint ein Bericht über jenen Vorfall zu sein, wegen dem ich in Avignon in den Stau geraten bin.«

Charles, der seinen Teller bereits abgestellt hatte, hielt gehorsam inne und sah sich gemeinsam mit Florence den Bericht an.

Eine Sprecherin des Regionalsenders meldete, dass heute

gegen 14 Uhr etwa 50 Meter vom Polizeikommissariat entfernt auf eine junge Frau geschossen worden war. Es habe zu dieser Zeit dichter Nebel geherrscht. Alles sei blitzschnell abgelaufen, und es gäbe nur wenige und widersprüchliche Zeugenaussagen. Es seien aber Schüsse zu hören gewesen, und kurz darauf habe ein junges Paar eine Frau entdeckt, die in ihrem eigenen Blut am Gehsteig lag und lebensgefährlich verletzt war. Die Polizei war naturgemäß schnell zur Stelle und hatte sofort Arzt und Rettung verständigt, da die Frau noch am Leben gewesen sei. Sie sei in die Intensivstation des Krankenhauses gebracht worden, wo sie jetzt noch liege und nach wie vor in Lebensgefahr schwebe. Die Straße sei für längere Zeit gesperrt und ein mehrere Kilometer langer Stau die Folge gewesen. Etwaige weitere Zeugen der Bluttat würden noch gesucht und dringend ersucht, sich bei der Polizei melden.

Als der Bericht beendet war, schaltete Charles auf *Arte* um, aber das Konzert hatte noch nicht begonnen. Er stellte den Ton leiser.

»Was für eine schreckliche Geschichte! Da hat ja Kommissar Lambert ausgerechnet vor Weihnachten einen Fall direkt vor seine Haustür serviert bekommen. Man kann ihm nur wünschen, dass er ihn bald aufklären kann. Und der Frau, dass sie die Tat überlebt. Du hast mir ja gar nichts davon erzählt, dass du dich schon wieder rein zufällig am Ort eines Verbrechens befunden hast.«

»Was hätte ich dir auch erzählen können? Ich bin im Stau gesteckt, und im Nebel habe ich nichts erkennen können. Hoffentlich überlebt die Frau. Das wäre auch Lambert zu wünschen.«

»Dann hast du ja eigentlich Glück gehabt, Florence, dass du nicht schon wieder Tatzeugin geworden bist.«

»Allerdings, Charles. Wenn ich daran denke, was Hélène Mordent vor meiner Abreise zu mir gesagt hat: ›Stolpere mir nicht wieder über eine Leiche.‹ Wenn ich etwas früher dort gewesen wäre, wäre mir das vielleicht tatsächlich passiert.«

»Und mit unserem Weihnachtsfrieden hier wäre es vorbei gewesen. Gott sei Dank bist du ohne Zwischenfälle in Saignon gelandet, und da die Frau am Leben ist, gibt es glücklicherweise auch keine Leiche.«

»Du hast recht, Charles. Die Sache ist tragisch, geht uns aber nichts an. Dabei fällt mir ein, dass ich dir noch nichts von der Essenseinladung der Lamberts berichtet habe. Antoine hat mich vor meiner Abreise in Paris angerufen. Ich habe ihm erzählt, dass ich zu Weihnachten im Süden bin. Er und seine Frau haben uns für den kommenden Samstag zum Abendessen in ihre Wohnung eingeladen. Du bist ausdrücklich mit eingeladen. Ich fürchte, das habe ich dir noch nicht gesagt. Könntest du da überhaupt?«

»Nein, das hast du mir noch nicht gesagt, und ja, im Prinzip könnte ich. Aber werden da die beiden ehemaligen Kollegen aus dem Pariser Kommissariat nicht ständig über diesen neuen Kriminalfall sprechen? Dann komme ich lieber nicht mit, denn von solchen Themen habe ich vorerst genug.«

»Das kann ich verstehen, Charles. Ich bin mir sicher, dass seine Frau Durya mit dir gemeinsame Sache machen und das zu verhindern wissen wird. Das ist im Übrigen auch in meinem Interesse.«

»Dann ist es ja gut, dann begleite ich dich gerne. Einem Bürger von Avignon schadet es ja grundsätzlich nicht, wenn er gute Kontakte zur Polizei pflegt. Seine Frau heißt also Durya. Ein schöner und irgendwie exotischer Name. Ist sie eine gebürtige Französin?«

»Ja, das ist sie. Geboren in Biarritz, wie sie mir erzählt hat. Ihre Eltern stammen aus Algerien. Durya Lambert hat einen Abschluss in Philosophie und hat anschließend noch eine Ausbildung zur Sozialarbeiterin gemacht. Sie leitet jetzt das Frauenhaus in deiner Heimatstadt.«

»Ah. Ich glaube, dann weiß ich, wer sie ist. Wie ich dir schon erzählt habe, habe ich ein paar kleine Ehrenämter in Avignon inne, und mit der Leiterin des Frauenhauses bin ich vor nicht allzu langer Zeit anlässlich eines Empfanges bei der Bürgermeisterin ins Gespräch gekommen. Eine interessante Frau. Ihren Namen muss ich allerdings in dem Trubel überhört haben. Sie hat Spenden für die Einrichtung von Wohngemeinschaften gesammelt, in welche die Frauen nach ihrem Aufenthalt im Frauenhaus einziehen können. Die Lamberts sind ein interessantes Paar. Er der Polizeichef, sie die Leiterin einer Zufluchtsstätte für Frauen. Da ergeben sich sicher Kooperationsmöglichkeiten.«

»Das ist nicht auszuschließen, Charles. Jedenfalls wirst du dich mit ihr gut verstehen.«

Genau in diesem Moment erschien auf dem Bildschirm das Bild eines barocken Altarraumes, dessen schwarzgoldene Pracht von zwei riesigen, von zahllosen Lichtern bestückten Weihnachtsbäumen beinahe ins Unendliche gesteigert wurde. Gleich darauf erschallte das »Jauchzet, frohlocket«, der Auftakt zu Bachs *Weihnachtsoratorium*, das jeden Liebhaber klassischer Musik unmittelbar in eine festliche Stimmung katapultiert. Florence sank mit glänzenden Augen in ihren gepolsterten Sessel zurück, und alle fragenden und zweifelnden Gedanken waren für die nächste Stunde ausgelöscht.

Auch Charles hatte sich einen Sessel herangezogen, und als er nach einiger Zeit seine Hand wie zufällig auf ihr Knie gleiten ließ, lächelte sie ihn versonnen an und rückte ein wenig näher an ihn heran.

Als das Konzert zu Ende war, blieben sie noch eine Weile so sitzen, bis sie den Bann brachen.

»Das war eine ausgezeichnete Idee, Charles. Ich hätte jetzt nichts gegen ein weiteres Schlückchen deines guten Weines, und dann wird es Zeit für mich, ins Bett zu gehen.«

Als er gleich darauf mit dem gefüllten Weinglas wiederkehrte, hatte sie es sich anders überlegt.

»Eigentlich will ich jetzt doch keinen Wein mehr, mein Lieber, eigentlich will ich dich.«

Sie wusste selbst nicht genau, was in sie gefahren war. Später dachte sie sich, dass die Zeit des Vorspiels für sie beide schon lange genug angedauert hatte. Die Musik hatte natürlich ihren Teil dazu beigetragen. Das Jauchzen und Frohlocken hatte die Tür zu ihren Gefühlen weit aufgemacht und gemeinsam mit dem Wein den Verstand ein wenig ausgeschaltet. Wortlos hatte Charles das Weinglas abgestellt, seine Arme weit geöffnet und sie mit einem so liebevollen Blick bedacht, dass sie sicher sein konnte, genau das Richtige getan zu haben.

Es wurde für beide eine schöne Nacht in dem großen Bett ihres Schlafzimmers, in dem sich vermutlich schon Generationen von Paaren geliebt hatten.

Am nächsten Tag hatte sie kein anderes Bedürfnis außer das, mit Charles zusammen zu sein, und da das Wetter angenehm mild war, fuhren sie hinauf auf das Hochplateau. Er wusste viel über die Geschichte dieser einzigartigen Gegend zu erzählen und zeigte ihr einige der sogenannten Bories, kleine, aus Natursteinen gebaute Hütten, die in alten Zeiten den Bauern als Unterschlupf und Lagerstätten gedient hatten und oft derart reizvoll in die Landschaft eingefügt waren, dass sie kleinen Kunstwerken glichen. Unterhalb, im stillen Tal von Buoux, gab es ein kleines Restaurant, das für seine wunderbaren Horsd'œuvres bekannt war. Sie wollten dort essen, mussten jedoch zu ihrem Bedauern feststellen, dass es geschlossen hatte. Dies tat jedoch ihrer Hochstimmung keinen Abbruch. Sie fuhren weiter in den Ort Bonnieux und verweilten auf diese Weise noch länger in luftiger Höhe. Dort genossen sie bei einem kleinen Imbiss ihren Kaffee und den weiten Blick über das Land. Auf der Heimfahrt besorgten sie sich in einem Geschäft in Apt eine schon fertige Lasagne, denn sie hatten keine Lust zum Kochen.

Als sie dann nach Einbruch der Dämmerung wieder mit ihrem Whisky vor dem Kamin saßen, fand Florence dies überhaupt nicht mehr sonderbar oder irritierend. Sie hatte nämlich beschlossen, das Neue, das ihr das Leben im Moment bot, einfach nur zu genießen.

Vor dem Abendessen war es dann aber doch an der Zeit für sie, in ihrem Zimmer ein paar Dinge zu erledigen. Der Koffer war noch immer nicht zur Gänze ausgepackt, und sie musste dringend die SMS ihres Sohnes beantworten. Der hatte schon gestern Weihnachtswünsche aus China geschickt und überraschend seinen Besuch in Paris für den kommenden März angekündigt. Außerdem musste sie Lambert anrufen, denn sie wollte ihm Bescheid geben, dass auch Charles Florentin seine Einladung angenommen hatte.

Während sie in dem großen Raum auf und ab ging, wählte sie Lamberts Nummer, aber er meldete sich nicht. Na gut, dann eben zuerst die SMS an Michel. Sie setzte sich in den Lehnstuhl am Fenster und öffnete noch einmal seine gestrige Botschaft. Ein ganz in kräftiges Rot gekleidetes Baby strahlte sie an und schien ihr zuzuzwinkern. »Es wird wirklich Zeit, dass wir uns kennenlernen, kleine Mai-Lin«, sagte sie zu dem Bild, und genau diese Worte tippte sie dann auch in ihr Handy, gefolgt von ihren Weihnachtswünschen an Michel und seine Familie. Geschafft! Was war sie nur für eine Großmutter, dass sie auf dieses Foto nicht umgehend reagiert hatte und ihren Sohn länger als einen Tag auf die Antwort warten ließ?

Sie kam nicht mehr dazu, über diese Frage nachzudenken, denn ihr Telefon meldete sich mit den ersten Takten des *Winters* von Vivaldi. Es war Lambert. Anständig von ihm, dass er sofort zurückrief! Während sie sich die Melodie ein zweites Mal anhörte, trat sie ans Fenster und blickte auf die von Scheinwerfern angestrahlten Felsen, die direkt vor ihrem Fenster in den Himmel hinauf ragten und an Filmkulissen erinnerten. Dann hob sie ab.

»Bonsoir, Florence! Sind Sie gut bei uns im Süden angekommen?«

»Ja, das bin ich, Antoine, es ist sehr angenehm und friedlich hier oben.«

»Dann bleiben Sie am besten, wo Sie sind, bei uns hier ist schon wieder der Teufel los.«

»Ach du liebe Güte! Dann ist es wohl besser, wenn wir Sie am 26. nicht besuchen kommen?«

»Oh nein. So war das nicht gemeint. Désolé. Wir freuen uns schon sehr auf den gemeinsamen Abend. Ich meinte nur, dass es hier in Avignon so knapp vor dem Fest wie üblich noch recht turbulent zugeht. Zumindest für die Polizei. Die Straßen sind verstopft. Die Menschen scheinen zu viel Alkohol zu trinken, meine Leute sind im Dauereinsatz.« Er seufzte, dann fügte er noch hinzu: »Und zu allem Überfluss gab es gestern auch noch ein Verbrechen beinahe direkt vor dem Polizeikommissariat.«

»Das habe ich allerdings bemerkt, als ich gestern Nachmittag dort in den Stau geraten bin, und davon, dass auf eine Frau geschossen wurde, habe ich aus dem Fernsehen erfahren. Wie geht es der jungen Frau? Wird sie überleben? Im gestrigen Fernsehbericht sprach man von schweren Verletzungen.«

»Sie ist heute an diesen schweren Verletzungen gestorben, Florence. Eine Tragödie! Wir ermitteln also in einem Mordfall.«

»Gibt es schon irgendwelche Hinweise, wer es gewesen sein könnte?«

»Eigentlich nicht, Florence. Aber ich möchte Sie wirklich nicht mit Details belästigen und ihren Weihnachtsfrieden stören.«

»Sie kennen meine Neugierde! Da ich von der Geschichte in keiner Weise betroffen bin, werde ich mich bestimmt nicht einmischen. Sie dürfen also meine Neugierde gerne befriedigen.«

»Ich fürchte, dass Sie das nicht mehr sagen werden, wenn Sie hören, dass der Mord möglicherweise nicht zufällig in der Nähe meines Kommissariats begangen wurde. Es könnte sein, dass man mich oder meine Frau in die Geschichte hineinziehen wollte.«

»Was heißt das jetzt, Antoine? Bitte, reden Sie!«

»Also gut. Ich mache es kurz. Die Ermordete ist eine junge Frau aus dem Frauenhaus, das Durya leitet. Sie heißt Alima Semana. Außerdem hat es ein Bekennerschreiben gegeben, das sich direkt an mich und meine Familie wendet. Der Inhalt ist höchst unerfreulich.«

Seine Stimme war immer leiser geworden, sodass Florence bereits ihr Handy auf Lautsprecher umgeschaltet hatte, um ihn besser zu hören. Aus dem erleuchteten Display tönte ihr jetzt nur mehr ein heiseres Flüstern entgegen.

»Es ist kurz, und ich lese es Ihnen vor. Hier steht: ›Die Hinrichtung einer Verräterin vor dem Polizeikommissariat möge der Frau des Polizeichefs als Warnung dienen. Tod den Kollaborateuren!‹ Gezeichnet mit ›*ALNouveau*‹. *ALN* in Großbuchstaben und dann ein ›ouveau‹ direkt drangehängt.«

»*ALNouveau* – Was soll das bedeuten, Antoine?«

»Ich weiß es nicht, Florence. Bis dato fällt uns dazu nur die algerische *ALN* ein. Das war der Name der nationalen Befreiungsarmee im Algerienkrieg. Das war in den 50er-Jahren und ist lange her. 1972 hat sie ihre Aktivitäten eingestellt. Von einer *ALNouveau* haben wir noch nie etwas gehört. Alima Semana stammt aber gar nicht aus Algerien, sondern aus dem Senegal. Also wo ist da der Zusammenhang?«

»Die Familie Ihrer Frau stammt ja aus Algerien, n'est-ce pas, Antoine?« Auch die Stimme von Florence war nun leiser geworden.

»Ja, Florence. Sie verstehen, warum ich mir Sorgen mache? Das Schreiben hat persönliche Konsequenzen für mich und meine Familie. Die Presse und die Öffentlichkeit wissen noch nichts davon. Ich muss aber bald die Information hinausgeben.«

»Und dann können Sie den Fall nicht mehr selbst weiterverfolgen, da Sie ein Betroffener sind, Antoine. Oh Gott, was für eine schlimme Geschichte! Weiß es Ihre Frau schon?«

»Ja, natürlich. Ich habe als Erstes mit ihr darüber gesprochen. Und wir machen uns Sorgen um unsere Tochter. Sie ist fast 14 und gerade bei einer Freundin. Aber ich muss Schluss machen. Ich kann am Telefon nicht mehr länger darüber sprechen.«

»Natürlich. Melden Sie sich, wenn Sie Hilfe brauchen. Ich will mich nicht einmischen oder gar ermitteln, aber ich kann doch mitdenken.«

»Ja, das können Sie, Florence. Ich kann Sie vielleicht wirklich brauchen. Samt Ihrem Verstand und Ihrer Intuition. Sozusagen als Coach. Warten wir einmal ab wie sich die Dinge entwickeln. Ich melde mich morgen wieder. Au revoir, Florence.«

Ein leises Klopfen an ihrer Tür, dann betrat Charles das Zimmer, um ihr mitzuteilen, dass die Lasagne fertig zum Verspeisen sei. Er bemerkte sofort ihre veränderte Stimmung und fragte, ob alles in Ordnung sei.

»Ja, ja, bei mir schon«, antwortete sie ihm noch in Gedanken an das soeben Gehörte.

»Und bei wem nicht?«, kam es von ihm zurück.

Sie erzählte ihm, was sie von Lambert erfahren hatte, und er überraschte sie damit, dass er ihr keinesfalls von einer Einmischung abriet, sondern der Meinung war, dass sie, falls nötig, Antoine Lambert und seiner Frau zur Seite stehen müsse.

4

»Ich brauche auf der Stelle ein frisches Croissant und einen Kaffee«, verkündete Florence, als sie am Morgen des Weihnachtsabends aufwachte und sah, dass Charles bereits in seinem dunkelroten Morgenmantel vor dem Fenster stand und in den dämmernden Tag hinausblickte. Sofort drehte er sich zu ihr um.

»Dann ist es wohl am besten, wir ziehen uns rasch an und gehen zu Monique frühstücken. Ihre Croissants sind wirklich gut – im Gegensatz zu ihrem Brot übrigens – und zu so früher Stunde gibt es dort bestimmt noch genügend Platz.«

Er kam noch einmal zum Bett zurück, drückte ihr einen Kuss auf die Stirn und verließ das Zimmer. Er verlor kein Wort darüber, dass sie gestern Abend auf der Stelle eingeschlafen war. Auch wenn sie den Sex an ihrem ersten gemeinsamen Abend sehr genossen hatte, so hatte sie sich gestern ihrer alten Geheimwaffe bedient, mit der sie den wenigen Männern, die sie bisher in ihr Bett gelassen hatte, schon immer Grenzen zu zeigen wusste. Sie konnte nämlich augenblicklich einschlafen und schlief dann so tief und fest, dass es keine Chance mehr gab, sie wieder wachzubekommen. Diesmal hatte es Charles getroffen, und während sie sich anzog, fragte sie sich, warum sie sich so verhalten hatte.

Sie war nicht einmal besonders müde gewesen. Nach dem Gespräch über die bedauerlichen Vorfälle in Avignon hatten sie ein einziges Gläschen Wein getrunken, noch ein wenig Musik gehört und dann beschlossen, zeitig ins Bett zu gehen. Wahrscheinlich war es die Selbstverständlichkeit gewesen, mit der er ihr ungebeten in ihr Zimmer gefolgt war, die sie irritiert hatte. War es aber nötig gewesen, ihm einfach die kalte Schulter zu zeigen? Andererseits konnte es auch nie schaden, die Grenzen einer Beziehung auf die eine oder andere Weise auszuloten.

Charles dürfte jedenfalls die Prüfung bestanden haben. Er wirkte keineswegs gekränkt, während sie die kurze Wegstrecke durch das noch menschenleere Dorf bis zur Bäckerei gingen.

Entgegen seiner Annahme herrschte in dem winzigen Lokal bereits lebhaftes Treiben. Die fünf Tischchen im Inneren waren alle besetzt, und so blieb ihnen nichts anderes übrig, als sich ihre Croissants einpacken zu lassen. Monique, die Besitzerin, erklärte, dass es sich dabei überwiegend um die deutschen Pensionsgäste der Madame Gilbert handle.

Als sie das Café verließen, wurde gerade der einzige Tisch frei, der auf der Empore vor dem Eingang stand. Trotz der morgendlichen Kühle um diese Jahreszeit konnte man draußen sitzen, und so ergriffen sie die Gelegenheit. Florence wickelte sich in eine der bereitliegenden Decken, während Charles im Lokal den Kaffee bestellte.

»Bonjour, Madame Beaumarie. Haben Sie in Apt noch ein Geschenk gefunden?«

Florence, noch einmal versunken in morgendliche Träumereien, bemerkte Elena Gilbert erst, als diese direkt vor ihr stand.

»Bonjour, Madame Gilbert.« Florence richtete sich auf. »Ja. Ja das habe ich, und zwar, wie Sie mir geraten haben, im Geschäft Ihrer Freundin. Aber pssst, Charles darf noch nichts davon wissen.«

Elena Gilbert nickte. »Natürlich. Das freut mich! Eine richtige Freundin ist Eloise Bonnet allerdings nicht. Eher eine Bekannte und vor allem eine Kundin. Sie hat schon einige Kunstwerke bei mir gekauft und dürfte nicht unvermögend sein. Sie hat mir erzählt, dass sie auch noch Boutiquen in Lourmarin und in Marseille besitzt.«

»Als ich dort war, war ich die einzige Kundin, und Madame Bonnet schien enttäuscht zu sein, dass ich nicht mehr gekauft habe. Dann hatte sie kein Geschenkpapier. Irgendwie war sie ein wenig seltsam.«

»Sie ist schwer einzuschätzen. Manchmal bestens gelaunt, dann wieder kurz angebunden. Vorgestern eher Letzteres. Ich war ja vor Ihnen bei ihr. Aber egal. Mich schätzt sie, und sie hat sehr schöne Waren!«

Charles kam wieder heraus, begrüßte Elena und beklagte sich über die drängelnden Deutschen im Geschäft. »Der Kaffee kommt gleich«, sagte er zu Florence.

»Warum frühstücken die Deutschen eigentlich hier bei Monique?«, wunderte Florence sich. »Ich weiß doch aus eigener Erfahrung, dass das Frühstück in Ihrer Pension exzellent ist, Madame Gilbert.«

»Die Deutschen haben bei mir tatsächlich schon gefrühstückt. Sie haben mir jedoch erklärt, dass sie jetzt noch ins Café gehen müssen, um etwas vom morgendlichen Flair des Dorflebens mitzubekommen.«

»Schwierige Gäste?«

»Ja und nein. Ich weiß, ich hab mich schon neulich über deutsche Gäste beklagt. Jetzt hat uns allerdings ein Herr aus Dortmund ein großes Gemälde abgekauft, und andere haben daraufhin ein paar kleinere Objekte erworben. Sie sind halt bei allem, was sie tun, perfektionistisch. Entweder alles oder nichts. Das da drinnen ist zum Beispiel eine Gruppe älterer Herrschaften, die eine lange Liste von Vorhaben abzuarbeiten hat. Sie wollen das ›typisch Französische‹ erkunden. Ich komme gerade von Madame Coline, bei der ich meine Frühstückseier geholt habe, alles bio. Einer meiner Gäste ist so ein Öko-Typ, und der fragt ständig, ob auch alles, was ich ihm serviere, aus artgerechter Haltung stammt. Ansonsten ist er ganz nett.«

Als ein junges Mädchen zwei Kaffeetassen und zwei Gläser mit Orangensaft auf das Tischchen stellte, verabschiedete sich Elena. Zu Charles sagte sie:

»Wunderbar, dass du Madame Florence mitgebracht hast. Ich muss jetzt los, aber wie wäre es mit einem Aperitif heute gegen 17 Uhr bei mir im Garten? Ich veranstalte für meine Gäste eine kleine vorweihnachtliche Feier. Die dauert höchstens eineinhalb Stunden und wird bestimmt sehr stimmungsvoll sein. Anschließend ziehen Pierre und ich uns zurück. Die weitere Gestaltung der Weihnachtsfeier für meine deutschen Gäste habe ich einer Agentur überlassen, und die hat ein spezielles Weihnachtsdinner in Apt organisiert. Wir vier können es uns also anschließend noch drinnen gemütlich machen.«

Florence und Charles nickten sich zu und nahmen Elenas Einladung dankend an. Gerade als sie gehen wollte, fiel ihr noch etwas ein.

»Ach übrigens, habt ihr es auch schon gehört? Kommandant Lambert in Avignon hat Probleme bekommen. Er und seine Frau sind in einem Bekennerschreiben bedroht worden.«

»Wo haben Sie das denn gehört?«, fragte Florence zurück.

»Heute, im Morgenradio. Eine schlimme Geschichte! Eine junge Frau aus Afrika wurde erschossen. Vor dem Kommissariat! Sie haben gesagt, dass ein Schreiben vorliegt, das seine Familie betrifft und sich auf diesen Mord bezieht. Mehr wurde nicht verlautbart. Er wird wohl nicht mehr unparteiisch ermitteln können.«

»Vermutlich nicht.« Florence wollte nicht auf das Thema eingehen, ehe sie wusste, was wirklich der offizielle Stand der Dinge war, aber Madame Gilbert schien auf einmal vergessen zu haben, dass sie es gerade eilig hatte, und setzte sich auf einen freien Sessel.

»Hat er nicht auch eine Tochter?«

»Ja«, sagte Florence. »Sie ist 13 Jahre alt.«

Jetzt nahm sich auch noch Charles des Themas an.

»Also, wie ich deinen Kommissar kennengelernt habe, Florence, wird er in so einem Fall bestimmt auf eigene Faust weiter ermitteln. Du hast mir doch erzählt, dass er schon in Paris ein besonders Hartnäckiger war. ›Spürnase‹ habt ihr ihn genannt, nicht nur wegen seiner Nase!«

Florence nickte.

Elena Gilberts Gedanken waren indessen bei der Tochter hängen geblieben.

»13 Jahre? Ein schwieriges Alter. Man ist da so damit beschäftigt, sich selbst zu finden, und leicht aus der Balance zu bringen. Wenn einen dann auch noch so etwas trifft. Mein Gott, ich hoffe, dem Mädchen passiert nichts. Es ist schrecklich, wenn man schon in so jungen Jahren die Härte des Lebens zu spüren bekommt.«

Die Betroffenheit, mit der sie dies äußerte, überraschte Florence, und sie erinnerte sich an die Bemerkung, die Elena Gilbert neulich bei ihrer kurzer Begegnung in Apt gemacht hatte. Dass sie ihr Heimatland nach einer Begegnung mit der

Polizei verlassen hatte müssen. Gerne hätte sie mehr darüber gewusst, aber dies war wieder nicht der richtige Zeitpunkt für ein solches Gespräch. Statt auf Elena einzugehen, antwortete sie deshalb lieber auf die Bemerkung von Charles.

»Antoine Lambert wird seine Familie schon zu schützen wissen. Er ist ein äußerst fähiger Polizist und ein kluger und vernünftiger Mann. Wir wissen ja noch gar nicht, ob das Mädchen wirklich in Gefahr ist«, sagte sie.

Elena schien begriffen zu haben, dass Florence jetzt nicht darüber reden wollte. Sie gab sich einen Ruck und blickte zur ihrem Haus, das man von der Bäckerei aus gut sehen konnte.

»Ich glaube, man hält schon Ausschau nach mir. Das ist mein Öko-Typ.«

Ein schlanker, hochgewachsener Mann in grün-roter Sportkleidung war soeben vor die Tür ihrer Pension getreten und blickte suchend in alle Richtungen.

»Mon Dieu, der hat das Frühstück versäumt und wartet schon ungeduldig auf sein Frühstücksei. Ich muss los. Bis heute Nachmittag! Zieht euch bitte warm an. Im Garten ist es am Abend schon recht kühl!«

»So kenne ich sie gar nicht«, sagte Charles. »Für mich ist sie immer die tüchtige Geschäftsfrau und ein wenig auch die liebenswert verrückte Kreative, aber ihre mitfühlende Seite hat sie mir noch nicht gezeigt.«

»Hat sie dir jemals erzählt, wie und warum sie von Russland nach Frankreich gekommen ist?«

»Nein. Eigentlich seltsam, dass ich sie nie danach gefragt habe. Du warst aber jetzt auch ziemlich kurz angebunden, Florence.«

»Ich weiß einfach noch zu wenig über das, was gestern in Avignon passiert ist, und wollte mich deshalb dazu nicht äußern. Komm, Charles, wir genießen jetzt unser Frühstück und hoffen, dass der Tag Gutes bringt. Schließlich ist Weihnachten, und ich freue mich auch auf die Einladung bei Elena heute Nachmittag!«

Schweigend tranken sie ihren Kaffee. Bis zu dem Zeitpunkt, zu dem sich ihr Handy meldete.

»Lambert«, stellte sie mit einem Blick auf das Display fest. »Jetzt werden wir gleich mehr erfahren.«

Als sie hörte, was er ihr zu sagen hatte, nahm ihr Gesicht einen besorgten Ausdruck an.

»Kann ich Sie in zehn Minuten zurückrufen, Lambert? Ich befinde mich hier an einem öffentlichen Platz und möchte das lieber zu Hause besprechen.«

Charles war schon aufgesprungen und in das Geschäft geeilt, um die Rechnung zu begleichen.

Zehn Minuten später saßen Florence und Charles am Lesetisch in der Bibliothek. Auf dem Nachhauseweg hatten sie kein Wort über das Telefongespräch verloren. Daheim angekommen, hatte Florence ihm vorgeschlagen, mit ihr in die Bibliothek zu gehen und das Gespräch mit Lambert mitzuverfolgen.

Dann hatte sie Lambert angerufen und ihn gefragt, ob es okay sei, wenn Charles mithöre.

»Kein Problem«, sagte dieser. »Sie würden es ihm ja ohnedies erzählen.«

Sie schaltete den Lautsprecher ihres Handys ein, und Lambert begann mit seinem Bericht.

»Bonjour, Monsieur Florentin. Sie können gerne mithören. Ich hatte Florence vorhin gerade darüber informiert, dass es neben dem Bekennerschreiben von gestern weitere Drohungen gegeben hat, und dass ich nun ihre Hilfe gebrauchen könnte. Die Staatsanwältin hat mich bereits wegen persönlicher Betroffenheit von den Ermittlungen in diesem Fall entbunden. Stellen Sie sich vor, Florence, sie haben mir noch gestern Nacht eine Kollegin aus Nîmes vor die Nase gesetzt. Angeblich hat die Staatsanwältin das in Absprache mit Paris entschieden. Ich glaube aber, dass meine Vertretung eine Bekannte von ihr ist, der sie den Fall zuschanzen wollte. Camille Lagrange, so heißt die Ermittlerin, ist bereits eingetroffen. Sie gibt sich mir gegenüber distanziert und kehrt die erfahrene Kommissarin heraus!«

»Eigenartig«, Florence runzelte die Stirn, »eine Kommissarin aus einem anderen Department herzubeordern, ist tatsächlich unüblich. Sie haben mir noch nicht gesagt, wie Sie und Ihre Familie bedroht worden sind.«

»Gegen Abend kam über Festnetz ein Anruf. Ich war noch auf dem Kommissariat, weil ich zuvor ein Gespräch mit der Kollegin, die sie mir für diesen Fall vor die Nase gesetzt haben, gehabt hatte. Unsere Tochter Ada war seit dem Nachmittag bei einer Freundin, die nicht weit weg von uns wohnt. Durya war zu Hause und hat abgehoben. Ein Unbekannter hat ihr mit freundlicher Stimme mitgeteilt, dass unsere Tochter heute leider nicht mehr nach Hause kommen würde, weil sie entführt worden sei. Dann hat er sofort wieder aufgelegt. Diese Drohung hat sich zumindest teilweise als falsch erwiesen, weil Ada 30 Minuten später wieder daheim war. Es waren fürchterliche 30 Minuten. Durya hat natürlich bei Adas Freundin angerufen, und die hat ihr gesagt, dass Ada schon seit zehn Minuten weg sei. Dann hat sie mich im Büro angerufen, und ich bin sofort nach Hause gefahren. Parallel dazu habe ich mehrere Beamte zum Haus von Adas Freundin geschickt und sie angewiesen, die ganze Gegend abzusuchen.«

Er machte eine kurze Pause, aber Florence hielt die Stille am anderen Ende der Leitung nicht aus.

»Bitte, sagen Sie schon, Lambert, was passiert ist. Ich hoffe, Ihrer Tochter geht es gut.«

»Ja, Florence, mittlerweile schon. Es waren Minuten, die sich endlos angefühlt haben. Ada ist tatsächlich auf dem Nachhauseweg überfallen worden. Sie muss da an einem kleinen Park vorbei. Es war ein Mann, sagte sie, mit schwarzer Jacke, schwarzer Mütze und dunkler Brille. Er sei von hinten gekommen und habe sie an den Händen gepackt und ihr die Arme auf den Rücken gedreht. ›Wenn du schreist, bringe ich dich um‹, hat er geflüstert und sie in den dunklen Park hineingestoßen. Dann hat er Folgendes zu ihr gesagt: ›Pass gut auf und richte deiner Mutter etwas aus. Sag ihr, dass die Hinrichtung einer Frau vor dem Polizeikommissariat erst der Beginn ist. Die Zeit der Rache ist gekommen. Sag ihr, dass die *ALNouveau* die Untaten ihrer Familie in Algerien nicht vergessen hat.‹ Das war alles. Ada musste das Gesagte zweimal wiederholen. Dann hat er sie zu Boden gestoßen und war verschwunden!

Als Ada aus dem Park heraus kam, hat sie einer unserer Beamten entdeckt, mich sofort angerufen und sie nach Hause begleitet. Ich habe natürlich ein Einsatzkommando zu dem Park beordert, und meine Mitarbeiterin Leonie Perrin hat die ganze Gegend durchkämmen lassen, von dem Mann aber leider keine Spur gefunden.«

Charles konnte nicht an sich halten und reagierte als Erster.

»Das ist ja entsetzlich, Kommandant Lambert. Ist Ihre Tochter verletzt?«

»Geringfügig. Aufgeschlagene Knie. Sonst eigentlich nichts. Ada war natürlich schwer geschockt. Sie konnte sich auf das, was der Mann zu ihr gesagt hatte, keinen Reim machen. Durya hat es immer vermieden, über ihre algerischen Wurzeln zu sprechen. Die Geschichtsschreibung ihrer Familie begann für Ada und auch für mich mit der Ankunft ihrer Eltern in Frankreich.«

»Sie sagen, Leonie Perrin hat die Suchaktion nach Ihrer Tochter geleitet? Was ist mit der Neuen, dieser Camille Lagrange, die den Mord vor dem Kommissariat jetzt aufzuklären hat? War die gestern Abend nicht dabei?« Die Frage kam von Florence.

»Ich fürchte, es hat sie niemand verständigt. Sie war ja auch schon weg, als mich Durya im Kommissariat anrief. Sie wollte sich in der Gästewohnung einrichten, die ihr die Stadt Avignon für die Dauer ihres Aufenthalts zur Verfügung gestellt hat.«

»Und heute? Haben Sie heute mit ihr darüber gesprochen?«

»Ich habe sie noch nicht gesehen, Florence. Ich habe Leonie Perrin gebeten, ihr Bericht zu erstatten. Ich habe mir für heute Vormittag freigenommen, weil ich mich noch um die Sicherheit meiner Familie kümmern muss. Am Nachmittag arbeite ich wieder. Die Neue ist ja nur für den Mordfall zuständig, nicht für die anderen Angelegenheiten in der Dienststelle.«

»Heißt das nun tatsächlich, dass Sie sich völlig aus den Ermittlungen in diesem Mordfall heraushalten werden, Antoine?«

Der skeptische Tonfall von Florence war nicht zu überhören.

»Das glauben Sie doch selbst nicht, Florence. Wie Sie

sehen, ist von der Geschichte meine eigene Familie betroffen. Je schneller der Fall der ermordeten Frau aus dem Frauenhaus gelöst ist, desto besser. Natürlich ist diese Camille Lagrange die offizielle Ermittlerin. Sie hat mir schon gestern klar gemacht, dass sie keine Einmischung von mir will. Sie will objektiv bleiben, hat sie mir erklärt, und sieht sich als Sonderermittlerin. Aber natürlich muss ich auf meine Art herumschnüffeln. Wir werden ja sehen, wer schneller zu einem Ergebnis kommt.«

»Na gut, Antoine. Es ist Ihre Entscheidung. Wie wollen Sie denn nun Ihre Familie schützen?«

»Also: Meine Tochter muss über Weihnachten weg aus Avignon. Ich weiß nur noch nicht, wohin. Meine Frau müsste das natürlich auch, aber sie weigert sich! Sie hat über Weihnachten Dienst im Frauenhaus, wie üblich hat sie sich selbst zum Journaldienst eingetragen. Sie haben ohnedies Personalknappheit. Ihr Hauptargument aber ist, dass sie gerade angesichts des Mordes an einer ihrer Frauen besonders gebraucht wird. Was ich sogar verstehe. Sie will aber natürlich auch, dass wir unsere Tochter aus der Schusslinie nehmen und woanders unterbringen.«

»Und wo wird das sein?«

»Schwierig! Durya hat sofort an ihre beste Freundin gedacht, die in der Nähe der Pyrenäen einen Bauernhof besitzt. Dummerweise ist sie über Weihnachten in Paris. Frisch verliebt, bei ihrem neuen Freund. Sie kommt übermorgen wieder zurück. Wir würden inzwischen Ada am liebsten an einem Ort unterbringen, der nicht so bekannt ist, weit genug entfernt liegt, aber auch wieder nicht so weit, sodass wir sie zwischendurch besuchen können.«

Antoine Lambert redete nicht weiter, und während des beredten Schweigens, das nun folgte, sah Florence Charles fragend an. Dieser zeigte resigniert mit den Handflächen nach oben, richtete dann einen Finger auf sich selbst und nickte zustimmend. Florence wusste die Signale zu deuten, nickte ebenfalls, zeigte aber gleichzeitig einen schuldbewussten Gesichtsausdruck. Dann sprach sie wieder in ihr Telefon.

»Haben Sie vielleicht an Saignon gedacht, Antoine?«

»Ehrlich gesagt, ja. Ich habe gehofft, dass mir vielleicht Monsieur Florentin ein Quartier empfehlen kann. Dann ist meine Tochter Ada wenigstens an einem Ort, in dem wir jemanden kennen.«

»Sie könnte bei Charles und mir wohnen.«

»Nein, Florence. Das will ich Ihnen und Monsieur Florentin wirklich nicht zumuten!«

Während er sprach, war Charles noch ein Stück näher herangerückt und übernahm das Gespräch.

»Noch einmal guten Tag, Kommandant Lambert. Charles Florentin am Apparat. Ich möchte Ihnen sagen, dass es mir eine Freude sein wird, Mademoiselle Ada bei mir im Haus unterzubringen. Das Haus ist groß genug, und ein anderes Quartier werden sie hier nicht finden. Außerdem braucht ihre Tochter Betreuung.« Er verzog einen Mundwinkel und lächelte Florence verschwörerisch zu.

5

Florence saß alleine in der Bibliothek. Sie hatte ihr Handy neben sich liegen und ihre Arme auf die von feinen Sprüngen und einigen tiefen Furchen durchsetzte Tischplatte aufgestützt. Die Vormittagssonne, die um diese Zeit beinahe waagrecht am Himmel stand, schien durch eine blank geputzte Fensterscheibe aus altem Glas. Diese Stimmung erinnerte sie an das Haus ihrer Großmutter in Auteuil, bei der sie nach Weihnachten mit ihrer Maman oft zu Besuch war. Im Gegensatz zu ihrer in einem Pariser Hinterhof gelegenen Wohnung hatte im Haus der Großmutter auch im Winter um die Mittagszeit herum die Sonne zum Fenster hereingeschienen. Eine Bibliothek hatte es nicht gegeben, hingegen einen wenig benutzten Salon, in dem die kleine Florence alleine und ungestört ihren Träumereien nachgehen konnte. Sie erinnerte sich an den einer Trance ähnlichen Zustand, der sie überfiel, wenn sie die Myriaden von Staubkörnchen betrachtete, die im Licht eines hereinfallenden Sonnenstrahles sichtbar geworden waren.

Wie alt war sie damals gewesen? Vermutlich etwas jünger als diese Ada, um die sie sich hier demnächst kümmern musste. Ihre Großmutter war gestorben, als sie zwölf Jahre alt war, und ab da war sie nie wieder in deren Haus gekommen.

Ein einfaches Kind war sie gewiss nicht gewesen. Hoffentlich war die Tochter von Lambert ein unkomplizierteres Wesen. Mon Dieu, worauf hatte sie sich da wieder eingelassen? Warum wohl Charles so schnell zugestimmt hatte? Wollte er sich zu Weihnachten einen Ersatz für seine geliebte Tochter ins Haus holen? War er abenteuerlustiger, als sie ihm zugetraut hatte, oder doch wirklich nur einfach ein guter Mensch?

Genug gefragt! Charles konnte offensichtlich nicht nein sagen, wenn Hilfe nötig war. Natürlich hatten sie sich damit die ganze schlimme Geschichte Lamberts ausgerechnet zu Weihnachten ins Haus geholt. Es war klar, dass sie sich ab nun nicht mit der Rolle einer unbeteiligten Beobachterin begnügen konnte, sondern erneut in die Aufklärung eines Verbrechens hineingezogen wurde.

Jetzt war es aber Zeit, Hélène Mordent, die sie vor Kurzem ebenfalls angerufen hatte, zurückzurufen. Deswegen saß sie schließlich noch immer hier. Hélène würde sich totlachen, wenn sie erfuhr, dass Florence schon wieder in einen Mordfall verstrickt war. Wenn ihr derzeit überhaupt nach Lachen zumute war! Ob es wegen ihrer Aktion im Kaufhaus *Bon Marché* neue Entwicklungen gab? Schon nach einmaligem Klingeln hob diese nun ab.

»Bonjour, Florence! Wie geht es dir? Genießt du deinen Aufenthalt?«

»Mir geht es gut, liebe Hélène, aber deshalb hattest du doch bestimmt nicht angerufen. Ist alles in Ordnung bei euch?«

»Das kann man nicht gerade behaupten. Ich vermute, du ahnst, wer hinter der Aktion im Kaufhaus *Bon Marché* steht.«

»Allerdings!«

»Dachte ich es mir doch. Die Sache hat ganz schön viel Staub aufgewirbelt, und das war ja auch beabsichtigt. Ganz geheuer ist es mir jetzt aber nicht mehr. Ich habe irgendwie wie in Trance gehandelt.«

»Tatsächlich, Hélène? Soweit ich es aus der Ferne beurteilen kann, war die Aktion der Dame im *Bon Marché* strategisch wohl überlegt und um es gleich zu sagen: Ich fand es couragiert und durchaus bewundernswert.«

»Danke, dass du das sagst, Florence. Offensichtlich scheine ich in einem erregten Zustand ganz gut zu funktionieren. Mir war und ist diese Sache wirklich ein riesengroßes Anliegen, aber dass ich dann tatsächlich so weit gegangen bin … Jetzt bin ich mir selbst nicht mehr geheuer.«

»Mich hast du auch überrascht, natürlich! Für eine couragierte Frau, die zu ihren Prinzipien steht, habe ich dich aber schon immer gehalten.«

»Danke, Florence. Wahrscheinlich wäre es konsequent und richtig, wenn ich mich als Urheberin der Aktion outen würde, aber das will ich meinem Mann nicht antun.«

»Hast du ihn denn nicht eingeweiht? Ihr beide habt doch nie Geheimnisse voreinander gehabt!«

»Ich weiß, aber diesmal habe ich mich tatsächlich für einen Alleingang entschieden. Ich hatte nicht den Mut, einen ehemaligen Polizeikommandanten zum Komplizen einer Aktion zu machen, die ein seltsames Licht auf seine Frau wirft. Ich glaube ja, dass mich niemand erkannt hat, aber seit vorgestern kursiert eine Beschreibung der geheimnisvollen Frau in den sozialen Medien, die mir recht nahekommt. Sie stammt von einem der Securities am Eingang des *Bon Marché*. Er hat mich nicht sehr genau kontrolliert, aber sich doch irgendwie an mein Gesicht erinnert. Jetzt werde ich langsam paranoid.«

»Arme Hélène. Kann ich dir irgendwie helfen?«

»Lieb von dir, Florence, aber da muss ich mir wohl selber helfen, und ich habe auch schon etwas unternommen, um für einige Zeit unterzutauchen. Ich brauche nur dein Einverständnis.«

»Und wofür jetzt genau?«

»Nun ja … dafür, dass Madame und Monsieur Mordent kurzfristig beschlossen haben, ihre Weihnachtsferien im Süden zu verbringen. Genau genommen in Saignon.«

»Oh, là, là, Hélène. Das ist in zweifacher Hinsicht eine Überraschung. Erstens wundert es mich, dass du in Saignon so kurzfristig ein Quartier gefunden hast, und außerdem: Wie hast du es denn geschafft, Honoré aus Paris wegzulocken?«

»Erstaunlicherweise war er leichter zu überreden, als ich gedacht hatte. Die Aussicht, dich hier anzutreffen, hat wohl dazu beigetragen. Das ist es ja, wofür ich dein Einverständnis bräuchte. Ich habe ein bisschen geschwindelt und ihm gesagt, dass du uns sozusagen hierher eingeladen hast. Außerdem hattest du uns die Gegend in den leuchtendsten Farben geschildert. Honoré kann es jedenfalls gar nicht mehr erwarten, dich zu treffen.«

Nun war also die Katze aus dem Sack, und Florences erster Gedanke war, dass Saignon inzwischen zu einer Zufluchtsstätte für die Angehörigen von in Bedrängnis geratenen Polizeibeamten geworden war.

Hatte sie nicht irgendwann einmal von einem friedlichen Weihnachtsfest mit Charles Florentin geträumt? Wie würde er darauf reagieren, dass nun auch noch ihr alter Chef samt Gattin angereist kam?

Die schuldbewusste Stimme von Hélène holte sie aus ihren Gedanken zurück.

»Du sagst ja gar nichts mehr, Florence. Es tut mir wirklich leid, dass ich dich so überfalle.«

»Ist schon in Ordnung Hélène. Ich freue mich wirklich darauf, euch die Gegend zeigen zu können. Wir können schöne Stunden miteinander verbringen. Du hast mir aber noch gar nicht gesagt, wo ihr wohnen werdet!«

»Meine liebe Florence, ich gestehe, dass wir sogar schon hier sind! Allerdings wohnen wir nicht direkt in Saignon, sondern etwa vier Kilometer entfernt in einem wunderbar romantischen Landhaus. *Le Bastide de Sophie* heißt es. Es erinnert mich allerdings eher an das Haus aus Daphne du Mauriers Roman *Rebecca*.«

»Ein wenig unheimlich also.«

Florence lachte. »Ein wenig. Nein, nicht wirklich. Keine unheimliche Dame in einem Turm eingesperrt oder etwas in der Art. Wir haben das Haus ganz für uns allein. Schade, dass jetzt die Lavendelfelder nicht blühen, wir haben direkt eines vor der Haustür.«

»Wenn es euch hier gefällt, könnt ihr ja im Sommer wiederkommen. Wann können wir uns sehen?«

»Ich weiß, das ist jetzt viel zu kurzfristig, und ihr habt bestimmt längst euer Weihnachtsessen geplant, aber wenn nicht, dann würden wir dich und Charles gerne für heute Abend zu uns zum Essen einladen. Nichts Großartiges, aber du weißt, dass ich ab und zu gerne und nicht schlecht koche. Wir haben gestern Abend schon eingekauft.«

»Charles hat tatsächlich schon ein Weihnachtsessen geplant. Er ist gerade einkaufen. Vielleicht können wir morgen zu euch kommen und uns heute Nachmittag bei uns zum Kaffee treffen. Darf ich dich zurückrufen, wenn er wieder da ist?«

»Aber gerne, Florence. Wir haben Zeit! Ruf einfach an, wenn es für dich passt.«

Florence hatte zur Notlüge gegriffen. Sie musste das erst mit Charles besprechen. Schließlich wusste sie auch noch nicht, wie sie mit der Tochter von Lambert zurechtkommen würden.

Die Einladung zum Aperitif bei Elena Gilbert fiel ihr ein. Sie musste sie noch fragen, ob sie das Mädchen mitbringen durfte. Eventuell könnten sie sogar Hélène und Honoré zu Madame Gilbert mitnehmen. Nur so eine Idee! Hélène und Elena Gilbert hatten ja einiges gemeinsam. Die eine besaß eine Galerie, und die andere hatte ihr Leben lang als Sensalin in einem bekannten Pariser Auktionshaus gearbeitet.

Florence machte sich auf die Suche nach Charles, konnte ihn aber nirgends finden. War er tatsächlich einkaufen gefahren? Sie durchsuchte das ganze Haus und spähte in dunkle Kammern voll mit alten Sachen. Auch das Zimmer von Chantal, der Tochter des Hauses, betrat sie zum ersten Mal. Hier war es hell und freundlich, trotz Sonnenschein kein Körnchen Staub auf den Möbeln. Auf dem rosarot gestrichenen Bett lag frische Bettwäsche. Charles hatte offensichtlich bereits Vorkehrungen für die bevorstehende Ankunft von Lamberts Tochter Ada getroffen.

Schließlich sah sie, dass die Tür zum Keller offen stand und die Kellertreppe beleuchtet war. Sie stieg hinunter. Das Licht leuchtete nur eine kleine Ecke des Kellers aus. Der Rest war ins Dunkel gehüllt. Die Gestalt, die sich gleich darauf aus dem Dunkel löste, hatte jedoch nichts Düsteres an sich. Sie war ganz in Rot und Weiß gekleidet, hatte eine Taschenlampe in der Hand und war niemand anderer als Charles Florentin in der Verkleidung des Papa Noël.

»Florence, suchst du mich schon? Ich wollte dich nicht bei deinen Telefonaten stören. Es wird Zeit für einen meiner Auftritte als Weihnachtsmann. Die Familie Lafontaine feiert bereits heute Vormittag Weihnachten, weil sie am Abend wieder nach Paris zurückmüssen. Claude Lafontaine ist dort ein großes Tier und wieder einmal unabkömmlich.«

»Ich will dich auch nicht aufhalten Charles, sondern dich nur davon informieren, dass uns ein weiterer Besuch ins Haus steht.«

Charles kniff die Augen zusammen. Florence deutete dies als spontane Geste der Missbilligung und bemühte sich, ihn zu beruhigen.

»Désolée, Charles. Ich weiß, das wird jetzt ein bisschen zu viel, aber es handelt sich nicht um Übernachtungsgäste, sondern um Hélène und Honoré Mordent, die sich in einem Landhaus in der Nähe einquartiert haben und die du von deinem Parisbesuch kennst.«

»Du musst dich nicht entschuldigen. Das ist doch wunderbar. Ich habe mich damals mit Monsieur Mordent ausgezeichnet unterhalten, und der Weihnachtsmann, den du hier vor dir siehst, freut sich über die Aussicht auf ein geselliges Weihnachtsfest. Ich muss gestehen, dass es in den letzten Jahren über Weihnachten in diesem Haus etwas zu still und langweilig geworden ist.«

Florence, die drei Stufen über ihn auf der Treppe stand, hatte Lust zu sticheln.

»Aha. Meine Gesellschaft ist dir offensichtlich noch nicht aufregend genug, um etwas gegen diese Langeweile zu tun.«

Er lachte, kam zu ihr hinauf, fasste sie am Arm und schob sie nach oben. »Deine Gesellschaft, meine liebe Florence, ist das Aufregendste, was mir passieren konnte, und all diese Leute sind ja nur eine Folge der Begegnung mit dir. Sag, sollen wir die zwei heute Abend zum Essen einladen?«

»Ich dachte mir schon, dass du das fragen wirst, aber ich möchte den heutigen Abend lieber mit dir und dem Mädchen alleine verbringen. Hélène wollte uns übrigens auch zum Essen einladen. Bist du einverstanden damit, wenn wir ihre Einladung für morgen annehmen?«

»Gerne, Florence. Ich bin gespannt darauf, wo deine Freunde sich einquartiert haben. Wir könnten sie aber heute zu Elena Gilbert mitnehmen. Ich weiß, dass Elena das gefallen würde. Sie ist immer interessiert an neuen Leuten, besonders wenn sie sich für Kunst interessieren, was ja bei Hélène Mordent der Fall sein dürfte. Ich gehe ohnedies jetzt gleich an ihrem Haus vorbei und könnte sie schon mal über die Entwicklung der Dinge informieren.«

»Les grands esprits se rencontrent«, lachte Florence. »Das war nämlich auch schon meine Idee!«

Bald darauf war Florence ganz alleine im Haus. Vielleicht ist es vorerst das letzte Mal, überlegte sie, dass ich die Ruhe hier so ungestört genießen kann. Sie rief Hélène zurück, und die war mit allem einverstanden, was sie ihr vorschlug. Dann nützte sie die Zeit für einen Ausflug ins Internet. Der Computer von Charles befand sich nicht in der Bibliothek. »Ein Computer in der Bibliothek wäre eine Entweihung«, hatte er gesagt, als er ihr sein recht großes, schon in die Jahre gekommenes Gerät gezeigt und bereitwillig seinen Zugangscode verraten hatte.

Sie betrat den fensterlosen kleinen Raum, in dem sich nur ein Schreibtisch mit dem Computer, ein Drehsessel und ein hoher Metallschrank mit mehreren Schubladen befanden. Als sie den Lichtschalter betätigte, flammten zwei sehr helle Lampen auf. Mit Charles hatte sie neulich nur einen kurzen Blick hineingeworfen, und so bemerkte sie erst jetzt, dass die Wände mit Fotos seiner Tochter Chantal tapeziert waren. Vom Baby bis zur ausgebildeten Musikerin mit Trompete war Chantal in allen nur erdenklichen Lebenslagen zu sehen. Von ihrer Mutter gab es jedoch kein einziges Bild, und Florence hatte den Eindruck, dass von einigen der Bilder ein Teil abgeschnitten worden war, um die Mutter daraus zu entfernen. Schon irgendwie eigenartig, dachte sie sich. Eines Tages werde ich Charles danach fragen müssen.

Im Moment hatten aber andere Fragen Vorrang. Florence wollte wissen, ob es Neuigkeiten über die ermordete Frau aus dem Senegal gab und auch, ob mittlerweile über die geheimnisvolle Dame im Pariser Kaufhaus *Bon Marché* berichtet wurde. Sie tippte den Code ein, den ihr Charles mitgeteilt hatte, und begann, jede einzelne Information, die in den beiden Fällen vorlag, in ihrem verlässlichen Gedächtnis abzuspeichern. Viel Neues gab es allerdings nicht.

Über die Person der ermordeten Alima Semana war wenig in Erfahrung zu bringen. Sie war offensichtlich eine von vielen Einwanderinnen gewesen, die in Frankreich noch keine Arbeitserlaubnis bekommen hatten. Foto von ihr existierte keines. Es gab lediglich eine Zeichnung, die nach Alimas Tod zu Fahndungszwecken von ihr angefertigt und in einigen Zeitungen veröffentlicht worden war. Dieses Bild war jedoch nicht sehr aussagekräftig. Dringend tatverdächtig war der Mann, der sie so zugerichtet hatte, dass sie trotz ihres Status' als »Sans Papiers« im Frauenhaus Zuflucht gesucht und gefunden hatte. Bedauerlicherweise fehlte von ihm nach Aussage der leitenden Beamtin jede Spur. Tatzeugen hatte es wenige gegeben, und ihre Aussagen waren widersprüchlich. In dem dichten Nebel am Tag ihrer Ermordung schien mancher ein Phantom gesehen zu haben. Einer – und der war sich sogar ziemlich sicher gewesen – hatte gesehen, wie der Täter auf einem Roller, in der Art wie ihn früher die Kinder hatten, jetzt aber auch viele Erwachsene benutzten, im Nebel verschwunden war. Auch über das Bekennerschreiben dieser *ALNouveau* gab es nicht viel zu lesen. Lediglich die schon bekannte Information, dass eine *ALN* im Algerienkrieg vorübergehend als militärischer Zweig der *FLN*, der *Front Libération Nationale* im Einsatz gewesen war. Die Existenz einer *ALNouveau* hingegen war niemandem bekannt. Einige rechtsgerichtete Medien machten natürlich sofort eine neue islamische Terrorgruppe für das Verbrechen verantwortlich. Eine in Toulon ansässige Tageszeitung empörte sich darüber, dass die Polizei dieses Verbrechen noch nicht als Terrorakt eingestuft hatte.

Gerade als sich Florence informieren wollte, ob es auch noch Neuigkeiten zu dem Vorfall im *Bon Marché* gab, läutete es an der Haustür. Sie schloss die offenen Dateien, schaltete den Computer aus und eilte nach unten.

6

Sie kamen zu dritt. Lambert, seine Frau und die Tochter Ada. Letztere sah Florence zum ersten Mal. Ihr Gesicht hatte die schöne, getönte Haut der Mutter, zeigte aber auch Ähnlichkeiten mit dem Vater. Sie hatte – in abgemilderter

Form – seine lange und spitze Nase geerbt, die ihm damals im Pariser Kommissariat den Spitznamen »Spürnase« eingetragen hatte. Die etwas unglückliche Nase wurde wettgemacht durch Adas üppiges, leicht gewelltes Haar, das sie kinnlang trug, und durch ihre vollen, schön geschwungenen Lippen, die sich beim Eintreten sofort zu einem breiten Lächeln verzogen. Florence atmete innerlich auf. Diese junge Dame dürfte eine anregende und reizvolle Bereicherung für die Feiertage im Hause Florentin werden. Sie war keinesfalls die muffige 13-Jährige, die Florence insgeheim erwartet hatte. Sie trug Jeans, einen roten Wollpullover und darüber eine hellgraue Parka.

Nachdem Florence die drei Besucher ins Haus gelassen hatte, stellte Ada ihren Rucksack ab und sah sich neugierig um. Der Eingangsbereich war düster, aber geräumig. Es gab einen bunt bemalten Bauernschrank, dessen Farben am Verblassen waren, sowie eine lange Holzbank, unter der Gummistiefel und Pantoffeln aufgereiht waren. Sogleich entdeckte Ada die bäuerlichen Geräte, die an der Wand neben der Eingangstür hingen, und denen Florence noch keinerlei Beachtung geschenkt hatte.

»Oh, so eine schöne Ansammlung von Waffen«, stellte sie befriedigt fest und zeigte auf eine Heugabel mit metallenen Zinken. »Damit werden wir uns im Notfall bestens gegen unsere Feinde verteidigen können.«

Antoine Lambert seufzte. »So ist sie, unsere Tochter. Obwohl sie gestern Abend ganz schön verschreckt war, nimmt sie heute schon wieder alles auf die leichte Schulter.«

»Ich war doch nicht verschreckt, Papa. Ich glaube, der Herr Kommissar überträgt all seine Ängste auf die Tochter, damit er als starker Mann dastehen kann! Findest du das nicht auch, Maman?«

Die Maman, die sich bisher im Hintergrund gehalten hatte, machte einen Schritt nach vorne. Eine attraktive, überdurchschnittlich große und schlanke Frau mit hochgesteckten Haaren und einer weißen Brille im bronzefarbenen Gesicht. Sie trug Jeans, einen hellblauen Rollkragenpullover und eine dunkelblaue Daunenjacke.

»Ist schon recht, mein Liebling«, antwortete sie der Tochter und wandte sich dann an Florence.

»Wie schön, Madame Beaumarie, Sie wiederzusehen! Ich hätte mir allerdings andere Umstände dafür gewünscht! Die Stimmung im Frauenhaus ist derzeit angespannt, und eigentlich müsste ich ununterbrochen dort anwesend sein. Ich bin Ihnen und Monsieur Florentin sehr dankbar dafür, dass Sie unserer Ada Quartier geben. Es ist beruhigend, sie in so guten Händen zu wissen.«

»Das machen wir gerne, Madame Lambert! Wie wäre es, wenn ich Ihnen und Ada zunächst ihr Zimmer zeigen würde. Danach können wir oben im Salon noch das Notwendige besprechen. Der Herr des Hauses ist gerade in seiner Mission als Weihnachtsmann unterwegs.«

Das Zimmer fand Gefallen, und Antoine Lambert schlug seiner Tochter vor, schon einmal in Ruhe ihre Sachen auszupacken. »Ich dachte mir, Papa, dass dieser Vorschlag kommt«, antwortete sie ihm. »Ihr wollt mit Madame Beaumarie Sachen besprechen, die nicht für Kinderohren bestimmt sind. Nur zu, lieber Papa. Ich interessiere mich ohnedies nicht besonders für eure Kriminalgeschichten. Ich bin froh, wenn ich in Ruhe meine eigene Geschichte weiterzeichnen kann. Du kannst mir aber gerne noch die Heugabel aus dem Flur vor die Tür stellen, damit ich für alle Angriffe gewappnet bin.«

Ada blieb im Zimmer, und Florence ging mit deren Eltern hinauf in den ersten Stock. Bald darauf saßen die drei, in

Decken gehüllt, auf der Terrasse des Hauses. Als nämlich Madame Lambert von der Küche aus die Terrasse entdeckt hatte, war sie von dem Ausblick, der sich ihr bot, so hingerissen gewesen, dass sie für einen Moment ihre aktuellen Sorgen vergessen und vorgeschlagen hatte, das Gespräch im Freien fortzusetzen.

»Ich kann einen kurzen Augenblick der Distanz vom Geschehen des gestrigen Tages gebrauchen«, sagte sie jetzt, nahm ihre Brille ab, legte sie auf den Tisch und rieb sich die Augen. »Die ganze Geschichte ist schrecklich und höchst beunruhigend. Der Mord an Alima Semana ist eine furchtbare Katastrophe. Sie war im Frauenhaus sehr beliebt, und dass meine eigene Familie in die Sache mit hineingezogen wurde, macht mir natürlich große Sorgen.«

»Mir wäre es ja viel lieber, wenn du gemeinsam mit unserer Tochter für einige Zeit untertauchen würdest.« Der leise Vorwurf in der Stimme von Antoine Lambert war nicht zu überhören.

Seine Frau seufzte. »Wie oft, mein lieber Mann, soll ich dir noch sagen, dass das in meiner Position und Lage absolut unmöglich ist, und das weißt du auch genau.«

»Es gibt aber Situationen, da muss man abwägen, welches der übergeordnete Wert ist, und das kann doch nur das leibliche Wohl von dir und unserem Kind sein.«

»Das brauchst du mir nicht zu sagen, Antoine. Dass das Wohl unserer Tochter für mich an höchster Stelle steht, ist ja klar. Wie ich mich in einer Situation wie dieser entscheide, musst du aber schon mir überlassen. Du hörst dich gerade an wie mein Vater, der ein richtiger Patriarch war.«

Florence wunderte sich über den scharfen Ton, den Duryas Stimme angenommen hatte. Aus der freundlichen Ehefrau ihres ehemaligen Pariser Kollegen war auf einmal eine Autorität geworden, wie sie es in ihrer Leitungsposition sicherlich auch sein musste.

Wie zur Bestätigung von Florences Überlegung schilderte Durya nun die Situation in ihrem Frauenhaus.

»Wir haben derzeit 18 Frauen in unserem Haus, darunter sechs Afrikanerinnen. Dazu kommen noch mehr als 30 Kinder. Wir haben permanent zu wenig Mitarbeiterinnen, aber gerade jetzt zu Weihnachten mehrere Ehemänner oder Lebensgefährten, die durchdrehen. Eine der Frauen ist gerade ermordet worden. Mein Auftrag ist es, in dieser Situation ein halbwegs schönes und friedliches Weihnachtsfest zu gewährleisten, und das werde ich tun, nicht zuletzt wegen der Kinder.«

Antoine Lambert, der in seinen Sessel zurückgesunken war, richtete sich wieder auf.

»Okay, Durya, das verstehe ich. Dann musst du mir aber auch gestatten, das Frauenhaus ordentlich zu überwachen.«

»D'accord, Antoine. Aber bitte durch weibliche Beamte, die unsere Frauen nicht noch mehr verunsichern. Tut mir leid, Madame Florence, dass wir Sie da mit hineinziehen. Wie Sie sich jetzt sicher vorstellen können, sollte ich längst wieder in Avignon sein. Ich kann leider nicht lange bleiben. Antoine könnte ja dann noch die Details mit Ihnen alleine besprechen.«

»Du hast vergessen, Durya, dass ich dann kein Auto für die Rückfahrt habe«, bemerkte Antoine.

»Warum lässt du dich später nicht von einem Polizeiauto abholen? Dann kannst du Madame Beaumarie noch genauer ins Bild setzen und dich mit ihr beraten.«

»Das stellst du dir einfacher vor, als es ist, Durya. Ich möchte nicht, dass irgendwo durchsickert, wo ich mich derzeit aufhalte. Da könnte ich gleich am Schwarzen Brett in der Dienststelle bekanntgeben, dass ich meine Tochter in Saignon versteckt habe.«

Durya rückte ihren Sessel so zurecht, dass sie ihm direkt gegenübersaß. »Damit hast nun du wieder recht, lieber Mann.« Versöhnlich legte sie ihre Hand auf die seine. »Ich muss aber wirklich bald los und finde, du solltest noch eine Weile hierbleiben.«

Endlich fand Florence Gelegenheit, sich ins Gespräch zu mischen. »Ich kann dir meinen Mietwagen leihen, Antoine. Der ist ziemlich unauffällig, und ich brauche ihn ohnedies heute nicht. Du kannst dann morgen wiederkommen und mich nach Avignon mitnehmen.« Sie wandte sich an Durya. »Ich würde nämlich sehr gerne Ihre Arbeitsstätte kennenlernen, Madame. Dann könnte ich mich vielleicht auch mit der einen oder anderen Bewohnerin unterhalten. Antoine hat mich heute gebeten, ihn bei seinen Recherchen zum Mord an Alima Semana zu unterstützen. Vielleicht erfahre ich dabei etwas, was für die Aufklärung dieses Mordes hilfreich ist. Antoine kann in seiner jetzigen Situation solche Gespräche nicht führen, und über das Umfeld des Mordopfers scheint man noch viel zu wenig zu wissen.«

Antoine Lambert kam seiner Frau mit einer Antwort zuvor. »Florence hat recht, Durya. Wir müssen mehr über Alima Semana erfahren. Das, was du von ihr erzählt hast, ist nicht gerade ergiebig.«

»Ja, sie hat sich sehr bedeckt gehalten, was ihre persönliche Geschichte betrifft. Zu uns gekommen ist sie nach eigener Aussage, nachdem sie von einem Mann brutal zusammengeschlagen worden war. Angeblich ist sie seit knapp zwei Jahren in Frankreich. Sie ist 27 Jahre alt und hat ein Asylverfahren laufen. Sie spricht fließend Französisch, nicht gerade ein Wunder bei einer Senegalesin, sie wirkt auf mich überdurchschnittlich intelligent und ist wahnsinnig nett zu den Kindern im Haus. Mon Dieu, ich rede ja so, als wäre sie noch am Leben. Es ist aber auch so furchtbar traurig! Jedenfalls hat sie sich in der Zeit, in der sie da war, viel mit den Kindern beschäftigt, so als wäre sie eine Lehrerin.«

»Diese Informationen bringen uns tatsächlich nicht viel weiter.« Antoine Lambert wandte sich Florence zu. »Ich nehme Ihren Vorschlag mit dem Mietwagen gerne an, Florence. Wenn es Ihnen zeitlich möglich ist, fände ich es toll, wenn Sie morgen ins Frauenhaus kämen. Meine Frau wird Ihnen bestimmt gerne alles zeigen.«

Durya nickte, und Florence musste innerlich schmunzeln. Die Umstände hatten Antoine Lambert gewandelt. Seine Bereitschaft, sie auf seinem Revier in Avignon in einen Fall einzubeziehen, war bereits während ihres ersten und bisher letzten Falles im vergangenen Sommer Schwankungen unterworfen gewesen. Nun durfte sie wieder mit dabei sein! Also gut! Eigentlich war es Zeit, die erneute Zusammenarbeit, die nun bevorstand, auf Augenhöhe zu gestalten.

»Wie wäre es, Antoine, wenn wir uns nach all den Jahren endlich duzen würden? Ich glaube, es wäre an der Zeit. Natürlich würde ich auch Ihnen, Madame Lambert, gerne das Du anbieten.«

Die beiden zeigten sich mehr als einverstanden mit dem Vorschlag, und Florence ließ es sich nicht nehmen, drei Gläser Champagner aus der Küche zu holen. Gerade, als sie anstießen, kam der Hausherr von seiner Mission als Weihnachtsmann zurück und schloss sich ihnen an – was das Du als auch was den Champagner betraf. Die Gäste, die noch Auto fahren mussten und, genauso wie Florence, einen klaren Kopf behalten wollten, nippten nur an ihrem Glas. Der Hausherr, immer noch in der Kluft des Weihnachtsmannes, schenkte sich ein zweites Mal nach.

»Wo ist eigentlich das Mädchen?«, fragte er,

»Ach, Ada ist schon in dem Zimmer, das ihr Florence gezeigt habt. Wenn sie einmal mit dem Zeichnen anfängt, kann sie nicht mehr aufhören«, antwortete ihm Durya.

»Was zeichnet sie denn?«

»Mangas! Weißt du, was das ist?«

»Natürlich. Als Buchhändler weiß man das, du auch, Florence?«

»Selbstverständlich. Schließlich bin ich die Mutter eines Sohnes, der von der asiatischen Kultur fasziniert ist. Michel hat sich zwar schließlich für China entschieden, aber auch für die japanische Comic-Tradition hatte er in jüngeren Jahren ein Faible. Aber wir reden jetzt von Ada. Sie zeichnet also selbst Mangas! Schreibt sie auch die Geschichten dazu?«

»Sie textet ein bisschen und hatte die Idee, einen ihrer Lieblingsromane, den *Graf von Monte Christo*, als Manga zu zeichnen, und da sie tatsächlich begabt ist, wird das auch recht schön, finde ich. Aber gut, ich bin die Mutter und diesbezüglich zu keinem objektiven Urteil fähig.«

»Ich glaube, du schätzt sie schon richtig ein. Sie ist ein sehr sympathisches Mädchen. Furchtbar, was ihr gestern zugestoßen ist.« Florence wollte wieder auf den eigentlichen Grund dieser Zusammenkunft zurückkommen.

»Ja. Es hat uns einen ziemlichen Schrecken eingejagt.« Durya seufzte und strich sich mit einer Hand über Stirn und Haare. »Ich frage mich, wie dieser Mann gewusst hat, wo und wann er ihr auflauern kann. Er muss ihre

Gewohnheiten ausgeforscht haben, denn bei Elaine ist sie jede Woche nur einmal und immer zur selben Zeit. Sie gehen nach der Schule zum Schwimmtraining und dann machen sie zusammen Hausaufgaben.«

»Das könnte sein, aber für solche Spekulationen wissen wir noch zu wenig über ihn. Ich bin jedenfalls beeindruckt, wie gelassen Ada heute mit dieser Situation umgeht.«

»Das ist typisch für sie. Sie hat schon immer so einen tapferen Humor. Komischer Ausdruck, aber so würde ich das bezeichnen. Wenn ihr etwas Unangenehmes oder Schweres zustößt, versucht sie, sich schnell wieder zu fassen und macht sich gerne auch lustig über die Situation. Wir haben gestern noch lange miteinander geredet und wohl alle zu wenig Schlaf bekommen. Es würde mich nicht wundern, wenn sie mittlerweile über ihren Mangas eingeschlafen wäre.« Durya zog den Ärmel ihrer Jacke hoch und warf einen Blick auf ihre übergroße Armbanduhr. »Oh, schon bald Mittag. Spätestens um 13 Uhr sollte ich im Frauenhaus sein. Wie machen wir es jetzt wirklich, Antoine? Wirst du noch länger hierbleiben?«

»Ja, doch. Es gibt noch einiges mit Florence und Charles zu besprechen. Wenn das für dich wirklich okay ist, Florence, nehme ich dein Angebot, mir bis morgen deinen Wagen zu leihen, an.«

»Das ist überhaupt kein Problem. Ich hatte nicht vor, ihn heute noch zu fahren. Wir sollten uns auch noch über die möglichen Motive der Mordtat unterhalten und darüber, warum diese Drohungen ausgerechnet an eure Familie gerichtet worden sind.«

»Dazu möchte ich noch etwas sagen«, meldete sich Durya. »Ich finde, ich muss Florence und Charles in meine Familiengeschichte einweihen, denn das war es, was wir gestern unserer Tochter zu erklären hatten. Das Motiv, zumindest für die Drohungen gegen meine Person, könnte dort zu finden sein, und das war es auch, worüber wir gestern Nacht noch so lange mit Ada geredet haben.«

7

Gerade, als Durya Lambert Florence und Charles über die Geschichte ihrer Familie informierte, war Ada zu ihnen auf die Terrasse gekommen. Sie schmiegte sich an die Mutter, während diese zu Ende erzählte.

Durya hatte ihre kurze Erzählung damit begonnen, dass sie, die 1973 in Frankreich geboren worden war, selbst erst vor wenigen Jahren von den traumatischen Erlebnissen ihrer Eltern und deren Flucht nach Frankreich gegen Ende des algerischen Befreiungskrieges erfahren hatte. Ihren Eltern war es gelungen, sich in Frankreich ein neues Leben aufzubauen. Ihre Tochter hatten sie in dem Glauben aufwachsen lassen, dass sie nach Frankreich gegangen waren, weil ihre Familien ihre Verbindung missbilligten. Das war allerdings nur ein kleiner Teil der Wahrheit gewesen. Duryas Vater war ursprünglich dazu ausersehen, das Familienerbe anzutreten und das große und angesehene Hotel der Familie Bessoucan in die Zukunft zu führen. Duryas Großeltern waren zwar mit der Wahl seiner Braut nicht einverstanden, hatten aber dennoch ihren ältesten Sohn weiterhin als Hotelerben betrachtet. Die arabischstämmige Familie von Duryas Vater hatte über Jahrzehnte das Hotel *Lunemer* in Oran an der Westküste Algeriens besessen. Die Gäste des Hotels waren in überwiegender Zahl Franzosen, und auch die Bessoucans eigneten sich im Laufe der Zeit einen französischen Lebensstil an. Als in dem Hotel während des Bürgerkrieges französische Politiker und Militärs ein- und ausgingen, geriet die Familie zwischen die Linien der *OAS*, einer französischen nationalistischen Terrororganisation, und der *FLN*, der algerischen Befreiungsbewegung mit ihrem militärischen Arm, der *ALN*. Von letzterer wurden sie beschuldigt, mit den Franzosen zu kollaborieren und *OAS*-Terroristen Unterschlupf zu bieten. 1962 wurde das Hotel niedergebrannt, und schon Tage zuvor waren zwei Brüder von Duryas *Vater* mit durchschnittener Kehle aufgefunden worden. Duryas Eltern gelang die Flucht nach Frankreich, wo sie zunächst in einem der damals rasch errichteten Auffanglager lebten und dann als kleine Hotelbedienstete Arbeit fanden, ehe ihnen der Neubeginn mit einem charmanten Provinzhotel in der Nähe von Biarritz gelang. Durya war ihr einziges spät geborenes Kind.

Das Hotel war mittlerweile verkauft und die Eltern waren vor fünf Jahren kurz nacheinander verstorben.

Ada hatte die letzten Sätze ihrer Mutter mitgehört und schaute jetzt Florence und Charles an, die ihren Worten fasziniert gefolgt waren.

»Was sagt ihr dazu, dass mir Maman erst letzte Nacht diese spannende Geschichte über ihre Vorfahren erzählt hat?«, fragte sie. »Mehr, als dass meine Großeltern aus Algerien weggegangen sind, weil sie von einem besseren Leben in Frankreich geträumt haben, habe ich ihr bisher nie entlocken können. Im Gegensatz zu Papa«, fügte sie hinzu, »der hat mir oft von den angeblichen Heldentaten seiner Ahnen erzählt, die sich allerdings alle nur in französischen Ministerien und Büros abgespielt haben!«

Durya kam Florence und Charles mit einer Antwort zuvor.

»Ich habe es offensichtlich nicht gewagt, mit meinen Leuten gegen diese Helden aus der Familie deines Vater anzutreten, und wie du nun weißt, hat mir meine Mutter auch erst knapp vor ihrem Tod die ganze Geschichte erzählt. Ich bin diesbezüglich ebenfalls völlig ahnungslos aufgewachsen.«

»Désolée, Maman, aber dann hast du dich mir gegenüber genauso verhalten wie deine Mutter dir gegenüber. Dabei bist doch ganz anders, als meine Großmutter es war. Du hast studiert und hast bestimmt gerade über solche Dinge viel nachgedacht.«

»Du hast vollkommen recht, Ada. Ich habe für mich immer eine Entschuldigung dafür gefunden, warum ich es dir noch nicht gesagt habe. Ich konnte einfach nicht darüber sprechen. Das tut mir heute leid.«

»Ich verstehe aber nicht, warum diese uralten Geschichten für jemanden heute noch so eine Bedeutung haben sollen, dass er deswegen sogar ein Verbrechen begeht?« Ada hatte sich aus den Armen ihrer Mutter gelöst und sah jetzt ihren Vater an.

»Es ist völlig rätselhaft, mein Schatz, warum es einen Zusammenhang zwischen dem Mord an einer jungen Frau aus dem Senegal und der Familiengeschichte deiner Mutter geben sollte«, antwortete er ihr. »Es ist aber möglich, dass jemand sie und unsere Familie nur benutzt, um die Hintergründe eines anderen Verbrechens zu verschleiern oder sich wegen irgendetwas an mir zu rächen. Was meinst du dazu, Florence?«

»Ich weiß noch viel zu wenig, um etwas sagen zu können, aber das sind natürlich Möglichkeiten! Habt ihr denn inzwischen schon irgendetwas über diese *ALNouveau* herausgefunden?«

»Praktisch nichts. Niemand hat zuvor von einer derartigen Gruppierung gehört, sie ist bisher auch auf keinerlei Radar aufgetaucht, und ich habe bereits alle relevanten Informationsquellen angezapft. Wie schon gesagt, vermute ich, dass jemand diese Geschichten als Deckmantel nutzt. Dass dieser Jemand möglicherweise etwas über die Familie meiner Frau weiß, macht mir Sorgen. Deshalb bin ich auch wirklich froh, dass Ada eine Weile bei euch bleiben kann, denn hier wird sie hoffentlich niemand vermuten. Wir haben stattdessen durchsickern lassen, dass sie über Weihnachten zu Freunden nach Paris gefahren ist. Außerdem, entschuldige Süße«, sagte er, an seine Tochter gewandt, »würde dich mit deinem neuen Haarschnitt ohnedies niemand erkennen.«

»Na wunderbar, Papa. Du meinst, ich schau jetzt endgültig wie eine Vogelscheuche aus. Na, ist mir auch egal. Ich versteh schon. Das gute Kind soll für eine Weile ruhiggestellt werden, bis der Herr Papa wieder alles in Ordnung gebracht hat. Ich nehme aber an, dass mich Madame Florence ohnedies auf dem Laufenden halten wird, denn natürlich weiß ich, dass sie eine ehemalige Kollegin von Papa ist und sich aus interessanten Kriminalfällen nicht heraushalten kann.« Sie grinste in Richtung Florence, und diese dachte sich einmal mehr, dass sie hier ein sehr cleveres Kind zu Gast hatten.

Zehn Minuten später begleitete Florence Durya Lambert zu ihrem Wagen, der, um Tarnung bemüht, am Rande eines kleinen Waldstücks am Ortsrand geparkt war.

»War das, was du uns vorhin erzählt hast, wirklich alles, was du über das Mordopfer weißt?«, fragte sie Durya.

»Im Großen und Ganzen schon«, antwortete ihr diese.

»Wie ist es eigentlich genau dazu gekommen, dass sie bei euch im Frauenhaus gelandet ist?« Florence ließ nicht locker.

»Sie ist mitten in der Nacht zu uns gekommen. Sie hat erzählt, dass sie immer wieder bei anderen Freunden gewohnt und keinen festen Wohnsitz gehabt hat. Diese Freunde wollte sie uns alle nicht nennen, und ich dachte mir von Anfang an, dass da etwas nicht stimmt. Ich glaube eher, dass sie illegal irgendwo gearbeitet hat und uns das nicht sagen wollte. Jedenfalls hat sie angegeben, dass sie zwei Tage, bevor sie zu uns kam, wieder einmal kein Quartier mehr hatte. Sie hat im Hinterhof eines Hauses genächtigt, und dort ist sie von einem unbekannten und offensichtlich alkoholisierten Mann im Dunkeln überfallen worden. Er hat versucht, sie zu vergewaltigen. Sie hat sich gewehrt, und er hat daraufhin begonnen, auf sie einzuschlagen. An mehr hat sie sich nicht erinnern können außer an die Alkoholfahne des Mannes. Irgendjemand hat dann die Rettung und die Polizei verständigt. Sie war eine Nacht im Krankenhaus und ist dann zu uns gekommen. Meine Mitarbeiterin Anne, die sie aufgenommen hat, kann dir das vielleicht noch detaillierter erzählen. Jedenfalls hat sich Alima relativ schnell wieder erholt. Sie ist regelmäßig nach draußen gegangen. Andere Frauen wollen das oft noch lange nicht. Sie haben Angst, dass der Mann, der sie geschlagen oder bedroht hat, ihnen auflauert. Sie hingegen ist für die anderen einkaufen gegangen und hat Botengänge erledigt.«

»Hat das dich und deine Mitarbeiterinnen nicht verwundert?«

»Nicht wirklich. Wir sind kein Gefängnis, und unsere Frauen sind ganz verschieden.

Alima Semana war eine sehr sympathische und selbstbewusste Frau. Sie ging nicht davon aus, dass der Mann sie gekannt hat. Er hat sie rein zufällig erwischt. So gesehen, war sie nicht mehr gefährdet, und wir hätten sie eigentlich auch wieder bald entlassen können. Da sie aber derzeit keine Unterkunft hatte, habe ich eine Ausnahme gemacht und ihr erlaubt, noch zu bleiben. Jedenfalls so lange, bis sie etwas anderes findet. Die Behörden haben mir auch versprochen, ihr Verfahren um eine Arbeitserlaubnis zu beschleunigen.«

»Weißt du, warum sie am Tag ihrer Ermordung aus dem Haus gegangen ist und wo sie hin wollte?«

»Danach wurde ich natürlich auch schon befragt, aber wo sie hin wollte, weiß ich leider nicht. Die Frauen melden sich einfach an der Pforte ab, wenn sie weggehen. Die meisten sagen auch, wann sie zurück sein werden. Alima hat um 12.30 Uhr das Haus verlassen. Also ungefähr eine Stunde bevor sie erschossen wurde. Wann sie zurück sein wollte, hat sie nicht bekanntgegeben. Mehr kann ich dir leider wirklich nicht mehr über sie erzählen.«

»Kannst du es einrichten, dass ich morgen auf jeden Fall mit dieser Anne sprechen kann, wenn ich dich im Frauenhaus besuche?«

»Kein Problem. Sie hat morgen den ganzen Tag Dienst. Zu Mittag gibt es für alle ein gemeinsames Weihnachtsessen. Da könntest du die meisten Frauen antreffen.«

»Gut, dann werde ich es so einrichten, dass ich gegen Mittag im Frauenhaus sein werde.«

Nach ihrer Rückkehr fand Florence Charles und seine beiden Gäste noch immer oben im Haus vor. Antoine Lambert hatte sich in den Salon zurückgezogen und telefonierte. Am Herd stand ein Topf mit Wasser, das bereits zu brodeln begann. Der Hausherr war über den Tisch gebeugt und schien für nichts anderes Augen zu haben als für die Zeichnungen seines jungen Gastes, die vor ihm ausgebreitet lagen.

»Ada.« Florence zwinkerte dem Mädchen zu und tippte Charles auf den Rücken. »Hier ist ein Topf gerade am Überkochen, und ich bin wieder zurück!«

Geistesabwesend drehte er sich zu ihr um.

»Ach bitte, Florence, wirf die Spaghetti hinein. Sie sind in der Lade unter der Herdplatte. Unser junger Gast ist schon hungrig.« Dann wandte er sich wieder den Zeichenblättern zu und murmelte: »Großartig, Ada, wie du den Kerker von Edmond Dantès gezeichnet hast.«

Florence tat, wie ihr geheißen. Charles hatte offensichtlich einen Ersatz für seine Tochter gefunden. Sie schienen sich prächtig zu verstehen. Das konnte ihr nur recht sein. Sie selbst hatte nicht wirklich Lust, die Ersatzmutter zu spielen, und hatte schon befürchtet, dass ihr nun noch weniger Zeit für die Verfolgung ihrer Interessen blieb. Die lagen mittlerweile eindeutig in der Beschäftigung mit den Vorkommnissen, die Antoine Lambert und seine Familie nach Saignon geführt hatten.

Beim gemeinsamen Verspeisen des schnell zubereiteten Essens – Nudeln mit Tomatensoße – war vorerst keine Rede mehr von den Vorfällen in Avignon. Alles drehte sich um Ada und ihre Zeichnungen, was Antoine Lambert in Erstaunen versetzte.

»Uns gegenüber hast du immer so geheimnisvoll getan«, sagte er mit leisem Vorwurf zu seiner Tochter, »und Monsieur Florentin hast du sofort alles gezeigt.«

»Monsieur Florentin ist ja auch ein Experte für Bücher, was man von dir und Maman nicht behaupten kann. Ihr habt doch diese Mangas immer als Kinderei abgetan, aber Monsieur Florentin weiß, dass es sich dabei um echte Kunst handelt.«

»Wir haben doch immer gesagt, dass wir sehr schön finden, was du da machst.«

»Oh ja, und gleichzeitig habt ihr immer darauf gedrängt, dass ich mehr an die frische Luft gehen und nicht so viel in meinem Zimmer sitzen soll.«

Antoine Lambert, der bereits seine Nudeln aufgegessen hatte, quittierte die Aussage seiner Tochter mit einem Seufzer und einem Nicken und wandte sich an Florence.

»Also gut, lassen wir Monsieur Florentin und Ada kurz allein und besprechen wir unsere weitere Vorgehensweise. Dann muss ich aber wirklich zurück nach Avignon.«

»Dann übergebe ich dir jetzt meine Wagenschlüssel und begleite dich zu meinem Mietauto. Wir können das genauso gut am Weg dorthin besprechen.«

»Ihr wisst aber schon, dass man einen Mietwagen nicht einfach einem anderen Fahrer überlassen kann, ohne ihn bei der Mietwagenfirma anzumelden«, mischte sich Charles ins Gespräch.

»Das weiß ich, Charles. In meinem Fall genügt ein Anruf beim Wagenverleih, und das habe ich bereits erledigt. Ich bin noch immer der Leiter des Polizeikommissariats von Avignon und kann dringenden polizeilichen Bedarf anmelden.«

Am Weg zum Wagen bestätigte Antoine Florence noch einmal, was er bereits zur *ALNouveau* gesagt hatte. Außer einer Firma für chirurgische Implantate, die sich *Aln* nennt, habe man absolut nichts unter diesen Buchstaben finden können.

Nach wie vor war er fest entschlossen, in diesem Fall seine eigenen Untersuchungen anzustellen. »Diese Geschichte ist verrückt, und ich habe Angst um meine Familie. Ich kann aber diesen Fall nicht einfach dieser Camille Lagrange überlassen, deren Kompetenz ich nicht kenne, ja, ehrlich gesagt, anzweifle. Und Florence«, er blieb stehen und sah ihr in die Augen, »ich bin mittlerweile sehr froh, dass du bereit bist, mich zu unterstützen, denn an deiner Kompetenz gibt es für mich nicht den geringsten Zweifel!«

»Alles klar, Antoine, aber du solltest dennoch gegenüber dieser Kollegin mit offenen Karten spielen und ihr ein wenig Vertrauen entgegenbringen. Sie hätten ihr doch nicht diesen Fall übertragen, wenn sie nicht Erfolge als Ermittlerin vorzuweisen hätte.«

»Ich werde mich bemühen, aber einfach ist es nicht, denn sie lässt mich ja nicht an sich heran.«

»Du kannst trotzdem versuchen, mit ihr ins Gespräch zu kommen.«

»Na gut. Wir werden uns ohnedies noch oft genug über den Weg laufen, denn sie hat ihr Büro gleich neben dem meinen, und die arme Leonie Perrin hat vorübergehend ausziehen müssen und sitzt jetzt bei den anderen.«

Sie waren beim Auto angekommen. So wie zuvor schon seine Frau bedankte er sich noch einmal für alles und fuhr ab.

Florence machte sich wieder auf den Weg, hatte aber das Bedürfnis, noch eine Weile allein zu sein. Noch etwa zweieinhalb Stunden Zeit bis zur Einladung bei den Gilberts. Sie würden Ada natürlich mitnehmen. Wie ihr Charles zwischendurch kurz zugeflüstert hatte, freue sich Elena Gilbert auch darauf, die Mordents kennenzulernen. Sie hatte also noch etwas Zeit, um sich das, was sie heute von den Lamberts erfahren hatte, durch den Kopf gehen zu lassen. Wie gewohnt wollte sie sich vom Mordfall Alima Semana ihre eigene innere Landkarte anlegen. Sie mochte es nicht, wenn die Eindrücke eines Kriminalfalles zu lange ungeordnet in ihrem Kopf herumschwirrten.

Ganz still war es im Moment hier oben am Parkplatz, der direkt neben der Kirche und dem Friedhof lag. Auch ein bisschen Bewegung würde ihr guttun!

Ohne lange zu überlegen, drehte sie sich um und schlug die Gegenrichtung zum Haus von Charles ein. Einer von mehreren Wegen führte steil nach oben und endete in einem lichten Wäldchen, das sie schon nach zehn Minuten erreicht hatte.

Kurz gönnte sie sich einen Blick zurück auf das Dorf und durchquerte das kleine Waldstück. Dann stieß sie auf eine Straße, die in die Hügel hinaufführte. Dort grenzte ein Lavendelfeld an das andere. Die kurz geschnittenen Lavendelbüsche waren in langen, geordneten Reihen gepflanzt und glänzten silbern in der Wintersonne. Fasziniert von diesem Anblick umrundete sie das Feld und entdeckte eine improvisierte Sitzbank. Vermutlich ein Rastplatz für jene Leute, die im Sommer das Feld bearbeiteten.

Sie hatte nicht bemerkt, dass die Bank nass war, und spürte erst nach dem Hinsetzen, wie die Nässe durch ihre Kleider drang. Es kümmerte sie nicht, denn in Gedanken hatte sie schon begonnen, ein Schachbrett mit den Figuren des aktuellen Mordfalles zu bestücken. Es war eine ihrer Methoden, sich die möglichen und tatsächlichen Verbindungen eines Falles vor Augen zu führen. Sie hatte ein ungewöhnlich gutes Gedächtnis, und bereits als Kind war ihr klar geworden, dass ihr Kopf ein bisschen anders und in mancher Hinsicht besser funktionierte als der anderer Leute.

Schon bald tummelten sich auf ihrem imaginären Schachbrett einige wenige schwarze und weiße Figuren, während andere in ihrer Vorstellung am Rande noch auf ihren Einsatz warteten. Jetzt fehlte nur mehr der große Unbekannte, den sie immer als Letzten in Stellung brachte. Als sie auch für ihn einen geeigneten Platz gefunden hatte, lehnte sie sich auf ihrer Bank zurück und führte sich noch einmal das Gesamtbild vor Augen.

Wie immer hatte sie das Mordopfer, Alima Semana, in der Mitte des Feldes platziert.

Da sie aus Erfahrung wusste, dass die wichtigsten Schachfiguren in einem komplizierten Fall oft schnell aufgebraucht waren, stellte sie sich anstelle einer Figur für Alima ein weißes Kreuz vor – E5! Es würde unverrückbar an dieser Stelle bleiben, bis der Fall gelöst war.

Direkt vor dem weißen Kreuz ragte der schwarze Turm auf, eine der gefährlichsten Figuren im Schach. Er repräsentierte jene noch unbekannte Person oder Gruppe, die sich zur Tat bekannt hatte und unter dem Deckmantel *ALNouveau* agierte. Ein weißer Bauer stand unmittelbar vor dem schwarzen Turm – stellvertretend für Ada – und wurde von diesem bedroht – E3! Für Adas Mutter Durya hatte sie eine weiße Königin – die stärkste Figur im Schachspiel – gewählt. Ob sie damit richtig lag, konnte sie noch nicht sagen. Sie stand nun neben dem schwarzen Turm auf F4. Wenn sich ihre Figuren an die Regeln eines realen Spiels hielten, würde der schwarze Turm sowohl sie als auch die Tochter unmittelbar angreifen können, aber natürlich würde alles davon abhängen, wer den nächsten Zug tat.

Interessanterweise befand sich Antoine Lambert, repräsentiert von einem weißen Läufer, relativ weit abseits der zentralen Gruppe. Von seinem Platz auf B4 würde er aber mit der Zeit einen ganz guten Überblick über das Geschehen bekommen und war vermutlich selbst nicht in Gefahr. Sehr aktionsfähig war er als Läufer in dieser Position allerdings nicht.

Der große Unbekannte, diesmal zu Florences eigener Überraschung repräsentiert von einem schwarzen Springer, stand auf B7. Obwohl weitab vom Geschehen machte er doch einen recht beunruhigenden und unberechenbaren Eindruck. In einem Fall, in dem es praktisch noch keine wirklichen Verdächtigen gab, war seine Rolle von besonderer Bedeutung. Sie würde alles tun müssen, um ihm näherzukommen!

Fertig? Oh nein! Sie hatte ausgerechnet den Mann vergessen, der Alima Semana zwei Wochen vor deren Ermordung überfallen hatte. Natürlich zählte er zu den Verdächtigen. Wenn es stimmte, dass er eine Zufallsbegegnung war, war es allerdings nicht sehr wahrscheinlich, dass er auch der Täter war. Das Bekennerschreiben wies nicht darauf hin. Sie wählte einen schwarzen Läufer und stellte ihn ein Feld hinter dem schwarzen Turm auf, der die *ALNouveau* repräsentierte.

Kurz ließ sie das Bild auf sich wirken, dann war sie sich sicher, dass es als Ausgangsstellung für sie funktionierte. Sie löste sich wieder davon, und anstelle des Schachbretts lag erneut das winterliche Lavendelfeld vor ihren Augen. Ein beruhigender, stiller Anblick in blassen Farben. Gerade als sie aufstehen wollte, tauchte auf der anderen Seite des Feldes jemand auf. Eine Person kam aus dem Wäldchen, aus dem auch sie gekommen war, und blieb am Waldrand stehen. Sie vermutete, dass es ein Mann war. Er trug einen roten Anorak und grüne Hosen. Das Outfit erinnerte sie an Elenas deutschen Gast von heute Morgen. Auch er schien sie entdeckt zu haben, denn er blickte in ihre Richtung. Dann griff er an seine Brust und führte einen Gegenstand direkt vor seine Augen. Hatte er einen Feldstecher zu Hilfe genommen, um sie näher inspizieren zu können? Rasch erhob sie sich und machte sich auf den Weg. Er blieb unbeeindruckt stehen, und bald konnte sie erkennen, dass er tatsächlich einen Feldstecher benutzte. Sein Interesse schien aber gar nicht ihr, sondern dem Lavendelfeld zu gelten, denn nachdem er es systematisch abgesucht hatte, trat er ein paar Schritte hinein, kniete sich nieder, betrachtete die Pflanzen genauer und schien sogar an ihnen zu riechen. Der deutsche Öko-Freak in einer geheimen Umweltmission? So musste es sein! Florence war mit ihrer Diagnose zufrieden und begab sich zurück ins Dorf.

TEIL 2
WEIHNACHTSCHAOS

8

Der Aperitif bei Elena Gilbert entpuppte sich als typisch deutsches Weihnachtsgetränk mit leicht französischer Note.

»Erst wollen sie das typisch Französische kennenlernen, und dann sind sie ganz begeistert, wenn ich ihnen ihren sogenannten ›Weihnachtspunsch‹ serviere. Ich wusste aber, dass sie das mögen. Ich kenne meine Deutschen.«

Madame Gilbert lachte und überreichte Hélène Mordent ein dickes geschliffenes Glas mit Henkel, aus dem heißer Dampf aufstieg.

»Riecht nicht schlecht! Was ist denn da drinnen?«

»Weißwein, Gewürze, Orangensaft und etwas Cointreau. Ich habe das Ganze ein wenig französisiert.«

»Une bonne idée«, mischte sich Florence ins Gespräch, die gerade einen ersten Schluck gekostet hatte, »so ist es durchaus genießbar.«

Der lange, von einem weißen Tuch bedeckte Tisch, an dem Madame Gilbert ihren Gästen den Weihnachtstrunk sowie eine stattliche Auswahl an Horsd'oevres servierte, befand sich in einem halb offenen und hell erleuchteten Partyzelt im weitläufigen Garten hinter dem Haus. Zahlreiche Lichterketten waren zwischen Bäumen und Hecken aufgespannt und beleuchteten Plätze und Pfade. Mittendrin gab es eine Weihnachtskrippe zu bestaunen. Die großen Tonfiguren stammten von einem litauischen Künstler, der von Zeit zu Zeit in Elenas Galerie ausstellte. Überall im Garten konnte man noch weiteren dieser Figuren begegnen: Schafhirten mit demütig geneigten Köpfen oder aufgeregten Gesten, rotwangigen Kindern oder bäuerlich bunt gekleideten Frauen.

Florence dachte, dass es Elena Gilbert verstand, eine romantische und besondere Atmosphäre zu schaffen, ohne dabei die feine Linie zwischen Kunst und Kitsch zu überschreiten.

Das hatte natürlich auch Hélène Mordent sofort erkannt. In ihrem Beruf hatte sie ein Leben lang mit Kunstwerken zu tun gehabt und wusste den ausgezeichneten Geschmack der Gastgeberin zu würdigen. Die beiden Frauen hatten sich auf Anhieb verstanden und ein Gespräch über einen zeitgenössischen Künstler begonnen, dessen Namen Florence noch nie gehört hatte. Ihr Sinn für das Schöne war gut entwickelt, aber die moderne Kunst hatte sie nie besonders interessiert. Hélène Mordent wirkte entspannt. War sie froh darüber, den möglichen Folgen ihrer Aktivitäten in Paris entflohen zu sein?

Florence blickte auf die Platten mit den Hors d'œuvres, von denen nicht mehr viel übrig geblieben war. Den Gästen aus Deutschland schien es geschmeckt zu haben. Mittlerweile hatten sie sich über den Garten verteilt, und Florence, Charles, Ada und das Ehepaar Mordent waren die Letzten gewesen, die sich hier bedient hatten. Elena Gilbert hatte also Zeit für das Gespräch mit Hélène Mordent, und Charles und Honoré waren schon zuvor von deren Mann Pierre in eine andere Ecke des Gartens entführt worden.

Wo nur Ada war? Gleich nach der Ankunft hatte ihr Elena eine alkoholfreie Version des Weihnachtspunsches in die Hand gedrückt, und seither hatte Florence sie nicht mehr gesehen. Kein Grund zur Sorge, denn lange waren sie noch nicht hier. Florence machte sich trotzdem auf die Suche und entdeckte schließlich in einer dunklen Ecke zwei helle Punkte, die wie sommerliche Leuchtkäfer auf und nieder schwebten. Sie glaubte, Adas Stimme zu hören, verstand aber nicht, was sie sagte. Sie trat näher. Ada saß zusammen mit einem anderen Mädchen auf einer Bank und unterhielt sich mit ihr in deutscher Sprache.

»Ich wusste gar nicht, dass du Deutsch sprichst«, sagte Florence zu Ada. Die beiden Mädchen, in die Betrachtung von Fotos auf ihren Handys versunken, blickten erschrocken auf.

»Pardon, ich wollte nicht stören.« Florence trat einen Schritt zurück. »Ich wollte nur sichergehen, dass alles in Ordnung ist, Ada.«

»Alles in bester Ordnung.« Ada Lambert ließ sich nicht aus der Ruhe bringen. »Das ist Lena Albert. Sie ist das einzige Kind in der deutschen Reisegruppe und hat sich schon zu Tode gelangweilt. Jetzt unterhalten wir uns abwechselnd auf Französisch und Deutsch miteinander, denn sie hat in der Schule Französisch und ich Deutsch gewählt. Die Arme muss in einer halben Stunde mit der ganzen Gruppe zu diesem bestimmt langweiligen Weihnachtsessen fahren. Sie ist aber auch morgen und übermorgen noch hier. Darf ich sie für morgen zu uns einladen?«

Florence fühlte sich ein wenig überrumpelt. »Warum nicht, wenn ihre Eltern nichts dagegen haben.«

»Bestimmt nicht«, ertönte sogleich die Stimme des deutschen Mädchens. »Wir können sie ja gleich fragen«, setzte sie auf Französisch fort.

Schon waren sie aufgesprungen, und Florence blieb nichts anderes übrig, als ihnen zu folgen. Überrascht stellte Florence fest, dass der Vater des Mädchens jener Mann war, den sie noch vor kurzer Zeit oben am Rande des Lavendelfeldes gesichtet hatte. Ob er sie erkannte? Wohl kaum. Er hatte sie vermutlich gar nicht bemerkt, und auch sie erkannte ihn nur, weil er trotz des festlichen Anlasses noch immer seine grün-rote Wanderkleidung trug. Seine Tochter erklärte, dass er zwar ein wenig Französisch verstünde, aber es nicht sprechen könne. Sie werde ihn deshalb jetzt auf Deutsch fragen, ob sie den morgigen Tag bei Adas Großeltern verbringen dürfe. Erstaunt zog Florence die Augenbrauen hoch. Großeltern? Waren damit sie und Charles gemeint? Der schuldbewusste Ausdruck in Adas Gesicht bestätigte ihre Vermutung.

Neben dem Vater stand Lenas Mutter. Sie war eine hübsche, kleine Person in einer rosafarbenen Jacke aus Mohairwolle, in der sie rührend und kindlich wirkte. Die Unterredung war rasch beendet, und nun ergriff die Mutter in einem ausgezeichneten Französisch das Wort.

»Meine Tochter wünscht sich sehnlich, den morgigen Tag gemeinsam mit Ihrer Enkelin zu verbringen. Die Reisegruppe plant allerdings, schon am frühen Morgen nach Marseille zu fahren. Dort steht am Vormittag ein Orgelkonzert auf dem Programm. Wir müssten Lena deshalb bereits sehr früh bei Ihnen abliefern und kommen erst am späten Nachmittag zurück. Wenn Sie wirklich nichts dagegen haben, würden wir es ihr erlauben. Es ist vermutlich gut für sie, wenn sie einmal einen Tag lang mit einer Gleichaltrigen zusammen sein kann.«

Florence dachte an ihr Versprechen, am morgigen Weihnachtstag dem Frauenhaus in Avignon einen Besuch abzustatten. Sie konnte diese Entscheidung nicht ohne Charles treffen.

»Im Prinzip sehr gerne«, sagte sie deshalb und an Ada gewandt, »ich muss aber noch …«, sie hielt einen Augenblick inne, räusperte sich, und fuhr dann fort, »… deinen Großvater nach seinen Plänen für morgen fragen. Ich gebe Ihnen in Kürze Bescheid, Madame. Komm bitte mit, Ada!«

Madame Albert nickte, und Florence und Ada machten sich auf die Suche nach dem soeben neu ernannten Großvater.

»Ich würde dich bitten, Ada, dass du mich beim nächsten Mal darüber informierst, bevor du mich als deine Großmutter präsentierst.«

»Aber mir blieb doch gar nichts anderes übrig«, verteidigte sich Ada. »Ich konnte doch nicht sagen, dass ich auf der Flucht vor gefährlichen Verbrechern bin und Sie heute Vormittag überhaupt erst kennengelernt habe.«

Ada hatte Charles schnell ausfindig gemacht. Er unterhielt sich gerade mit Honoré Mordent. Florence hatte ihn zuvor gebeten, Honoré vorerst noch nichts von der Ermordung Alima Semanas zu erzählen. Das wollte sie selbst übernehmen. Sie wusste, dass dieser für seine Umgebung und seine Ehefrau verloren war, wenn er von einem unaufgeklärten Kriminalfall erfuhr. Aber konnte sie auf sein Mitdenken und seine Expertise verzichten? Gerade was diese *ALNouveau* betraf, würde er eine interessante Informationsquelle sein. Schließlich war er in jungen Jahren selbst im Algerienkrieg im Einsatz gewesen.

Ada war schon vorausgelaufen und hatte Charles Florentin ihr Anliegen vorgetragen. Florence kannte ihn inzwischen gut genug, um zu wissen, dass er allem zustimmen würde, worum ihn dieses bemerkenswerte Kind bat, und tatsächlich hatte er nichts dagegen, morgen gleich zwei junge Damen in seinem Haus zu Gast zu haben.

Ada stieß ein »Juhu« aus und war auch schon wieder auf dem Weg zurück zu ihrer neuen Freundin und deren Eltern.

Florence beschloss, die Gelegenheit beim Schopf zu packen, und bat Charles, selbst mit den Eltern des deutschen Mädchens das Nötige zu vereinbaren und ihr für zehn Minuten Honoré Mordent zu überlassen.

Charles quittierte dieses Anliegen mit einem hörbaren Seufzer, fügte sich aber in sein Schicksal und in seine überraschende neue Rolle als Großvater. Dann eilte er seiner selbsternannten Enkeltochter hinterher.

Honoré Mordent hatte das Geschehen schweigend beobachtet.

»Ich scheine hier nicht ganz auf dem aktuellen Stand der Ereignisse zu sein«, bemerkte er gegenüber Florence. »Außerdem brauche ich dringend eine Zigarette. Meinst du, wir finden einen Platz, wo ich möglichst unauffällig eine rauchen kann?«

Sie nickte und führte ihn zu der Bank, bei der sie zuvor die beiden Mädchen angetroffen hatte.

»Wir haben schon wieder einen ungelösten Mordfall«, informierte sie ihn gleich darauf. Honoré, der sich gerade die Zigarette anzünden wollte, hielt in seiner Bewegung inne und zog seine rechte Augenbraue hoch.

»Nein, Florence, das kann jetzt aber nicht wahr sein. Du bist doch erst seit wenigen Tagen hier.«

»Seit drei Tagen, genau. Du hast recht, und es ist wirklich völlig verrückt. Wenn du aber hörst, wer von dieser Geschichte betroffen ist, dann wirst du verstehen, dass ich mich nicht heraushalten kann.«

Ihr ehemaliger Chef, der seiner früheren rechten Hand und unkonventionellen Mitarbeiterin beinahe blind vertraute, lehnte sich zurück und sagte: »Na dann, schießen Sie los, Madame!«

Sie benötigte nur ein paar Minuten, um ihm den ganzen Sachverhalt zu erklären. Durchsetzt mit beruflichen Kürzeln erledigte sie dies so, wie sie das von ihrem Dienst in seinem Kommissariat gewohnt war. Nach einer kurzen Zeit des Nachdenkens begann er, das, was er von ihr gehört hatte, zu kommentieren.

»Lambert hat recht, Florence«, meinte er. »Es ist äußerst unwahrscheinlich, dass eine ernst zu nehmende politische Gruppierung existiert, die sich *ALNouveau* nennt. Das heißt aber nicht, dass der Algerienkrieg endgültig aus den Köpfen aller Algerier und Franzosen verschwunden ist. Dieser Krieg war und ist ein nationales Trauma. Die Franzosen haben nach dem Friedensschluss von 1962 das Meiste von dem verdrängt, was damals passiert ist. Für Leute wie Durya Lamberts Eltern, die während oder nach dem Krieg als Kollaborateure gebrandmarkt wurden und nach Frankreich gekommen sind, hat man hier nicht allzu viel getan. Eine halbwegs seriöse Aufarbeitung der Geschichte hat erst spät eingesetzt. Die *FLN* regiert in Algerien seit dem Ende dieses Krieges, aber die *ALN*, ihre *Nationale Befreiungsarmee* ist Schnee von gestern. Die Männer, die im Krieg als Guerillas der *ALN* gekämpft haben, sind jetzt ältere Leute, und die politisch aktive Jugend hat andere Interessen und verfolgt andere Ziele. Der Algerienkrieg, an dem ich, wie du weißt, als junger Soldat teilnehmen musste, war voll von Gräueltaten auf beiden Seiten. Das habe ich selbst gesehen und erlebt.«

Honoré schwieg für einen Augenblick und schien von Gefühlen überwältigt zu werden.

»Das habe ich nicht gewusst, Honoré«, sagte Florence sanft. »So wie die meisten Männer hast du nie von deinen Kriegserlebnissen gesprochen, zumindest nicht mit mir. – Aber sag einmal, wäre es denkbar, dass jemand aus der Vergangenheit auftaucht, der noch eine Rechnung mit Duryas Familie zu begleichen hat und unter dem Kürzel *ALNouveau* auftritt?«

»Für sehr wahrscheinlich halte ich das nicht, Florence, aber natürlich kann man diese Möglichkeit nicht ganz außer Acht lassen. Einzelpersonen, die sich später an den angeblichen oder tatsächlichen Kollaborateuren rächen wollten, hat es tatsächlich gegeben. Ich kann mich ja umhören, ob schon einmal jemand unter dem Deckmantel *ALNouveau* agiert hat. Weiß Antoine Lambert eigentlich schon, dass sich nun auch noch sein ehemaliger Chef hier in dieser Gegend aufhält?«

»Nein, das weiß er noch nicht, Honoré. Er wird staunen!«

Honoré Mordent zog an seiner Zigarette. »Weißt du, Florence, ich freue mich darauf, ihn wiederzusehen. Er war einer meiner besten und vor allem originellsten Mitarbeiter. Aber was hast du nun als Nächstes vor?«

»Morgen werde ich nach Avignon fahren, um mit den Bewohnerinnen des Frauenhauses zu reden. Das habe ich Durya Lambert versprochen.«

»Morgen wollte meine Frau euch zum Abendessen einladen. Da wirst du dann hoffentlich wieder zurück sein.«

»Aber natürlich. Das habe ich nicht vergessen. Wie gefällt es dir denn in eurem provenzalischen Landhaus?«

»Es geht, Florence. Man kann es romantisch finden«, brummte er. »Die Räume sind kühl und feucht, und ein ordentliches Café ist natürlich nicht in der Nähe.« Dann fügte er hinzu: »Aber glaube bloß nicht, dass ich nicht weiß, warum wir hier sind. Wenn dieser Aufenthalt nicht dazu beitragen würde, meine liebe Frau von weiteren Aktivitäten abzuhalten, wäre ich bestimmt lieber in meiner warmen Pariser Wohnung geblieben.«

Florence stutzte. Wusste er über die Aktion seiner Frau im *Bon Marché* Bescheid?

»Was meinst du damit?«, gab sie sich ahnungslos.

»Nun komm schon, Florence. Hélène hat mir doch erzählt, dass sie dich im Dezember im *Bon Marché* getroffen hat. Es würde mich wundern, wenn sie nicht Andeutungen darüber gemacht hätte, was sie am darauffolgenden Tag in genau diesem Kaufhaus vorhatte.«

»Was soll sie denn vorgehabt haben?« Vorsichtshalber hüllte Florence sich in Unkenntnis.

»Liebe Florence«, ein amüsierter Ton lag jetzt in seiner Stimme. »Madame Mordent ist jene Person, die für eine Protestaktion im Kaufhaus *Bon Marché* verantwortlich ist. Es wundert mich schon, dass dein sonst so gut funktionierender detektivischer Verstand dich nicht auf diese Idee gebracht hat.«

»Vielleicht ist mir dieses Ereignis ja entgangen?«, sagte sie etwas gekränkt. »Man muss ja nicht ununterbrochen die Zeitungen lesen.«

»Du schon, Florence, du schon!« Jetzt grinste er schon wieder.

»Wie dem auch sei«, sagte sie, weiterhin entschlossen zur Solidarität mit Hélène. »Weiß sie denn, dass du solche Vermutungen anstellst?«

»Nein, das weiß sie noch nicht. Und es sind keine Vermutungen, sondern handfeste Beweise, mit denen ich meine Frau aber nicht gerade am Weihnachtsfeiertag konfrontieren möchte.«

»Ich weiß nicht, ob das gut ist, Honoré! Ihr habt doch sonst keine Geheimnisse voreinander.«

»Von welchen Geheimnissen ist hier die Rede?«

Sie hatten das Kommen von Hélène Mordent nicht bemerkt, die plötzlich als großer, schlanker Schatten vor ihnen stand.

Die abwehrende Reaktion ihres Mannes kam sofort.

»Ach nichts«, sagte er. »Wir unterhalten uns nur über frühere Kriminalfälle.«

»Na klar. Ich hätte es mir ja denken können, dass die zwei Personen, die ich gerade vermisst habe, ihre Köpfe im hintersten Winkel dieses Gartens zusammenstecken.«

Hatte Hélène wirklich nicht mitbekommen, wovon gerade die Rede war? Florence bezweifelte es. Es sah so aus, als wollte sie um jeden Preis vermeiden, mit ihrem Mann über ihren Alleingang zu sprechen. Für den Moment war das Thema jedenfalls erledigt.

»Madame Gilbert hat uns alle hineingebeten«, sagte sie nun. »Ihre deutschen Gäste sind schon auf dem Weg zum Autobus. Wollt ihr nicht auch ins Haus gehen?«

Florence und Honoré erhoben sich, und Hélène ging ihnen voran.

Florence bedauerte den Abbruch des Gesprächs. Sie war nun wirklich neugierig geworden.

9

»Bonjour, Madame Florence, meine Buschtrommeln haben mir verraten, dass Sie sich wieder in der Provence aufhalten.«

Auf dem Weg ins Haus der Gilberts hatte Florences Handy in der Tasche vibriert, und als sie sah, wer angerufen hatte, blieb sie stehen und rief zurück.

Sie hatte den berühmten Pianisten Bruno Amontero letzten Sommer kennengelernt. Zunächst bei einer etwas kuriosen und kurzen Begegnung in Paris und dann im Zuge der Aufklärung eines Mordfalles in Avignon. Zwischen ihr und ihm hatte sich im Laufe der Zeit eine spezielle Beziehung entwickelt, getragen von wechselseitiger Sympathie, von ihrer großen Bewunderung für den Künstler, von einer feinen Ironie und einem Humor, den sie teilten.

»Wer hat denn da getrommelt, Monsieur?«

»Nun ja, ich war gestern in Avignon in der Buchhandlung von Monsieur Florentin und habe von der Verkäuferin erfahren müssen, dass er sich in Ihrer Begleitung in Saignon aufhält. Eine sehr elegante Verkäuferin übrigens, kennen Sie sie?«

»Ich nehme an, Sie meinen die Schwester von Charles. Sie macht für ihn die Buchhaltung und vertritt ihn von Zeit zu Zeit im Geschäft, aber eigentlich ist sie eine Künstlerin, die sehr schöne Bilder malt.«

»Oh, wie interessant. Das wäre vielleicht etwas für mich. Sie kennen ja mein Faible für schöne Bilder.«

»Ja, Monsieur Amontero, das kenne ich, aber vor allem finde ich es sehr erfreulich, wieder Ihre Stimme zu hören.«

»Ah, entschuldigen Sie. Ich rede einfach so drauflos. Ich rufe ja an, weil es mich freut, dass Sie in der Gegend sind, und weil ich sie deshalb zu einem kleinen Privatkonzert einladen wollte, dass ich am 26. Dezember für einige Freunde in der Bar meines Freundes Maurice Chevalier in Lourmarin gebe. Ich muss sagen, Maurice hat wirklich einen erstaunlich guten Flügel, den er hegt und pflegt, seit er mit mir befreundet ist. Ach ja, Monsieur Florentin ist natürlich auch eingeladen.«

Florence antwortete nicht gleich. Verdammt, dachte sie sich, noch eine Einladung, die sie nicht ablehnen konnte. Die ursprünglich geplanten ruhigen Weihnachten hatte sie ohnedies längst vergessen, aber nun benötigte sie Zeit für ihre Recherchen und konnte keine zusätzlichen Termine brauchen.

»Wir kommen sehr gerne«, hörte sie sich sagen. Natürlich lehnte sie nicht ab. Sie war sich der Ehre bewusst. »Es kann aber sein, dass wir noch eine junge Dame mitbringen, die sich derzeit in unserem Haus aufhält.«

»Monsieur Florentins reizende Tochter, vermute ich. Die begabte Trompeterin!?«

»Leider nein. Die befindet sich derzeit in Wien. Es handelt sich um die Tochter eines Bekannten aus Avignon.«

»Schade. Ich hätte die junge Musikerin gerne wieder einmal gesehen, aber natürlich können Sie das andere Mädchen mitbringen. Wir treffen uns alle um 16 Uhr im Café, das an diesem Tag für die Öffentlichkeit geschlossen hat. Sie kennen sich dort ohnedies schon aus!«

»Ich denke schon und freue mich sehr, Sie wiederzusehen und vor allem in den Genuss Ihrer Kunst zu kommen.«

»Merveilleux. Ich freue mich auch auf Sie! Und natürlich auch auf Monsieur Florentin. Was meinen Sie, würde er vielleicht auch seine Schwester mitbringen wollen? Auf eine Person mehr oder weniger käme es nicht mehr an.«

»Oh, là, là, Monsieur, zeichnet sich da eine neue verehrungswürdige Dame am Horizont ab?« Seit ihrer ersten denkwürdigen Bewegung hatte sich zwischen ihnen dieser Umgangston eingestellt, der sie immer wieder zu kecken Bemerkungen verführte.

»Wo denken Sie hin, Florence!« Seine gespielte Entrüstung war ihr vertraut. »Ich habe diese Bemerkung aus reiner Höflichkeit gemacht. Schließlich ist Weihnachten ein Fest der Familie.«

»Sehr rücksichtsvoll. Ich kann Charles ja fragen, nehme aber nicht an, dass sie kommen wird. Charles spricht kaum von ihr, und wenn, dann nur in ihrer Rolle als Mitarbeiterin in seiner Buchhandlung. Ich vermute, dass sie mich nicht ausstehen kann, seit ich ihren Bruder in diese fatale Geschichte im letzten Sommer hineingezogen habe.«

»Sie als Kriminalistin werden sich doch nicht mit Vermutungen zufriedengeben. Sie gehen doch sonst auch jeder Sache auf den Grund. Also bitte, fragen Sie ihn!«

»Aber ja, mache ich gerne. Im Übrigen könnte ich Ihnen noch zwei weitere kunstverständige Gäste für Ihr Konzert anbieten. Sie sagten ja gerade, dass es auf ein, zwei Personen mehr nicht ankommt.«

»Na ja, eigentlich habe ich Ihnen schon dieses Mädchen zugestanden, und wenn dann doch noch Monsieur Florentins Schwester dazukommt, wird es etwas eng. Ich brauche immer einen gewissen Abstand zum Publikum und will nicht, dass es das Klavier belagert. Aber bitte, um wen handelt es sich denn?«

»Oh, es ist jemand, den Sie kennen. Monsieur und Madame Mordent aus Paris. Meinen ehemaligen Chef und seine Frau haben Sie ja letzten Herbst nach dem Gedenkkonzert, das Sie für Lemercier gegeben haben, kennengelernt. Wir waren zusammen mit ihnen essen!«

»Ein originelles Paar, wenn Sie mir diese Bemerkung erlauben. Diese beiden müssen Sie sogar mitbringen, Florence. Dafür nehme ich noch einige Zentimeter weniger Abstand zum Publikum in Kauf.«

Während Florence sprach, war sie langsam in Richtung des Hauses gegangen. Im hellen Rechteck der Tür, die ins Innere führte, erschien erneut die Gestalt von Hélène. Ihren Kopf zur Seite geneigt, flatterten ihre Hände in einer fragenden und irgendwie verzweifelten Geste nach oben.

Florence beeilte sich, das Gespräch zu beenden, bedankte sich noch einmal für die Einladung, schaltete ihr Handy aus und war in wenigen Schritten bei Hélène.

»Man wartet im Haus schon auf dich, und ich habe angeboten, dich zu holen. In Wirklichkeit muss ich zuvor unbedingt noch mit dir reden.« Hélène wirkte nervös, und ihr Gesicht war gerötet.

Florence nickte, nahm Hélènes Arm und schob sie in eine Ecke des Raumes, in dem sie sich gerade befanden.

»Honoré weiß von meinem Abenteuer«, stellte Hélène in einem fragenden Ton fest. »Hast du ihm etwas verraten?«

»Natürlich nicht, Hélène. Wo denkst du hin? Aber ja, er vermutet etwas und ist offensichtlich bemüht, dich hier in Deckung zu bringen.«

Hélène stieß einen tiefen Seufzer aus. »Das dachte ich mir, Florence. Weißt du, ich bereue überhaupt nicht, was ich getan habe. Die Sache ist mir nach wie vor ein großes Anliegen. Das Einzige, was ich bereue, ist, dass ich meine

Protestaktion im Schutzmantel der Anonymität durchgeführt habe. Das war feige. Ich hätte offen auftreten müssen. Das ist zwar keine Entschuldigung, aber ich habe das wohl getan, um meinen Mann nicht in der Öffentlichkeit bloßzustellen.«

Sie brach in Tränen aus. »Ich hätte ihn natürlich von vornherein informieren sollen, aber weißt du, wenn man über 30 Jahre in einer so engen Beziehung lebt wie wir zwei, will man sich auch einmal selbst etwas beweisen und sich nicht vorher beim Herrn Kommissar die Erlaubnis holen. Wie soll ich aus diesem Schlamassel wieder herauskommen?«

»Ganz einfach, Hélène. Indem du ihm alles beichtest. Du glaubst doch nicht im Ernst, dass eure Beziehung an so etwas scheitern könnte. Oder was befürchtest du – die Störung des Weihnachtsfriedens?«

»Nun ja, vielleicht. Vielleicht möchte ich nicht das noch einmal erleben, was in all den Jahren unserer Berufstätigkeit das übliche Weihnachtsvergnügen war. Ein aufgeregter Honoré, der natürlich inmitten der schönsten Stimmung zu einem Mordfall gerufen wurde und für den Rest der Feiertage für seine Familie verloren war.«

»Da warst aber gewiss immer du die Leidtragende und nicht er. *N'est-ce pas*?«

»Allerdings. Du hast recht Florence!« Hélènes Miene hellte sich auf, und es lag beinahe etwas Triumph in ihrer Stimme, als sie jetzt antwortete.

»Dann wäre es ja eigentlich Zeit für eine kleine Revanche! Das ist vielleicht gar nicht so schlecht.«

»Ich glaube sogar, dass du ihm mit einem kleinen Disput am Weihnachtsabend ein zusätzliches Geschenk machst. Er braucht doch eine Herausforderung! Die Idylle hier ist ohnedies nicht unbedingt nach seinem Geschmack, ohne den täglichen Weg ins Café und am besten am ehemaligen Kommissariat vorbei.«

»Es sieht so aus, als würdest du meinen Mann besser kennen als ich. Ich glaube, ich weiß jetzt, was ich zu tun habe.«

Und ich habe ein schlechtes Gewissen, dass ich Honoré soeben wieder einen weihnachtlichen Kriminalfall beschert habe, dachte Florence, als sie sich gemeinsam mit ihrer Freundin zu der kleinen Gesellschaft im Haus gesellte.

Dort hatte man es sich schon im Wohnzimmer der Gilberts gemütlich gemacht, und soeben kam Elena Gilbert mit einem großen silbernen Tablett aus der angrenzenden Küche.

»Jetzt haben aber bestimmt alle genug von dem süßen deutschen Weihnachtsgesöff«, rief sie munter. »Nun wird es Zeit, dass ihr die Weihnachtsbräuche meiner russischen Heimat kennenlernt.« Sie stellte das Tablett auf den Tisch, auf dem sich neben einer Reihe kleiner und sehr schlichter Gläser auch eine große Flasche mit einer klaren Flüssigkeit befand.

10

Florence war froh, dass sie von dem Wodka, den Elena Gilbert gestern serviert hatte, nur ein winziges Schlückchen gekostet hatte. Sie saß am Steuer ihres Mietautos und fand, dass es ein gutes Gefühl war, wieder einmal allein unterwegs zu sein. Lambert hatte das Auto von einem Mitarbeiter schon frühmorgens zurückbringen lassen. Ein Kollege hatte ihn mit einem Dienstmotorrad begleitet, und die beiden waren nach der Übergabe des Wagens sofort wieder davongebraust. Nun war sie ohne Begleitung in Richtung Avignon unterwegs, um dort das Frauenhaus in Augenschein zu nehmen.

Die letzten Tage mit Charles hatten durchaus ihren Reiz gehabt. Dennoch! Der Spur eines neuen Rätsels zu folgen, unabhängig, frei, mit dieser besonderen Aufmerksamkeit, weg von lästiger Alltagsroutine, beständig neue Möglichkeiten und Überraschungen vor Augen, dieses Gefühl war für sie mit keinem anderen zu vergleichen.

Es war knapp vor Mittag. Den Weihnachtsmorgen hatten sie und Charles mit Ada und ihrer neuen Freundin Lena auf eine Weise verbracht, als wären sie tatsächlich deren Großeltern. Es war ihnen auch gar nichts anderes übriggeblieben. Charles, der an diesem Morgen wieder in der Rolle des Weihnachtsmannes aufging, hatte Lena schon vor 7 Uhr früh in Empfang genommen, denn Florence und Ada schliefen noch. Kurz darauf hatte Lambert Charles wieder den Schlüssel von Florences Mietauto übergeben. Lena hatte es sich da bereits vor dem Fernsehapparat in der

Küche gemütlich gemacht, und Charles hatte sich in seiner Bibliothek auf die Suche nach passenden Weihnachtsgeschenken aus seinem reichen Bücherfundus gemacht. Dann hatte er im Kamin ein Feuer angezündet und eine Reihe von Paketen und Päckchen darum herum arrangiert. Als Ada, gähnend im Pyjama, und Florence, fertig angekleidet, gegen 8.30 Uhr den Salon betraten, stand der Weihnachtsbescherung nichts mehr im Wege. Florence überreichte Charles ihr Geschenk und wurde von ihm mit einem überraschend großen Paket bedacht. Auf einem Tisch hatte er bereits Kuchen, Croissants, Saft und Kaffee bereitgestellt, und bald saßen alle vier entweder auf niedrigen Hockern oder am Boden vor dem knisternden Feuer und packten ihre Geschenke aus. Bis auf Lena schienen alle glücklich zu sein. Ada mit einer seltenen und ungewöhnlich schön bebilderten Ausgabe des *Grafen von Monte Christo*, Florence mit einer ganzen Sammlung von Erstausgaben von *Miss Marple*-Romanen, eine davon handsigniert von Agatha Christie. Sie war sprachlos. Das Geschenk war aus ihrer Sicht viel zu wertvoll. Das konnte und wollte sie nicht annehmen. Nachdem sie mehrmals beteuert hatte, wie sehr sie Charles Großzügigkeit schätze, und nach einigem Hin und Her konnte sie ihn davon überzeugen, dass er einen der Bände für sie auswählen, den Rest aber bei sich in der Bibliothek behalten sollte. Natürlich wählte er den handsignierten Band, und Florence war sich des Wertes und der Bedeutung dieses Geschenks vollkommen bewusst.

Lena Albert hingegen brach angesichts der Buchgeschenke, die sie bekommen hatte, in Tränen aus. »*Ce sont des si beaux cadeaux*«, sagte sie in ihrem bemerkenswert guten Französisch, »aber natürlich werde ich sie nicht mitnehmen dürfen.«

»Ja aber wieso denn?« Ihre neue Freundin Ada hatte sie entgeistert angeschaut.

»Weil mir mein Vater nur mehr ökologisch einwandfreie Sachen erlaubt. Er ist ja gegen alles und jedes allergisch. Alles, was heute produziert wird, ist von Pestiziden verseucht, sagt er. Und das ist schädlich für die Umwelt. Deshalb darf ich nur behalten, was ökologisch einwandfrei ist.«

»Auch Bücher?« Charles war fassungslos.

»Er ist auch allergisch gegen Papier, behauptet er, denn schließlich werden in der Holzindustrie Pestizide verwendet. Meine Mama hat durchgesetzt, dass ich meine alten Bücher behalten darf. Aber ab jetzt darf ich Bücher nur mehr elektronisch lesen.«

Florence wusste nicht, was sie sagen sollte, Lena hatte ihr aber ohnedies keine Zeit für einen Kommentar gelassen.

»Ich habe das alles schon so satt«, hatte sie gerufen, und Charles hatte ihr daraufhin versprochen, mit ihrem Vater ein ernstes Wörtchen zu reden.

Viel würde das aber nicht nutzen, überlegte Florence, während sie Apt hinter sich ließ und das Tempo beschleunigte. Nach allem, was ihnen Lena noch erzählt hatte, schien ihr Vater tatsächlich ein echter Fanatiker zu sein. Techniker von Beruf, hatte er sich ganz in den Dienst der Rettung der Umwelt gestellt. Mit anderen Aktivisten hatte er sich zerstritten und sich daraufhin mit einem Umweltprüfungsbüro selbstständig gemacht. Seither zog er als Prediger in eigener Mission durch die Lande. Die Mutter unterstützte ihn, arbeitete als Professorin für Geschichte und Französisch und verdiente mittlerweile das Geld für die Familie.

Florence schüttelte den Kopf. Sie konnte und wollte sich jetzt nicht mit diesem Problem beschäftigen. Es war Zeit zu überlegen, wie sie bei ihrer Recherche im Frauenhaus vorgehen sollte. In der Regel konnte sie sich bei Befragungen auf ihre Intuition verlassen, aber hier brauchte sie eine gute Strategie. Camille Lagrange, Lamberts Fallvertretung, hatte, wie Durya ihr noch gestern Abend berichtet hatte, bereits gestern im Frauenhaus ermittelt und war dabei nicht gerade geschickt vorgegangen. Was die Polizei betraf, waren viele der Frauen, die dort Zuflucht gesucht hatten, gebrannte Kinder. So hatten Durya und Florence für ihren heutigen Besuch zu einer List gegriffen. Durya Lambert würde Florence den Frauen als eine Freundin aus ihrer Pariser Zeit vorstellen und als jemanden, der selbst in einem Frauenhaus ehrenamtlich tätig war. Sie würde also diese Frauen hinters Licht führen müssen, was sie eigentlich nicht gerne tat. Schließlich war das Frauenhaus eine Einrichtung, die damit arbeitete, dass die Bewohnerinnen deren Mitarbeiterinnen ganz und gar vertrauen konnten. Das hatte ihr Durya Lambert klar gemacht, jedoch ihrer Bitte im Dienste der Sache zugestimmt. Jetzt wollte Florence versuchen, mit so vielen Frauen wie möglich ins Gespräch zu kommen, um mehr über Alima Semana zu erfahren.

Die Zufluchtsstätte der Frauen befand sich an einem Altstadthaus auf einem kleinen Platz, der in der Nähe eines der großen Stadttore lag, und Florence fand unmittelbar hinter dem Tor einen Parkplatz. Den Rest des Weges, den ihr Durya gut beschrieben hatte, legte sie zu Fuß zurück, denn er führte durch schmale Altstadtgassen. Vor dem Frauenhaus war eine Polizistin postiert, die ihre Identität überprüfte.

Die Gegensprechanlage des Frauenhauses war mit einer Videokamera bestückt. Nachdem Florence die Türklingel gedrückt hatte, erklang ein Signal, das die Tür öffnete. Eine freundliche Frauenstimme ertönte: »Hereinspaziert, Madame Beaumarie, wir erwarten Sie schon!« Die Stimme gehörte einer kleinen, rundlichen Frau mit sehr kurzen grauen Haaren, die über einem schlichten grauen Rock einen schwarzen Pullover trug. Sie stellte sich als Madame Petit vor und sagte, dass sie schon gewartet hätte. »Durya Lambert ist gerade verhindert, sie hat mich gebeten, Sie abzuholen.« Dann erklärte sie, dass für den Eintritt in das Haus strenge Sicherheitsvorkehrungen galten und sich hier im Erdgeschoss nur der Abstellraum für Kinderwagen und Fahrräder, die Waschküche und der Besucherraum befänden. Besucher durften nur in seltensten Ausnahmefällen die Wohnräume der Frauen betreten, die sich im zweiten und dritten Stock befanden.

»Wir zwei fahren jetzt mit dem Lift in den ersten Stock«, erklärte Madame Petit mit fröhlicher Stimme. »Dort befinden sich die Gemeinschaftsräume, und dort sind ohnedies fast alle Bewohnerinnen anzutreffen, denn heute wird gefeiert!«

Ihre Fröhlichkeit schien Florence etwas aufgesetzt, aber nach ihrer Erfahrung war dies nicht ganz untypisch für die Mitarbeiterinnen sozialer Einrichtungen.

Während sie den Code für den Lift eintippte, sah Florence sich im Erdgeschoss um. Graue Wände, abgenutzte Türen und ein abgetretener Steinfußboden. Nicht gerade einladend! Der Eindruck, den sie gleich darauf von den Räumen im ersten Stock bekam, war jedoch ein gänzlich anderer. Modern, freundlich, ja geradezu elegant war es hier. Eine Eleganz, die nichts Abschreckendes hatte, sondern die Benutzerinnen dieser Räume wertschätzte und würdigte.

Ihre Begleiterin sah sie neugierig an, so als erwarte sie einen Kommentar zu dem, was sie hier sah, und das konnte Florence ihr bieten. Sie hob erstaunt die Augenbrauen und öffnete ihre Hände in einer Geste, die den Raum umfing.

»So schön! Von so etwas können wir in Paris nur träumen.«

»Danke, Madame Beaumarie. Seit drei Jahren, genaugenommen seit Madame Lambert als Leiterin hier ist, hat sich vieles verändert. Sie ist eine begnadete Spendensammlerin, und das Haus hat jetzt viel mehr Unterstützerinnen. Dieser Bereich ist gerade erst renoviert worden. Es wird aber nicht so bleiben. Bei dem Trubel, der hier meistens herrscht, wird es bald wieder anders ausschauen.«

Im Augenblick konnte jedoch von Trubel keine Rede sein. Es war auffallend still, und Florence erlaubte sich eine diesbezügliche Bemerkung.

»Das ist eine große Ausnahme«, erklärte Madame Petit. »Es sind gerade alle oben in der Kindergruppe. Die Kinder haben für Madame Lambert und die anderen Mitarbeiterinnen eine Weihnachtsüberraschung vorbereitet. Es wird aber nicht mehr lange dauern. Ich halte hier die Stellung. Wie immer! Darf ich ihnen einen Kaffee anbieten?«

Sie hatte inzwischen die Tür zu einem großen Raum geöffnet, der in der Art eines Klubraums eingerichtet war. Es gab mehrere Sitzgruppen in ganz unterschiedlicher Art und Größe, bunte Sessel, breite Sofas, aber auch niedrige Hocker, bezogen mit golddurchwirktem Stoff. Die großen Fenster, die den Blick auf immergrüne Baumkronen freigaben, waren geöffnet, und es war recht kühl im Raum.

Florence nahm das Kaffeeangebot gerne an, und Madame Petit eilte zu den Fenstern, um diese zu schließen. Dann machte sie sich im Küchenbereich zu schaffen und goss Kaffee aus einer Thermoskanne in eine große bunte Tasse.

Indessen blickte Florence sich im Raum um. Man sah, dass hier heute schon gefeiert worden war: Platten mit Kuchen, Schalen mit Feigen, Datteln und Mandarinen sowie Kaffeetassen und Gläser mit Resten von Getränken in unterschiedlichen Farben auf den Tischen, ein Weihnachtsbaum, der bis an die Decke reichte, verziert mit Lichterketten und offensichtlich selbst gebasteltem Schmuck.

Madame Petit kam mit zwei Tassen Kaffee zurück und fegte mit einem Laut des Unmuts Keks- und Kuchenbrösel vom Tisch.

»Sie sehen, was ich meine«, sagte sie, »einfach aufstehen und eine Unordnung hinterlassen. So sind die jungen Frauen heutzutage. Wissen Sie, ich war früher Ordensschwester, und bei uns im Kloster hat man auf peinlichste Sauberkeit geachtet. Unser Kloster existiert nicht mehr, und ich bin Madame Lambert sehr dankbar, dass sie mich hier angestellt hat.«

»Das muss tatsächlich eine große Umstellung für Sie gewesen sein.« Florence hatte jetzt keine Lust, auf das klösterliche Vorleben von Madame Petit einzugehen.

»Ja, das war es bestimmt«, sagte Madame Petit nachdenklich. »Aber ich mache diese Arbeit hier sehr gerne. Unsere Frauen brauchen wirklich Hilfe, was man von den verwöhnten Gören in unserer Klosterschule nicht behaupten konnte. Wenn Sie in einer Zufluchtsstätte für Frauen in Paris arbeiten, wissen Sie ja, in welch furchtbarem Zustand die Frauen mit ihren Kindern hier ankommen. Als ich noch im Kloster war, hätte ich mir nicht vorstellen können, wie viel Gewalt gegen Frauen es in unserer Gesellschaft gibt.«

Florence nickte zustimmend, doch ehe sie antworten konnte, sprach Madame Petit auch schon weiter.

»Stellen Sie sich vor«, sie senkte ihre Stimmen, »vor einigen Tagen ist eine unserer Frauen sogar ermordet worden.

Auf offener Straße erschossen! Ich bin noch immer ganz erschüttert.«

»Das ist ja entsetzlich, Madame Petit, das muss auch hier im Haus eine riesige Aufregung verursacht haben.«

Florence triumphierte insgeheim. Da waren sie ja schon direkt beim Thema.

»Allerdings. Und Alima Semana war ja so beliebt bei den anderen Frauen.«

»Alima Semana?«

»Ja, so hieß die Ärmste. Gott hab sie selig!« Die ehemalige Nonne bekreuzigte sich und fuhr dann fort. »Sie war auch zu mir sehr nett, muss ich sagen. Und so ein schönes Französisch hat sie gesprochen. Und das, obwohl sie ein Flüchtling aus dem Senegal war.«

»War sie denn schon lange in Frankreich?«

»Meines Wissens nicht, höchstens ein, zwei Jahre. Zu uns ist sie vor zwei Wochen gekommen, und sie war bestimmt nicht die typische geschlagene Frau wie die meisten unserer Bewohnerinnen. Sehr von sich überzeugt! Das darf man ja wohl sagen. Sie hat sich auch überhaupt nicht im Haus versteckt, sondern hat bald wieder begonnen auszugehen. Normalerweise trauen sich die Frauen lange nicht alleine in die Stadt. Sie war aber immer viel unterwegs.«

»Was war es denn, das sie bei den anderen Bewohnerinnen so beliebt gemacht hat?«

»Also, die haben sie irgendwie bewundert. Ich habe gehört, wie sie sich über die schönen Kleider unterhalten haben, die sie trägt. Sie war ja sehr großzügig und hat ihnen sogar welche geborgt. Wo sie das Geld dafür herhatte, ist mir allerdings ein Rätsel. Zufällig habe ich sie zweimal in der Stadt vor der Auslage eines Modegeschäftes angetroffen.

Sie schwieg einen Augenblick, aber während Florence noch überlegte, welche Frage sie ihr als Nächstes stellen sollte, fuhr sie schon fort.

»Ich muss aber wirklich sagen, dass sie, wenn sie mal im Haus war, sehr hilfsbereit war. Wenn sie noch hier wäre, wäre das schmutzige Geschirr wahrscheinlich längst weggeräumt. Sie hat auch sehr gut mit unseren Kindern umgehen können. Ich weiß sogar, dass sie es war, die sich die Weihnachtsüberraschung der Kinder ausgedacht hat. Sie hat mit ihnen Weihnachtslieder und ein kleines Theaterstück geprobt. Ohne sie wird das da oben jetzt gerade bestimmt ein ziemliches Chaos gewesen sein.«

Sie unterbrach ihre Erzählung, denn in diesem Augenblick öffnete sich die Tür, und eine recht fröhlich wirkende Durya Lambert betrat den Raum, gefolgt von mehreren anderen Frauen. Durya steuerte sofort auf Florence zu und umarmte sie wie eine gute alte Freundin, die man schon lange nicht mehr gesehen hat.

»Florence«, sagte sie lächelnd. »Wie schön, dass es dich endlich einmal aus Paris hierher verschlagen hat. Wie war die Reise? Geht es dir gut?«

»Alles bestens, Durya«, sagte Florence. »Ich hatte eine angenehme Fahrt und bin schon so gespannt, eure Institution kennenzulernen. Nach allem, was ich bisher gesehen habe, können wir in unserem Haus in Paris noch viel von euch lernen.«

»Das freut mich, Florence. Du wirst gleich Gelegenheit haben, dieses Haus zu besichtigen und auch mit unseren Bewohnerinnen zu plaudern«, sagte Durya und wandte sich an Madame Petit.

»Vielen Dank, dass Sie meine liebe alte Freundin in der Zwischenzeit so gut versorgt haben. Es tut mir leid, dass Sie nicht bei der Aufführung der Kleinen dabei sein konnten. Unsere großartigen Kinder haben uns gerade eine herrliche Vorstellung geboten. Ich bin ganz gerührt, wie sie das fast ohne zusätzliche Hilfe geschafft haben. Unsere 14-jährige Colette hat Wunder gewirkt, nachdem …«

Auf einmal schwieg sie, und ihre Miene verdüsterte sich.

»Sie können vor Madame Beaumarie darüber sprechen, Madame. Ich habe ihr vorsichtshalber schon von dem schrecklichen Ereignis berichtet.«

Durya spielte das Spiel wie vereinbart mit.

»Danke, Madame Petit«, sagte sie, »das ist gut.« Sie sprach jetzt etwas leiser und wandte sich an Florence: »Eine furchtbar tragische Geschichte, Florence, die uns alle sehr erschüttert hat. Wir haben vorgestern hier im Haus eine gemeinsame Gedenkstunde für unsere verstorbene Mitbewohnerin Alima Semana abgehalten. Sie ist natürlich immer in unseren Gedanken. Heute wollen wir aber dennoch ein schönes Weihnachtsfest zusammen feiern. Das hätte Alima so gewollt, und unsere Bewohnerinnen und ihre Kinder haben es verdient.«

Der Raum hatte sich mittlerweile mit Frauen gefüllt, die sich in der Küche zu schaffen machten, die Tische säuberten, weihnachtliche Servietten und buntes Geschirr herausholten.

»Normalerweise kochen die Bewohnerinnen selbst für sich und die Kinder in ihren Wohnungen«, erklärte Durya. »Zu besonderen Festtagen, so wie heute, gibt es aber ein gemeinsames Essen, das uns von einer Betriebsküche in der Nähe gesponsert und geliefert wird. Einige unserer Bewohnerinnen haben es sich aber nicht nehmen lassen und haben »Les Treize Desserts de Noël« zubereitet, die meisten nach speziellen Familienrezepten. Sie deutete auf einen langen, schmalen Tisch, der gerade von einer Frau mit weißen Tüchern bedeckt wurde. »In einer halben Stunde werden sich hier bestimmt die köstlichsten Desserts türmen. Um 12.30 Uhr wird gegessen. Es ist also noch eine halbe Stunde Zeit bis dahin. Es würde mich sehr freuen, Florence, wenn du unser Gast bist.«

Florence nahm die Einladung an, und Durya schlug vor, sie in der Zwischenzeit durch das Haus zu führen.

11

»Ich bin beeindruckt. Diese Räume sind so schön eingerichtet. Dein Werk, Durya, nicht wahr?«

Durya und Florence warteten auf den Lift, der sie in den obersten Stock bringen sollte. Dort befanden sich Spiel- und Bastelräume für die Kinder sowie ein Kindergarten, und dort wollte Durya mit der Führung durch das Haus beginnen.

»Ja, der erste Stock ist schön geworden, und es scheinen sich alle hier sehr wohl zu fühlen. Nicht jeder findet es allerdings richtig. Ich gaukle den Frauen eine heile Welt vor, hat man mir vorgeworfen, und dass sie danach ohnedies wieder in ihr altes Leben gestoßen werden. Aber weißt du, ich habe diese Renovierung von den Mitarbeitern eines sozialen Projekts machen lassen, und die Kosten waren wirklich nicht hoch«, antwortete Durya. »Du wirst gleich sehen, wie schäbig das vorher ausgeschaut hat, denn die anderen Stockwerke konnten wir noch nicht renovieren. Wir haben ja insgesamt drei Etagen. Oben befinden sich neben einer Dachterrasse die Räume für die Kinder sowie ein Dachboden. In den Stockwerken darunter sind die Wohnungen für die Frauen.«

»Meiner Meinung nach kann nichts falsch daran sein, wenn man Menschen, die Schweres durchgemacht haben, zumindest ein wenig Freude und Schönheit schenkt«, sagte Florence nachdenklich. »Kannst du solche Sachen eigentlich alleine entscheiden, Durya?«

»Nein, natürlich nicht, Florence. Ich bin zwar die Chefin, aber fast alles muss im Team entschieden werden. Wir sind zu siebt hier, vier Sozialarbeiterinnen, eine Psychologin, Emanuelle Petit, die du ja schon kennst, und dann kommen noch zwei Kindergärtnerinnen dazu. Emanuelle Petit hat dir bestimmt erzählt, dass sie davor in einem Orden gelebt hat und in einer Klosterschule war. Sie war dort Pförtnerin und ist bei uns ein wenig Mädchen für alles. Sie hat die gleiche Stimme im Team wie alle anderen. Übrigens ist Anne, die das Aufnahmegespräch mit Alima geführt hatte, heute leider nicht im Haus. Sie hat sich wegen Krankheit entschuldigt, und das heißt bei ihr, dass sie wirklich krank ist. Sie ist eine meiner zuverlässigsten Mitarbeiterinnen.«

Oben ging es eindeutig lauter zu als bei Florences Ankunft im ersten Stock. Die Türen zu den Spielräumen standen offen, und einige der Kinder umringten die beiden Besucherinnen. Freies Spiel war im Moment angesagt, berichtete Lisette, eine der Kindergärtnerinnen, und führte

Florence durch eine bunte und leicht chaotische Kinderwelt, während Durya mit den Kindern herumalberte.

Nachdem alles gebührend betrachtet und bewundert worden und Lisette wieder mit den Kindern beschäftigt war, nahm Durya Florence am Arm, führte sie aber nicht zum Lift, sondern in einen Dachbodenraum, der mit altem Gerümpel vollgestellt war.

»Entschuldige, Florence, aber das ist derzeit der einzige Raum im Haus, in dem die Wände keine Ohren haben.«

Florence nickte nur. Zusammen stellten sie sich an eines der schrägen Dachbodenfenster und blickten hinunter auf den Platz, der bis auf die Polizistin, die den Eingang bewachte, menschenleer war.

»Wie geht es meiner Tochter?«, fragte Durya, und ihre Stimme klang auf einmal heiser. »Ist alles in Ordnung?«

»Ja, ihr geht es gut. Sie hat Spaß mit ihrer neuen Freundin. Und bei dir zu Hause? Keine neuen Vorkommnisse mehr?«

»Neue Freundin?«, Durya runzelte fragend die Stirn. Florence beeilte sich, ihr von Lena Albert zu berichten, und Duryas Stirn glättete sich wieder. Sie freute sich, dass ihre Tochter Gesellschaft hatte. Dann beantwortete sie Florences Frage.

»Zu Hause ist es ruhig, Florence. Da herrscht Weihnachtsfrieden, aber hier im Haus ist es nicht so friedlich, wie es für dich vielleicht ausgesehen hat. Es gibt hier eine Frau, die ständig gegen mich stichelt, und seit dem Tod von Alima ist es schlimmer geworden. Sie versucht, auch andere Frauen gegen mich aufzubringen.«

»Hast du eine Vorstellung, wieso?«

»Ich fürchte, schon. Ich wollte nur gestern nicht darüber reden, denn wenn Antoine davon erfährt, liefere ich sie garantiert der Polizei aus. Ich mache mir aber mittlerweile wirklich Sorgen, weil ich mich frage, ob sie etwas mit den Drohungen dieser mysteriösen *ALNouveau* zu tun hat.«

»Wieso das?«

»Nun, sie ist Algerierin. Sie ist schon seit einigen Wochen bei uns und geht nicht aus dem Haus, weil sie angeblich zu große Angst vor ihrem Ehemann hat. Er hat sie geschlagen und gewürgt, und ihre Angst ist sicher berechtigt. Sie ist 45 Jahre alt, ihre beide Söhne sind schon erwachsen und leben angeblich wieder in Algerien. Die Polizei hat ihren Mann nicht erwischt, denn er ist untergetaucht. Er wird aber weiterhin gesucht. Sie heißt Naima, ist Muslimin, spricht aber einigermaßen gut Französisch. Sie lebt ja auch schon seit mehr als zehn Jahren in Frankreich und erhält von Zeit zu Zeit Besuch von einer befreundeten muslimischen Familie. Ich vermute, dass sie und ihr Mann Anhänger der algerischen Islamisten sind. Sie kapselt sich hier immer mehr ab und will mit mir nicht mehr reden. Sie hat sich mit anderen muslimischen Frauen zusammengetan, und eine von ihnen hat mir erzählt, dass sie ständig gegen mich hetzt und behauptet, dass meine Eltern im Algerienkrieg auf Seiten des Feindes gestanden sind. Ich konnte sie aber nicht zur Rede stellen, denn sonst hätte ich die Frau verraten, die mir das erzählt hat.«

»Wie kommt sie darauf, dich als Tochter von Kollaborateuren zu bezeichnen?«

»Ach, ich glaube, die hat nur eins und eins zusammengezählt. Mein Alter, mein algerischer Name, dass ich Französin bin. Außerdem ist es hier in Avignon bestimmt kein Geheimnis, dass ich aus einer arabischstämmigen Familie komme. Sieht man mir ja auch an, oder?«

»Was ist mit der Familie, von der sie besucht wird, wie du gesagt hast? Könnte das eine undichte Stelle sein?«

»Ich weiß es nicht, Florence.« Sie fuhr sich mit der Hand durch das Haar, eine Strähne löste sich und fiel ihr ins Gesicht. So wie gestern, als sie von der Angst um ihre Tochter sprach, zeigte die sonst so stark wirkende Frau jetzt ihre verletzliche Seite. Sie seufzte und fuhr fort.

»Ich glaube, ich will es auch nicht wissen. Dieser Job hier ist mir ungeheuer wichtig. Ich habe ihn jetzt seit drei Jahren und will ihn einfach nicht aufs Spiel setzen. Unsere Politik – und das, worauf unsere Frauen vertrauen können – hat immer das Versprechen beinhaltet, dass nichts, was herinnen passiert, nach außen dringt. Das gilt natürlich auch für Naima. Ich bin aber nicht blöd und weiß, dass ein Dampfkochtopf, aus dem kein Dampf entweichen darf, einmal explodieren kann. Aber es ist schwierig. Antoine ist so vernarrt in seine Familie, dass ich ihm keine objektive Vorgangsweise zutraue, und an diese Neue, die ihn in dem Fall vertritt, kann ich mich wirklich nicht wenden. Wie die hier aufgetreten ist! Ich kann so etwas den Frauen nicht schon wieder zumuten. Aber könntest du Naima nicht einmal unter die Lupe nehmen?«

»Wie soll das gehen? Wird sie bei dem Essen anwesend sein?«

»Nein, eben nicht! Sie sitzt mit drei muslimischen Frauen, die sie auf ihre Seite gezogen hat, in einem anderen Raum. Sie lehnen das christliche Weihnachtsfest ab und wollen damit nicht in Berührung kommen, haben sie mitgeteilt. Außerdem finden sie es nicht richtig zu feiern, wenn es im Haus einen Todesfall gibt. Die Trauerzeit sei längst nicht vorbei. Das Essen wollen sie aber schon und holen es sich aus der Küche. Du siehst, die Lage ist nicht einfach. Vielleicht könntest du mit ihnen reden.«

Sie sah Florence fragend an und ließ ihr etwas Zeit zum Überlegen.

»Ich kann es versuchen, Durya. Ich kann ja mal die Toilette aufsuchen und mich dann in der Tür verirren und bei dieser Gruppe landen – oder so was Ähnliches. Mir wird schon etwas einfallen.«

»Oh bitte, Florence, würdest du das wirklich machen?«

»Natürlich, Durya. In einem Kriminalfall muss jeder Auffälligkeit nachgegangen werden. Das war schon immer meine Devise als Ermittlerin.«

Das Mittagessen im Aufenthaltsraum war eine recht ungezwungene Veranstaltung. Bis auf die vier Musliminnen, die sich abgesetzt hatten, waren alle Frauen anwesend und über die verschiedenen Sitzgruppen verteilt. Durya hatte bei ihrem Eintritt kurz um Aufmerksamkeit gebeten und Florence vorgestellt. Dabei hatte sie die ursprünglich vereinbarte Version von der Besucherin aus Paris zur Überraschung von Florence modifiziert und erweitert.

»Madame Beaumarie ist Mitarbeiterin einer Institution in Paris, die unserer ähnlich ist. Sie ist aber auch Soziologin und arbeitet an einer Studie zur Qualitätsentwicklung von Frauenhäusern. Deshalb würde sie sich gerne mit Ihnen unterhalten. Das Ganze ist absolut freiwillig, aber es würde mich freuen, wenn sich die eine andere von Ihnen dazu bereit erklären würde.«

Florence sah Durya an, die ihrem Blick auswich. Jetzt hat sie ein schlechtes Gewissen, weil sie mich nicht gefragt hat, ob sie mich auf diese Weise vorstellen darf, dachte sie. Aber gut so. Zum Essen werde ich jetzt zwar kaum, zur Sache aber wahrscheinlich schneller kommen.

Mit Letzterem hatte sie recht, mit Ersterem jedoch unrecht. Sobald sie die Frauen am nebenstehenden Tisch gefragt hatte, ob sie sich zu ihnen gesellen dürfe, eilte eine von ihnen zur Küchentheke, um einen Teller mit allen möglichen Köstlichkeiten zu füllen. Erst als Florence auch noch von den Desserts probiert hatte, durfte sie ihre Fragen stellen. Sie musste improvisieren und fragte, welche Schulnote sie denn der Qualität dieses Hauses geben würden. Ein einstimmiges »Très bien«, also 20 Punkte, kam zur Antwort. Nachdem sie sich die Lobeshymne eine Weile angehört und sich pro forma einige Notizen gemacht hatte, kam sie zu ihrem Punkt. Es sei doch wirklich schrecklich, dass eine Bewohnerin dieses Hauses einem Mord zum Opfer gefallen sei. Sofort ließen sich drei ihrer Gesprächspartnerinnen auf das Thema ein. Mit einer Mischung aus echtem Bedauern und Sensationslust gaben sie bereitwillig Auskunft über Alima Semana, und Florence konnte sich zurücklehnen und zuhören.

»Alima war anders als wir«, sagte eine. »Die hat immer gesagt, dass wir uns nicht unterkriegen lassen und nur von unserer Angst beherrschen lassen dürfen. Dabei hat sie am Anfang, als sie kam, furchtbar ausgeschaut. Vom Gesicht bis über die Arme rote, grüne und blaue Flecken und ein völlig zugeschwollenes Auge. Trotzdem ist sie von Anfang an ausgegangen und oft erst nach Stunden zurückgekommen. Dann hat sie immer auch irgendetwas eingekauft und mitgebracht. Süßigkeiten für die Kinder, ein neues Kleidungsstück für sich selbst.«

»Ja, wir haben uns immer gefreut, wenn sie wieder da war«, sagte eine andere. »Sie hat im selben Gang gewohnt wie ich, und wir haben uns dann in unserer Gemeinschaftsküche getroffen. Die Stimmung dort war sogleich eine andere, wenn sie im Raum war – und die Kinder haben sie auch geliebt.«

»Ein bisschen gewundert habe ich mich schon, wo sie das Geld für diese Einkäufe und für ihre schönen Sachen zum Anziehen herhatte«, mischte sich eine Dritte in das Gespräch. »Über ihre Vergangenheit wollte sie ja nicht reden. Man muss immer nach vorne schauen, hat sie oft gesagt. Einmal ist ihr allerdings herausgerutscht, dass sie in einem Modeatelier gearbeitet hat. Keine Ahnung, in welchem!«

Was den Umgang von Alima mit den Kindern betraf, waren sich alle vier Frauen einig. Sie habe offensichtlich leidenschaftlich gerne mit Kindern gespielt und die Kinder hätten sie geliebt. Es sei so schwer gewesen, ihnen vom Tod Alimas berichten zu müssen.

»Wo sie doch selbst keine Kinder hatte. Aber vielleicht gerade deshalb?«, bemerkte die Frau, die als Erste gesprochen hatte.

»Jetzt ist es aber genug«, beendete schließlich diejenige, die bisher geschwiegen hatte, das Gespräch. »Es macht mich nur wieder furchtbar traurig, wenn wir ständig darüber reden, und Sie, Madame«, sie wandte sich an Florence, »haben doch gesagt, dass sie sich für das Haus hier interessieren und nicht für Alima Semana.«

»Für das Haus hier und damit naturgemäß auch für dessen Bewohnerinnen«, sagte Florence sanft. Dann bedankte sie sich für das interessante Gespräch und verabschiedete sich von der Gruppe.

Sie blickte sich um. Die Frauen schienen das Essen zu genießen und sich gut zu unterhalten. An der Küchentheke bildete sich immer wieder eine kleine Warteschlange, und auf einem Tisch standen die selbst gemachten Desserts.

Sie würde hier im Moment nicht besonders abgehen, überlegte sie. Es war wohl besser, ihre Befragung weiterzuführen, wenn alle das Essen beendet hatten. Eine Gelegenheit, um dem Wunsch von Durya nachzukommen und mit den vier Frauen zu sprechen, die sich selbst von diesem Essen ausgeschlossen hatten.

»Sagst du mir bitte, wo die Toilette ist?«, wandte sie sich der Form halber und für alle hörbar an Durya, schlug dann aber den Weg in Richtung des Raumes ein, den ihr diese schon vorher gezeigt hatte. Als sichergestellt war, dass niemand sie beobachtete, klopfte sie an die Tür und trat ein.

Vier Köpfe schossen hoch, denn man hatte den Tisch zu Seite geschoben und es sich auf dem Boden bequem gemacht.

»Was wollen Sie hier?«, ertönte sogleich die empörte Stimme der Frau, die Naima sein musste.

»Das ist die Frau, die wissen will, wie es uns hier gefällt«, antwortete anstelle von Florence eine der am Boden Sitzenden. »Ich war gerade in der Küche, als Madame Lambert das verkündet hat. Ich habe es euch ja gesagt, dass die bestimmt auch zu uns kommt.«

»Nun, dann nehmen Sie doch Platz, Madame«, sagte die Anführerin und deutete neben sich auf den Boden. »Meine Meinung über diese Institution hier können Sie gerne hören.«

Florence zögerte nicht eine Sekunde. Auch wenn es eine gewisse sportliche Herausforderung war, sich bei ihrer Größe zusammenzuklappen und auf dem Boden niederzulassen, bewerkstelligte sie dies auf beeindruckende Weise. Wieder einmal machte sich ihr jahrelanges Training bei

Monsieur Atlas in Paris bezahlt. Dort hatte sie nicht nur die Kunst der Selbstverteidigung gelernt, sondern auch, sich so geschmeidig wie möglich zu bewegen. Gleich darauf saß sie mit untergeschlagenen Beinen auf einem Kissen.

Naima sah sie verblüfft an. Sie war es gewohnt, dass westliche Frauen sich zierten, wenn es darum ging, am Boden zu sitzen. Vor allem, wenn sie nicht mehr die Jüngsten waren!

Florence hatte sie offensichtlich beeindruckt, denn in einem milderen Ton forderte sie nun diese auf, ihre Fragen zu stellen.

Auch jetzt bat Florence als Erstes um eine Benotung der Qualität des Hauses, das diese Frauen in einer Notsituation aufgenommen hatte.

Erwartungsgemäß fiel diese jetzt anders aus als zuvor, aber es verstrich einige Zeit, bis Florence sie zu hören bekam. Eine geflüsterte, ziemlich emotionale Besprechung in Arabisch ging ihr voraus, bis die Anführerin gleich einem strengen Richter ihr Urteil verkündete. »Genügend, acht Punkte«, sagte sie und schoss gleich darauf eine Erklärung nach.

»Natürlich sind wir froh, dass wir eine Weile hier wohnen können. Ich finde aber, dass wir dafür nicht ewig dankbar sein müssen und auch sagen können, was uns nicht gefällt. Die Leiterin gibt sich ja sehr nett und menschenfreundlich, aber sie sieht auf diejenigen von uns herab, denen ihre Herkunft und Religion heilig ist. Ununterbrochen sollen wir erklären, wie wir uns fühlen und außerdem mit jeder anderen Frau Kontakt haben. Ständig predigt sie uns Toleranz. Sollen wir aber tolerant sein gegenüber Frauen, deren Familien unser Land und unsere Leute ins Unglück gestürzt haben? Ja, schauen Sie mich nicht so an, Madame! In meiner Familie spricht man nicht mit den Freunden jener Leute, die mein Volk jahrzehntelang unterdrückt haben, und jetzt soll ich mich hier den Anweisungen einer Person fügen, die genau aus einer solchen Familie stammt! Ich finde, sie hat es nicht verdient, hier so leben zu können und auf uns herabzuschauen. Dieses Haus müsste von jemand anderem geleitet werden. Das können Sie in Paris ruhig berichten.«

Die anderen Frauen hatten zu dieser Tirade geschwiegen und sahen Florence unsicher und etwas betreten an. Was sollte sie antworten? Am besten, erst einmal die Ahnungslose spielen.

»Ich weiß nicht recht, was Sie meinen Madame …?

»Mein Name ist Naima Aboudarham, und ich glaube sehr wohl, dass Sie wissen, was ich meine und sich nur dumm stellen. Ich rede natürlich von Durya Lambert, geborene Bessoucan. Ihre Familie stammt aus Oran, und die sind dank der Franzosen dort reich geworden, während andere von den Kolonisatoren unterdrückt wurden. Soll ich ihr dafür heute die Hand küssen? – Wundern Sie sich jetzt noch, dass wir lieber hier essen? Vor Kurzem ist eine Frau aus diesem Haus ermordet worden, und Madame Durya hat nichts Besseres zu tun, als mit allen fröhlich das christliche Weihnachten zu feiern. Aber so waren diese Leute immer. Sie haben sich seit jeher das Beste aus dem Kuchen herausgeschnitten und dabei die Gefühle anderer mit Füßen getreten!«

»War die Verstorbene eine Freundin von Ihnen?«

»Sagen Sie ruhig Ermordete, denn das ist sie. Und nein, Freundin war sie keine, aber wir hier wissen eben, wie man die Toten ehrt, egal, wer es war.«

Florence hatte genug gehört, und es war Zeit, zu den anderen Frauen zurückzukehren.

»Ich danke Ihnen für Ihre Bereitschaft, so offen mit mir zu sprechen. Wollen vielleicht die anderen Damen noch etwas dazu sagen?«

Ein betretenes Schweigen trat ein.

»Ihr könnt gerne auch eure Meinung sagen«, forderte Naima die anderen auf.

Nach einer weiteren Pause, die sich wie eine Ewigkeit anfühlte, die aber Florence tapfer durchhielt, ertönte doch noch die Stimme einer blassen Frau mit einem hübschen und noch sehr kindlichen Gesicht.

»Ich finde auch, dass wir nicht feiern, sondern um Alima trauern sollten«, ließ sie sich hören. »Sie war sehr freundlich zu mir und hat mir sogar ein hübsches Tuch geschenkt.«

»Oh ja«, wieder die Stimme von Naima, »du hast dich von ihr einwickeln lassen, meine Kleine. Ich habe dir aber gesagt, dass du das nicht hättest annehmen sollen. Sie ist tot, und deshalb will ich nichts Schlechtes von ihr sagen, aber sie war von derselben Art wie Durya Lambert. Wo sie ihr Geld herhatte, wissen wir nicht. In diesem Atelier, von dem sie einmal gesprochen hat, kann sie das nicht verdient haben. Da hat sie doch höchstens als Näherin gearbeitet. Dass sie hier gelandet ist, wundert mich nicht. Solche Frauen geraten regelmäßig an den falschen Mann.«

Nach dieser kühnen Bemerkung einer Frau, die selbst wegen eines Mannes hier Zuflucht gesucht hatte, reichte es Florence. Beinahe genauso elegant, wie sie sich niedergesetzt hatte, erhob sie sich wieder und bedankte sich noch einmal für das Gespräch. Sie verließ den Raum mit einem unguten Gefühl. Das, was sie hier gehört hatte, konnte man nicht einfach ad acta legen.

Als sie in den Aufenthaltsraum zurückkam, waren die Frauen bereits beim Dessert gelandet.

»Wir haben uns schon Sorgen um Sie gemacht, Madame«, bemerkte Madame Petit, die ihr gerade entgegenkam.

»Es tut mir leid, ich bin durch Zufall einigen Frauen begegnet, die in einem gesonderten Raum essen, und sie haben mich eingeladen, mich zu ihnen zu setzen.«

»Ach so – und dann haben sie vermutlich ausgiebig auf uns geschimpft. Ich hoffe, Sie haben sie nicht allzu ernst genommen. Das sind arme, verirrte Geschöpfe, die genauso unserer christlichen Nächstenliebe bedürfen wie alle anderen hier.«

»Ja, Madame«, sagte Florence einfach. »Wenn Sie erlauben, werde ich jetzt noch meine Gespräche hier im Raum fortsetzen.«

»Ja, tun Sie das. Sie werden hören, wie dankbar die meisten Frauen für die Hilfe sind, die wir ihnen hier angedeihen lassen.«

Als Florence bei diesen Gesprächen nichts Neues mehr erfahren konnte, bedankte sie sich bei den Frauen und verabschiedete sich. Durya begleitete sie zur Garderobe und schnappte sich dann ihre Jacke. »Ich bin bald wieder zurück«, sagte sie zu Madame Petit, die mit ihnen gekommen war. »Ich begleite noch Madame Beaumarie zu ihrem Auto.«

Draußen angekommen, nickte sie der wachehabenden Polizistin freundlich zu.

»Hast du vielleicht noch zehn Minuten Zeit, Florence?«, fragte sie. »Hier ums Eck ist der Platz Grillon, und dort gibt es ein nettes Café. Ich möchte mich auch noch bei dir dafür bedanken, dass du so bereitwillig auf meine spontane Idee mit der soziologischen Untersuchung eingegangen bist.«

»Natürlich, Durya. Ich muss dir ja berichten, was ich erfahren habe.«

12

»Würdest du mich jetzt bitte auf den neusten Stand deiner Ermittlungen bringen, Madame Marple? Seit unserem gemeinsamen Abenteuer im Sommer darf ich mich wohl mit Fug und Recht als dein Doktor Watson bezeichnen, auch wenn ich damit die Geschichte der Kriminalliteratur etwas durcheinanderbringe. Die originale Miss Marple hatte ja bedauerlicherweise keinen so kongenialen Kompagnon wie Sherlock Holmes mit seinem Watson.«

Florence und Charles hatten es sich in der Bibliothek von Charles Florentins Haus bequem gemacht. Ada und Lena waren oben im Salon, verstanden sich blendend und benötigten keine weitere Aufsicht.

In einer Stunde würden Florence, Charles und Ada zum Essen ins Weihnachtsdomizil von Hélène und Honoré Mordent fahren. Florence war schon gespannt auf dieses Landhaus, »Bastide« nannte man so etwas hier im Süden. »Wie das Haus in *Rebecca*«, hatte Hélène allerdings gesagt und Assoziationen zu düsteren englischen Anwesen heraufbeschworen.

Sie gestand Charles, dass sie den Roman von Daphne du Maurier bedauerlicherweise nie gelesen hatte, und das war auch der Grund für ihren Aufenthalt in der Bibliothek. Er besaß das Buch natürlich und hatte es sich nicht nehmen lassen, ihr daraus einige typische Stellen vorzulesen. Auf diese Weise erhielt sie einen Eindruck von der Atmosphäre, die sie im Ferienhaus der Mordents erwartete.

Bei zwei Gläschen Whisky – einem ganz kleinen für Florence und einem etwas größeren für Charles – verfehlte die kleine Lesung nicht ihren stimmungsvollen Effekt, und Florence tat es gut, ihre Gedanken von den Erlebnissen im Frauenhaus lösen zu können. Auf der Fahrt hierher hatte sie genug darüber nachgedacht, und das konnte nun ruhig im Unbewussten weiter arbeiten.

Durya hatte sich erschüttert gezeigt, als sie von Florence erfahren hatte, dass Naima Abourdaham wesentlich mehr über die Herkunft ihrer Familie zu wissen schien, als sie gedacht hatte. Sogar ihren Mädchennamen Bessoucan kannte sie. Möglicherweise gab es hier in Avignon jemanden, der ihre Familie gekannt und sie wiedererkannt hatte. Oder sogar jemanden, hatte Florence hinzugefügt, der aktiv nach ihr gesucht hatte, um eine alte Rechnung mit ihrer Familie zu begleichen. Und dieser Jemand stand in einer Beziehung zu Naima, der geschlagenen Frau eines algerischen Ehemannes. Aber warum jetzt, nach so langer Zeit und über die Generationen hinweg? War der Mann Naimas derjenige, der für das Bekennerschreiben und den Übergriff auf Ada verantwortlich war? Angeblich war er ja untergetaucht, aber das hieß nicht, dass Naima nicht doch wissen konnte, wo er war und ihn sogar über Durya Lambert informiert hatte.

Florence hatte Durya erneut dazu gedrängt, Antoine über Naima Abourdaham zu informieren. Das werde sie machen, hatte Durya ihr versprochen, aber vorher wolle sie selbst mit ihr reden. Sie hatten dann noch über Alima Semana gesprochen. Sehr viel Neues hatte Florence über sie allerdings nicht erfahren. Dass sie Geld für den Einkauf von schöner Kleidung hatte, war jedenfalls für eine *Sans-Papiers* ungewöhnlich. Abschließend hatte Durya versprochen, baldmöglichst mit ihrer erkrankten Kollegin Anne zu sprechen, da diese mit Alima Semana das Aufnahmegespräch geführt hatte.

Nun hatte Charles sie also erneut an ihren Kriminalfall erinnert, und nach all dem, was sie im Sommer mit ihm durchlebt hatte, fühlte sie sich verpflichtet, seine Frage zu beantworten. Sie berichtete ihm, was sie heute im Frauenhaus erfahren hatte, und dann gingen sie zusammen hinauf in den Salon, wo Ada und Lena vor dem Kamin lagerten und sich offensichtlich noch immer prächtig unterhielten. Charles sah auf die Uhr, die auf einer Kommode im Salon stand. Lenas Eltern hatten versprochen, ihre Tochter gegen 17 Uhr abzuholen, und nun war es schon fast eine halbe Stunde später, und sie waren noch immer nicht da.

Lena war nicht beunruhigt. »Machen Sie sich keine Sorgen, mein Vater ist so. Der entdeckt irgendetwas, und dann vergisst er Zeit und Raum und beschäftigt sich damit. Meine Mutter wird zwar zum Aufbruch drängen, aber da hat sie nur selten eine Chance.«

»Wir müssen ebenfalls in Kürze aufbrechen. Was machen wir da mit dir?«

»Ach bitte, bringen Sie mich doch in unsere Pension. Die anderen sind bestimmt schon alle dort. Was soll mir da passieren? Warten Sie, ich ruf mal Maman an.«

Sie fischte ein orangefarbenes Handy aus der Tasche ihrer Jacke und drückte einen Knopf.

»Ein nachhaltig in Holland produziertes Handy«, flüsterte Ada inzwischen Florence zu.

Lenas Mutter meldete sich sofort. Es folgte ein Wortwechsel in deutscher Sprache. Die Mutter am anderen Ende der Leitung sprach so laut, dass die Aufregung in ihrer Stimme nicht zu überhören war. Lena berichtete.

»Also, es ist wie immer. Papa hat Maman wieder einmal sitzenlassen. Er wollte noch etwas erledigen, und sie wartet in Marseille in einem Café auf ihn. Er hätte schon vor zwei Stunden zurück sein müssen. Unsere Reisegruppe hat noch eine Stunde gewartet, dann sind sie zurückgefahren. Mama hat sich geweigert, mit ihnen mitzufahren. Mama ist solche Sachen zwar von ihm gewöhnt, aber heute ist sie schon ziemlich verzweifelt. Er wird auch diesmal wieder auftauchen, habe ich ihr gesagt, und dass ich jetzt in unsere Pension gehe. Darf Ada noch mit mir mitkommen? Sie kann ja auch mit uns essen!«

»Tut mir leid, Lena«, sagte Florence. »Unsere Gastgeber wären sehr enttäuscht, wenn wir Ada nicht mitbringen würden. Wir bringen dich jetzt in die Pension, und dann müssen wir los.«

Obwohl es an diesem Tag recht nebelig war und es zudem schon dunkel wurde, waren im Dorf überraschend viele Leute unterwegs. Nach üppigen Weihnachtsmahlzeiten und dem Zusammensein mit der Familie verlangte es vielen nach Bewegung und frischer Luft. Charles musste auf dem kurzen Weg zu Madame Gilbert mehrmals stehen bleiben, Bekannte begrüßen und ihnen ein »Joyeux Noël « wünschen, während seine drei Begleiterinnen neugierig beäugt wurden.

Elena Gilbert nahm Lena am Eingang ihres Hauses in Empfang und schickte sie sogleich zur Reisegruppe, die sich gerade im ersten Stock im Frühstücksraum, der auch als Bar diente, zu einem Aperitif versammelt hatte.

Elena wirkte nervös und beunruhigt. »Wir können wohl im Augenblick nichts für Lena und ihre Mutter tun?«, bemerkte Charles und schaute sie und Florence fragend an.

»Danke, Charles, das ist lieb von dir, aber momentan

können wir nur warten. Mein Mann hat dem Reiseleiter der Gruppe angeboten, ihn nach Marseille zu fahren, falls Monsieur Albert in den nächsten Stunden nicht auftaucht. Für eine Vermisstenanzeige bei der Polizei ist es wohl noch zu früh, oder, Florence?«

»Wahrscheinlich schon. Monsieur Albert ist ein erwachsener Mann, und wenn man solche Eskapaden, wie Lena sagt, von ihm gewohnt ist, wird die Polizei noch nicht bereit sein, jetzt schon aktiv zu werden. Sollte er allerdings auch nach Mitternacht noch vermisst werden, würde ich die Polizei einschalten. Die werden dann als Erstes in den Krankenhäusern nach ihm suchen, denn er könnte natürlich einen Unfall gehabt haben.«

Elena seufzte. »Hoffentlich liegen wir alle nach Mitternacht schon in unseren warmen Betten und haben diese Aufregung vergessen!«

»Nach allem, was ich von diesem Monsieur Albert bisher gehört habe, ist das durchaus eine realistische Möglichkeit! Rufen Sie mich oder Charles jederzeit an, wenn Sie Unterstützung brauchen.«

Elena bedankte sich bei Florence für das Angebot. »Amüsiert euch gut«, sagte sie noch, schloss die schwere Eingangstür zur Pension hinter den drei Besuchern, die bald darauf im Auto saßen.

Der Himmel war pechschwarz. Kein Stern war zu sehen. »Der Nebel wird dichter«, stellte Charles fest, der am Steuer seines Geländewagens saß. »Das passende Wetter zu einem Haus à la *Rebecca*. Kennst du den Roman, Ada?«

»Ich hab mal im Fernsehen diesen uralten Film gesehen«, kam die Antwort vom Rücksitz des Wagens. »Ganz schön gruselig!«

»Hoffentlich fürchtest du dich nicht, Ada.«

»Aber nein, Monsieur Florentin.« Adas Stimme klang empört. »Als Mangazeichnerin weiß ich Erfindung und Realität sehr wohl auseinanderzuhalten. Ich hoffe aber, Sie finden das Haus in diesem Nebel.«

»Darauf kannst du dich verlassen«, antwortete Charles mit betont fröhlicher Stimme. »In dieser Gegend finde ich mich sogar blind zurecht.«

»Darauf wollen wir es jetzt aber nicht ankommen lassen«, meldete sich Florence zu Wort. »Wie weit ist es denn noch bis zu diesem Landhaus?«

»Wir sind schon fast da«, antwortete Charles. »Ich bin an diesem Haus schon oft vorbeigefahren und habe es immer bewundert. Es hat eine ungewöhnliche Lage mitten in den Hügeln.«

Er steuerte auf einen schwachen Lichtschein zu, der sich immer mehr ausbreitete und schließlich die Umrisse eines großen Hauses annahm.

»Doch ein Gespensterschloss«, konstatierte Ada und war als Erste aus dem Auto gesprungen.

»Flucht nach vorne«, stellte Florence fest. »Ein tapferes Mädchen. Aber ganz nehme ich ihr die Furchtlosigkeit nicht ab.«

»Ich auch nicht, Florence. Da drinnen braucht sich aber bestimmt niemand zu fürchten. Behütet vom ehemaligen Chef eines Pariser Polizeikommissariats und seiner zu allem bereiten ehemaligen Assistentin.«

Florence musste lachen. In ihr Lachen mischte sich ein lautes »Bienvenue et entrez, entrez!«, denn gerade hatte sich das Eingangsportal geöffnet, und Hélène und Honoré Mordent erwarteten sie an der Schwelle des Hauses, umgeben von einem freundlich warmen Licht, das sich aus dem

Inneren auf die drei flachen Steinstufen ergoss. Direkt über ihnen hing der weihnachtliche Mistelzweig. Spätesten seit *Asterix und Obelix* hatte sich dieser keltische Brauch auch in Frankreich etabliert, und die Mistel zählte zu den liebsten Weihnachtsdekorationen der Franzosen.

Eine Stunde später dachte niemand mehr an Gespenster oder andere Unheimlichkeiten, denn die Stimmung in der kleinen Gesellschaft auf ihrem einsamen Planeten war von Anfang an ausgesprochen heiter. Kein Wort mehr von Kriminalfällen, vermissten Personen oder Drohbotschaften, denn bereits nach wenigen Minuten des Zusammenseins hatte sich gezeigt, dass die Chemie zwischen den Beteiligten stimmte. Witz, Intellekt und vergnügliche Erzählungen bestimmten die Atmosphäre, und die frischen Farben des gemütlichen Esszimmers, das nicht im Entferntesten an die Düsternis eines englischen Landhauses erinnerte, trugen das Ihre dazu bei. Hier ging es provenzalisch heiter zu. Natürlich war das Essen, das an einem runden, weiß gestrichenen Tisch serviert wurde, exzellent. Ada war von dem großen Lüster, der über dem Tisch hing, angetan. Er bestand aus einer Vielzahl von Messern, Gabeln und Löffeln, an denen bunte Kristalltropfen hingen und mit seinen zahllosen kleinen Glühbirnen die Gläser, Karaffen und Flaschen auf dem hübsch gedeckten Tisch zum Glitzern und Funkeln brachte.

»Wirklich genial«, hatte Hélène Mordent die Lampe kommentiert, »die würde ich mir am liebsten nach Paris mitnehmen.«

Sie waren inzwischen beim Dessert – Hélènes köstlichem »Fondant au chocolat« – angelangt.

»Ich glaube, mit dieser Lampe wäre sogar Lenas Vater einverstanden gewesen.« Ada konnte ihre Augen noch immer nicht von dem originellen Leuchter lassen. »Mit der Wiederverwertung des alten Bestecks ist sie eindeutig ein Recycling-Produkt, und die kleinen Glaskristalle sind ja wohl auch ökologisch unbedenklich!«

»Aha, der deutsche Monsieur von gestern, der, wie mir nicht entgehen konnte, als Wanderprediger in Sachen Umwelt durch unsere Lande zieht«, stellte Honoré Mordent fest.

»Das ist dir also auch aufgefallen?«, sagte seine Frau. »Ich fand ihn eigentlich ganz sympathisch und seine Anliegen durchaus verständlich.«

»Natürlich, natürlich«, brummelte Honoré , »ihr müsst nämlich wissen, dass meine Frau mittlerweile ebenfalls zu einer Leitfigur der Umweltbewegung geworden ist.«

Florence horchte auf. Offensichtlich hatte sich das Ehepaar bereits ausgesprochen. Tatsächlich! Hélènes Reaktion auf die Bemerkung ihres Mannes klang keineswegs gekränkt.

»Ich habe mich eben verändert«, stellte sie fest. »Man kann auch im fortgeschrittenen Alter noch neue Einsichten haben, und ich glaube, mein lieber Mann hat mittlerweile verstanden, worum es mir geht und wie wichtig der Kampf gegen Plastikwahn und unmenschliche Produktionsweisen ist.«

Honoré Mordent verdrehte die Augen. »Ja und nein«, sagte er, während er sich eine Pfeife anzündete. »Natürlich sind alle diese Anliegen berechtigt, aber auch hier gilt wie immer der Spruch der alten Griechen: ›Meden agan‹ oder ›Nichts allzu sehr‹!«

»Das habe ich bereits verstanden«, antwortete ihm seine Frau, »aber dem Prediger für das rechte Maß sei ins Stammbuch geschrieben, dass man dieses Maß manchmal auch ein wenig überschreiten muss, wenn man will, dass sich etwas bewegt.«

»Aber Lenas Vater geht bestimmt zu weit.« Ada blickte herausfordernd in die kleine Runde. »Da habe ich noch lieber einen Polizisten als Papa als so einen verrückten Umweltschützer!«

»Ja, junge Dame, ich hatte auch den Eindruck, dass dieser Herr ein echter Fanatiker ist!«

»Der jetzt verschwunden ist! Es wäre vielleicht ohnedies besser für Lena, wenn er nicht wieder auftauchen würde.« Ada griff sich an den Mund und setzte eine schuldbewusste Miene auf, aber Madame und Monsieur Mordent sahen sie nur neugierig an.

»Ja, verschwunden«, sagte sie deshalb. »Lena ist nämlich von ihren Eltern nicht abgeholt worden. Das haben wir noch gar nicht erzählt.«

»Stimmt«, sagte Charles. »Daran habe ich das ganze Essen über nicht mehr gedacht. Kein Wunder übrigens bei diesem großartigen Essen. Meine Bewunderung dafür, Madame Mordent!«

»Danke«, sagte Hélène Mordent, kam aber sofort wieder zum vorherigen Thema zurück. Auch ihr Mann wollte nun genau wissen, was es mit diesem Verschwinden auf sich hatte, und Florence übernahm es, Bericht zu erstatten.

»Jetzt muss ich aber wirklich wissen, ob dieser Herr schon zurück ist.« Charles hatte bereits sein Handy aus der Tasche seines Jacketts gezogen, neigte sich entschuldigend in Richtung Madame Mordent und wählte die Nummer von Elena Gilbert. Diese meldete sich auf der Stelle und überschüttete ihn mit einem aufgeregten Wortschwall. Seine Miene verdüsterte sich.

»Er ist immer noch nicht aufgetaucht«, sagte er, als er aufgelegt hatte. »Seine Ehefrau sitzt jetzt schon seit vier Stunden in dem Café in Marseille und weigert sich, es zu verlassen, ehe ihr Mann zurück ist. Elena sagt, dass das Mädchen mittlerweile auch schon verzagt ist. Ihr Vater sei zwar unzuverlässig, aber über sein Handy sei er normalerweise immer erreichbar. Und jetzt ist es seit Stunden ausgeschaltet.«

»Dann muss man etwas unternehmen.« Ada war aufgesprungen. »Man kann doch die Frau nicht ewig dort sitzen lassen.«

»Das geschieht bereits«, stellte Charles fest. »Madame Gilbert hat mir mitgeteilt, dass ihr Mann vor zehn Minuten gemeinsam mit dem Reiseleiter der Gruppe in Richtung Marseille aufgebrochen ist, um die Frau zu holen. Eine Vermisstenanzeige bei der Polizei haben sie telefonisch auch schon gemacht.«

»Vielleicht kann mein Vater ihnen helfen? Er hat einen Freund bei der Polizei in Marseille!« Adas Stimme hatte einen Ton kindlicher Begeisterung angenommen, und Florence musste unwillkürlich denken, dass sie aufgrund der Altklugheit des Mädchens beinahe vergessen hatte, dass sie es hier ja immer noch mit einem Kind zu tun hatten.

Honoré Mordent kam ihr mit einer Antwort zuvor. »Es ist gut, dass du helfen willst, Ada. Es ist aber besser, wenn wir deinem Vater heute seine Ruhe lassen. Es ist nicht sein Revier, und die Polizei in Marseille wird sicher alles veranlassen, was in dieser Nacht überhaupt noch getan werden kann. Hoffen wir, dass der Deutsche morgen früh wieder da ist.«

Unvermutet traten Ada Tränen in die Augen. »Aber das ist doch nicht genug«, rief sie aus. »Ich weiß, ich habe gesagt, dass es vielleicht besser ist, wenn er nicht mehr auftaucht. Das war aber nicht so gemeint. Schließlich ist er der Vater meiner Freundin. Jetzt kenne ich so viele Leute von der Polizei, und niemand kann wirklich etwas tun, weder in unserem Fall noch in dem von Lenas Vater.«

Diesmal war es Hélène Mordent, die Florence eine Antwort abnahm.

»Nach allem, was ich schon über Monsieur Albert gehört habe, ist er alles andere als ein einfacher Mensch, und deine Bemerkung, Ada, war wirklich verständlich. Mein lieber Mann hat aber ausnahmsweise einmal recht. Alles, was heute noch für deine Freundin und ihre Mutter getan werden kann, wird bereits unternommen. Ich schlage vor, dass wir uns jetzt alle noch vor den Kamin setzen, damit ich euch meine berühmte heiße Schokolade servieren kann.«

»Schon wieder Schokolade«, sagte Honoré, »hatten wir nicht gerade ein Dessert mit Schokolade?«

»Dann bekommst du eben deinen Cognac – und überhaupt jeder, was er will. Was möchtest du, Florence?«

»Natürlich deine heiße Schokolade. Die kann ich wirklich empfehlen, Ada.«

Ada antwortete nicht und wischte sich mit einem Taschentuch von Hélène die Tränen aus den Augen. Außer bei ihrem Sohn hatte Florence mit weinenden Menschen nie so recht umgehen können. Es war aber klar, dass sich das Mädchen jetzt nicht so einfach mit Schokolade abspeisen ließ.

»Ich kann Ada gut verstehen«, sagte sie deshalb, an Ada und die ganze Runde gewandt. »Zuerst wird die Tochter des Polizeikommandanten von Avignon nach Saignon geschickt, weil sie und ihre Familie von Unbekannten bedroht werden, und dann erfährt sie, dass der Vater ihrer neuen Freundin, mit der sie den Tag verbracht hat, verschwunden ist. Und hier sitzen der ehemalige Chef ihres Vaters und dessen Assistentin, und beide wissen keine Lösung.«

»Genau«, sagte Ada, »ihr müsst doch etwas unternehmen können!«

»Leider können wir das wirklich nicht. Wir können nicht einfach nach Marseille fahren und nach Lenas Vater suchen. Das wäre vergleichbar mit der Suche nach der Stecknadel in einem gigantischen Heuhaufen. Wir sind hier nur eine private kleine Gruppe, die sich Gedanken macht und die offiziellen Ermittler unterstützen kann, wenn es angebracht ist. Ich bin überzeugt davon, dass in Avignon das ganze Kommissariat der *Police Nationale* gemeinsam mit der Ermittlerin an der Aufklärung des Mordes und den Drohungen gegenüber dir und deiner Familie arbeitet. Und natürlich auch dein Vater, der einer der fähigsten Ermittler ist, die Honoré und ich kennen. Es ist auch überhaupt nicht auszuschließen, dass Monsieur Albert von selbst wieder auftaucht. – Möchtest du nicht doch Hélènes Trinkschokolade probieren, Ada? Sie schmeckt wirklich ganz wunderbar!«

Ada nickte, und Hélène verschwand in der Küche, um die Schokolade zuzubereiten.

»Ich sage dir jetzt noch etwas«, sagte Honoré Mordent zu Ada, während er sich vom Tisch erhob. »Dein Vater war einer meiner allerbesten Mitarbeiter in Paris, und diese Dame hier«, er zeigte auf Florence, »ist an detektivischem Spürsinn ohnedies nicht zu übertreffen. Die beiden werden den Fall in Avignon schon lösen. Da kannst du es dir in der Zwischenzeit ruhig in Saignon gemütlich machen. Wenn es dir aber zu langweilig wird, dann ruf mich bitte an. Dann unternehmen wir beide etwas. Dein Herr Papa wird sicher nichts dagegen haben, wenn sein ehemaliger Chef auf seine Tochter aufpasst.«

Den Rest des Abends drehte sich das Gespräch um das Feriendomizil der Mordents, um den Roman von Daphne du Maurier und um Adas Leidenschaft für Mangas. Vielleicht, so meinte sie, könnte nach Abschluss ihres *Monte Christo*-Projekts der Roman Rebecca der nächste sein, den sie zeichnen würde.

»Jetzt weiß ich ja schon, wie das Haus ausschauen könnte«, stellte sie fest, »und mit den wenigen Personen und der spannenden Geschichte könnte man dieses Buch bestimmt gut in Bilder umsetzen. Der Leuchter über dem Esstisch kommt jedenfalls auf die Titelseite.«

»Und ich lasse es drucken und verkaufe es in meiner Buchhandlung«, verkündete Charles Florentin.

13

Bereits gegen 9 Uhr am nächsten Morgen schlenderten Hélène und Florence über den von Charles so gepriesenen Wochenmarkt von Apt, während Honoré Zeitung lesend in einem Café auf sie wartete.

Der Markt fand jeden Samstag statt, zog sich durch die ganze Stadt, überflutete alle Plätze mit bunten Verkaufsständen und streckte seine Tentakeln bis in die engen Altstadtgassen aus. Sämtliche Köstlichkeiten Südfrankreichs gab es hier zu erwerben und darüber hinaus noch die Erzeugnisse von Kunsthandwerkern und kleinen Handwerksbetrieben, die um die Aufmerksamkeit der zahlreich herbeiströmenden Menschen warben.

»Schade, dass Charles nicht dabei ist«, sagte Florence, »er wäre uns bestimmt ein kundiger Führer durch dieses Labyrinth.«

»Allerdings«, antwortete Hélène. »Er hat mir gestern Abend erzählt, dass er hier seinen speziellen Fisch- und Gemüsestand hat und mit einem Fromager befreundet ist, auf dessen Käse er schwört.«

»Er wollte uns ja unbedingt selbst alles zeigen, aber Ada schläft noch immer, und natürlich können wir sie nicht alleine lassen. Wir sind froh, dass sie sich nach den gestrigen Aufregungen ausschlafen kann. Vielleicht kommen sie ja noch nach.«

»Und du weißt tatsächlich nicht, ob dieser Monsieur Albert wieder zurückgekommen ist?«

»Nein, das weiß ich nicht. Ich wollte Madame Gilbert nicht schon so früh anrufen und – ganz ehrlich, Hélène – mir reicht der Fall in Avignon. Auch wenn sich Ada mit Lena Albert angefreundet hat, für diesen deutschen Fanatiker sind sein Reiseleiter, seine Frau und im schlimmsten Fall die Polizei von Marseille zuständig. Unsere Aufgabe ist es primär, auf Ada zu schauen.«

»Nehmt ihr sie heute Abend zum Konzert von Amontero mit?«

»Nein, Hélène, wir haben uns nun doch dagegen entschieden und Charles – er ist wirklich ein Held – hat beschlossen, bei ihr zu bleiben. Ihre Mutter wird am Abend nach Saignon kommen, und so müssen wir drei alleine nach Lourmarin fahren.«

»Schade! Mir gefällt dein Charles sehr, Florence! Und das Mädchen auch!«

Sie waren inzwischen am Rande der Altstadt von Apt angelangt und auf einen großen Platz hinausgetreten, auf dem es zahlreiche Verkaufsstände gab, an denen Billigkleidung angeboten wurde.

Aha, dachte Florence, das richtige Thema für Hélène. Und tatsächlich, Madame Mordent war bereits in ihrem Element.

»Schau dir das an, Florence, diese billigen Fetzen sind bestimmt alle in Bangladesch oder China erzeugt worden.« Sie hatte sofort den erstbesten Stand angepeilt und eine bunte Jacke von der Stange genommen, die sie Florence unter die Nase hielt.

»Kannst du lesen, woher das kommt? Meine Lesebrille befindet sich leider im Jackett von Honoré.«

»Made in Italy«, las Florence triumphierend. »Na siehst du, es gibt hier auch europäische Ware.«

»Hast du eine Ahnung«, antwortete Hélène, »hast du noch nie etwas von den chinesischen Schneidern in Prato in Italien gehört? Auch dort wird unter unzumutbaren Bedingungen für die Arbeiterinnen – mehrheitlich natürlich Frauen-Ware für die großen Modehäuser produziert! Und wahrscheinlich stammt diese billige Jacke auch von dort.«

Eine Verkäuferin näherte sich ihnen und fragte Hélène, ob sie die Jacke probieren wolle.

»Nein, Madame, vielen Dank«, sagte diese in ausgesucht höflichem Ton, der keinerlei Urteil über die Jacke enthielt, und überreichte sie der Frau. Dann drehte sie sich um und sagte zu Florence: »Komm, ich habe genug gesehen, es wird ohnedies Zeit, zu Honoré zurückzukehren. Er wollte ja auch noch mit dir etwas besprechen. Ich habe jetzt genug Überblick, um zu wissen, wo ich hier später meine Lebensmittel einkaufe.«

Florence hatte an Hélène schon immer bewundert, wie absolut sicher sie sich bei all ihren Entscheidungen war. Sie schien immer zu wissen, was sie wollte – und naturgemäß auch, was sie nicht wollte. Sie wusste bestimmt schon genau, was sie heute einkaufen würde.

Während sie sich ihren Weg durch die immer größer werdenden Menschenmassen zurück zu Honoré bahnten, hätte sie sie aber gerne gefragt, warum es ausgerechnet die Modeindustrie war, der sie nun auf einmal ihre ganze Aufmerksamkeit widmete. Ein ernsthaftes Gespräch kam jedoch in diesem Trubel nicht infrage, und so zwängten sie sich hintereinander durch die Altstadtgassen, konnten es aber doch nicht lassen, von Zeit zu Zeit vor einem der kleineren Stände, an denen handgefertigte und originelle Waren angeboten wurden, Halt zu machen. Da muss ich noch einmal alleine herkommen, dachte sich Florence, während sie sich bemühte, die vorauseilende Hélène nicht aus den Augen zu verlieren.

Als sie sich dem Café näherten, in dem Honoré am Fenster saß, stellte sie fest, dass er sich mittlerweile in Gesellschaft befand. Die Köpfe von Honoré Mordent und seinem früheren Mitarbeiter Antoine Lambert stießen fast zusammen, so tief waren sie über ein Schriftstück gebeugt.

»Das habe ich auf dem Schreibtisch meiner Ersatzkommissarin entdeckt«, sagte Antoine Lambert einige Minuten später zu Florence. Sie hatte sich zu ihnen gesetzt, ihren Kaffee und ihr Croissant bestellt und sich erklären lassen, dass Honoré noch gestern Abend Lambert angerufen, ihn über seine Anwesenheit hier im Süden aufgeklärt und ihm seine Hilfe angeboten hatte. Über meinen Kopf hinweg, dachte Florence. Die Situation war ihr durchaus vertraut. Selbst von ihr geschätzte Männer wie Antoine und Honoré präsentierten sich von Zeit zu Zeit als typische Machos. Eine passende Ausrede war ihnen im Nachhinein immer eingefallen. Natürlich hatte Honoré Mordent auch diesmal erklärt, dass dies nur aus Rücksicht auf Florence geschehen war, die er weder gestern Nacht noch heute Morgen schon so früh hatte stören wollen.

»Ich musste aber einfach Antoine anrufen«, hatte er sich gerechtfertigt, »denn nachdem ich seine Tochter kennengelernt hatte, wusste ich, dass er im Moment jede erdenkliche Hilfe benötigt.« Florence hatte schon zu einer sarkastischen Bemerkung angesetzt, es dann aber bleiben lassen. Schließlich ging es darum, alle vorhandenen Ressourcen zu bündeln und in den Dienst der Sache zu stellen.

Jetzt gab Antoine auch Florence den Obduktionsbericht von Alima Semana zu lesen, den er heute früh am Schreibtisch von Camille Lagrange entdeckt und schnell kopiert hatte. Daraus ging unter anderem hervor, dass auf Alima mit einer Pistole *Carl Walther*, ein ziemlich veraltetes Modell übrigens, drei Mal aus kurzer Distanz geschossen worden war und diese Schüsse schlussendlich zu ihrem Tod geführt hatten. Außerdem hatte die Leiterin der Gerichtsmedizin von Avignon festgestellt, dass Alima Semanas Körper noch immer Spuren von Gewaltanwendung aufwies, die etwa zwei Wochen alt waren. Von einer möglichen Vergewaltigung, die Alima bei ihrer Ankunft im Frauenhaus hatte vermuten lassen, konnte jedoch keine Rede sein, denn Alima war zur Überraschung aller noch Jungfrau.

»Nicht uninteressant, diese Alima Semana«, stellte Mordent fest. »Florence, was hast du denn im Frauenhaus noch Wissenswertes herausgefunden? Gestern Abend wollte und konnte ich dich nicht danach fragen.«

Florence erstattete Bericht. Vom Verhalten Alimas im Frauenhaus, von deren Beliebtheit bei den meisten Frauen, deren ungewöhnlich langen Ausflügen in die Stadt, ihrem Faible für Kleider und ihrer Großzügigkeit gegenüber ihren Mitbewohnerinnen.

Sie dachte sich, dass sie eigentlich froh sein musste, dass sich nun Mordent dieses Falles angenommen hatte und sie sich wieder dem eigentlichen Zweck ihres Aufenthalts hier im Süden zuwenden konnte. Sie wollte Zeit mit Charles Florentin verbringen, ihn noch besser kennenlernen und diese Beziehung, die ihr noch immer nicht ganz geheuer war, ausloten.

»Vielleicht sollte ich noch einmal mit dieser Madame Petit im Frauenhaus reden«, sagte sie stattdessen. »Sie scheint ihre Nase und ihre Ohren überall zu haben. Und auch mit Anne, der Stellvertreterin von Durya, muss ich mich noch einmal unterhalten, wenn sie wieder gesund ist.«

»Ja, tu das bitte«, antwortete Mordent und Florence hatte das Gefühl, endgültig in ihrer Pariser Vergangenheit angekommen war. Ein irgendwie auch prickelndes Gefühl.

»Durya hat mir übrigens von dieser Naima Abourdaham erzählt. Du hast sie wohl nicht erwähnt, weil Durya dich darum gebeten hat«, bemerkte Lambert.

»So ist es«, antwortete Florence, »hat sie dir die Geschichte nun doch erzählt?«

»Ich habe ihr versprechen müssen, dass ich offiziell nichts gegen die Frau unternehme, und sie hat mir versprochen, dass sie noch einmal mit ihr redet.«

»Und – hat sie das schon getan?«

»Ja, das hat sie.«

»Und wie hat Naima Abourdaham reagiert?«

»Sie war nach wie vor feindselig und verschlossen. Sie hätte nichts gegen Durya persönlich, sagte sie ihr, aber mit den Mitgliedern von algerischen Familien, die mit den Franzosen kollaboriert haben, wolle sie nichts zu tun haben. Durya hat sie gefragt, woher sie das wisse. Darüber reden die Leute eben, war die gemurmelte Antwort von Naima gewesen, und mehr war aus ihr nicht herauszubekommen.«

»Wirst du etwas gegen diese Frau unternehmen?«, fragte Mordent Lambert.

»Durya ist einverstanden damit, dass ich diese Leute ausfindig mache, die Naima Abourdaham regelmäßig besuchen. Sie schaut heute im Besucherbuch im Frauenhaus nach, unter welchem Namen und welcher Adresse sie sich eingetragen haben. Hoffen wir, dass sie nicht geschwindelt haben, denn eine Ausweiskontrolle gibt es nicht! Wenn die Adresse stimmt, wird Leonie Perrin sie unter die Lupe nehmen. Sie steht auf meiner Seite, denn sie kann Camille Lagrange nicht respektieren. Sie ist froh, dass nicht sie, sondern Joseph Gerbier, mein zweiter Stellvertreter, mit der Lagrange zusammenarbeiten muss.«

»Es laufen also mittlerweile Parallelermittlungen in deiner Dienststelle«, stellte Florence fest. »Das schafft Probleme, Antoine!«

»Was soll ich machen? Camille Lagrange hat mir ja sogar den Obduktionsbericht vorenthalten, den ich heute um 5 Uhr früh rein zufällig entdeckt habe.«

»Gestatte mir eine Bemerkung, lieber Antoine«, sagte Florence, »ich finde, diese Art zu agieren ist nicht dein Stil. In Paris ist es dir immer gelungen, auch schwierige Mitarbeiter einzubinden. Einfach dürfte die Situation für Kommissarin Lagrange ja auch nicht sein.«

Ehe Lambert antworten konnte, mischte sich Mordent ins Gespräch. »Florence hat recht, Antoine. Das oberste Gebot in dieser Situation lautet Kooperation, und wie du selbst betont hast, bist du immer noch der Chef deiner Dienststelle. Lass dir etwas einfallen. Du brauchst diese Lagrange. Packe sie bei ihrer Eitelkeit und vermittle ihr, dass du an ihrem Erfolg in dieser Mission genauso interessiert bist wie sie selbst!«

Lambert verdrehte kurz die Augen wie ein trotziges Kind, fasste sich dann aber rasch.

»Ihr habt ja recht. Es hat mich eben misstrauisch gemacht, dass diese Lagrange von der Staatsanwältin protegiert wird. Aber auch das ist natürlich nur eine Vermutung. Ich denke darüber nach und werde mir etwas einfallen lassen.

Das Handy von Florence läutete. Da sie mit einem Anruf von Charles rechnete, nahm sie es aus der Tasche und hob ab. Er hatte aber schon aufgelegt. Sie hörte den Anrufbeantworter ab. Er hatte mit ungewöhnlich verhaltener Stimme gesprochen.

»Florence, wo bist du gerade? Lenas Vater ist tatsächlich nicht mehr aufgetaucht. Elena Gilbert hat es mir erzählt. Die Polizei in Marseille ist seit Mitternacht eingeschaltet, hat aber noch keine Spur von ihm gefunden. Ada hat das auch mitbekommen und wollte sofort zu Lena. Lenas Mutter war aber nur kurz in Saignon und ist mit ihrer Tochter bereits wieder nach Marseille gefahren. Sie wohnen dort in einem Hotel und suchen nach dem Vater. Ich wollte eigentlich noch mit Ada zu dir nach Apt kommen. Sie braucht frische Malstifte, und ich weiß, wo es die in Apt gibt. Jetzt sagt sie aber, dass sie keine Lust mehr dazu hat, und frühstücken will sie auch nicht. Ein bisschen viel an Aufregung für die Kleine. Falls du die Nachricht hörst, ruf mich bitte zurück.«

Florence legte das Handy zur Seite, und Honoré und Antoine sahen sie neugierig an. Sie erklärte ihnen den Sachverhalt.

»Wahrscheinlich wäre es besser gewesen, Ada nicht aus dem Haus zu lassen und sie mit unbekannten Leuten zusammenzubringen«, sagte Antoine Lambert nicht ohne Vorwurf in der Stimme.

Florence bemühte sich um Gelassenheit. »Antoine, du hast uns ausdrücklich aufgetragen, Ada nicht im Haus einzusperren. Reg dich bitte nicht auf. Es ist überhaupt nichts passiert. Aber es ist wahrscheinlich besser, wenn Ada jetzt nicht mit Charles nach Apt fährt und hier mit dir gesehen wird. Es ist ja auch nicht gänzlich auszuschließen, dass dir jemand gefolgt ist.«

»Das glaube ich nicht, Florence. Wie ihr euch denken könnt, bin ich die ganze Zeit auf der Hut. Eine Beschattung hätte ich bemerkt.«

Mordent mischte sich ein. »Ich mache euch jetzt folgenden Vorschlag: Florence ruft Charles an und sagt ihm, dass er mit Ada vorerst in Saignon bleiben soll, und wir besprechen noch kurz die weitere Vorgehensweise. Hat sich diese *ALNouveau* eigentlich noch einmal gemeldet?«

Antoine verneinte. Mittlerweile hatte sich auch wieder Hélène Mordent zu ihnen gesellt und war neugierig den letzten Worten ihres Mannes gefolgt.

»Dann sollten wir uns jetzt hier ganz auf den Fall in Avignon konzentrieren«, sagte dieser gerade. »Der vermisste Deutsche fällt wirklich nicht in unseren Zuständigkeitsbereich.«

Hélène Mordent brach in ein schallendes Lachen aus. »In unseren Zuständigkeitsbereich?« Sie fasste Honoré am Arm. »Wach auf, mein lieber Mann, wir sind hier in den Weihnachtsferien, und du bist bestimmt nicht der leitende Beamte in diesem Fall.«

Trotz der ernsten Lage musst Florence schmunzeln. Sie war Hélène dankbar für ihre Reaktion. Auch wenn sie mit allem, was Honoré gesagt hatte, einverstanden war, sollte man sein momentanes Verhalten nicht tolerieren. Auch Lambert hatte zum ersten Mal an diesem Vormittag den Anflug eines Lächelns auf seinen Lippen.

»Einmal Chef, immer Chef«, sagte er. »Ich kenne das. Wenn man es gewohnt war, für alles verantwortlich zu sein, dann schlittert man immer wieder in dieses Verhaltensmuster hinein. Ich bin dir aber wirklich dankbar für deine Unterstützung, Honoré. Und dir auch, Florence! Dieses Treffen war gerade sehr lehrreich für mich. Ich werde das Gespräch mit der Dame suchen, die man mir vor die Nase gesetzt hat. Eure punktuelle Unterstützung kann ich aber dennoch gebrauchen. Sprich bitte morgen noch einmal mit Madame Petit, Florence! Und dich, Honoré, ersuche ich noch einmal, darüber nachzudenken, wo du den Namen Alima Semana schon einmal gehört haben könntest.«

Florence warf Mordent einen fragenden Blick zu. War ihr da etwas entgangen?

»Pardon, Florence«, sagte dieser, »das weißt du noch nicht. Ich hatte es Antoine erzählt, als du noch nicht da warst. Mir geht der Name Alima Semana nicht mehr aus dem Kopf. Er erinnert mich an irgendetwas, das weit zurückliegt. Etwas aus der Zeit auf unserem Pariser Kommissariat. Du hast doch so ein gutes Gedächtnis. Kommt dir der Name nicht auch bekannt vor?«

Florence schüttelte den Kopf. »Ich habe den Namen zuvor bestimmt noch nie gehört. Aber du machst mich neugierig. Denk bitte weiter darüber nach!«

»Mach ich«, sagte Honoré . »Ich werde versuchen herauszufinden, ob dieser Name in alten Zeitungsartikeln oder Zeugenberichten auftaucht.«

Florence erhob sich. »Ich muss jetzt mit Charles telefonieren. Wir sind uns also einig, dass wir im Fall des vermissten Deutschen nichts tun können. Willst du das deiner Tochter klar machen, Antoine?«

»Ach, Florence, sprich du doch bitte mit ihr. Ich muss jetzt dringend zurück nach Avignon. Vielleicht kann ich ja Durya begleiten, wenn sie heute Abend Ada besucht.«

Wieder nickte Florence und ging mit ihrem Handy vor das Lokal, um ungestört telefonieren zu können. Sie berichtete Charles von der Besprechung mit Lambert und Mordent. Ob sie gleich noch einige Einkäufe erledigen wolle, fragte er, oder ob er nach ihrer Rückkehr noch zum Markt hinunterfahren solle. Sie entschied sich für Letzteres. Er war einverstanden und offensichtlich froh über ihre Entscheidung. Eine halbe Stunde später saß sie vor dem Schreibtisch in Adas Zimmer und betrachtete mit ihr zusammen die Bilder auf ihrem Zeichenblock.

14

»Ada, was hat eigentlich Lena zu deinen Zeichnungen gesagt?«

»Na, was wohl, Florence? Sie war beeindruckt, und wie jeder, dem ich sie zeige, hat sie sofort erklärt, dass sie so etwas selbst leider nicht könnte.«

»Hat sie denn irgendwelche besonderen Interessen?«

»Oh ja, sie interessiert sich für Astronomie und kennt sich am Sternenhimmel echt gut aus. Sie sagt, dass sie wegen der Schauergeschichten, die ihr Vater ihr täglich von der Zukunft unseres Planeten erzählt, ohnedies nicht mehr an der Erde interessiert sei, sondern sich lieber die Zukunft der Menschheit in einer entfernten Galaxie vorstellt. Sie schwärmt total für ihren Physiklehrer, der eine Interessengruppe in Astronomie für seine Schüler leitet. Ich glaube, sie träumt davon, mit ihm in einem Raumschiff auf einen fremden Planeten zu fliegen.«

»Und stattdessen ist sie hier mit ihren Eltern in der Provence gelandet. Ich habe mich ohnedies gewundert, warum sich ihr Vater ausgerechnet einer ganz gewöhnlichen Reisegruppe anschließt, die, wie sie gesagt hat, sogar mit dem Flugzeug angereist ist. Das müsste doch ein No-Go für einen Umweltaktivisten sein.«

»Ach, das hat sie mir erklärt. Diese Reise geht ausnahmsweise auf das Konto ihrer Mutter. Die hat als Französischprofessorin einen Gutschein vom Reiseveranstalter bekommen. Sie wird bezahlte Vorträge über diese Reise halten. Irgendwer muss in der Familie ja das Geld verdienen, und der Vater hat schließlich keine Zeit mehr für so profane Angelegenheiten. Am Anfang war er ohnedies gegen diese Reise, hat aber dann herausgefunden, dass Teile des Lavendels in der Provence mit Pestiziden behandelt werden und da hat er sich entschlossen, über diese Umweltsünde zu berichten. Außerdem konnte er zu einem fast kostenlosen Urlaub für die Familie dann doch nicht nein sagen.«

»Aha. Ob er in Marseille auch etwas zu diesem Thema zu recherchieren hatte? Hast du denn eine Ahnung, Ada, warum Lenas Eltern diesen Ausflug nach Marseille mitgemacht haben?«

»Nein, darüber haben wir nicht gesprochen.« Ada sah Florence unglücklich an. »Warum nur musste er jetzt verschwinden und Lena heute mit ihrer Mutter nach Marseille fahren? Wir wollten doch an unserem gemeinsamen Projekt weiterarbeiten.«

»Was ist denn das für ein Projekt?«

»Oh, wir planen einen Science-Fiction-Comic. Sie hatte die Idee zu einer Geschichte, in der ein Mädchen gemeinsam mit ihrem Lehrer und ein paar Freunden zu einem unbekannten fernen Planeten aufbricht, und ich hätte das gezeichnet. Eine super Sache!«

Nach Florences Rückkehr vom Markt war Charles sichtlich erleichtert Richtung Apt aufgebrochen, und Florence hatte Ada in ihrem Zimmer aufgesucht. Ada war noch im Bett gelegen, hatte sich die Decke über den Kopf gezogen und mitgeteilt, dass sie erst aufstehen werde, wenn Lenas Vater gefunden worden sei.

Florence hatte daraufhin verzichtet, Ada zu einem Frühstück zu überreden, und ihr stattdessen vorgeschlagen, einen Spaziergang zu Madame Gilbert zu machen und sie zu fragen, ob es Neuigkeiten von der Suche nach Lenas Vater gäbe.

Bei diesem Vorschlag war Ada aus dem Bett gesprungen, und während sie sich anzog, hatte Florence ihre Zeichnungen, die am Schreibtisch lagen, bewundert.

Als sie bei Elena Gilbert eintrafen, konnte diese nichts Neues berichten. Lena und ihre Mutter waren von Monsieur Gilbert samt ihren Koffern nach Marseille gefahren worden, und seither hatte sie nichts von ihnen gehört. Ab dem gemeinsamen Aperitif wusste Elena Gilbert von Adas Interesse an Japan, und als sie deren bekümmerte Miene gesehen hatte, bot sie sich an, ihr einige Kostbarkeiten zu zeigen, die sie von einem japanischen Künstler erworben hatte.

Während Ada und Elena Gilbert in die Galerieräume gingen, war Florence im Foyer des Hauses mit einem Teilnehmer der deutschen Reisegruppe ins Gespräch gekommen, der offensichtlich jede Gelegenheit nutzte, sein Französisch zu praktizieren. Auch er war gestern mit der Gruppe in Marseille gewesen und berichtete, dass sich »Herr Albert« von Anfang an nicht für die Führung durch die Stadt interessiert hatte und nach dem Orgelkonzert mit seiner Frau eigene Wege gegangen sei. Er habe gehört, wie Herr Albert sich bei der Reiseleiterin noch nach der Adresse eines Ladens erkundigt hatte, in dem biologisch nachhaltige Produkte und Lavendel verkauft würden, und diese habe ihm den Weg in eine Seitengasse der großen Einkaufsstraße von Marseille, der Canebière, gewiesen. In diese Richtung war das Ehepaar dann auch losmarschiert, aber später hatten die Teilnehmer der Gruppe am vereinbarten Treffpunkt, einem Café in der Nähe des Vieux Port, nur mehr die wartende Ehefrau angetroffen. Auf Florences

Frage, was denn nun die weiteren Pläne der Reisegruppe seien, sagte er, dass er hoffe, dass sich an diesen trotz des Verschwindens von Herrn Albert nichts ändern würde. Heute Nachmittag war noch ein Ausflug nach Roussillon geplant, und morgen würden sie nach Nizza fahren, von wo aus sie nach zwei Tagen Aufenthalt nach Frankfurt zurückfliegen würden.

Ob sie schon einmal in Roussillon gewesen sei, fragte er Florence. Sie verneinte, und er berichtete, dass er bereits zwei Mal dort war. »Da haben Sie sich aber was entgehen lassen, Madame! Einen fantastischeren Anblick als dieses Dorf kann ich mir kaum vorstellen. Die Erde enthält in der Gegend rundherum jede Menge Ocker, und die ganze Gegend erstrahlt in den unterschiedlichsten Rottönen.« Rot wie Blut, kam es Florence in den Sinn, und beinahe hätte sie es ausgesprochen. Gut, dass sie es nicht getan hatte. Déformation professionnelle, dachte sie sich, während sie sich von dem freundlich lächelnden Herrn verabschiedete. Sie machte sich auf die Suche nach Ada und Madame Gilbert und nahm sich vor, für den Rest dieses Tages alle Gedanken an Mord, Totschlag und vermisste Personen zu vergessen, was ihr dann auch bis zu dem Zeitpunkt, zu dem Durya Lambert überraschend ihre Tochter abholen kam, gelang.

Ada kam gut gelaunt von der Galeriebesichtigung zurück. Sie hatte von Madame Gilbert eine Broschüre erhalten.

»Das ist ein Ausstellungskatalog mit absolut coolen Bildern aus Japan«, erklärte sie, nachdem sie sich von Elena Gilbert verabschiedet hatten. »Madame Gilbert hat ihn mir geborgt. Sie besitzt nur das eine Exemplar. Bitte, Florence, können wir gleich nach Hause gehen? Ich möchte diese coolen Netsukes abzeichnen.« Als Florence sie verständnislos anblickte, fügte sie hinzu: »Das sind ganz winzige japanische Figuren, die man früher irgendwie am Gürtel eines Kimonos befestigt hat.«

Zu Hause verschwand Ada sofort in ihrem Zimmer. Auch Charles war bereits zurück und packte in der Küche seine Einkäufe aus. Auf Esstisch und Anrichte häuften sich Käse, Obst und frisches Gemüse, und ein Perlhuhn wanderte gerade in den Kühlschrank. Es erschien Florence, als würde er den Widrigkeiten und Aufregungen dieses Tages mit einem hohen Wall aus nahrhaften und köstlichen Dingen trotzen wollen.

Tatsächlich schien er im Augenblick an nichts anderes zu denken. »Glücklicherweise ist auf alle meine bevorzugten Marktstände Verlass. Um diese Jahreszeit kommen immer weniger Marktfahrer als im Sommer«, stellte er fest, »zwischen Weihnachten und Neujahr ist es keine Selbstverständlichkeit, dass man sie antrifft. Ich werde Ada und ihrer Mutter heute Abend ein fürstliches Mahl zubereiten – und ihrem Vater auch, falls er kommt«, sagte Charles zu Florence. »Und du wirst heute beim Konzert von Amontero tatsächlich auch meine Schwester antreffen, denn, stell dir vor, sie hat die Einladung von Monsieur Amontero angenommen.«

»Und das, obwohl sie dann dort auch mich wiedersehen wird!«

»Aber sie hat doch nichts gegen dich! Sie bereitet nur gerade eine Ausstellung ihrer Bilder vor und hatte deshalb noch keine Zeit, nach Saignon zu kommen. Kannst du bitte Amontero anrufen und ihm mitteilen, dass sie kommt?«

»Mach ich dann gleich, Charles. – Kann ich dir hier irgendwie helfen?«

»Ja, indem du jetzt wieder aus meiner Küche verschwindest und in einer halben Stunde mit Ada zurückkommst.

Dann gibt es nämlich ein paar Spezialitäten vom Markt zum Verkosten.«

»Alles klar, Charles. Ich bin in der Bibliothek.«

»Bis dann, Florence!«

Die Bibliothek, deren Fenster nach Osten gingen, war um diese Zeit in ein seltsames Zwielicht getaucht. Hier sieht es schon eher nach *Rebecca* aus, dachte Florence, konzentrierte sich aber gleich darauf auf ihr Handy. Keine Nachrichten! Weder von Lambert noch von Mordent, noch von …! Sie schüttelte den Kopf und erinnerte sich daran, dass sie sich vorgenommen hatte, für den Rest des Tages auf jede weitere Beschäftigung mit Mord oder anderen Kriminalfällen zu verzichten. Oh mon Dieu, seit sie Madame Gilbert verlassen hatte, hatte sie bereits mindestens fünfmal auf ihr Handy geschaut. Genug damit für heute! Jetzt musste sie Amontero anrufen!

Bruno Amontero hob sofort ab. Offensichtlich hatte er ihre Nummer eingespeichert. Über die Nachricht, dass er zu seinem kleinen Privatkonzert nun auch noch die Schwester von Charles erwarten durfte, war er hocherfreut, beteuerte aber gleich darauf, dass er sich ganz besonders auf das Wiedersehen mit Florence freue. Nachdem sie sich gegenseitig versichert hatten, dass sie beide gesund seien und es ihnen gut gehe, war das Gespräch auch schon wieder beendet.

»Na gut, alles erledigt.« Kurz entschlossen schaltete sie ihr Handy endgültig aus. Der Rest des Nachmittags sollte Charles und, falls nötig, Ada gehören.

Diese benötigte ihre Gesellschaft nicht. Als sie zum Essen in die Küche kam, hatte sie ihre Malutensilien mitgebracht. »Ach bitte, darf ich hier gleich weiterzeichnen«, fragte sie und würdigte das herrliche Angebot an Speisen mit keinem Blick. Florence und Charles zwinkerten sich zu. Sie waren froh, dass Ada etwas gefunden hatte, das sie offensichtlich Lena und ihre eigene Situation vergessen ließ. »Meinetwegen«, sagte Charles, »aber iss bitte wenigstens ein Brot mit Käse. Vielleicht magst du ja auch noch ein Stück von diesen köstlichen Caillettes dazu, die besten, die man am Markt bekommt.«

Ada schüttelte den Kopf, sie wolle nur etwas Obst, schnappte sich einen Teller, legte einen Apfel, eine Mandarine und eine Banane darauf und verzog sich mit einem »excusez-moi« und der Zustimmung ihrer Kurzzeitgroßeltern in den Salon.

Wie enden wollend diese Großelternschaft tatsächlich war, sollten Florence und Charles bereits kurze Zeit später erfahren. Als nämlich gegen 16 Uhr Adas Mutter überraschend vor der Tür stand, brachte sie Neuigkeiten mit, welche die beiden aus einem gemütlich verbrachten Nachmittag unsanft in die Realität zurückkatapultierten.

»Florence, warum hast du nicht abgehoben! Antoine versucht dich schon seit über einer Stunde zu erreichen. Wir haben uns Sorgen gemacht!« Durya war verstimmt.

Als Florence ihr erklärte, dass alles in bester Ordnung sei, sagte sie nur. »Bei uns ist leider gar nichts in Ordnung. Können wir irgendwo ungestört reden?«

»Ja natürlich«, antwortete Florence alarmiert, »in der Bibliothek! Nur einen Augenblick, ich gebe Charles Bescheid, dass wir etwas später hochkommen.«

Schon wieder musste also die Bibliothek als Schauplatz geheimer Gespräche herhalten. Florence bat Durya, in einem der schweren Ledersessel Platz zu nehmen. Die ließ sich kurz zurücksinken, richtete sich aber sogleich wieder angespannt auf.

»Zwei Sachen«, sagte sie und deutete mit ihrem Daumen eine Eins an. »Man hat diesen Deutschen, Monsieur Albert, gefunden. Tot! Erschossen! In einem Park in Marseille. In der Nähe des Observatoriums. Dort findet gerade eine Freiluftausstellung moderner Skulpturen statt. Man hat seine Leiche in eine der Skulpturen gestopft. So hat es jedenfalls Antoine ausgedrückt, und mehr weiß ich dazu auch noch nicht. Er hat einen Kollegen in Marseille angerufen, um mehr über den verschwundenen Deutschen zu erfahren, und das ist dabei herausgekommen.«

Florence kam nicht dazu, einen Kommentar abzugeben, denn nun schoss der nächste Finger von Durya in die Höhe und deutete eine Zwei an.

»Außerdem«, sagte sie mit immer noch erregter, aber einer Spur sanfteren Stimme, »muss ich euch Ada wieder entführen. Antoine sieht zwar keinerlei Zusammenhang zwischen dem Mord in Marseille und dem Mord in Avignon, aber da Lena Albert genau jenen Tag mit Ada verbracht hat, an dem ihr Vater verschwunden ist und ermordet wurde, könnte sie auch ins Visier der Ermittler geraten. Antoine hat sich tatsächlich noch einmal mit Camille Lagrange besprochen, Florence. Es war kein einfaches Gespräch, wie du dir denken kannst, aber schließlich hat sie sogar versprochen, ihn in ihre Arbeit einzubeziehen, was mehr ist, als er erwarten konnte.«

»Très bien! Das ist gut«, stellte Florence fest. »Hat er ihr auch von Naima Abourdaham erzählt?«

»Nein, hat er nicht. Das hat er mir ja schließlich versprochen! Aber Naima Abourdaham ist übrigens auch einer der Gründe, warum ich Ada wieder mitnehme. Florence, ich habe mir jetzt doch Urlaub genommen. Ich werde noch heute mit ihr zu meiner Freundin auf den Bauernhof in die Nähe von Carcassonne fahren. Sie ist zurück aus Paris.

Aber das wissen bitte nur du und Antoine. Na ja und natürlich Charles.«

Florence war erschüttert. Ihre Gedanken waren noch bei dem Mord an Monsieur Albert. Sie verstand, dass nun auch Durya Lambert, die bisher so couragiert auf ihrem Posten geblieben war, ängstlich geworden war. Hier hatten sich auf einmal zwei dunkle Wolken übereinander geschoben und erzeugten eine unheimliche, bedrohliche Atmosphäre. Auch wenn es vermutlich nicht den geringsten Zusammenhang zwischen den beiden Wolken gab.

»Mach das, Durya. Du brauchst Abstand. Ich kann mir zwar nicht vorstellen, dass der Mord an Monsieur Albert in irgendeinem Zusammenhang mit eurer Situation steht, aber natürlich weiß man derzeit noch viel zu wenig!«

»Es ist nicht nur wegen des Mordes an Lenas Vater, wir machen uns auch nach wie vor Sorgen wegen der Drohungen dieser *ALNouveau*. Antoine fragt sich jetzt natürlich, ob es da eine Verbindung zu Naima Abourdaham gibt. Seine Mitarbeiterin, Leonie Perrin, hat das Ehepaar ausfindig gemacht, das Naima im Frauenhaus besucht hat. Wir wissen jetzt, dass es sich um entfernte Verwandte von ihr handelt. Sie waren sehr verschlossen, ja feindselig. Sie wohnen im selben Viertel wie Naima und haben einen erwachsenen Sohn, der nicht mehr bei ihnen lebt. Leonie Perrin vermutet, dass sie gelogen haben, als sie zu ihr sagten, dass sie noch nie von mir gehört hätten. Und stell dir vor, sie stammen aus Oran so wie meine Familie! Es könnte da möglicherweise einen Zusammenhang geben!«

Auf einmal hatte sie Tränen in den Augen. »Ich habe schon alles geregelt, Florence. Ab morgen habe ich offiziell Urlaub genommen und meine Kollegin Anne, die wieder halbwegs gesund ist, wird mich vertreten«.

»Was ist los, Maman? Warum seid ihr hier?« Plötzlich war die Tür zur Bibliothek aufgeflogen, und Ada stand vor ihnen.

Durya hatte sich augenblicklich wieder gefasst. »Weil ich mit Florence etwas besprechen muss«, erklärte sie in einem sachlichen Ton.

»Das man vermutlich dem Kind nicht zumuten kann«, antwortete Ada. »Nun komm schon, Ma, ich seh dir doch an, das etwas nicht stimmt. Hat sich die *ALNouveau* wieder gerührt?«

»Nein, ma cherie, das ist es nicht. Du wärst ohnedies die Nächste gewesen, der ich alles erzähle. Ich wollte mich nur zuerst bei Florence für das bedanken, was sie bisher für uns getan hat.«

»Natürlich, aber wieso ist das auf einmal so dringend? Könnt ihr mir bitte endlich sagen, worum es hier geht?«

Ada hatte einen Hocker an den Tisch herangezogen, sich darauf gesetzt, ihre Arme auf die Tischplatte gestützt und ihr Kinn in die Hände gelegt. Jetzt ließ sie ihren Blick erwartungsvoll zwischen den beiden Frauen hin und her wandern.

Florence lehnte sich zurück. Sie konnte Durya diese Aufgabe nicht abnehmen.

»Es hat mit deiner neuen Freundin zu tun.« Durya wandte sich ganz ihrer Tochter zu. »Ada, der Vater von Lena ist heute in Marseille gefunden worden. Er wurde ermordet – erschossen«, fügte sie hinzu.

»Erschossen wie Alima? Mit welcher Pistole?« Ada hatte große Augen bekommen.

Sie wirkte mehr interessiert als geschockt.

»Das weiß ich natürlich nicht.« Durya runzelte die Stirn. »Warum interessiert dich das?«»Weil Alima Semana auch erschossen wurde. Was, wenn es dieselbe Pistole war?«

Es war höchst unwahrscheinlich, aber Florence hatte diesen Gedanken auch schon gehabt. Das Mädchen wurde ihr schon langsam unheimlich.

»Das ist doch absurd, Ada. Alima und der Vater von Lena hatten doch überhaupt nichts gemeinsam, und Avignon und Marseille liegen ja auch nicht gerade nebeneinander.«

»Man kann nie wissen, Maman. Nicht wahr, Florence?«

»Ich sehe es wie deine Maman, Ada. Ein Zusammenhang zwischen den beiden Morden ist kaum vorstellbar.«

»Na gut, wir werden sehen«, sagte Ada. Dann besann sie sich. »Die arme Lena. Sie tut mir so leid. Können wir sie in Marseille besuchen, Ma?«

»Das ist leider nicht möglich.« Durya sah ihre Tochter bedauernd an. »Wir beide fahren noch heute zu Francoise nach Carcassonne. Dort wolltest du doch schon immer mal hin.«

Adas Augen weiteten sich. »Heute noch? Warum denn das? Was ist denn noch passiert?«

»Eigentlich nichts«, antwortete Durya beinahe wahrheitsgemäß, »ich brauche jetzt auch ein wenig Erholung, und dass ich die hier in Avignon im Moment nicht finde, kannst du dir denken. Ich freue mich auf Francoise – und auf ihre Schafe.«

Ada war nicht erfreut, wusste aber, dass sie gegen den Willen ihrer Mutter keine Chance hatte, und nach einigen Versuchen, sie zum Bleiben zu überreden, gab sie auf und trollte sich missmutig in ihr Zimmer, um ihre Sachen zusammenzupacken.

Auch Charles war geschockt, als er hörte, was passiert war – und gleichzeitig enttäuscht, dass sich heute niemand mehr für seine Kochkunst interessierte. Als Durya und

Florence zu ihm in die Küche kamen, hatte er bereits gut gelaunt mit dem Schnipseln von Gemüse begonnen. Nachdem ihn Durya über ihre bevorstehende Abreise und den Mord an Monsieur Albert in Kenntnis gesetzt hatte, war seine gute Laune verflogen.

»Um Gottes willen«, flüsterte er, »das muss auch für Elena Gilbert ein ziemlicher Schock sein. Vielleicht sollte ich zu ihr gehen?«

»Wenn du willst, ruf sie kurz an«, sagte Florence, »es wäre mir aber lieber, wenn du mich zu Bruno Amontero begleiten würdest. Es gibt keinen Grund mehr, nicht zu seinem Konzert mitzukommen. Außerdem wirst du dort Maurice Chevalier treffen.« Mit Maurice Chevalier, dem Besitzer des Lokals, in dem das Privatkonzert von Amontero stattfinden sollte, hatte sich Charles bei einem ersten Treffen im letzten Sommer auf Anhieb verstanden. Sogar ein gemeinsames Ausstellungsprojekt über Albert Camus, der in Lourmarin gewohnt hatte und dort auch begraben war, hatten die beiden zusammen geplant und waren seither in Kontakt geblieben.

Vier Stunden Autofahrt waren es bis Carcassonne, und Durya wollte gleich losfahren. Sie und Ada bedankten sich für alles, und Ada musste Charles versprechen, ihn demnächst in seiner Buchhandlung in Avignon zu besuchen. Kurz darauf waren sie abgereist, und Charles hatte seine Freude am Kochen endgültig verloren. Dann werde er eben nach Lourmarin mitkommen, sagte er ohne große Begeisterung. Während er noch ein längeres Telefongespräch mit Elena Gilbert führte, räumte Florence die Küche auf und packte das bereits vorbereitete Gemüse in den Kühlschrank.

»Was sagt Elena?«, fragte sie ihn dann.

»Natürlich ist sie geschockt, weiß aber auch nicht mehr als wir. Ihr Mann kümmert sich um Mutter und Tochter, sagt sie. Morgen Vormittag werde ich bei ihr vorbeischauen.«

Eine Stunde später waren sie in Charles Wagen unterwegs nach Lourmarin. Sie fuhren an jenem Lavendelfeld vorbei, an dem Florence vor zwei Tagen den Vater von Lena beobachtet hatte. Nun hatte sein Aufenthalt dort für sie eine neue Bedeutung bekommen, und am liebsten wäre sie ausgestiegen, um diesen Ort einer genaueren Begutachtung zu unterziehen. Es ging sie aber nichts an, das wusste sie. Als sie dies Charles gegenüber erwähnte, stimmte er ihr zu. Dann konnte er aber gar nicht mehr damit aufhören, Spekulationen darüber anzustellen, wer Herrn Albert ermordet haben könnte.

Als sie in Lourmarin aus dem Auto stiegen, nahm sie ihn am Arm und sagte:

»Bitte, Charles. Können wir jetzt für ein paar Stunden diese schlimme Geschichte vergessen und das Konzert von Amontero einfach genießen?«

Er nickte. »Wenn sich die Geschichte nicht auch schon unter den Gästen Amonteros herumgesprochen hat.«

15

Die etwa 40 Gäste, die in den außergewöhnlichen Genuss eines Privatkonzerts von Bruno Amontero gekommen waren, schienen noch nichts von dem bizarren Fund eines ermordeten Mannes in Marseille gehört zu haben. Jedenfalls sprach niemand davon, und die Atmosphäre war heiter und entspannt. Amontero überraschte sein Publikum damit, dass er, beginnend mit einem Impromptu von Franz Schubert, den Rest der Musikgeschichte raschen Schrittes durcheilte und nach Schumann und Brahms schließlich ein Stück von Gershwin und Bernstein zum Besten gab. Dann hatte er gut gelaunt dazu aufgefordert, ihm die eine oder andere Melodie vorzusingen, über die er virtuos improvisierte.

Nachdem sein Publikum ihn mit lange anhaltendem und begeistertem Applaus bedacht hatte, trat er gemeinsam mit seinem Freund und Lokalbesitzer Maurice Chevalier an einen lang gestreckten Tisch an der Wand. Maurice Chevalier entfernte eine silberne Abdeckung, und ein herrliches Buffet kam zum Vorschein, das erneut lautstarken Beifall auslöste.

»Beeindruckend, beeindruckend«, sagte Honoré Mordent zu Florence und stellte seinen Teller, voll beladen mit Fleischpasteten und Salaten, auf einem der noch unbesetzten Tische ab. »Ich glaube, ich muss meine Meinung über das Landleben revidieren. Das war heute ein sehr interessanter Tag.«

Vor dem Konzert hatte es keine Gelegenheit gegeben, ihn vom neuesten Stand der Dinge zu informieren, aber nun musste es sein, und so berichtete ihm Florence mit leiser Stimme von dem entsetzlichen Mord an Lenas Vater. Viel war es ja nicht, was sie darüber wusste.

»Unfassbar«, Mordent schüttelte den Kopf, »so viel Aufregung hätte ich aber nun auch wieder nicht gebraucht.«

Florence nahm ihm das nicht wirklich ab. Dazu waren sie sich zu ähnlich. Während die meisten Menschen angesichts eines Verbrechens die Flucht ergriffen, löste es in ihr und Honoré den unwiderstehlichen Impuls aus, dem Rätsel auf den Grund zu gehen. Beide hatten sie dafür besondere Fähigkeiten in die Wiege gelegt bekommen, und beide hatten sie von Kindheit an gewusst, dass dies ihre Lebensaufgabe sein würde. Sie waren einfach im *Flow*, wenn sie dieser Bestimmung nachgingen.

»Nicht schon wieder«, entfuhr es vermutlich auch deshalb jetzt Hélène Mordent, die alles mitgehört hatte. Sie verdrehte die Augen und schaute Charles Florentin an, der sich soeben neben sie gesetzt hatte.

»Das Leben an der Seite eines geborenen Kriminalisten dürfte ziemlich aufregend sein«, bemerkte dieser.

»Was heißt aufregend, Monsieur Florentin?« Hélène drehte ihrem Mann den Rücken zu. »Die meiste Zeit eigentlich eher anstrengend, weil ständig gemeinsame Pläne über Bord geworfen werden. Heute Nachmittag, zum Beispiel, hat sich dieser, anstatt mit mir einen Ausflug zu machen, lieber zurückgezogen, um über den ›Fall Semana‹, wie er ihn nennt, nachzusinnen und zu recherchieren.«

Sie deutete mit dem Daumen auf ihren Mann, aber der war bereits derart in das Gespräch mit Florence vertieft, dass er die Unterhaltung zwischen Hélène und Charles nicht mehr registrierte.

»Dann ist es dir also tatsächlich eingefallen«, sagte Florence gerade zu Honoré, »du weißt jetzt, woher dir der Name Semana bekannt vorgekommen ist?«

»Oh ja, und das, obwohl die Geschichte schon lange her ist. Du erinnerst dich an die Proteste der *Sans Papiers* in den 90ern? Es gab auch eine Protestaktion in unserem Arrondissement!«

»Vage, Honoré , ich glaube, ich war damals gerade mit einer anderen Geschichte beschäftigt.«

»Aha, na gut. Jedenfalls war eine der Gruppensprecherinnen dieser Bewegung von Emigrantinnen eine Semana, die sogar Alima hieß. Sie war eine beeindruckende und kämpferische Frau und hat sicher dazu beigetragen, dass man in ganz Frankreich auf diese Menschen aufmerksam wurde. Auch die Galionsfigur der *Sans-Papiers-Bewegung* im Jahr 1996 war übrigens eine Senegalesin.«

»Dann ist es nicht auszuschließen, dass die Ermordete mit dieser Alima Semana von damals verwandt ist. Die Namensgleichheit lässt vermuten, dass sie sogar ihre Tochter sein könnte.«

»Genau das dachte ich mir natürlich auch und habe schon begonnen, dieser möglichen Verbindung nachzugehen. Noch habe ich im Senegal keine Alima Semana ausfindig gemacht. Ich bin aber dran.«

»Sind diese Plätze noch frei?« Zwei Frauen unterschiedlichen Alters traten an ihren Tisch und unterbrachen die Gespräche.

»Ja, ja!« Hélène Mordent nickte ihnen freundlich zu. »Nehmen Sie doch Platz!« Die beiden bedankten sich und nahmen die Plätze neben Hélène und ihrem Mann ein, die sich gegenübersaßen.

Charles beugte sich nach vorn und nahm sogleich den

Gesprächsfaden mit den neu Hinzugekommenen auf. Er stellte sich ihnen als Buchhändler aus Avignon vor und stellte die zur Einleitung eines Small Talks immer passende Frage.

»Darf ich fragen, was Ihnen die Ehre der Einladung zu diesem Konzert verschafft hat?«

Die ältere der beiden Frauen, eine Madame Eloise Bonnet, stellte sich als Nachbarin Amonteros in Lourmarin, und ihre Begleiterin Solveigh Moreau als Mitarbeiterin in ihrem Geschäft vor.

»Und was für ein Geschäft haben Sie?«, wollte Charles wissen.

»Ach, ich besitze drei Boutiquen. Je eine für Mode in Lourmarin und Marseille und eine Geschenkboutique in Apt. Solveigh ist eine Studentin der Biologie in Paris, die in den Ferien bei mir jobbt.«

Die Studentin, die Hélène schräg gegenübersaß, lächelte und nahm ihren Schal ab. Hélènes Augen weiteten sich. Auf einem schwarzen T-Shirt prangte ein orangerotes Klebeetikett mit der Aufschrift: »Kauft nichts von Chenil, Deor und Neki! Diese Kleider sind mit Blut und Tränen von Arbeitssklaven erzeugt!«

Auch Charles hatte das auffällige Etikett sofort bemerkt. Er wusste zwar um Hélènes Aktion, stellte aber den Zusammenhang nicht her.

»Oh! Was verkünden Sie denn hier für eine interessante Botschaft, Mademoiselle?«

Solveigh errötete, ihre Chefin, Eloise Bonnet, kam ihr jedoch mit einer Antwort zuvor.

»Solveigh«, sagte sie mit einem tadelnden Unterton, »hier beim Konzert hättest du das nicht unbedingt tragen müssen.«

»Désolée, Eloise, es ist mir eben wichtig – auch für dein Geschäft.«

Florence, die die ganze Zeit in das Gespräch mit Mordent vertieft gewesen war, hatte den neu Hinzugekommenen zunächst keine Beachtung geschenkt, bei diesem Wortwechsel jedoch aufgehorcht. Irgendwie kam ihr die Stimme einer der beiden Frauen bekannt vor. Sie beugte sich ein Stück nach vorne und erkannte in der Älteren jene Boutiquebesitzerin aus Apt, bei der sie die kleine Trompetenelfe erstanden hatte. Zwar hatte sie jetzt keine Lust, sie darauf anzusprechen, hörte aber ihren Worten nun aufmerksamer zu.

»Ist schon in Ordnung, Solveigh«, sagte diese gerade. »Wahrscheinlich hast du recht. Auch hier gibt es bestimmt genug Leute, die unfair produzierte Kleider tragen. In meinem Geschäft gibt es nur Kleidung aus fairer Produktion. Wussten Sie, Madame«, sie wandte sich an die neben ihr sitzende Hélène, »dass viele der Kleider, die in Frankreich verkauft werden und den Namen bekannter Labels tragen, von schlechtest bezahlten Arbeitskräften in den Ländern der Dritten Welt hergestellt werden und zudem oft mit giftigen und nicht recycelbaren Inhaltsstoffen kontaminiert sind?«

Hélène Mordent war puterrot geworden, was ihre Sitznachbarin falsch interpretierte.

»Pardon, Madame. Ich wollte Ihnen nicht zu nahe treten. Die wenigsten Leute wissen das, aber es ist mir, und ganz besonders auch Solveigh, einfach wichtig, über diesen Umstand aufzuklären.«

»Meiner Frau ist das auch sehr wichtig«, mischte sich Honoré Mordent ein, der mittlerweile ebenfalls dem Gespräch folgte. »Hélène, du kannst den beiden charmanten Damen hier gerne mitteilen, dass du es warst, die diese

Etiketten auf die Besucherinnen des *Bon Marché* herabregnen ließ. Schließlich ist das kein großes kriminelles Vergehen, sondern ein berechtigtes soziales Anliegen.«

Solveighs Kopf schnellte überrascht in die Höhe, aber auch die Augen aller anderen am Tisch waren nun auf Hélène Mordent gerichtet.

Nun hatte der ehemalige Leiter der Mordkommission, den seine Frau durch ihr Schweigen hatte schützen wollen, selbst das Geheimnis gelüftet.

»Honoré hat recht.« Hélènes Stimme war die Erregung, aber auch ein gewisser Stolz anzuhören. »Die Aktion im Pariser Kaufhaus war allein meine Idee, und ich habe sie auch im Alleingang durchgezogen. Nachdem ich zufällig einen Bericht darüber gelesen hatte, wie die meisten der Kleidungsstücke für die großen Kaufhäuser produziert werden, habe ich mich sehr intensiv mit diesem Thema beschäftigt. – Madame Bonnet, es ist wunderbar für mich zu hören, dass Sie in Ihrem Geschäft nur fair produzierte Kleidungsstücke anbieten! Das ist es, was wir brauchen. Eine faire und unsere Umwelt schützende Herstellung von Mode muss allgemeiner Standard werden.«

Für die nächste Viertelstunde war auch für Honoré Mordent und Florence der Mordfall Alima Semana vergessen. Man unterhielt sich ausgiebig über das Thema, das den drei Damen gleichermaßen am Herzen lag. Madame Bonnet und Solveigh Moreau trugen Kleidungsstücke aus der Boutique, und sowohl das türkisfarbene, asymmetrisch geschnittene Kleid der Chefin als auch die bunte Jacke und der dunkelrote Rock ihrer Mitarbeiterin wurden nun gebührend bewundert. Insbesondere Solveigh Moreau sorgte dafür, dass vermutlich bald jeder im Raum wusste, wer Hélène Mordent war. Spontan sprang sie auf, beugte sich über die neben ihr sitzende Chefin und streckte Hélène ihre Hand hin, um sie dann ausgiebig zu schütteln und nicht mehr loszulassen.

»Ich kann es nicht fassen!«, rief sie mit lauter und erregter Stimme. »Hier im Saal befindet sich die Heldin des *Bon Marché*! Sie können sich nicht vorstellen, Madame, wie dankbar ich Ihnen für diese großartige Aktion bin. Endlich hat sich jemand getraut, auf dieses schreiende Unrecht aufmerksam zu machen. Für mich und meine Studienkolleginnen sind Sie eine Heldin! Ich werde dafür sorgen, dass noch viele davon erfahren und Sie bei weiteren Aktionen gerne unterstützen.«

»Ist schon recht, Solveigh«, versuchte die neben ihr sitzende Chefin ihre Mitarbeiterin, deren Stimme immer lauter geworden war, zu beruhigen. »Vielleicht mag sich ja Madame Mordent in einer unserer Boutiquen selbst davon überzeugen, wie elegant, ökologisch einwandfrei und nicht überteuert Kleidungsstücke auch produziert werden können. Dann kannst du ja noch in Ruhe mit ihr über dein eigenes Engagement in dieser Sache sprechen.«

Solveigh ließ sich endlich wieder auf ihren Sessel zurückfallen, blieb aber nach vorne gebeugt. »Oh ja, Eloise«, sagte sie, diesmal ihre Chefin duzend. »Das ist eine super Idee. Bitte, Madame Mordent, kommen Sie morgen hierher in unser Geschäft in Lourmarin. Ich arbeite morgen hier, und es wäre für mich eine riesige Ehre!«

Nicht ohne Zögern stimmte Hélène zu. Die Reaktion der zuvor eher still wirkenden jungen Frau erschien ihr etwas übertrieben, und die Aufmerksamkeit, die ihr hier zuteilwurde, war ihr nicht angenehm. Mit ihrer Zusage wollte sie die Szene beenden, was ihr auch einigermaßen gelang.

Zumindest für Florence war aber das Thema endgültig beendet, als Amontero gleich darauf an ihren Tisch trat.

»Darf ich Ihnen meine Freundin für kurze Zeit entführen?«, fragte er die Anwesenden mit Blick auf Florence. »Ich habe sie schon viel zu lange nicht mehr für mich gehabt.«

Als alle zustimmend nickten, geleitete er Florence an einen noch freien Tisch und ließ zwei Gläser Champagner bringen.

»Auch wenn erst in ein paar Tagen Silvester ist, müssen wir beide doch auf das Neue Jahr anstoßen! Es möge Ihnen viel Glück und Freude und hoffentlich ruhige Zeiten bringen.«

Florence wünschte ihm dasselbe und zeigte sich beeindruckt von der Kunst seiner Improvisation, die er heute gezeigt hatte. Sie unterhielten sich noch eine Weile, dann bat er sie, ihn offiziell der Schwester von Charles Florentin vorzustellen. Vor dem Konzert hatte er sie nur flüchtig und förmlich begrüßen können. Florence sah, dass sich die Tischgesellschaft ihrer Freunde inzwischen aufgelöst hatte. Hélène Mordent unterhielt sich weiterhin mit Madame Bonnet und Solveigh Moreau, Honoré Mordent saß etwas verloren alleine an seinem Platz, und Charles hatte sich zu seiner Schwester an einen anderen Tisch gesellt.

»Kommen Sie«, sagte Florence zu Bruno Amontero und nahm ihn dorthin mit. Sowohl Amontero als auch Florence wurden umgehend von Charles eingeladen, sich zu ihnen zu setzen. Amontero nahm die Einladung an, aber Florence entschuldigte sich. Sie wolle Honoré Mordent aus seiner Einsamkeit befreien.

»Ich bin beeindruckt«, sagte sie gleich darauf zu Honoré und setzte sich ihm gegenüber.

»Ach, weißt du, Florence«, antwortete er. »Wir haben uns gestern lange darüber unterhalten, und ich habe gesehen, wie ernst es Hélène damit ist. Sie braucht eine Aufgabe, die sie erfüllt. Mir wäre es natürlich lieber, sie würde sich einem harmlosen Hobby zuwenden, aber sie hat mir gesagt, dass sie immer schon eine soziale Ader in sich gespürt hat und dass es nun an der Zeit sei, diese zu ihrem Recht kommen zu lassen. Sie hat alle möglichen Ideen, wie sie sich für die Verbreitung von ›la mode équitable‹ oder ›fair fashion‹, wie man heutzutage sagt, einsetzen will, aber sie ist bestimmt kein Monsieur Albert, bei dem ein solches Engagement offensichtlich in Fanatismus ausgeartet ist.«

»Nein, Honoré, das ist sie sicher nicht. Sie ist eine kluge, aber wie man sieht auch sehr leidenschaftliche Frau. Da hat sie ja mit den beiden Frauen an unserem Tisch eine interessante Bekanntschaft gemacht.«

Mordent grinste. »Allerdings. Bestimmt wird sie sich morgen im Geschäft von dieser Madame Bonnet ein neues Kleid kaufen. N'est-ce pas, ma chérie?« Er hatte sich seiner Frau zugewandt, die in diesem Augenblick wieder zu ihnen gestoßen war.

»Zumindest werde ich das Geschäft einmal besichtigen«, sagte sie. »Eloise Bonnet und Solveigh sind interessante Gesprächspartnerinnen. Solveigh scheint allerdings viel mehr für das Thema ›Fair Trade‹ und ›Bio‹ zu brennen als ihre Chefin. Für mein Gefühl sind ihre Reaktionen etwas zu überschießend. Na ja, ich kenne sie aber noch zu wenig! Morgen werde ich mir das Geschäft von Madame Bonnet in Lourmarin anschauen. Solveigh ist am Nachmittag alleine dort. Am Vormittag ist die Boutique geschlossen. Madame Bonnet wird morgen in ihrer Boutique in Marseille sein. Heute fahren beide noch nach Marseille zu

Madame Bonnets Hauptwohnsitz. Solveigh kann derzeit dort bei ihr wohnen. In Lourmarin hat Madame Bonnet noch eine kleine Ferienwohnung.

»Na gut.« Mordent gähnte. »Das muss ich heute alles nicht mehr so genau wissen. Ich würde jetzt gerne aufbrechen. Ich bin schon müde.«

Seine Frau war einverstanden, und auch Florence fand, dass es für heute genug war. Sie ging zu dem Tisch, an dem Charles und seine Schwester Reine-Marie mit Amontero saßen, um sich zu verabschieden. Charles sprang sofort auf. Später sagte er zu Florence, dass es ohnedies Zeit geworden war zu gehen, denn Amontero und seine Schwester hätten schon heftig zu flirten begonnen.

Als sie bald darauf mit den Mordents durch das nächtliche Lourmarin schlenderten, blieb Charles plötzlich stehen und wandte sich an Honoré und Florence.

»Habt ihr zwei den Fall des ermordeten Deutschen eigentlich schon gelöst?«

»Schön wäre es, mein Lieber!«, rief Florence aus, »aber erstens geht uns die Geschichte nichts an, und zweitens sind nicht einmal wir so schnell.«

Charles gab nicht nach. »Ich muss gestehen, dass mir das schreckliche Schicksal dieses Herrn Albert, den ich sogar persönlich kennengelernt habe und dessen Tochter erst vorgestern bei mir zu Besuch war, nicht mehr aus dem Kopf geht. Ich finde, Florence sollte nach Marseille fahren und mit der Frau des Ermordeten reden. Ich könnte mir vorstellen, dass die dortige Polizei mit Verbrechen so eingedeckt ist, dass sie nicht wirklich gründlich ermitteln. Was meinst du, Honoré?«

»Ich glaube, sie werden ihr Bestes geben. Der Fall ist spektakulär genug. Ob sie aber auch jemanden haben, der so genial ist wie Florence, wage ich zu bezweifeln.«

»Dann fahre ich dich morgen nach Marseille, Florence!« Charles war nicht mehr zu stoppen. »Ich kenne mich in Marseille aus. Der Verkehr dort ist nämlich eine Katastrophe. Wer noch nie in Marseille war, verirrt sich trotz Navi hoffnungslos.«

Mittlerweile waren sie am Parkplatz angekommen. Es war eine milde und mondhelle Nacht, und das Schloss von Lourmarin schimmerte silbrig unter einem glitzernden Sternenhimmel. Keiner von ihnen hatte jetzt so recht Lust, ins Auto zu steigen.

Florence schenkte Charles ein liebevolles Lächeln. »Deine Großmütigkeit und dein Engagement in Ehren, mein Lieber, aber ich kann und will morgen nicht nach Marseille fahren. Ich muss nach Avignon. Ich habe Durya Lambert versprochen, noch einmal mit ihrer Stellvertreterin im Frauenhaus zu reden, und auch mit Madame Petit. Ich sage es noch einmal: Ein Fall genügt mir!«

»Vielleicht könnten ja wir beide morgen einen Ausflug nach Marseille machen«, Honoré Mordent hatte sich an seine Frau gewandt.

»Nein, ganz bestimmt nicht. So leid es mir tut, aber für den Fall Albert sind die Leute von der Kripo in Marseille zuständig, und die können bestimmt keine Einmischung von einem pensionierten Pariser Kollegen brauchen!«

»Das dachte ich mir, dass du so reagierst, und natürlich hast du recht. Ich kapituliere und erkläre mich ab jetzt zum Touristen. Wir fahren morgen hierher nach Lourmarin, du besichtigst deine Boutique, und ich mache es mir in der Bar von Maurice Chevalier gemütlich, denn wie ich erfahren habe, ist die morgen geöffnet.«

»Alors bien«, auch Charles beharrte nicht weiter auf seinem Vorschlag, »dann fährt also morgen niemand nach

Marseille, was ich bedaure. Für morgen Abend würde ich dann aber gerne Monsieur und Madame Mordent zu uns zum Abendessen einladen. Ein heute von meinen Gästen verschmähtes Perlhuhn harrt seiner Erlösung. Würdet ihr dem durchaus kapitalen Tier die Ehre erweisen?«

Die Einladung wurde angenommen, und nachdem man sich noch einmal versichert hatte, dass dies ein musikalisch und auch sonst sehr gelungener Abend gewesen war, brach man endlich auf.

TEIL 3
ZWISCHEN DEN ZEITEN

16

Absolute Stille herrschte im Haus des Monsieur Florentin in Saignon, als Florence Beaumarie am frühen Morgen zu einem kurzen Spaziergang aufbrach.

Sie warf einen Blick auf den noch tief und fest schlafenden Charles, und ohne jegliche Vorwarnung kam der Gedanke: Jetzt ist es passiert, ich habe mich tatsächlich verliebt.

»Tatsächlich Liebe«, sagte sie zu sich selbst und fand diese Idee ziemlich kitschig. Ein Film gleichnamigen Titels fiel ihr ein, den sie vor einigen Jahren durchaus zu ihrem Amüsement in ihrem Lieblingskino am Montparnasse gesehen hatte. Schnell schüttelte sie diese Gedanken wieder ab. Im Verdrängen von Gefühlen war sie nicht schlecht, wenn es darum ging, eine Mission zu erfüllen.

Eine halbe Stunde später stand sie – eingehüllt in ihre warme Winterjacke aus zart kariertem Wollstoff – an genau jener Stelle vor dem Lavendelfeld oberhalb von Saignon, auf dem ihr erst vor drei Tagen der mittlerweile ermordete Monsieur Albert begegnet war. Seit sie gestern mit Charles hier vorbeigefahren war, hatte sie der Gedanke hierherzukommen, nicht mehr losgelassen. Aber was wollte sie eigentlich finden? Der umweltbewusste Deutsche war bestimmt ein höchst ordentlicher, wenn nicht pedantischer Mensch gewesen, der keine verdächtigen Hinweise auf die Ursache seiner Anwesenheit hinterlassen hatte.

Zu ihrer großen Überraschung brauchte sie aber nicht lange zu suchen. Monsieur Albert hatte hier ein deutliches Zeichen gesetzt. Es konnte niemand anderer gewesen sein, der zwischen den Lavendelpflanzen zwei Stöcke in die Erde gerammt und an ihnen ein Transparent befestigt hatte. »Gefahr! Giftiger Lavendel! Eine Sünde gegen die Natur!«, war in großen schwarzen und roten Buchstaben darauf geschrieben. Ein aufgemalter schwarzer Totenkopf vervollständigte die Botschaft.

Florence verdrehte die Augen. In letzter Zeit hatte sie es ständig mit geschriebenen Botschaften zu tun. Mit hinweisenden, warnenden, bedrohlichen und sogar tödlichen. Auch Hélène Mordent hatte sich auf originelle Weise dieses Mediums bedient! Diese Botschaft passte durchaus zu Lenas Vater. Nach allem, was sie von ihm gehört hatte, war er ein Moralist und Prediger gewesen.

Sie hörte schnelle Schritte und drehte sich um. Ein Mann in Joggingkleidung näherte sich, verlangsamte seinen Schritt und blieb vor ihr stehen. Er war um einen Kopf kleiner als sie, glatzköpfig, sehr dünn, durchtrainiert. Sein Gesicht mit den eingefallenen Wangen erinnerte Florence an den Totenkopf, den sie gerade auf dem Banner betrachtet hatte.

»Noch so eine Schmiererei«, sagte er, »ein paar 100 Meter oberhalb von diesem habe ich gestern auch eines gesichtet!«

»Interessant«, sagte Florence. »Ich habe es soeben bemerkt, bin aber nicht die Verursacherin.«

»Hoffentlich«, sagte er, lachte aber freundlich. »Ich gehe davon aus, dass Sie ebenfalls eine Frühaufsteherin sind, wie ich. Pardon, Madame, ich habe mich noch nicht vorgestellt. Ich bin der Bürgermeister dieses kleinen Dorfes da unten. Francois Garnier, mein Name.« Er zeigte in Richtung Saignon.

»Sehr erfreut«, sagte Florence, »mein Name ist Florence Beaumarie, und ich verbringe die Weihnachtsfeiertage als

Gast an diesem schönen Ort. Auf Einladung eines Bekannten, Monsieur Florentin.« Insgeheim dachte sie, dass dieser Mann überhaupt nicht ihrer Vorstellung von einem ländlichen Bürgermeister entsprach. Der hatte eigentlich stattlich und repräsentabel auszusehen.

»Ah ja, die rätselhafte Dame aus Paris. Ich habe schon von Ihnen gehört. In unserem kleinen Ort spricht sich so etwas schnell herum. Noch dazu, weil Monsieur Florentin außer mit seiner Tochter äußerst selten mit einer Dame gesichtet worden war.«

Florence hatte nicht vor, jetzt auf dieses Thema einzugehen. Sie war an dem Schild interessiert.

»Ist dieser Lavendel wirklich giftig?«

»Aber nein, bestimmt nicht. Ich kenne den Besitzer des Feldes. Liotard kultiviert seinen Lavendel so, wie es hier seit Jahrzehnten üblich ist, und das hat noch niemandem geschadet. Die Cicadelle hat unsere Felder noch nicht erreicht, und deshalb müssen auch keine zusätzlichen Spritzmittel eingesetzt werden.«

»Wer ist diese Cicadelle?«

»Ein winziger Parasit, der weiter im Süden tatsächlich schon Lavendelfelder zerstört hat. Hier heroben ist es diesem Biest zu kalt. Angeblich ist es erst aufgetaucht, seit es die Klimaerwärmung gibt.«

»Dann ist das also ein ökologisch kultiviertes Lavendelfeld, ganz ohne Chemikalien.«

Der Bürgermeister hatte begonnen, unruhig auf der Stelle zu trippeln. Seine Stimmung schlug um.

»Pardon, Madame. Ich muss zu Liotard und ihm von diesen Tafeln berichten. Aber natürlich muss er den Lavendel auch spritzen. Ich sagte doch, dass er seine Felder so bearbeitet, wie es hier schon lange üblich ist. Ganz ohne

Chemie geht es eben nicht, aber das ist noch lange kein Gift. Ich muss jetzt aber. Au revoir, Madame!«

Er startete los, nur um sich gleich darauf noch einmal umzudrehen. »Haben Sie vielleicht doch etwas mit diesen Schildern zu tun, weil Sie solche Fragen stellen?«

Sie verneinte, aber es reichte ihm noch nicht. Er wirkte jetzt unverständlich gereizt. »Das hoffe ich. Ich hätte mir das von einem Gast unseres geschätzten Monsieur Florentin auch nicht erwartet. Richten Sie ihm schöne Grüße aus und sagen Sie ihm, er soll auf seine Gäste aufpassen. Wir können hier niemanden brauchen, der Unruhe in das Dorf bringt. Er hat ja manchmal so linke Ideen, und mir reicht der Deutsche, der mich neulich so bearbeitet hat. Wissen Sie, Madame, wir hier in Saignon bleiben gerne unter uns.«

Florence blieb der Mund offen stehen, und ehe sie etwas antworten konnte, hatte er seinen Turbo eingeschaltet – zumindest machten seine kurzen, flinken Beine diesen Eindruck – und war auch schon verschwunden.

Als Florence eine Stunde später mit Charles beim Frühstück saß, berichtete sie ihm von der Tafel beim Lavendelfeld und ihrer Begegnung mit dem Bürgermeister.

»Dieser Bürgermeister ist ein echter Betriebsunfall für unsere Gemeinde. Warum er die Stimmenmehrheit bei der Wahl erhalten hat, ist vielen ein Rätsel. Dabei ist er erst vor zehn Jahren hierhergezogen. Er dürfte ziemlich vermögend sein, habe ich gehört. Vermutlich war Geld im Spiel.«

»Wo er das wohl herhat?«

»Das weiß ich, ehrlich gesagt, nicht genau. Angeblich hat er irgendeinen Großbetrieb in Marseille.«

»Marseille? Interessant! Hier gibt es wohl nicht mehr viele Leute, die von ihrer Arbeit im Ort leben.«

»Nein. Es ist ja auch wenig los bei uns. Die meisten sind Zweithausbesitzer so wie ich. Garnier muss aber hier seinen Dauerwohnsitz haben, sonst könnte er nicht Bürgermeister sein. Er hat sich übrigens von einem Architekten ein luxuriöses Anwesen direkt am Ortsrand hinstellen lassen.«

Charles stellte seine Kaffeetasse ab und sah Florence nachdenklich an.

»Aber warum warst du eigentlich beim Lavendelfeld? Bist du also doch noch am Fall Albert interessiert! Obwohl du das letzte Nacht von dir gewiesen hast?«

»Ich wollte nur ein wenig an die frische Luft. Du weißt doch, dass ich ein Morgenmensch bin und es selten länger als bis 6 Uhr im Bett aushalte. Komm, lass uns, wie geplant, nach Avignon fahren. Du setzt mich vor dem Frauenhaus ab und schaust inzwischen in deine Buchhandlung. Dann lade ich dich zu einem guten Lunch ein. Ich würde dir gerne das marokkanische Lokal zeigen, in dem ich im Sommer so exzellent gespeist habe, und noch ein paar ruhige Stunden alleine mit dir verbringen.«

»Ruhige Stunden sind doch Fremdwörter für dich«, antwortete er, »aber wir können es ja versuchen.«

Im Salon neben der Küche, in der sie gefrühstückt hatten, läutete das Festnetztelefon. Charles eilte hin, sprach ein paar Minuten, und als er zurückkam, hatten sich die soeben gefassten Pläne bereits wieder verändert.

»Es war Elena Gilbert«, sagte er. »Frau Albert und ihre Tochter sind schon heute früh aus Marseille zurückgekommen. Sie hat angerufen, weil Lena Ada sehen wollte.«

»Ich dachte, sie wollten länger in Marseille bleiben? Vielleicht sollte ich einen Abstecher zu ihnen machen. Ich würde gerne mit Madame Albert reden. Wenn sie schon hier ist, darf ich mir die Gelegenheit, ihre Version der Ereignisse in Marseille zu erfahren, wirklich nicht entgehen lassen. Abfahrt nach Avignon ist dann eben eine Stunde später!«

Charles schmunzelte. »Ich dachte mir schon, dass du so entscheiden würdest, und deshalb habe ich Elena unser Kommen bereits angekündigt.«

Florence runzelte die Stirn. Schon wieder hatte jemand entschieden, ohne sie vorher zu fragen. Ada zum Beispiel, als sie sie zur Großmutter erklärte, gestern Mordent und Lambert natürlich schon des Öfteren. Natürlich war Charles' Entscheidung, zu Elena zu gehen, richtig. Trotzdem hätte er sie vorher fragen können. Plötzlich war sie gereizt.

»Bitte, Charles«, sagte sie, »frage mich vorher, bevor du etwas über meinen Kopf hinweg entscheidest. Ich weiß selber, was richtig ist. Wenn unsere Vorstellungen übereinstimmen, wunderbar! Wenn nicht, dann müssen wir zumindest darüber diskutieren!«

Ihr Ton war ungewöhnlich scharf gewesen und verfehlte nicht seine Wirkung.

»Pardon, Eure Hoheit«, sagte er mit übertriebener Höflichkeit. »Verzeiht, wenn ich die Kreise der großen Ermittlerin störe.« Dann ging er wieder zum Du über und klang jetzt wie ein trotziger Junge. »Du kannst jetzt gerne auch ohne mich zu Madame Gilbert gehen. Eigentlich will ich ohnedies nicht mehr von dir in einen neuen Fall hineingezogen werden. Du ziehst ja die Verbrechen an wie ein Magnet, und mir reichen die Erfahrungen vom letzten Sommer.«

Sofort hatte Florence wieder das schreckliche Bild eines von einem Mörder erbärmlich zugerichteten Charles vor

Augen, und sie bereute ihre Heftigkeit. Andererseits war ihr aber auch klar, dass die Ereignisse der letzten Tage und das für sie ungewohnte Zusammenleben mit einem Mann soeben ihren Tribut gefordert hatten. Sie verstand sich selbst nicht mehr. Heute Morgen noch hatte sie sich ihre Liebe zu ihm eingestanden, und nun auf einmal diese Reaktion. Sie brauchte Abstand. Am liebsten wäre sie jetzt, wo die Deutschen bis auf Madame Albert und ihre Tochter weg waren, in die Pension von Elena gezogen, aber das konnte sie Charles nicht antun.

Dessen Stirn schien mittlerweile mit düsteren Wolken überzogen zu sein. »Wenn du willst, kannst du eigentlich auch gleich wieder in Elenas Pension ziehen. Sie hat jetzt bestimmt ein Zimmer frei. Das wolltest du ja ohnedies von Anfang an.«

Aha, er konnte also auch Gedanken lesen! Es sah so aus, als hätten sie gerade ihren ersten handfesten Streit. Florence sagte noch immer nichts. Schweigen war ihre Lieblingsreaktion auf private Konflikte. Ihr Gehirn arbeitete jedoch auf Hochtouren. Sie wollte nicht noch eine unbedachte Äußerung machen und musste den richtigen Ausgang aus dieser Situation finden.

Natürlich interpretierte Charles ihr Verhalten anders.

»Wenn du nicht mehr mit mir reden willst, können wir auch gleich Nägel mit Köpfen machen. Ich ruf Elena noch einmal an, ob sie ein Zimmer für dich frei hat.«

Die Situation wurde immer komplizierter. »Rede mit ihm«, sagte eine innere Stimme.

»Natürlich will ich mit dir reden«, sagte sie, und als er nichts darauf sagte, fuhr sie in einem nachdenklichen Ton fort, »du hast recht. Ich wollte über Weihnachten lieber in der Pension von Elena übernachten, weil ich mich kenne. Ich habe fast mein ganzes Leben lang alleine gelebt, und meine Unabhängigkeit ist mir wichtig. Ich halte es nicht aus, bevormundet zu werden. In diesem Punkt bin ich vermutlich überempfindlich.«

»Aber ich ...«

»Warte bitte, Charles. Ich muss dir einfach noch sagen, dass das überhaupt nichts mit dir zu tun hat. Weißt du, gerade heute Morgen ist mir klar geworden, dass ich dich liebe.«

Jetzt blieb ihm der Mund offen stehen, und bald darauf hatten sie sich noch einmal an den Frühstückstisch gesetzt, um die Lage zu besprechen. Das Ergebnis war, dass Florence nicht ausziehen würde, denn sein Haus war groß genug, um auch einmal allein zu sein und eigene Wege gehen zu können.

»Wenn man jemanden liebt, darf man ihn nicht um jeden Preis festhalten wollen. Du bist ein freier Mensch«, hatte Charles zu Florence schließlich gesagt. »Ich werde das respektieren. Das Eingeständnis deiner Liebe zu mir macht mich aber wirklich glücklich, und wir beide werden schon noch das richtige Verhältnis von Distanz und Nähe zueinanderfinden.«

Sie hatten sich noch einmal umarmt, und dann war Florence alleine losgezogen, um mit Madame Albert zu reden.

Ihren Plan, anschließend gemeinsam nach Avignon zu fahren, hielten sie aber aufrecht. Sie würden dort zu Mittag essen, und dann würde jeder von ihnen seine eigenen Wege gehen.

17

Madame Albert wirkte unerwartet gelöst, ja, beinahe heiter, als Florence mit ihr sprach. Natürlich hatte sie anfangs noch einige der Situation angemessene Tränen verdrückt, hatte dann aber bereitwillig von den Ereignissen in Marseille berichtet.

Sie saß noch am Frühstückstisch, als Florence im Hause von Elena Gilbert eintraf, und sah anders aus, als Florence sie von der kurzen Begegnung am Weihnachtsabend in Erinnerung hatte. Irgendwie eleganter und schon jetzt am Morgen schön zurechtgemacht. Das schwarze Kleid, das sie trug, glitzerte ein wenig und war bestimmt nicht aus reiner Naturfaser. Sie musste so um die 40 sein. Ihre hellen Haare hatten eine rote Strähne, die vorher noch nicht da war. Florence wunderte sich. Ihrer Vorstellung nach war die Mutter von Lena eine ihrem Mann willfährige Begleiterin gewesen, die ihn in allem unterstützt hatte. Florence hatte sich ihr nicht als ehemalige Polizistin, sondern als Großmutter von Ada vorgestellt. Sie hatte die Bücher mitgebracht, die Lena von Charles zu Weihnachten bekommen hatte, und die diese – die Reaktion des Vaters fürchtend – nicht mitgenommen hatte. Lenas Mutter war von den Büchern entzückt. Als Französischlehrerin wisse sie diese hübschen Ausgaben besonders zu schätzen.

»Das Leben mit meinem Mann war schon lange schwierig geworden«, sagte sie jetzt zu Florence. »Aus unserem Haus mussten alle Chemikalien entfernt werden. Sämtliche Putzmittel musste ich selbst herstellen. Früher hatten wir ja eine Putzfrau, aber die hat er natürlich vergrault.«

»Und es gab keine Möglichkeit, das nicht mitzumachen?«

»Nein«, sagte Madame Albert leise, »in gewisser Weise hatte er mich in der Hand.«

Als Florence überrascht die Stirn runzelte, fuhr sie mit lauterer und entschiedenerer Stimme fort: »Aber das tut ja jetzt überhaupt nichts zur Sache. Ich hoffe nur, dass der Mörder meines armen Mannes so schnell wie möglich ausgeforscht wird. Ich muss jetzt zu meiner Tochter.«

Florence bedauerte ihre letzte Frage, denn nun schien die Gesprächsbereitschaft der Madame Albert erloschen zu sein. Gerade als sie zu einem neuen Versuch ansetzen wollte, öffnete sich die weiß lackierte Tür zum Frühstücksraum, und Lena schlüpfte herein. Sie trug Jeans und, im Gegensatz zu vorgestern, als sie einen altmodischen Stoffmantel getragen hatte, eine knallgelbe Daunenjacke. Vermutlich *Made in China*, dachte Florence. Mutter und Tochter hatten sich ganz offensichtlich bereits einen Tag nach der Ermordung des Familienvorstandes neu eingekleidet.

Angesichts der unerwarteten Gesellschaft, in der sich ihre Mutter befand, weitete sich Lenas Schmollmund zu einem strahlenden Lächeln.

»Wie schön, die Oma meiner neuen Freundin!«, rief sie und fügte sogleich etwas leiser die Frage nach Adas Verbleib hinzu.

Als Florence ihr bestätigte, dass Ada mit ihrer Mutter verreist war, zuckte sie enttäuscht mit den Schultern.

»Da kann man nichts machen«, sagte sie und dann, an die Mutter gewandt und weiterhin in Französisch: »Ach, Maman, fragst du bitte Madame Gilbert, ob ich eine heiße

Schokolade haben kann? Du weißt, ich mag keinen Kaffee, und jetzt, wo Vater nicht mehr lebt, muss ich auch nicht unbedingt faden Kräutertee trinken.«

»Meinetwegen.« Madame Albert hatte sich bereits erhoben. »Ich gehe zu Madame Gilbert und bin gleich wieder zurück.«

Kaum war die Mutter draußen, wandte sich Lena an Florence. »Mutter glaubt noch immer, dass Sie Adas Großmutter sind. Oder haben Sie ihr in der Zwischenzeit erzählt, dass Sie früher in Paris bei der Polizei waren? Ada hat mir unter dem Siegel der Verschwiegenheit verraten, dass Sie im letzten Sommer gemeinsam mit ihrem Vater einen Mörder dingfest gemacht haben.«

»Nein, ich habe es ihr noch nicht erzählt. Ich bin einfach hier, weil ich dir und deiner Mutter meine Anteilnahme aussprechen wollte.«

»Das glauben Sie aber jetzt selbst nicht! Ich weiß von Ada, dass sie eine höchst erfolgreiche Ermittlerin und auch hinter den Leuten her sind, die Sie und Ihre Familie bedroht haben. Ich weiß leider alles und deshalb denke ich, dass Sie jetzt auch wissen möchten, wer meinen Vater umgebracht hat!«

»Natürlich möchte ich das wissen, Lena, so wie jeder. Ich bin aber überzeugt davon, dass die Polizei in Marseille das schon herausfinden wird. Marseille ist für mich ein völlig fremdes Pflaster. Ich kenne mich dort überhaupt nicht aus und habe auch kein Recht, in die Arbeit der zuständigen Beamten hineinzupfuschen!«

Lena ignorierte die letzte Feststellung von Florence.

»Was hat Ihnen denn Mutter schon erzählt?«

»Im Grunde das, was ich schon von anderer Seite gehört habe. Dass dein armer Vater von einem oder mehreren noch unbekannten Tätern erschossen wurde …«

»… und dass man seine Leiche in einer hohlen Skulptur versteckt hat! Ist das nicht krass?«

Auf einmal begann Lena zu weinen. »Natürlich war mein Vater ein schwieriger Mensch und hat total genervt, aber dieses Ende hat er nicht verdient. Er war so überzeugt von seiner Mission und er hat mich doch auch lieb gehabt.«

»Nein, das hat er nicht verdient«, sagte Florence. »So etwas verdient niemand, und es ist eine schreckliche Tat.«

»Ich bin die halbe Nacht wach gelegen, Madame Beaumarie! Ich werde die Vorstellung von dieser Skulptur mit meinem toten Vater drin nicht los!«

»Hast du denn diese Skulptur gesehen?«

»Nein, habe ich nicht. Das Bild existiert nur in meiner Fantasie! Ich wäre so gerne mit meiner Mutter hinauf zum Observatorium gegangen, wo sie ihn gefunden haben, aber Maman wollte absolut nicht mit mir dorthin. Wir können das alles nicht mehr ändern, hat sie gesagt, und müssten jetzt eben schauen, wie wir ohne ihn zurechtkommen. Am liebsten wäre sie sofort nach Deutschland zurück, aber die Polizei hat die Leiche meines Vaters noch nicht freigegeben.«

»Und warum ist deine Mutter wieder hierher nach Saignon zurückgekehrt?«

»Ach, sie mochte das Hotel in Marseille überhaupt nicht. Sie hält die Stadt nicht aus, die ihr den Mann genommen hat, hat sie gesagt und beschlossen, dass wir hierher kommen und warten, bis alles erledigt ist. Sie kennt ja auch den Bürgermeister von Saignon! Ein alter Studienkollege von ihr! Wegen ihm wollte sie wohl auch wieder zurück!«

Madame Albert steckte den Kopf zur Tür herein.

»Ich kann unsere Gastgeberin im Moment nirgends finden, Lena. Wir könnten einen Spaziergang in die Bäckerei machen, und dort bekommst du dann deinen Kakao. Ich brauche ohnedies etwas frische Luft. Bitte entschuldigen Sie uns jetzt, Madame Beaumarie. Wir müssen vorher noch auf unser Zimmer.«

Das ist wirklich der Nachteil, dachte Florence, wenn man nicht offiziell ermittelt. Ständig entschlüpfen einem die Leute, und man kann nichts dagegen tun. Sie war auf dem Rückweg zu Charles. Das Gespräch mit Mutter und Tochter Albert hatte sie nun tatsächlich neugierig auf den Mordfall Albert gemacht. Robert hatte Monsieur Albert übrigens mit Vornamen geheißen. Keine sehr glückliche Namenskombination, aber vielleicht in Deutschland so üblich. Das hatte sie von seiner Witwe erfahren. Was hatte die ihr eigentlich sonst noch mitgeteilt, was sie noch nicht gewusst hatte?

Das war durchaus interessant gewesen. Florence hatte sich anfangs bei Madame Albert nach dem Verlauf ihrer Reise in die Provence erkundigt, und da war diese rasch von selbst auf das Verhalten ihres Mannes gekommen.

»Eine hochinteressante, aber für mich sehr anstrengende Reise«, hatte sie gesagt. »Ich habe natürlich wegen meiner Vortragstätigkeit alle Exkursionen und Besichtigungen mitgemacht, aber mein Mann hat sich nur für Läden interessiert, die Lavendel oder Bioprodukte verkaufen, und das hat bedeutet, dass ich oder Lena immer mitgehen musste, denn sein Französisch war sehr schlecht. Er hat sich in den Läden oft furchtbar aufgeführt, und weil ich das Lena nicht zumuten wollte, habe das fast immer ich erledigt. Mein Mann hat seine üblichen Listen angelegt. Die guten und die bösen Produzenten und Geschäfte. Und er hat alles mit seinem Handy aufgenommen. Beweissammlung! Sein Handy wurde übrigens nicht gefunden!«

Florence war natürlich auch an dem Tag interessiert gewesen, an dem Robert Albert verschwunden und, wie man nun wusste, auch ermordet worden war. Auch darüber hatte sie seiner Frau einiges entlocken können, indem sie sich zunächst unschuldig nach dem Orgelkonzert erkundigt hatte.

»Das war wirklich schön«, hatte Madame Albert geantwortet, »und ich war so froh, dass am Weihnachtstag die Läden geschlossen hatten, denn ansonsten hätte ich meinen Mann statt ins Konzert bestimmt in seine Geschäfte begleiten müssen. Na gut, ganz sind mir diese Geschäfte auch an diesem Tag nicht erspart geblieben.«

Sie hatte einen Seufzer ausgestoßen, und Florence hatte nachgehakt und gefragt, was ihr denn nicht erspart geblieben sei.

»Einige wenige Souvenir-Shops waren offen«, erklärte Madame Albert, »und bei den anderen, die er auf der Liste hatte, wollte er wenigstens durch die Schaufenster schauen. Wenn er etwas Interessantes gesehen hat, hat er sich die Namen der Inhaber notiert oder sogar einen Zettel an die Tür gesteckt, mit der Bitte, sich bei ihm zu melden. Dreimal habe ich an diesem Tag für ihn so einen Zettel schreiben müssen, und an diesem Tag hat er sogar mindestens einen Rückruf von einem der Geschäftsinhaber bekommen. Er ist dann noch einmal alleine in den Laden zurück, und ich habe mir endlich in Ruhe ein kleines Museum anschauen können. Natürlich hat die Kripo von Marseille unbedingt von mir wissen wollen, welcher Laden das war. Ein Glück, dass ich mich noch daran erinnert habe. Deswegen wird der Inhaber von der Polizei jetzt des Mordes verdächtigt.«

Warum sie sich vor der Rückfahrt nach Saignon getrennt hatten und Madame Albert alleine im Café geblieben sei, hatte Florence dann noch gefragt, und auch diesmal hatte sie eine Antwort bekommen. »Das war, weil er eine Stunde vor der Abreise noch einmal einen Anruf bekommen hat. Ich habe keine Ahnung, von wem. Er müsse sich noch kurz mit jemandem treffen, hat er gesagt, und ich solle schon ins Café vorgehen.«

Jetzt waren es nur mehr drei Minuten bis zum Haus von Charles, und schon wieder läutete ihr Handy. Sie hob ab, denn es war Lambert, und die drei Minuten reichten völlig aus, um sie davon zu überzeugen, dass ihr für heute geplanter Besuch im Frauenhaus überflüssig geworden war.

18

»Was wirst du jetzt machen, Florence? Du hast doch nicht tatsächlich vor, den Fall Alima Semana ad acta zu legen.«

Es war, als hätte es den Streit zwischen Charles und Florence nie gegeben. Sie standen an der Brüstung seiner Terrasse und blickten wieder einmal über das weite Land, das zu ihren Füßen lag. Direkt unter ihnen lag Apt, das im Lichte des Vormittags aussah, als hätte es ein eifriges Kind aus seinem Spielzeugkasten aufgebaut. Von fernen Hügeln grüßten Dörfer, die es für Florence noch zu erkunden gab. Der klare Tag erlaubte einen Blick auf den Mont Ventoux, die höchste Erhebung in nördlicher Richtung. Charles hatte einmal festgestellt, dass sich dieser Gipfel, den er ein einziges Mal erklommen hatte, in genau der richtigen Distanz zu seinem Haus befände. Nahe genug, um von seinem Anblick immer von Neuem fasziniert zu sein, weit genug entfernt, dass man sich nicht ständig mit ihm auseinanderzusetzen hatte. Das einmalige Abenteuer seiner Besteigung habe ihm, dem Büchermenschen, durchaus genügt. Dieses eine Mal habe es aber sein müssen, sozusagen als Huldigung eines von ihm bewunderten Dichters, nämlich Francesco Petrarcas, dem die Ehre der Erstbesteigung dieses Berges gebührt. Ein zur damaligen Zeit höchst abenteuerliches, ja lebensgefährliches Unterfangen.

Was nun die Distanz zwischen ihm und Florence betraf, so war ihre kleine Auseinandersetzung heute Morgen wie ein reinigendes Gewitter gewesen. Sie wussten jetzt besser, woran sie miteinander waren. Als Florence zurückgekommen war, hatte Charles gerade das Perlhuhn, das für den heutigen Abend mit den Mordents vorgesehen war, begutachtet. Seit gestern ruhte es in einer Marinade aus Zitrusfrüchten und jetzt fügte er noch einige frische Kräuter hinzu. Florence hatte angeboten, als Dessert eine Tarte au citron zuzubereiten. Als er erstaunt die Augenbraue gehoben hatte, hatte sie gelacht. »Ich habe dir gesagt, dass ich keine großartige Köchin bin, aber meine Tarte gelingt mir immer. Es ist ein altes Familienrezept und war das Lieblingsdessert meiner Maman. Bei ihr kommt noch Kokos dazu. Sie hatte ja einen Blumenladen, wie du weißt, und liebte Zitronenbäume und überhaupt alles Gelbe!«

»Wunderbar«, hatte Charles gesagt. »Meine Verwunderung galt allerdings nicht deiner Kochkunst, die ich keineswegs infrage stelle, sondern der Tatsache, dass du plötzlich Zeit dazu findest?«

»Tja, Charles, zumindest für mich hat sich die Fahrt nach Avignon fürs Erste erledigt. Lambert scheint mich nicht mehr zu brauchen.«

Charles hatte verwundert seine Schürze abgelegt und auf die Terrassentür gezeigt.

»Komm, gehen wir hinaus. Ich brauche frische Luft.«

Draußen hatte sie ihm dann erzählt, was sie gerade von Lambert erfahren hatte.

Dieser hatte sich, nachdem er Frau und Tochter in Sicherheit wusste, dazu entschlossen, mit der Kommissarin, die man ihm im Fall Alima Semana vor die Nase gesetzt hatte, reinen Tisch zu machen. »Ich habe dieser Camille Lagrange wirklich alles berichtet«, hatte er gesagt. »Sie weiß jetzt auch, dass Leonie Perrin in meinem Auftrag bei den Verwandten von Naima Abourdaham war, die sie im Frauenhaus besucht haben.«

»Und wie hat Kommissarin Lagrange reagiert?«, hatte Florence ihn gefragt. »Vernünftig«, war seine Antwort gewesen. »Ich habe sie wohl doch nicht ganz richtig eingeschätzt. Sie war offensichtlich dankbar, alles erfahren zu haben.«

»Hast du ihr denn auch von mir und meinem Besuch im Frauenhaus erzählt?«

»Von welchem Besuch im Frauenhaus?«, hatte Antoine nicht ohne Schalk in der Stimme zurückgefragt. »Meine Frau Durya hat nur von einer Freundin aus Paris gesprochen, die irgendwelche soziologischen Studien im Frauenhaus gemacht hat.«

Dann war er wieder ernst geworden. Er hatte Florence ersucht, keine weiteren Ermittlungen in diesem Fall anzustellen und heute nicht mehr im Frauenhaus zu recherchieren. Er habe in seiner Dienststelle reinen Tisch gemacht, und dazu gehöre auch, dass er nur mehr offizielle Untersuchungen zuließe. Er sei froh, soweit wieder die Ordnung hergestellt zu haben, und danke ihr und auch Charles Florentin für ihre Unterstützung, auch was seine Tochter betraf. Kommissarin Lagrange habe nun Leutnant Leonie Perrin mit den weiteren Gesprächen und Recherchen im Frauenhaus beauftragt.

»Was hätte ich machen sollen?«, sagte Florence jetzt zu Charles, der sie gefragt hatte, ob sie nun überhaupt noch an dem Fall dranbleiben wolle. »Ich habe natürlich versprochen, heute nicht im Frauenhaus aufzutauchen. Ich habe Antoine aber gesagt, dass ich mich nach wie vor für den Fall interessiere und dass er es von mir erfährt, wenn ich noch etwas herausfinde.«

»Und wie hat er reagiert?«, fragte Charles.

»Er war tatsächlich zerknirscht und hat gemeint, dass ihm meine diskrete Unterstützung natürlich weiterhin willkommen wäre. Diskret – dass ich nicht lache! Wenn man einem Mörder auf die Spur kommt, hat es sich in der Regel mit der Diskretion!«

Charles sagte nichts, und auch Florence schwieg. Dann hatte sie aber noch etwas hinzuzufügen.

»Weißt du, Charles, in dieser ganzen Ermittlung habe ich immer mehr das Gefühl, dass der Mensch Alima Semana völlig aus dem Blickfeld geraten ist. Was wissen wir schon über sie? Sie wurde auf einen Fall reduziert, und die gewiss dramatischen Begleiterscheinungen für die Familie Lambert rückten in den Mittelpunkt des Geschehens. Vielleicht ist das ja genau das, was der oder die Täter bezweckt haben. Die Bedrohung der Lamberts sollte von den wahren Hintergründen der Tat ablenken.«

Sie gab sich einen Ruck. »Aber nicht mit mir. Ich möchte mich weiterhin um Alima Semana kümmern und mehr darüber wissen, wer sie war.«

Sie deutete in Richtung Küche. »Komm«, sagte sie. »Ich mach jetzt erst einmal die Tarte au citron. Falls du genug Zitronen im Haus hast, ist sie in einer Stunde fertig, und dann könnten wir zwei eigentlich immer noch einen Ausflug nach Avignon machen. Nein, nein, das Frauenhaus ist für mich heute tabu. Ich möchte mit dir in meinem marokkanischen Lokal zu Mittag essen, und während du in deiner Buchhandlung nach dem Rechten siehst, mache ich einen kleinen Stadtbummel.«

Charles war einverstanden, und während er in seiner unergründlichen Küche die Zutaten für sie heraussuchte – Zitronen waren genug vorhanden –, fragte er noch, was sie denn nun bei Elena Gilbert und bei der Ehefrau des ermordeten Monsieur Albert in Erfahrung gebracht hatte. Nachdem sie ihm auch davon berichtet hatte, grinste er. »Dann werden wir beide also doch demnächst nach Marseille fahren.« Er sah, wie sie die Stirn runzelte. »Oh pardon, ich wollte mich ja nicht mehr in alle deine Pläne einmischen«, fügte er hinzu.

»Ist schon okay, Charles, aber heute ist es für Marseille ohnedies zu spät, es bleibt bei Avignon, und ich freue mich über deine Gesellschaft.«

Das kleine marokkanische Lokal, in dem Florence im letzten Sommer zweimal gespeist hatte, hieß schlicht *La table du Maroc* und befand sich im ersten Stock eines alten, schmalen Stadthauses. Die beiden Besitzerinnen waren Schwestern, die seit 15 Jahren dieses Lokal betrieben. Im vergangenen Sommer war Florence einmal ihr einziger Gast gewesen, und zu dritt waren sie zum Ausklang des

Abends noch eine Weile bei einem *thé à la menthe* zusammengesessen und hatten sich ausgezeichnet verstanden. Florence hatte auf die beiden Frauen ganz offensichtlich Eindruck gemacht, denn auch jetzt eilten sie sofort zu ihrer Begrüßung herbei. Die Mittagszeit war schon fast vorüber, und die letzten Gäste waren am Bezahlen. Florence fragte, ob es überhaupt noch etwas zu essen gäbe, und erhielt zur Antwort, dass für sie und ihren Begleiter immer etwas da sei. Auf diese Weise bekam auch Charles Florentin die Gelegenheit, sich von der ausgezeichneten Küche des *Table du Maroc* zu überzeugen.

Nach dem Essen lud Florence die zwei Schwestern noch zu einem Getränk an ihren Tisch ein, und da es keine weiteren Gäste zu bedienen gab, stimmten sie zu. Ungefragt brachten sie vier Stielgläser, eine kleine Karaffe mit Rotwein – »der aus Syrien ist der beste« – und eine Schale mit kleinen Süßigkeiten an den Tisch.

Es stellte sich heraus, dass die Damen genau wussten, wer der Begleiter von Florence war. Beide hatten schon einmal seine Buchhandlung aufgesucht, gaben aber zu, dass sie ihre Bücher lieber auf Arabisch lasen. Auf Charles' Frage, wie es sie denn nach Avignon verschlagen hätte, reagierten sie zurückhaltend. Wie Florence bereits wusste, sprachen sie gerne von ihrem jetzigen Leben als Restaurantbesitzerinnen, machten aber aus ihrem früheren Leben ein Geheimnis.

Florence war nicht ganz ohne Hintergedanken hierhergekommen. Es konnte sein, dass die Besitzerinnen eines Lokals, in dem vermutlich Gäste aus Afrika ein- und ausgingen, Gerüchte zum Mordfall Alima Semana aufgeschnappt hatten, von denen die Polizei noch keine Kenntnis hatte. Sie hatte sich nicht getäuscht! Nachdem sie eine

Weile an ihrem Rotwein genippt hatten, erzählte sie davon, wie sie nach ihrer Ankunft aus Paris hier in Avignon mit ihrem Mietwagen ausgerechnet vor dem Polizeihauptquartier zu einem Stopp gezwungen worden war und sie später von dem Mord an einer Senegalesin an jener Stelle erfahren habe. Heute habe sie sich gefragt, ob hier in der Stadt noch viel über Alima Semana geredet würde.

Die beiden Gastgeberinnen schauten sich bedeutungsvoll an, und Naziha, die Köchin, ergriff das Wort.

»Sie brauchen uns nichts vorzumachen, Madame Beaumarie. Wir wissen natürlich, dass Sie und auch Monsieur Florentin hier im vergangenen Sommer den Mord an einem berühmten Dirigenten aufgeklärt haben. Das war auch hier im Restaurant Tagesgespräch, und außerdem lesen wir Zeitung. Wie können gerne über den Mord an Alima Semana reden. Eine Freundin aus unserer *Maghrebinischen Community* hat sie vermutlich sogar kennengelernt. Wir alle sind sehr daran interessiert, dass dieses schändliche Verbrechen aufgeklärt wird.«

Florence horchte auf. Das war ja interessant. Sie erkundigte sich nach der *Maghrebinischen Community*.

Wie sich herausstellte, trafen sich eine Gruppe von Frauen, die alle aus dem Maghreb stammten, einmal pro Woche in einem Lokal, um sich über ihre Situation auszutauschen, sich gegenseitig zu unterstützen, hin und wieder gemeinsam zu feiern und, wenn nötig, auch politische Aktivitäten zu setzen.

»Es ist leider so«, erklärte Naziha, »dass wir als Frauen aus dem Maghreb hier noch immer wie Menschen zweiter Klasse behandelt und von der französischen Bourgeoisie keineswegs als gleichwertig akzeptiert werden. Gleichzeitig haben Frauen wie wir es aber auch mit unseren eigenen Landsleuten nicht leicht. Ganz besonders mit konservativen Männern, die es in Frankreich zu nichts gebracht haben. Sie verachten die Franzosen und überhaupt alles Westliche und erfolgreiche Frauen sowieso. Wir befinden uns gewissermaßen zwischen beiden Fronten und so versuchen wir, uns gegenseitig zu stärken.«

Bevor Florence dies kommentieren konnte, kam ihr Charles mit seiner Frage zuvor: »Hat man denn in Ihrer Community schon einmal von dieser *ALNouveau* gehört, die sich zumindest indirekt zum Mord an Alima Semana bekannt hat?«

»Nein, noch nie. Die ist uns völlig unbekannt. Und auch unsere algerischen Freundinnen haben nie etwas davon gehört.«

Florence konnte sich nicht mehr zurückhalten. »Ach bitte, erzählen sie doch von dieser Freundin, die Alima gekannt hat.«

»Samira Houpert hat ein Geschäft für Ethno-Waren und Mode, und sie ist sich ziemlich sicher, dass es Alima Semana war, die einige Tage vor Weihnachten bei ihr war und gefragt hat, ob sie einen Job für sie hätte. Jedenfalls hat das eine Frau, die sich als Alima vorstellte, getan, und die Beschreibung, die von ihr veröffentlicht wurde, passt auf sie.«

»Und Madame Houpert hat das nicht der Polizei gemeldet?«

Die Sprecherin seufzte. »Nein, Madame. Das hat sie nicht! Wie viele von uns hat sie schon schlechte Erfahrungen mit der Polizei gemacht, und was hätte sie ihnen von Alima Semana denn schon erzählen können? Es war nur eine kurze Begegnung, in der Samira ihr sagen musste, dass derzeit keine Stelle in ihrer Boutique frei sei.«

»Ich würde gerne mit Madame Houpert reden«, sagte Florence.

»Das können Sie gerne. Sie müssen ihr aber unbedingt sagen, dass Sie von uns kommen und nicht von der Polizei sind.«

»Das werde ich. Ich werde mit den Informationen, die ich von ihr bekomme, so diskret wie möglich umgehen. Die Kommissarin, die den Fall untersucht, wird jedenfalls nichts von mir erfahren!«

Mit dieser Antwort gaben sich die Schwestern zufrieden und nannten Florence die Adresse des Geschäfts von Madame Houpert, das den Namen *Le Monde dans ma Maison* trug.

19

Nachdem Florence und Charles sich von ihren Gastgeberinnen verabschiedet hatten, gingen sie noch ein kleines Stück gemeinsam, dann trennten sich ihre Wege.

»Gib mir gute zwei Stunden«, sagte sie zu Charles. »Wenn es dir recht ist, hole ich dich dann in deiner Buchhandlung ab.«

Charles war einverstanden. Er machte gar nicht den Vorschlag, sie auf ihrem Erkundungsgang zu begleiten. Der kleine Zwist vom Morgen zeigte Wirkung.

Natürlich strebte Florence direkt das Geschäft von Samira Houpert an. Den Weg dorthin hatten ihr die beiden Schwestern beschrieben, und sie hatte keine Eile. Entsprechend ihres Vorsatzes, in der Weihnachtszeit alles etwas entspannter anzugehen, ließ sie sich Zeit. Sie kannte sich in Avignon mit seinen verwirrenden Altstadtgassen ganz gut aus, aber die Straße, in der sie sich im Moment befand, war ihr völlig fremd. Sie öffnete sich zu einem kleinen rechteckigen Platz mit einigen Geschäftslokalen, die noch zugesperrt hatten oder gerade am Aufsperren waren.

Sie blieb stehen, lehnte sich an eine von der Sonne erwärmte Hauswand und ließ die Umgebung auf sich wirken. Nachmittagsstille, unterbrochen von kurzen, hellen Lachkaskaden aus einem der offenen Fenster. Wintersonnenlicht, das lange Schatten auf das Steinpflaster warf. Ein verlockender Geruch. Hmm … eine Mischung aus Karamell und Kaffee. Irgendwo musste es hier eine Boulangerie geben. Hunger hatte sie ja keinen, aber ein kleiner Kaffee wäre nicht schlecht. Sie schloss die Augen, und als sie sie wieder öffnete, hatte sie eine Erscheinung. Nicht weit von ihr entfernt trat eine schlanke Gestalt aus dem Schatten eines Geschäftsportals und schien ihr zuzuwinken. Alima Semana! In einem langen, bunten Kleid, eine luxuriös gestaltete Papiertüte in der einen, eine elegante Lederhandtasche in der anderen Hand! Beschwingt und gleichzeitig auf der Hut! Mittelgroß! Sie entsprach genau dem Bild, das Florence sich von Alima Semana gemacht hatte. Natürlich war das nicht möglich. Florence unterdrückte den Impuls zurückzuwinken, und in diesem Augenblick drehte die Fremde sich auch schon von ihr weg, warf den

Kopf in den Nacken, nahm eine große Sonnenbrille aus ihren kurz geschnittenen Haaren, setzte sie sich auf die Nase und entfernte sich mit schnellen Schritten.

Die Boulangerie war vergessen. Zeit für Florence, ihren Weg fortzusetzen. Am Haus gegenüber entdeckte sie ein Schild mit dem Namen der Straße, in der sie sich befand, sah auf ihren Stadtplan und wusste wieder, wo sie hin musste!

Zehn Minuten später stand sie vor dem Geschäft der Madame Houpert. Es war noch geschlossen, würde aber in Kürze öffnen. Das Schaufenster erlaubte einen Blick ins Innere, das einem Wohnzimmer glich. Umgeben von hohen, weiß lackierten Holzregalen, befand sich in der Mitte ein großes gelbes Sofa samt Beistelltischchen. Zwei fahrbare Ständer, bestückt mit Kleidern, Jacken und Hosen, flankierten das Sofa. Sie waren genauso wie die Waren in den Regalen konsequent nach Farben geordnet, sodass das ganze Innere einem Regenbogen glich. Sehr einladend, dachte Florence, als neben ihr eine hochgewachsene Frau auftauchte und wortlos den Laden aufsperrte. Florence ließ ihr Zeit, beobachtete, wie drinnen das Licht anging und die Frau ihren Mantel auszog. Dann betrat sie das Lokal.

»Bonjour, kann ich Ihnen helfen?« Die Dame lächelte sie freundlich an.

»Oui Madame, ich hätte eine etwas ungewöhnliche Frage an Sie!« Florence hatte beschlossen, erst einmal abzuwarten, wie die Frau reagierte, und sich erst dann näher zu erklären. Sie war aber bereits informiert.

»Dann sind Sie vermutlich Madame Beaumarie. Ich bin Samira Houpert. Leila vom *Table du Maroc* hat mich vor zehn Minuten angerufen. Viel kann ich Ihnen vermutlich nicht sagen, denn die Begegnung mit dieser bedauernswerten jungen Frau war nur kurz. Ich brauche aber dringend einen Kaffee. Möchten Sie auch einen? Es geht ganz schnell.«

»Gerne«, sagte Florence, und Samira Houpert verschwand hinter einem Paravent, von wo sie bald darauf wieder mit einem kleinen Tablett, auf dem zwei winzige Kaffeetassen standen, zurückkam. Sie deutete auf das gelbe Sofa. Nachdem sie ihren ersten Schluck genommen hatte, seufzte sie.

»Ich überlege schon die ganze Zeit, ob ich mit dieser kleinen Information über die bedauernswerte Alima Semana zur Polizei gehen soll, habe es aber immer hinausgeschoben. Jetzt bin ich froh, dass ich es Ihnen erzählen kann.«

Florence nickte, und Madame Houpert begann mit ihrem Bericht.

»Die Geschichte ist schnell erzählt. Vier Tage vor Weihnachten, also am 20. Dezember, ist diese junge Frau in mein Geschäft gekommen, hat sich ein wenig umgeschaut und gefragt, ob sie kurz mit mir reden könne. Sie war zu diesem Zeitpunkt – es war ungefähr dieselbe Zeit wie jetzt – die einzige Kundin. Sie war mir sympathisch, und ich hatte nichts dagegen. Sie hat sich nur mit dem Vornamen Alima vorgestellt und gesagt, dass sie dringend auf der Suche nach einem Job sei. Sie würde jede Arbeit annehmen, sei aber auch eine ausgezeichnete Schneiderin und könne nicht nur Änderungen vornehmen, sondern auch Kleider nähen und entwerfen, und zwar genau in der Art, wie ich sie im Geschäft habe.«

Samira Houpert unterbrach sich einen Augenblick und deutete auf die fahrbaren Kleiderständer.

»Wissen Sie, Madame, ich führe nur Kleider aus Naturfasern, alle mit Öko-Label und mehr oder weniger im Ethno-Stil, bunt und fröhlich. Ich habe aber nie daran gedacht, sie selbst nähen zu lassen. Mir ist es wichtig, gute Marken anzubieten. Schauen Sie!«

Sie erhob sich vom Sofa, nahm ein Kleid in leuchtenden Grün- und Orangetönen von dem gleich danebenstehenden Ständer und hielt es Florence hin. »Das hier ist zum Beispiel ein Kleid von *AnniqueNatur*, einem französischen Label mit Sitz in Marseille. Es ist verhältnismäßig preisgünstig, und die Modelle dieses Labels kommen bei meinen Kundinnen gut an. Ich glaube, es würde Ihnen stehen.«

Florence befühlte den Stoff und fand, das er etwas rau war. »Sehr schön«, sagte sie, hatte aber kein Interesse, sich vom eigentlichen Anlass ihres Besuches ablenken zu lassen.

»Was haben Sie denn Alima geantwortet?«

»Nun ja, wahrheitsgemäß, dass ich leider keine Stelle für sie frei habe. Ich hätte ihr gerne geholfen. Wie gesagt, fand ich sie sympathisch und ich glaubte ihr. Deshalb versprach ich, mich bei ihr zu melden, falls ich eine Änderungsschneiderin brauchen könnte.« Wieder seufzte sie. »Sie hat mir leidgetan, aber meine eigene Schneiderin ist so zuverlässig, dass das vermutlich nur ein billiger Trost war. Jetzt mache ich mir Vorwürfe, dass ich nicht versucht habe, ihr irgendwie zu helfen. Vielleicht hätte das ihr Schicksal noch in andere Bahnen gelenkt.«

»Nein, Madame Houpert, das stand wohl nicht in Ihrer Macht! Können Sie mir Alima Semana beschreiben?«

Madame Houpert runzelte die Stirn. »Möglicherweise hat der Eindruck, den ich von ihr hatte, auch dazu beigetragen, dass ich mir über ihr weiteres Schicksal keine großen Sorgen gemacht habe. Sie hatte ein sehr selbstbewusstes Auftreten und war eine sehr schöne Frau. Kurze Haare, ein ausdrucksvolles Gesicht! Sie trug Jeans und ein weißes

Leinenhemd. Schlicht und elegant. Sie hat mir ihre Telefonnummer auf ein Zettelchen geschrieben und hat meine Antwort akzeptiert. Warten Sie, ich muss den Zettel noch irgendwo haben.«

Sie ging zum Verkaufstisch, zog eine Lade auf und kramte darin.

»Hier ist er! Vielleicht können Sie ja etwas damit anfangen!« Sie überreichte Florence den Zettel. »Ich möchte aber nicht, dass Sie meine Informationen an die Polizei weitergeben, Madame. Ich möchte die wirklich nicht hier im Laden haben und dann Vorwürfe bekommen, dass ich mich nicht früher gemeldet habe. Diese Beamten gehen nicht immer gut mit unsereins um!«

»Verstehe.« Florence überlegte. »Wenn sich aus meinen Recherchen hier etwas wirklich Wichtiges ergibt, werde ich es aber Kommandant Lambert berichten müssen. Wie sie vielleicht wissen, hat er selbst im Zusammenhang mit dem Mord an Alima Semana einen Drohbrief erhalten. Ich tue das nur, wenn es unbedingt nötig ist, und ich kann Ihnen versprechen, dass er es mit Diskretion behandeln wird.«

Ein dritter, diesmal sehr tiefer Seufzer. »Okay, machen wir es so! Ich hoffe, dass es nicht dazu kommen wird.«

Als Florence zehn Minuten später ihren Weg fortsetzte, hatte sie nicht nur den Zettel von Alima Semana in der Tasche, sondern auch die Adressen von zwei weiteren Geschäften, die Madame Houpert auch Alima noch mitgegeben hatte.

Auf ihrem Weg dorthin musste sie ständig an das denken, was Madame Houpert ganz am Ende ihres Gesprächs noch eingefallen war. Alima Semana hatte nämlich damals, bevor sie deren Geschäft verließ, eines der Kleider vom Ständer genommen und war damit zu ihr zurückgekehrt.

Dann hatte sie auf das eingenähte Band mit dem Label *AnniqueNatur* gezeigt. »Sie wissen aber schon, Madame, dass diese Firma nicht seriös ist. Schauen Sie sich den Stoff an. Der ist bestimmt mit Chemikalien behandelt worden. Nicht ökologisch einwandfrei, würde ich sagen.« Auf die verwunderte Rückfrage von Madame Houpert, warum sie das so genau beurteilen könne, hatte Alima nur gesagt, dass sie sich bei so etwas auskenne. Mehr war aus ihr nicht herauszuholen gewesen, sie sei bald darauf gegangen. »Seltsam, dass mir das erst jetzt eingefallen ist«, hatte Madame Houpert abschließend zu Florence gesagt, »das muss ich wohl verdrängt haben, denn meine Kundinnen kaufen diese Kleider eigentlich sehr gerne, und ich habe keinen Grund, am Bio-Zertifikat dieser Firma zu zweifeln.«

Gedankenverloren setzte Florence ihren Weg fort. Das Thema ökologische und faire Produktionsweise, sei es nun in Form von Bekleidung oder Lavendel, begegnete ihr neuerdings auf Schritt und Tritt. Angefangen hatte es mit Hélène Mordent, dann kam Robert Albert dazu, der vielleicht sogar wegen seiner Mission sterben hatte müssen, und gestern dann das Zusammentreffen mit dieser Madame Bonnet und ihrer jungen und ebenfalls in Umweltanliegen engagierten Mitarbeiterin Solveigh. Konnte es sein, dass auch Alima Semana ein ähnliches Interesse hatte, und hatte das irgendetwas zu bedeuten?

Florences Gedanken begannen gerade, einen wilden Tanz von Spekulationen aufzuführen. Zum ersten Mal gestattete sie sich die Frage, ob es vielleicht doch einen Zusammenhang zwischen dem Mord an Alima Semana und dem an Robert Albert gab. Bei diesem Gedanken hätte sie am liebsten laut »Stopp!« gerufen. Sie kannte sich aber besser und ließ es zu. Welche Spuren gab es denn eigentlich im Fall von Lenas Vater? Die Öko-Spur natürlich! War er den Lavendelbauern zu nahe gekommen oder den Inhabern von Bio-Geschäften? Man durfte aber auch nicht ganz außer Acht lassen, dass Lenas Mutter nach dem Tod ihres Mannes regelrecht aufgeblüht war – und außerdem in einer Beziehung zu dem joggenden Bürgermeister von Saignon stand.

Eines war klar, sie wusste schon wieder mehr als die ermittelnden Beamten, und auch das machte ihr Kopfzerbrechen. Es würde ihr guttun, all das mit Mordent zu besprechen, und hoffte, heute Abend eine Gelegenheit dazu zu finden. Dann konnte sie ihm auch von den Ergebnissen ihrer Recherchen in den beiden anderen Boutiquen berichten, von denen Alima Semana eine Adresse bekommen hatte und die sie jetzt noch aufsuchen würde. Sie würde dort auch nach dem Bio-Label *AnniqueNatur* fragen. Eigenartig, dass *AnniqueNatur* eine ähnlich zusammengezogene Schreibweise wie *ALNouveau* hatte. Das konnte nur ein seltsamer Zufall sein.

In diesem Moment bemerkte sie, dass das Geschäft, das sie anstrebte, ganz in der Nähe von Charles' Buchhandlung lag. Unvermittelt war deren dunkles und ihr so vertrautes Holzportal in ihrem Blickfeld aufgetaucht. Sie würde kurz hineinschauen und Charles über die aktuelle Lage informieren.

Als sie das Geschäft betrat, sichtete sie zuallererst Charles' Schwester Reine-Marie. Von Kopf bis Fuß blitzblau gekleidet, stand sie mitten im Geschäft, im Gespräch mit einer Kundin. Wie sich herausstellte, hatte Reine-Marie Florentin ihre Zurückhaltung gegenüber Florence völlig aufgegeben. Sie ließ ihre Kundin stehen und kam ihr entgegen.

»Wie schön, Sie zu sehen!«, rief sie, »haben Sie gewusst, dass Bruno nicht nur ein Musikexperte, sondern auch ein Kenner der bildenden Künste ist?«

Florence staunte. Reine-Marie Florentin war mit Bruno Amontero, den sie selbst immer noch siezte, bereits zum Du übergegangen.

»Dann haben Sie ihn also gestern noch näher kennengelernt?«

Reine-Marie Florentin errötete, ging aber nicht auf Florences Frage ein.

»Liebe Madame Beaumarie«, sagte sie stattdessen, »es wird höchste Zeit, dass wir beide uns duzen – wenn es Ihnen recht ist, natürlich.«

»Gerne«, sagte Florence.

»Dann sollten wir darauf anstoßen!«

Dieses Vorhaben konnte sie jedoch nicht in die Tat umsetzen, denn nun meldete sich ihre Kundin, die sie hatte warten lassen. Es blieb ihr nichts anderes übrig, als sich mit ihr zu beschäftigen, und Florence nützte die Gelegenheit, um nach Charles zu suchen. Vermutlich war er in seinem Büro. Zögerlich ging sie in diese Richtung, denn zuletzt hatte sie ihn dort in einer Situation angetroffen, an die sie sich lieber nicht erinnerte.

Sie klopfte an die Tür und trat ein. Charles saß entspannt zurückgelehnt an seinem Schreibtisch und zog an einer Pfeife. »Meine Arbeitspfeife«, erklärte er. »Pardon, Florence, wenn es hier herinnen stinkt. Du weißt, ich rauche praktisch nur vor meinem Kamin in Saignon – und manchmal hier in meinem Büro.«

Sie setzte sich ihm gegenüber und berichtete von den bisherigen Ergebnissen ihrer Recherche. Dann informierte sie ihn noch über ihr Vorhaben, zwei weiteren Modeboutiquen einen Besuch abzustatten. Vorsichtig fragte er nach, ob er sie begleiten dürfte. Das kam überraschend, aber sie hatte nichts dagegen.

Als sie hinausgingen, war Reine-Marie Florentin noch immer im Gespräch mit ihrer Kundin. Sie schenkte Florence ein entschuldigendes Lächeln. »Das holen wir nach!«, rief sie ihr zu.

»Ich duze mich jetzt mit deiner Schwester«, sagte sie zu Charles, als sie das Geschäft verlassen hatten.

Amüsiert hob er seine Augenbrauen.

»Sie hat mir heute Morgen als Erstes berichtet, dass sie gestern mit Bruno Amontero noch einen sehr schönen Abend verbracht hat«, sagte er. »Offensichtlich hat das auch ihre Einstellung dir gegenüber verändert. Seit meiner gescheiterten Ehe hat sie immer etwas seltsam auf Frauen in meiner Nähe reagiert.«

»Gab es denn viele?« Die Frage war Florence herausgerutscht.

»Unmengen«, grinste Charles. »Ist die Eifersucht meiner Schwester, was mich und die Frauen betrifft, jetzt auf dich übergesprungen?«

Florence grinste zurück. »Keine Sorge. Soweit ist es mit mir noch nicht gekommen. In welche Richtung müssen wir jetzt eigentlich gehen?«

Sie nannte ihm die Adresse eines der beiden Modegeschäfte, und da der Weg dorthin nur kurz war, war das Thema »Eifersucht« auch schon wieder beendet.

20

Das erste Geschäft, das ihr Madame Houpert genannt hatte, war eine Luxusboutique. Die Kleidung war teuer, und es gab nur eine kleine Abteilung für Bio-Mode. Eine der Verkäuferinnen erinnerte sich vage an Alima Semana. Der Chef, der heute nicht da war, habe kurz mit ihr gesprochen, berichtete sie Florence, er habe sie aber dann schnell wieder hinauskomplimentiert.

Umso ergiebiger und überraschender war, was sie im zweiten Geschäft in Erfahrung brachte. Es war ein typisches Bio-Geschäft, das nicht nur Kleidung, sondern die unterschiedlichsten Produkte führte: Seifen, Düfte, Heilmittel aus der Natur, Kerzen, Klangschalen, Öle, Cremes, Honig, Backwerk und besondere Schokoladen. Die Kleidung – vorwiegend in Weiß und Cremefarben – stammte ausschließlich von einem Bio-Label mit dem Namen *Santé* und befand sich auf einem kleinen Ständer. Unterschiedliche Düfte vermischten sich zu einem recht angenehmen Potpourri, und eine der zwei anwesenden Verkäuferinnen, eine ältere Frau in weißen Hosen, T-Shirt und schwarzer Schürze, kam auf Florence und Charles freundlich lächelnd zu.

»Ich bin Vinita Joy. Kann ich Ihnen helfen?«

Florence war bei der Betrachtung der Waren aufgefallen, dass hier nicht die sonst allgegenwärtigen Lavendelsäckchen zum Kauf angeboten wurden. Sie fragte danach, und die Verkäuferin mit dem ungewöhnlichen Namen erklärte ihr, dass man hier von der üblichen Vermarktung des Lavendels in »staubigen Säckchen« Abstand genommen hätte.

Man bewahre den Lavendel, der garantiert ohne chemische Zusätze produziert worden sei, lieber in luftdichten Gefäßen aus Kristallglas auf. So könne er sich energetisch immer wieder aufladen und auch in der Küche seine Anwendung finden. Außerdem führe man hochwertiges Lavendelöl.

Als sie erfuhr, dass Florence gar keine Kaufabsicht hatte, sondern nur eine Auskunft wollte, blieb sie weiterhin freundlich. Sie erinnerte sich an die sympathische junge Frau, die vor Weihnachten hier war und Alima Semana hieß. Damals habe sie ihr versprochen, sie wieder anzurufen, wenn sie Arbeit für sie hätte. Das hätte sie demnächst ohnedies vor. Tatsächlich könne sie ihr nun stundenweise Arbeit anbieten! Zwar nicht als Schneiderin, aber zum Packen, zum Abfüllen von Waren und vielleicht auch als Reinigungskraft.

Vinita Joy wusste also noch gar nichts von dem Mord, und als ihr Florence davon berichtete, stieß sie einen kleinen Schrei aus und verdrehte die Augen. »Ich muss mich erst einmal setzen«, sagte sie und ließ sich auf einem der zahlreich im Raum verteilten Hocker nieder. Eine Kollegin eilte herbei und brachte ihr ein Fläschchen, das sie öffnete und an dem sie lange roch. Die Kollegin stellte sich hinter Vinita Joy, legte ihr die Hände auf die Stirn und massierte mit den Daumen ihre Schläfen.

»Das hilft gegen den Schock«, sagte sie zu Florence, und als sie den Grund dafür erfuhr, fügte sie hinzu: »Gerade noch haben wir uns darüber gefreut, dass wir dieser Frau jetzt eine Arbeit anbieten können.«

»Danke, Eve«, sagte Vinita Joy, und an Florence gewandt: »Es geht schon wieder. Aber warum erkundigen Sie sich eigentlich nach Alima Semana?«

Florence erklärte, dass sie als pensionierte Polizistin die hiesige Polizei bei ihrer Arbeit unterstütze, und Vinita Joy erklärte sich für weitere Fragen bereit. Über Alima Semana berichtete sie im Grunde das Gleiche wie schon Madame Houpert. Allerdings in ganz anderen Worten. Dass diese junge Frau in einer Notsituation gewesen sei, habe man deutlich erkennen können, aber auch, dass sie außergewöhnlich war. »Sie hat eine uralte Seele«, sagte sie versonnen, »und sie war schon viele Male hier auf Mutter Erde. Ihre Aura ist fantastisch. Sie wird auch diesmal wieder ihren Weg zurück zu uns finden, und dann wird sie noch stärker sein. Jetzt ist sie im Licht«, fügte sie hinzu »und wird dort von allem geheilt sein, was sie hier belastet hat.«

Sie schwieg und schaute Florence erwartungsvoll an. Der war für kurze Zeit die Sprache weggeblieben. Charles, der von einem Rundgang im Geschäft zurück war, war ihr auch keine Hilfe.

Vinita Joy hatte aber noch etwas zu sagen. »Sie sind auch so eine alte Seele, Madame! Das habe ich sofort gesehen, als Sie das Geschäft betreten haben. Und Sie, Monsieur«, ein bedeutsamer Blick in Richtung Charles, »sind diesbezüglich noch ein junger Mann. Bedauerlicherweise scheint ein Fluch auf Ihnen zu lasten, aber unter der schützenden Aura Ihrer Begleiterin kann Ihnen nichts passieren!«

Florence hatte genug. Sie musste die Dame stoppen und fragte sie, ob vielleicht vor Weihnachten ein deutscher Tourist im Geschäft war, der sich nach Bio-Lavendel erkundigt habe.

»So einer war hier«, erinnerte sich Vinita Joy. »Hatte er etwas mit Alima Semana zu tun?«

»Nein, ich frage aus einem anderen Grund.«

»Vielleicht hatte er doch was mit ihr zu tun, Madame!« Vinita Joy verblüffte Florence erneut. »Ich habe da so ein Gefühl! Immerhin ist er vor ihr ins Geschäft gekommen und hat sie neugierig angeschaut, als sie mit mir gesprochen hat.«

Florence zog die Augenbrauen hoch. Das war allerdings hochinteressant!

»Haben die beiden miteinander geredet?«

»Nein, das nicht. Sie hat für mich gerade ihre Telefonnummer auf einen Zettel geschrieben, als er das Geschäft wieder verließ.«

Florence war alarmiert. Am liebsten hätte sie sich jetzt auf einen der Hocker gesetzt.

»Bitte, Madame Joy, können wir die ganze Szene noch einmal durchgehen? Von Anfang an, als der Deutsche das Geschäft betrat. In jeder Einzelheit, wenn es Ihnen nichts ausmacht.«

»Wenn Sie wollen.« Offensichtlich hatte sie tatsächlich übersinnliche Fähigkeiten, denn sie deutete auf zwei nebeneinanderstehende Hocker. »Setzen wir uns doch. Sie müssen ja schon viel zu lange stehen.«

Den neben ihnen stehenden Charles ignorierend, erinnerte sie sich nun im Detail an das Geschehen einige Tage vor Weihnachten. An jenem Tag war am frühen Nachmittag, so um 13 Uhr herum, ein Kunde in das Geschäft gekommen und hatte Vinita Joy sofort in ein längeres Gespräch verwickelt. Sie sprachen Englisch, denn Vinita, die in jungen Jahren in Kalifornien gelebt hatte, beherrschte es perfekt. Er erklärte, dass er Deutscher sei, hatte aber seinen Namen nicht genannt. Er trug diese typische Wanderkleidung in einem hässlichen Rot und Grün, wie man sie von vielen Touristen kannte, und sie hatte ihn auf über 40 geschätzt. Sie hatte genug Zeit gehabt, ihn zu studieren, da er ununterbrochen geredet hatte. Schwärmerisch, was dieses Geschäft und seinen Umgang mit dem Lavendel betraf, empört, welchen giftigen Mist von Lavendel viele andere – auch sogenannte Bio-Geschäfte – anboten. Er schien sich in der Materie wirklich gut auszukennen, aber wenn er auch so gescheit tat, so hatte er dennoch eine sehr junge Seele. Man könnte sagen, dass er diesbezüglich noch am Anfang der Pubertät stand, und wenn er nicht aufpassen würde, würde er sich mit seinem jugendlichen Ungestüm noch in Gefahr begeben. Sie prophezeite ihm kein sehr langes Leben auf dieser Erde, die er so eifrig beschützte, aber er würde ja noch viele weitere Leben Zeit haben, Gutes zu tun und zu reifen.

Angesichts der Tatsache, dass Madame Joy schon wieder in ihr esoterisches Fahrwasser geriet, fühlte sich Florence zwar unbehaglich, ließ sie aber reden, denn ihre Informationen waren hochinteressant und ihr Bericht äußerst detailliert.

Der Deutsche hatte schließlich die allerkleinste Menge Lavendel gekauft, die möglich war. Dann sagte er, dass er sich im Geschäft noch etwas umsehen wolle, und Vinita Joy hatte Sorge gehabt, dass er mit seinem Ungestüm etwas beschädigen könnte. Wie sie sagte, war sie nach diesem Gespräch ziemlich ermattet, denn Menschen mit einer solchen Aura waren einfach anstrengend. Sie hatte aber nicht viel Zeit gehabt, sich zu erholen. Bald darauf war Alima Semana gekommen und hatte, wie schon berichtet, nach Arbeit gefragt, die ihr Vinita Joy bedauerlicherweise nicht bieten konnte. Die Enttäuschung darüber war ihr anzusehen gewesen. Sie zeigte sich aber sehr dankbar, als ihr Madame Joy für später einen Job in Aussicht stellte. Seither war ihr diese Alima Semana nicht mehr aus dem Kopf gegangen. Auch wegen dem, was sie zum Schluss noch zu ihr gesagt hatte. Da wollte sie nämlich noch wissen, ob

Madame Joy ein Biomode-Label namens *AnniqueNatur* kenne. Das war insofern interessant, als auch Kundinnen immer wieder danach fragten. Das erzählte sie auch Alima Semana, worauf diese ihr dringend abgeraten hatte. Diese Sachen würden nicht in ihr Geschäft passen, und außerdem sei das »Bio« in dieser Marke ohnedies ein Schwindel. Auf Madame Joys Frage, woher sie das wüsste, hatte sie geantwortet, dass ihr dies eine Freundin berichtet hätte. Dann ist sie gegangen – und der Deutsche gleich nach ihr.

Vinita Joy hatte Florence einen so ausführlichen Bericht geliefert, dass im Moment keine Frage offen blieb. Sie tauschten ihre Telefonnummern, und Florence erfuhr, dass Vinita auch die Inhaberin dieser Boutique war.

»Was jetzt?«, fragte Charles, nachdem sie das Geschäft verlassen hatten.

»Zurück nach Saignon natürlich«, antwortete ihm Florence. »Ich muss diese Informationen erst verdauen, und außerdem sollten wir da sein, wenn unsere Gäste kommen.«

Charles sah auf seine Uhr. »Du hast recht«, sagte er, »bald schon 17 Uhr! Das hätte ich nicht gedacht. Seit ich älter werde, vergeht die Zeit immer schneller.«

»Wenn diese Dame übersinnliche Fähigkeiten hat, warum bekommt sie dann nicht mit, dass Alima Semana ermordet wurde? Die müsste ihr ja schon längst als Geist erschienen sein!«

Florence und Charles saßen im Auto und fuhren in Richtung Saignon.

Florence musste lachen. »Ja, das scheint ein echter Fehler im System zu sein. Vielleicht ist ihre Aura nicht ganz intakt. Aber weißt du, Charles, ich will mich gar nicht lustig über sie machen. Sie war ausgesprochen nett, und wir haben von ihr hochinteressante Informationen bekommen.«

»Was heißt *wir*, Florence. Es ist doch dein Fall! Ich bin jedenfalls ein Mann der Aufklärung, Florence, groß geworden in der Tradition Diderots und Voltaires.« Charles war noch nicht fertig. »Mir sind solche Menschen wie diese zugegeben sehr entgegenkommende Dame immer suspekt. Dieses Missionarische und Salbungsvolle kann ich nicht leiden. Und das mit der alten Seele und der Aura ist doch Humbug und eigentlich eine ziemliche Anmaßung.«

»Das stimmt schon, Charles. Ich kann damit auch nichts anfangen. Andererseits: Deinen Edgar Allen Poe hast du doch auch gerne gelesen und dich dabei ein bisschen gegruselt.«

»Natürlich. Genauso wie du, Florence. Ich kann aber Dichtung und Wahrheit voneinander unterscheiden.«

»D'accord, Charles! Mich interessiert aber jetzt schon deine Meinung zu dem, was Vinita Joy berichtet hat. Sollten sich Alima Semana und Robert Albert tatsächlich begegnet sein ...«

»... dann könnte es vielleicht sogar einen Zusammenhang zwischen den beiden Fällen geben. Auch wenn das noch immer sehr unwahrscheinlich und weit hergeholt ist.«

»Nun ja. Immerhin wissen wir jetzt, dass sich auch Alima Semana für Bio interessiert hat. Sie hat sich doch bei beiden Geschäften nach dem Label *AnniqueNatur* erkundigt, und das finde ich schon eigenartig. Schließlich war sie ja auf Arbeitssuche!«

»Offensichtlich hat sie aber auch noch andere Interessen verfolgt. Das sind doch alles ernst zu nehmende Spuren.«

Florence seufzte. »Ich weiß. Ich frage mich gerade, ob

ich bereits jetzt Lambert davon informieren oder zuvor noch genauer recherchieren soll.«

»Ich glaube zu wissen, wofür du dich entscheidest, Sherlock. Dein Watson steht bereit zu deiner Unterstützung. Falls er noch genehm ist.«

»Natürlich bist du das. Das musst du mir glauben. Ich teile es dir mit, wenn ich mal alleine sein will, und du sagst es mir, wenn du dich links liegen gelassen fühlst. So haben wir es doch heute Morgen vereinbart. Lass es uns einfach ausprobieren.«

»Geht in Ordnung, Florence. Jetzt freue ich mich aber erst einmal auf den Abend mit den Mordents. Ich mag die beiden sehr!«

21

»Ich habe eine Neuigkeit für dich«, war das Erste, was Honoré Mordent Florence bei seiner Ankunft an diesem Abend zugeflüstert hatte.

Jetzt saßen sie in der Küche und waren derart mit dem gelungenen Essen beschäftigt, dass es noch gar keine Gelegenheit gegeben hatte, die Neuigkeiten zu besprechen. Zu Ehren der Gäste muss gesagt werden, dass diese zunächst gar kein anderes Thema als das Lob auf die Küche zuließen. Die angebotenen Speisen gehörten gewürdigt. Allen voran das Perlhuhn. Es war von vorzüglicher Qualität. Charles hatte es am Markt in Apt erstanden und nach einem Rezept seiner Großmutter zubereitet. Man war sich darin einig, dass ihm die lange Zeit, in der es in der Marinade gelegen hatte, gutgetan hatte.

»Jetzt ist es aber genug«, sagte Charles schließlich, als das Loblied auf seine Kochkunst kein Ende nehmen wollte. »Wartet erst mal das Dessert ab. Florence hat eine herrliche Tarte au citron gemacht. Darf ich euch zuvor noch ein wenig Käse vom Markt servieren?«

Das war natürlich eine rhetorische Frage, denn er war schon aufgestanden, hatte die längst vorbereitete Käseplatte auf den Tisch gestellt und dazu eine weitere Flasche Rotwein geöffnet.

»Mir bitte ganz wenig«, sagte Honoré Mordent, während seine Frau keineswegs protestierte, als Charles ihr Glas randvoll anfüllte.

»Honoré fährt heute, und ich kann mich ordentlich betrinken, um meine Erlebnisse dieses Tages zu verdauen.«

»Was hast du denn erlebt?«, fragte Florence.

»Nun ja. Eigentlich nichts Spektakuläres, aber der Besuch der Boutique von Madame Bonnet hat mir seelisch ganz schön zugesetzt.«

»Ja warum denn das, Hélène? Konntest du nicht anders und hast das ganze Geschäft aufgekauft?« Diese Frage kam von Charles, der mittlerweile schon ein wenig angetrunken und zu Späßen aufgelegt war.

»Das auch.« Hélène blieb ernst. »Die Sachen dort sind wunderschön, und ich habe nach Jahren der modischen Zurückhaltung wieder einmal ordentlich zugeschlagen, und diesmal mit gutem Gewissen angesichts der Bio und Fairtrade zertifizierten Ware. Wirklich zugesetzt hat mir aber Solveigh Moreau, die sich ziemlich seltsam und widersprüchlich über ihre Chefin geäußert hat. Diese Solveigh scheint ja eine richtige Revoluzzerin zu sein. Ihre Chefin sei zwar persönlich eine sehr nette Frau, hat sie gesagt, aber es gehe ihr doch nur ums Geld, was sie selbst widerlich finde. Eloise Bonnet sei ein typisches Produkt ihrer Generation. Sie verkaufe Bioprodukte und fair produzierte Ware nur, weil das hier in Südfrankreich noch eine Marktlücke sei, und bestimmt würde sie auch Waffen verkaufen, wenn sie damit reich werden könnte.«

»Das hat Solveigh Moreau tatsächlich zu dir gesagt, und das, obwohl du eine Kundin von Madame Bonnet bist und selbst zu dieser verwerflichen Generation gehörst?«

Hélène nickte.

»Du vergisst, Florence«, sagte sie dann nicht ohne Stolz in der Stimme, »dass ich in den Augen von Solveigh Moreau die Heldin aus dem *Bon Marché* bin. Sie hat bereits ihre Studienkolleginnen in Paris davon informiert, dass Sie mich höchstpersönlich kennengelernt hat, und mich eingeladen, dieser Gruppe von Aktivistinnen als Ehrenmitglied beizutreten. Ich habe mehrmals betonen müssen, dass ich mich lieber auf meine ganz persönliche Weise für eine faire Kleiderproduktion einsetzen möchte. Andererseits hat sie mir wirklich wertvolle Informationen zu diesem Thema geben können, und ich war bestimmt über zwei Stunden in dem Geschäft.«

»Das habe ich bemerkt«, schaltete sich ihr Ehemann ein. »Ich saß mindestens zwei Stunden in einem, wenigstens recht angenehmen, Café. Leider hatte das *Louis Armstrong* heute doch geschlossen. Dann habe ich begonnen, mir

Sorgen um meine Frau zu machen, und habe sie in dem Geschäft abgeholt. Dort saß sie in einem bequemen Sessel und schien ganz vergessen zu haben, dass ich auf sie warte.«

In diesem Augenblick klingelte Florences Telefon. Sie sah, dass es Antoine Lambert war, und mit einem entschuldigenden Schulterzucken hob sie ab, stand auf und ging in Richtung Salon.

»Bonsoir, Antoine!«

»Bonsoir, Florence, ça va? Hast du einen angenehmen Tag verbracht?«

»Ja, Antoine, habe ich, und jetzt sind wir gerade beim Essen mit unseren Gästen, den Mordents.«

»Na dann grüße sie schön von mir. Ich fasse mich kurz. Ich wollte dir nur mitteilen, dass du deine Recherchen zum Fall Semana endgültig einstellen kannst, denn Kommissarin Lagrange ist der Meinung, dass sie den Fall gelöst hat.«

»Oh, quelle surprise! – Teilst du ihre Meinung?«

»Nun ja, du weißt ja, normalerweise bin ich kein Freund von voreiligen Schlüssen.«

Florence warf einen Blick auf ihre Freunde. Lamberts Bericht könnte doch länger dauern.

Die drei am Esstisch unterhielten sich angeregt und schienen sie nicht zu vermissen.

»Also dann, schieß los«, sagte sie zu Lambert und entfernte sich ein Stück von ihnen in Richtung Wohnzimmer.

»Okay. Kommissarin Lagrange hat den Sohn des Ehepaares festgenommen, das Naima Abourdaham im Frauenhaus besucht hatte. Sein Name ist Aadil Kerboua. Im Grunde hast uns ja du auf seine Spur gebracht! Er hat bereits ein Teilgeständnis abgelegt. Er hat sich dazu bekannt, hinter den Drohungen der *ALNouveau* zu stecken, will aber mit dem Tod von Alima Semana nichts zu tun haben. Wie wir schon vermutet haben, gibt es keine Organisation mit diesem Namen. Aadil Kerboua hat sie erfunden, um meine Frau zu terrorisieren. Er hat gesagt, dass er den Drohbrief verfasst hat, um auf ein altes Unrecht, in das Duryas Familie verwickelt war, aufmerksam zu machen.«

»Wie kommt er dazu?«

»Er behauptet, es für seine Eltern und vor allem für seine Mutter getan zu haben. Sowohl sein Vater als auch seine Mutter stammen aus Oran, so wie die Eltern von Durya, und es gibt tatsächlich eine Verbindung zwischen beiden Familien. Das haben wir bereits nachgeprüft! Aadil Kerbouas Eltern haben im Hotel von Duryas Großeltern gearbeitet. Sein Vater hatte als Rezeptionist eine gute Stellung, seine Mutter war in der Küche. Sie können es mit Zeugnissen und Arbeitspapieren von damals belegen.«

Antoine Lambert unterbrach seine Erzählung.

»Bist du noch dran, Florence? Das wird jetzt eine etwas längere Geschichte. Hast du überhaupt Zeit, mir zuzuhören?«

»Ja, ja, Antoine. Sprich bitte weiter. Das ist auch für mich eine überraschende Wendung!«

»Okay, Florence, dann hör zu! Ein Bruder von Aadil Kerbouas Mutter hat damals mit den Aufständischen sympathisiert. Er soll Duryas Großvater als Kollaborateur und Profiteur beschimpft und wohl auch bedroht haben, und deshalb wurde ihm fristlos gekündigt. Aber nicht nur er musste gehen, auch Aadils Eltern verloren ihre Arbeit. Das Schrecklichste aber war, dass Madame Kerboua bald darauf ihren Bruder mit durchschnittener Kehle vor ihrer Haustür gefunden hat. Sie war damals schwanger, und sie und ihr Mann haben selbst um ihr Leben und das ihres ungeborenen Kindes gefürchtet. Wer die Tat an dem Bruder zu verantworten hatte, weiß niemand. Racheakte und Gräueltaten waren damals an der Tagesordnung, und beide Seiten haben sie begangen. Jedenfalls flüchteten die Kerbouas nach Frankreich, sie verlor dabei ihr Baby, und in Paris sind sie dann bei einer Verwandten untergekommen. Von dort aus sind sie 1961 nach Avignon gegangen. Es war wieder eine Flucht, denn da mussten sie die Razzien der französischen Polizei gegen die Algerier in Paris miterleben. Du erinnerst dich an dieses Geschehen?«

»Ich war damals erst fünf Jahre alt, habe aber später etwas darüber gelesen. Auch dieses Ereignis wurde in Frankreich lange Zeit totgeschwiegen. Madame Kerboua hat jedenfalls Schreckliches erlebt. Vermutlich ist sie bis heute traumatisiert.«

»Ja, und wie ihr Sohn heute zu Protokoll gegeben hat, hat sie an all dem immer der Familie Bessoucan die Schuld gegeben, auch wenn das keinesfalls erwiesen ist. In Avignon ist es ihnen ja dann im Laufe der Zeit immer besser gegangen. Aadils Vater, ein tüchtiger Mann, konnte sich hier ein kleines Feinkostgeschäft aufbauen. Er ist erst vor drei Jahren krankheitsbedingt pensioniert worden, und der Sohn war an dem Geschäft nicht interessiert. Die Geschichten von ihrer Vertreibung und Flucht aus der Heimat hat er sich aber die ganze Kindheit hindurch anhören müssen. Es war seine Gute-Nacht-Geschichte, wie er angab. Für seine Mutter war es eine Fügung des Schicksals, als sie vor Kurzem erfuhr, dass mit Durya hier in Avignon eine Nachfahrin aus dieser Familie lebt. »Endlich ist die Zeit der Rache gekommen, und du wirst mir dabei helfen«, soll sie zu ihrem Sohn gesagt und erneut von nichts anderem mehr geredet haben. Was sei ihm da als einzigem

Kind übrig geblieben, als den Auftrag der Mutter zu erfüllen? Das jedenfalls hat ihr Sohn zu Protokoll gegeben.«

»Aber wie sind sie tatsächlich auf Durya gekommen? Ihr Mädchenname ist doch in Avignon nicht bekannt!«

»Durch deren Cousine Naima Abourdaham offensichtlich! Die hat im Frauenhaus herausgefunden, woher Durya stammt und wer ihre Eltern waren. Dass sie Durya nicht leiden konnte, weißt du ja. Und die Geschichte ihrer Flucht und der Ermordung des Bruders hat Kerbouas Mutter ihrer Cousine wohl oft genug erzählt. Wie Naima Abourdaham den Mädchennamen von Durya herausgefunden hat, wissen wir noch nicht. Sie wird gerade verhört, ist aber nicht sehr gesprächig!«

»Es ist also ungefähr so, wie wir vermutet haben!« Florence – ganz im Banne des Gehörten – hatte sich mittlerweile in einen der Gartensessel vor den Kamin gesetzt. »Diese *ALNouveau* existiert gar nicht als Gruppe und wurde von diesem Aadil Kerboua nur erfunden, um deiner Frau einen Denkzettel zu verpassen. Es könnte also tatsächlich sein, dass er mit dem Mord an Alima Semana nichts zu tun hatte und sich die Tat vor deinem Kommissariat nur zunutze gemacht hat, um der Aktion, mit der er der Mutter einen Gefallen tun wollte, Nachdruck zu verleihen. Seltsam ist es aber schon, dass er so unmittelbar nach der Tat reagiert hat. Vermutlich ist er es ja auch, der Ada in dem Park überfallen hat. Das müsste er dann allerdings schon länger geplant haben.«

»Du sagst es. Kommissarin Lagrange ist jedenfalls davon überzeugt, dass er auch der Mörder Alima Semanas ist. Er hat kein Alibi für den Tatzeitpunkt, und sie haben eine Pistole genau des Typs, mit der Alima Semana ermordet wurde, in seiner Wohnung gefunden. Eine schon ältere Waffe übrigens. Er schwört, dass er diese Pistole nie zuvor gesehen hat. Er sitzt also tief in der Tinte. Eigentlich hat die Lagrange genug für eine Mordanklage beisammen und kann sich den Erfolg auf ihre Fahnen heften.«

»Ich nehme an, dass ihr noch mehr über ihn herausfinden werdet. Vielleicht kommt dann ja noch ein Motiv für den Mord an Alima zutage. Bis dato fehlt das doch noch, oder?«

Florence hatte nachdenklich ihren Kopf gehoben und dabei Honoré entdeckt, der schon seit geraumer Zeit neben ihr stand und vor Neugierde zu platzen schien.

»Antoine, ich muss jetzt aufhören. Es gibt noch viele Ungereimtheiten in der Geschichte. Aber unsere Gäste brauchen mich. – Einen Augenblick noch, Honoré! – Weißt du, Antoine, ich habe inzwischen auch einiges über Alima Semana herausgefunden. Vermutlich interessiert dich das jetzt gar nicht mehr.«

»Das glaube ich nicht, Florence! Meine Nase sagt mir, dass der Fall komplizierter ist, als meine Vertreterin annehmen will. Ich mache dir einen Vorschlag. Wir treffen uns morgen Vormittag zu einer weiteren Besprechung in diesem Café in Apt, in dem wir vorgestern waren. *Le Voyageur* heißt es, wenn ich mich recht erinnere. Ich bin zwar heilfroh, dass der Mann, der den Drohbrief an mich und meine Familie verfasst hat, hinter Gittern sitzt, für mich gibt es aber noch viele offene Fragen. Derzeit ist im Kommissariat nicht viel los. Das sollte ich morgen bis 9 Uhr alles erledigt haben. Wir könnten uns um 10 Uhr treffen. Würde mich freuen, wenn mein früherer Chef auch wieder mit von der Partie wäre!«

»Darauf kannst du Gift nehmen.« Florence wandte sich an Mordent: »Honoré, hast du für morgen Vormittag schon Pläne?«

Honoré verdrehte seine Augen und schüttelte den Kopf.

»Gut, dann wird Honoré auch da sein. Ich glaube, er hat ebenfalls Neuigkeiten.«

»Super. Dann also bis morgen, Florence, und Grüße an Charles und die Mordents.«

»Lambert hört sich ziemlich erleichtert an«, sagte Florence zu Honoré und auf seinen fragenden Gesichtsausdruck hin: »Komm, ich erzähl das, was ich soeben erfahren habe, am Tisch, denn Hélène und Charles möchten es bestimmt auch erfahren.«

»D'accord. Aber weißt du, ich suche gerade mein Handy. Ich muss es hier irgendwo verlegt haben.«

Kaum hatte er das gesagt, erklang auch schon das »Toréador, en garde! Toréador!« aus George Bizets *Carmen*, und Honoré entdeckte sein Handy auf dem Wohnzimmersofa, wo es unter zahlreichen Kissen vergraben gewesen war. Er blickte auf das Display.

»Das Gespräch muss ich annehmen«, sagte er, und während Florence sich wieder zur Runde am Esstisch gesellte, blieb er im Wohnzimmer stehen, wo er zehn Minuten lang telefonierte.

Florence hatte sich inzwischen über die Käseplatte hergemacht und vergaß für kurze Zeit sogar, was ihr Lambert soeben erzählt hatte.

»Du hattest absolut recht, Charles! Dein Fromager in Apt hat einfach einen wunderbaren Käse.«

»Wie findest du den *Tomme de Savoie*?«

»Hmm, ausgezeichnet, aber ein Tomme ist mir generell eine Spur zu brav. Ich bevorzuge, ehrlich gesagt, richtige Stinker.« Sie leckte sich die Lippen, nachdem sie gerade eine Stück Baguette mit einem sehr flüssigen Käse in den

Mund geschoben hatte. Dann zeigte sie auf einen der Käse auf dem Teller.

»Der ist absolut grandios! Ein *Epoisses de Bourgogne*, vermute ich.«

»Exactement, Florence, ich habe schon bemerkt, dass du Käse magst, wusste aber nicht, dass du eine solche Kennerin bist.«

»Das war ein Zufallstreffer, Charles, aber ja, wenn man so gerne Käse isst wie ich, lernt man in all den Jahren schon den einen vom anderen zu unterscheiden. Manche Fähigkeiten eignet man sich im Laufe des Lebens im Vorübergehen an. Das ist ein Vorteil des fortgeschrittenen Alters!«

»Schön gesagt«, mischte sich Hélène ins Gespräch. »So habe ich das noch nie gesehen. Ich müsste mal nachdenken, was ich mir auf diese Weise angeeignet habe.«

»Ich vermute, dass du bei all den Gesprächen, die du im Laufe der Jahrzehnte mit deinem Mann geführt hast, selbst schon zu einer fachkundigen Kriminologin geworden bist.«

Als Hélène daraufhin bedeutungsvoll und gleichzeitig fragend mit dem Kopf wackelte, fuhr Florence fort: »Also, Madame Vice-Commissaire. Es würde mich zum Beispiel durchaus interessieren, was Sie aufgrund Ihres aktuellen Wissensstandes über den Fall Alima Semana denken.«

Hélène ließ sich auf das Spiel ein.

»Da ich wie immer von meinem Vorgesetzten schlecht informiert wurde, kann ich nur Vermutungen anstellen«, antwortete sie mit einem Seitenblick auf ihren Mann, der noch immer mit seinem Handy beschäftigt war. »Ich glaube, diese Alima Semana hat irgendeine Dummheit begangen, die ihr zum Verhängnis geworden ist. Ich habe übrigens auch mit Solveigh Moreau über sie gesprochen. Sie hatte mich nach dem Beruf meines Mannes gefragt, und in diesem Zusammenhang sind wir auch auf den Mord an Alima Semana zu sprechen gekommen. Dieser Mordfall hätte sie sehr betroffen gemacht, hat sie mir gesagt. Ihrer Ansicht nach ist die Senegalesin irgendwelchen mächtigen und einflussreichen Leuten in die Quere gekommen. Sie hat sogleich wieder eine lange Rede geschwungen und gesagt, dass sie es schon sehr seltsam finde, dass die Frau ausgerechnet vor dem Polizeikommissariat ermordet wurde. Schließlich hat sie sich sogar zu der Vermutung verstiegen, dass ein Polizist auf Alima geschossen haben könnte, denn die Polizei stünde doch immer auf Seite des großen Verbrechens. Gut, dass du mich jetzt daran erinnerst, Florence. Ich habe noch gar nicht von dem Gespräch erzählt. Es wird euch bestimmt interessieren, was Solveigh noch über Alima Semana gesagt hat.«

»Was denn?« Florence war plötzlich sehr neugierig geworden.

»Sie hat gesagt, dass sie glaubt, das arme Mädchen schon einmal irgendwo gesehen zu haben. Zumindest sei sie ihr auf dem Bild, das sie in einer Zeitung gesehen hat, bekannt vorgekommen. Das war allerdings nur ein Phantombild. Natürlich habe ich sofort nachgefragt, wann und wo sie sie gesehen haben könnte. Du siehst, Florence, ich habe tatsächlich von meinem Mann gelernt. Aber sie sagte nur, dass sie schon darüber nachgedacht habe, aber nicht darauf komme. Man bräuchte wohl ein besseres Bild von Alima Semana, um ihrem Gedächtnis auf die Sprünge zu helfen.«

»Wie Alima Semana genau ausgesehen hat, kann ich euch gerne zeigen«, sagte Honoré Mordent, der mittlerweile das Telefongespräch beendet und sich wieder an seinen Platz gesetzt hatte. Er legte sein Handy mitten auf den Tisch, und drei Köpfe schossen nach vorne und beugten sich darüber.

»Wow«, entfuhr es Hélène. »Wahrhaft eine Schönheit. Und so fantastisch und elegant gekleidet. Ist das Alima Semana?«

»Das ist sie«, sagte ihr Mann.

»Ich glaube, ich habe einmal gehört, dass das typisch für viele Frauen im Senegal ist«, überlegte Hélène. »Zwischen all der Armut, die dort immer noch herrscht, und dem Plastikmüll, der sich bedauerlicherweise im öffentlichen Raum ausbreitet, laufen viele elegante Frauen herum. Ja, jetzt erinnere ich mich wieder. Es gab im Fernsehen mal einen Beitrag über die *Dakar Fashion Week*. Da wurde das berichtet. Es ist wirklich entsetzlich, dass die Konsumgesellschaft ihre Müllprobleme auch in diese Länder exportiert hat.« Hélène war in gewisser Weise schon wieder bei ihrem Thema.

»Aber auch die Mode«, meinte Charles. »Das ist doch französischer Chic, mit dem sich Alima Semana hier zeigt.«

»Das sehe ich eher umgekehrt«, Hélène zeigte auf das Kleid, das Alima auf dem Foto trug. »Schau dir diese Farben und Muster an. Die französische Mode hat sich schon immer von den Farben und der Kreativität afrikanischer Kultur inspirieren lassen.«

»Wo hast du eigentlich das Foto her?«, fragte Florence.

Honoré, zufrieden mit dem Effekt seines Bildes, nahm das Handy wieder an sich, legte es vor sich auf den Tisch und lehnte sich in seinem Sessel zurück.

»Ich habe es dir ja schon bei unserer Ankunft gesagt, Florence, dass ich Neuigkeiten habe. Das Bild habe ich soeben über einen Kontaktmann von Alimas Schwester bekommen, die in Dakar lebt. Ein Freund im Außenministerium hat mir den Kontakt zu ihm vermittelt. Er ist freier Journalist und arbeitet auch für die *Agence France-Press*. Wie Antoine Lambert mir gestern berichtet hat, hatten seine Kollegin und ihr Team bereits von der Existenz dieser Schwester Kenntnis. Die senegalesische Polizei hat sie ausfindig gemacht und ihr auch die Nachricht von der Ermordung der Schwester überbracht. Nicht sehr einfühlsam, wie ich mittlerweile weiß. Viel haben die Polizisten aus dem Senegal von dieser Schwester nicht erfahren, und sie haben sich vermutlich auch nicht darum bemüht. Sie haben der Polizei in Avignon nur berichtet, dass Alima Semana bis vor vier Jahren bei ihr gelebt hat und dann plötzlich verschwunden ist.«

»Und Lamberts Ersatzkommissarin, diese Camille Lagrange, hat sich wahrscheinlich auch nicht dafür interessiert und bereits ihre Spur verfolgt, die sie, ihrer Meinung nach, zum Ziel, also zu Aadil Kerboua, geführt hat. Für sie ist der Fall bereits gelöst, und deine Recherchen, Honoré, waren gar nicht mehr notwendig. Tut mir leid.«

»Das wird sich ja noch herausstellen.« Honoré Mordent ließ sich nicht aus der Ruhe bringen. »Erzähl, Florence, mein Bericht kann warten.«

Florence erzählte, was sie von Lambert erfahren hatte, und wurde dabei kein einziges Mal von einem ihrer drei Zuhörer unterbrochen. Sie konnte allerdings beobachten, dass Honoré die Stirn in Falten zog und schräg nach oben blickte. Bei ihm ein sicheres Zeichen, dass er mit den Ergebnissen einer Untersuchung noch nicht zufrieden war!

Nicht er, sondern Charles ergriff jedoch als Erster das Wort.

»Bin ich erleichtert, dass Ada offensichtlich wieder ganz

außer Gefahr ist! Hoffentlich bekommt der Kerl eine lange Haftstrafe.«

»Nana. Nicht so hartherzig«, sagte Florence. »Wenn er auch Alima ermordet haben sollte, dann ja. Aber daran glaubt Lambert und, wie ich gesehen habe, auch Honoré nicht wirklich. Für seine Dummheit mit diesen Drohbriefen würde er wohl mit einer geringeren Strafe und vielleicht sogar mit Bewährung davonkommen!«

Charles war noch nicht fertig. »Falls er aber doch der Mörder ist, sind wohl alle deine heutigen Recherchen und auch die von Honoré hinfällig.«

»Abwarten«, antwortete Florence. »Ich treffe mich morgen Vormittag mit Antoine in Apt. Der glaubt offensichtlich nicht, dass mit dieser Festnahme der Fall Alima Semana tatsächlich erledigt ist. Er ist natürlich sehr froh, dass sie denjenigen haben, der für die Drohbotschaften an seine Familie verantwortlich ist. Aber Honoré, erzähl du doch endlich, was dir dein Kontaktmann im Senegal noch zu berichten hatte.«

»Im Moment noch nicht allzu viel, aber dennoch einiges. Ich weiß jetzt, dass die Sprecherin der *Sans-Papiers-Bewegung*, die mir im Jahr 1998 begegnet ist und die Alima Semana hieß, nicht die Mutter, sondern die Tante unseres Mordopfers war. Sie war die Schwester von Alimas Vater. Mein Kontaktmann hat die Schwester von Alima heute aufgesucht. Die Geschichte interessiert ihn, und ihm hat die Schwester eine Menge erzählt. Er war aber in Eile und hat versprochen, mir einen Bericht von dem Gespräch noch heute Nacht zu mailen. Nur das Foto hat er mir schon geschickt. Alles, was ich derzeit weiß, ist, dass die Tante von Alima schon gestorben ist. Sie hat nach ihrer Rückkehr ein kleines französisches Café in Dakar eröffnet, das Alimas Schwester jetzt weiter führt. … So, meine Lieben! Mehr weiß ich nicht und ich finde, für heute ist es genug. Ich würde mich jetzt sehr gerne der herrlichen Tarte au citron von Florence widmen, und neben so einer Götterspeise haben Mord und Verbrechen keinen Platz. Morgen nach dem Treffen mit Lambert in Apt werden wir vielleicht wieder mehr wissen oder den Fall endgültig ad acta legen können.«

Man war einverstanden. Florence zögerte noch. Sie hatte weder Lambert noch Honoré von ihren durchaus interessanten Recherchen in den Boutiquen Avignons berichtet, auch nicht von dem Umstand, dass sich Alima Semana und Robert Albert zum selben Zeitpunkt in einer davon dort aufgehalten hatten. Dann entschloss sie sich, es noch bis morgen für sich zu behalten.

22

»Durya und Ada sind bereits auf dem Weg nach Hause und werden wohl gegen Mittag wieder in Avignon sein. Ich möchte sie in Empfang nehmen und habe daher nun doch nicht viel Zeit. Ich möchte sofort mit der Besprechung beginnen!«

Es war Montagvormittag. Das Café, in dem sie schon vorgestern gewesen waren, hatte offen, und außer ihnen gab es nur noch zwei andere Gäste. Antoine Lambert und Honoré Mordent hatten wieder zwei Tischchen zusammengeschoben.

»Croissants gibt es bei uns am Montag nicht, aber eine Tartine beurrée können Sie gerne haben«, hatte ihnen ein noch verschlafener Kellner mitgeteilt. Sie hatten abgewunken und nur ihren Kaffee bestellt. Hélène Mordent hatte ihren Mann begleitet, einen kleinen Espresso hinuntergestürzt und nicht an der Besprechung teilgenommen. Sie erklärte, dass sie nach ihrem gestrigen Alkoholkonsum eine Runde an der frischen Luft benötigen würde. Charles war als stiller Beobachter bei ihnen geblieben.

Lambert hatte sofort eine Tagesordnung aufgestellt und Mordent gebeten, als Erster mit seinem Bericht zu beginnen. Dann sollte Florence weitermachen, und abschließend würde er alles zusammenfassen und das Nötige ergänzen. Wenn Zeit bliebe, könne man noch über die Schlussfolgerungen diskutieren, wenn nicht, müsse er diese auf der Rückfahrt nach Avignon selbst anstellen.

Lambert war wieder in die Rolle des Chefermittlers geschlüpft, und Florence warf Mordent einen flüchtigen Blick zu, den dieser augenzwinkernd erwiderte. Dann begann er gehorsam mit seinem Bericht. Die Informationen, die ihm sein Kontaktmann über Alima Semana noch gestern Nacht geschickt hatte, waren hochinteressant und machten auch im Zusammenhang mit deren Aktivitäten in Avignon Sinn.

Der Journalist hatte in Dakar die Schwester von Alima schnell ausfindig machen können. Sie war die Inhaberin eines kleinen Cafés im Zentrum. »Sehr reizvoll«, hatte er angemerkt, »senegalesische Küche mit französischem Flair.« Die Schwester hatte ihm berichtet, dass dieses Café von ihrer Tante aufgebaut worden war. Nach deren Tod vor fünf Jahren und dem Verschwinden ihrer Schwester Alima führte sie es nun alleine weiter. »Ich nenne es unser *Wander-Café*«, hatte sie zu ihm gesagt, »denn in dieser unruhigen Stadt hat meine Tante insgesamt drei Mal umziehen müssen – und zuletzt auch ich bereits einmal!« Dann war sie in Tränen ausgebrochen und es hatte eine Weile gedauert, bis er ihr diese Informationen entlocken konnte.

Diese las Honoré nun direkt vom Display seines Handys ab.

»Alima Semana stammt aus einem kleinen Dorf, in dem sie bis zu ihrem sechsten Geburtstag lebte. Alima hat eine vier Jahre ältere Schwester, Bintu Semana. Ein Junge, der ein Jahr nach ihr zur Welt kam, starb nach der Geburt, und im selben Jahr starb auch Alimas Vater. Alimas Mutter stand als Kleinbäuerin mit den beiden Töchtern alleine da, und die immer wiederkehrenden Dürrekatastrophen führten zu Hungersnöten und einem Existenzkampf, dem die Mutter schließlich unterlag. Auch sie starb, und Alima und ihre Schwester kamen zur Tante nach Dakar, die soeben aus Paris zurückgekehrt war und gerade ihr Café eröffnet hatte.

Alima trug den Namen ihrer Großmutter väterlicherseits, die auch ihrer zweiten Tochter, der Tante, diesen Namen gegeben hatte.

Die Tante, laut Aussage von Alimas Schwester eine sehr spezielle Person, war schon früh aus dem Dorf weggegangen und wie viele Senegalesinnen schließlich in Frankreich gelandet. Warum sie dann zurückkam, konnte die Schwester Alimas nicht sagen. Die Tante hatte nie darüber gesprochen. Sie war nicht mittellos zurückgekehrt, konnte sich das kleine Café in Dakar aufbauen und hat die beiden zu ihr geflüchteten Mädchen bei sich aufgenommen. Alima war laut Aussage von Bintu Semana ihrer Tante in vieler Hinsicht ähnlich. Sie war schon immer unternehmungslustig gewesen und hatte sich bereits als Kind für Mode interessiert. Geschickt war sie auch, und so lernte sie rasch nähen. Die Tante hatte die Leidenschaft der Nichte unterstützt und ihr Stoffe und eine Nähmaschine besorgt. Schon bald hatte Alima nicht nur für sich, sondern auch für andere Kinder Kleider entworfen und angefertigt. Gelernt hatte sie dieses Handwerk nie. Die Tante, die selbst nähen konnte, hatte ihr aber einiges beigebracht. Während Alima in ihrer Freizeit nähte, arbeitete die Schwester im Café. Beide Mädchen gingen in die Schule. Sie lernten leicht, und Alima hatte sehr gute Noten. Schon früh hegte sie den Traum, eine große Modeschöpferin zu werden. Nach dem Tod der Tante musste sie im Café mitarbeiten. Sie hat immer gesagt, dass sie eines Tages nach Paris gehen und Modedesign studieren werde. Eines Tages war sie verschwunden und hatte der Schwester einen kurzen Brief hinterlassen. Sie schrieb: »Es tut mir leid, Bintu, ich muss weg, um das zu tun, wovon ich träume und wozu ich berufen bin. Du hörst von mir, wenn ich am Ziel bin. Ich werde ewig in deiner Schuld stehen.« Zwei Jahre nach dem Tod der Tante war das ein harter Schlag für Bintu Semana. Nun war mit der Mitteilung von Alimas Ermordung ein weiterer gefolgt. Die Persönlichkeit ihrer Schwester beschrieb sie wie folgt: Eigenwillig und mit zunehmendem Alter auch unerbittlich, wenn es darum ging, ihre Ziele zu verfolgen. Der Tante nicht unähnlich. Beide konnten Ungerechtigkeit nicht ausstehen. Alima war sehr kreativ, ein wenig sprunghaft, aber absolut entschlossen, im Leben das zu erreichen, wovon sie träumte.

Zitat der Schwester: »Alima war eine Kämpfernatur. Eine, die sich zu verteidigen wusste und die auch angreifen konnte. Gleichzeitig hatte sie ein sehr freundliches und einnehmendes Wesen.«

Mordent blickte kurz in die Runde. »Hier hat er einen Absatz gemacht«, sagte er und las dann weiter aus der E-Mail vor.

»Bintu Semana hat dem Polizisten, der sie benachrichtigt hatte, ihre Telefonnummer gegeben, bis dato aber nichts mehr von ihm gehört. Was wird mit dem Leichnam ihrer Schwester passieren? Selbst wenn sie in Frankreich begraben wird, will die Schwester sich von ihr persönlich verabschieden. Im Moment kann sie das Geschäft nicht alleine lassen. Gestatten Sie noch eine persönliche Bemerkung. Ich vermute, dass Alima Semana bei der Verfolgung ihrer Ziele irgendjemandem in die Quere gekommen ist. Wenn ihre Schwester sie als Kämpfernatur beschreibt, dann ist sie auch eine. Soweit ich das nach meinem Gespräch mit ihr beurteilen kann, ist auch Bintu Semana eine sehr starke Persönlichkeit, aber vermutlich sachlicher, weniger ambitioniert und mit dem, was sie hat, zufrieden. Sie hat unter schwierigen Bedingungen das Geschäft weitergeführt und sich einen guten Kundenstamm geschaffen. Ich war beeindruckt von ihr!«

»So, das war alles, was mir mein Kontaktmann mit dem schriftlichen Bericht geliefert hat«, sagte Mordent. »Ich gebe dir die Telefonnummer der Schwester, Antoine.«

»Ich danke dir, Honoré. Ich werde mich mit der Schwester in Verbindung setzen. Ich weiß nicht, ob das Camille Lagrange schon getan hat. Erwähnt hat sie nichts. Sie entscheidet, was sie mir sagt und was nicht!«

Honoré nickte nur und wandte sich dann an Florence.

»Jetzt bist du dran, Florence, erzähl mal, was du gestern über Alima Semana in Avignon herausgefunden hast.«

»Ich glaube, das passt ganz gut zu dem, was wir soeben über sie erfahren haben. Ich habe wenigstens drei Geschäfte gefunden, die Kleidung führen, und in denen sich Alima als Näherin angeboten hat.« Sie berichtete von den Informationen, die sie im marokkanischen Restaurant erhalten hatte, und schilderte ihren Besuch in den Modegeschäften und dass Alima sich zwei Mal kritisch über das Öko-Label *AnniqueNatur* geäußert hatte. Schließlich kam sie auf den seltsamen Zufall zu sprechen, dass sich Robert Albert zur selben Zeit wie Alima Semana in einem der Geschäfte aufgehalten hatte.

»Hochinteressant«, kommentierte Honoré Mordent. »Wenn zwei Personen nur wenige Tage vor ihrer Ermordung zur selben Zeit am gleichen Ort waren, dann kann das ein höchst ungewöhnlicher Zufall oder ein Schlüssel zur Aufklärung beider Morde sein.«

»Dann siehst du also jetzt die Möglichkeit eines Zusammenhangs zwischen den beiden Morden?«, fragte Florence.

»Nach dem, was du gerade erzählt hast, ist das nicht mehr völlig auszuschließen, und ich weiß, dass du das auch denkst.«

»Natürlich habe ich mir das auch schon überlegt.« Florence lehnt sich in ihrem Sessel zurück. »Das Engagement für eine faire und ökologische Produktionsweise könnte eine Gemeinsamkeit sein. Von Robert Albert wissen wir natürlich, dass er sich aktiv dafür eingesetzt hat. Bei Alima Semana haben wir Hinweise darauf. Wir sollten die Marke *AnniqueNatur* genauer unter die Lupe nehmen.«

»Ich wiederhole es noch einmal«, bemerkte Lambert, »für Camille Lagrange ist der Fall praktisch gelöst. Sie hält demnächst ihre Pressekonferenz ab. Bis dahin glaubt sie, alles in trockenen Tüchern zu haben.«

»So ist es eben«, Florence machte eine wegwerfende Handbewegung. »Wenn sie sich so sicher ist, dass Aadil

Kerboua auch der Mörder ist, wird sie sich davon vermutlich nicht so schnell abbringen lassen, und es vergeht wertvolle Zeit, um den wahren Täter zu finden.«

Lambert seufzte. »Florence hat wie immer recht, nicht wahr, Honoré ?« Er sah Mordent an, der erneut nickte. »Dann macht ihr zwei eben euer Ding und haltet mich auf dem Laufenden. Ich weiß ja, dass ich euch nicht davon abhalten kann …« Er hob die Hand, um den Kellner zu rufen. Dann fügte er hinzu: »… und auch gar nicht davon abhalten will. Wir drei sitzen immer noch im selben Boot.«

In diesem Augenblick betrat Hélène wieder das Café. »Ihr werdet es nicht glauben, wen ich soeben hier in Apt getroffen habe!« Als sie keine Antwort bekam, fuhr sie fort. »Madame Eloise Bonnet! Sie hat hier ebenfalls ein Geschäft. Nicht für Mode, sondern vorwiegend für heimische Handwerkskunst. Das hat heute nicht offen, aber sie war auf dem Weg dorthin, um etwas zu erledigen.«

»So ein Zufall«, sagte Florence. »Allerdings kannte ich das Geschäft schon. Ich habe dort vor Weihnachten bei Madame Bonnet ein Geschenk gekauft.«

»Und da hast du gar nichts erwähnt?« Hélène wunderte sich.

»Ach, das hat sich nicht ergeben. Als wir ihr und ihrer Mitarbeiterin vorgestern bei Amontero begegnet sind, schien sie sich nicht an mich zu erinnern, und ich hatte gerade keine Lust, sie darauf anzusprechen. Wozu auch?«

»Aus Neugierde vielleicht«, warf Charles ein, »von der du ja eine gesunde Portion besitzt.«

»Damals war ich nicht neugierig. Aber jetzt bin ich es. Es würde mich tatsächlich interessieren, was Madame zu diesem Öko-Label *AnniqueNatur* sagt, für das sich Alima interessiert hat. Sie müsste sich ja in der Branche auskennen.

Schauen wir, ob sie noch in ihrem Geschäft ist, Hélène? Ich würde gerne die Gelegenheit nutzen und sie danach fragen!«

»Und was ist mit mir?«, fragte Charles, »und mit Honoré?«

»Ihr könnt gerne mitkommen«, antwortete Florence. »Aber ihr müsst in gehörigem Abstand vor dem Geschäft warten. Wir wollen Madame Bonnet an einem Sonntagvormittag nicht überfallen.«

»Geht in Ordnung, Florence!« Er wandte sich an Honoré. »Gehöriger Abstand? Da wüsste ich etwas für uns Männer, Honoré! Wie wäre es, wenn wir bei *Raimond* auf die Frauen warten würden. Das ist eine sehr ordentliche Vinothek, und sie hat am Sonntag offen.«

»Warum nicht?« Honoré war sofort einverstanden. »Ich wollte ohnedies noch mehr über die Weine dieser Gegend erfahren. Jenseits von Mordfällen gibt es zwischen Himmel und Erde noch andere interessante Dinge.«

»Eh bien«, Lambert hatte bereits für alle bezahlt, »ich muss los. Durya und Ada werden schon auf mich warten. Ruft mich an, wenn ihr etwas Neues erfahren habt. Ach ja, Honoré, leitest du mir bitte noch den Bericht deines Kontaktmannes in Dakar und das Foto, das er dir von Alima geschickt hat, weiter? Das gehört natürlich zu meinen Akten.«

»Bitte mir auch«, sagte Florence, und Mordent nickte. Eine Minute später machte ihr Handy »klick«, und die Nummer von Honoré Mordent erschien auf ihrem Display. Nun hatte auch sie das Foto. Es wäre eigentlich interessant, es dieser Solveigh zu zeigen. Vielleicht konnte sie sich ja doch noch an eine Begegnung mit Alima erinnern.

Drei Minuten später kam Lambert noch einmal zurück.

»Ich habe gerade einen Anruf von Durya erhalten. Sie und Ada sind bereits zu Hause. Ada hat als Erstes Lena angerufen und erfahren, dass diese derzeit alleine in Saignon ist und sich langweilt. Ihre Mutter macht angeblich mit einem Freund einen Ausflug. Ada möchte Lena am liebsten sofort zu sich nach Avignon einladen. Das geht aber nicht. Florence, könntest du heute vielleicht noch bei Lena in der Pension in Saignon vorbeischauen und mit ihr reden. Ich finde es seltsam, dass Madame Albert ihre Tochter unter diesen Umständen alleine lässt.«

»Okay, mache ich. Ich rufe dich dann an. Mich würde übrigens interessieren, wie weit die Polizei in Marseille mit ihren Ermittlungen ist. Deine Tochter hat uns neulich verraten, dass du dort einen Freund hast.«

»Eher einen guten Bekannten, würde ich sagen! Den wollte ich ohnedies schon kontaktieren. Ich mache das heute, muss aber jetzt wirklich los. Wir telefonieren!«

Florence, Charles und die Mordents sahen Antoine Lambert nach, wie er zum zweiten Mal das Café verließ.

Florence und Hélène hatten Glück. Madame Bonnet war noch mit Abrechnungen beschäftigt, ließ sich aber gerne stören. Über *AnniqueNatur* konnte oder wollte sie ihnen wenig sagen. Sie wirkte leicht irritiert, als sie danach fragten, und wollte wissen, warum sie sich dafür interessierten. Florence erklärte wahrheitsgemäß, dass sie ein sehr hübsches Kleid mit diesem Label in einer Boutique in Avignon entdeckt und überlegt hatte, es für sich zu erwerben.

»Ich habe es dann doch nicht gekauft«, fügte sie hinzu. »Wie Sie ja mittlerweile wissen, ist Madame Mordent in Sachen Öko-Kleidung sehr engagiert, und deshalb wollte ich noch eine Expertise einholen, bevor ich das Kleid kaufe.

Es soll ja nicht alles wirklich Öko sein, wo Öko draufsteht.« Sie lächelte Hélène verschwörerisch an.

»Wem sagen Sie das«, antwortete Madame Bonnet. »Ich werde ständig mit der Frage konfrontiert, ob die Kleider, die ich in meinem Geschäft in Lourmarin führe, auch wirklich Bio sind, und deshalb führe ich auch nur solche. Auch von *AnniqueNatur* habe ich derzeit einige Modelle.« Nun hatte sie also doch zu dieser Marke etwas zu sagen. »Für mich ist wichtig, dass alles in Frankreich produziert wird, und *AnniqueNatur* kommt aus unserer Gegend. Außerdem werden alle meine Geschäfte regelmäßig von einem internationalen Verband für Bio-Kleidung kontrolliert. Ich unterziehe mich freiwillig dieser Kontrolle. Kommen Sie doch auch einmal in eine meiner Boutiquen, Madame Beaumarie. Da werden sie bestimmt etwas finden. Vielleicht entdecken Sie ja dort auch ein Kleid, das mit dem aus dieser Boutique in Avignon konkurrieren kann. Madame Mordent hat sich gestern bereits eingekleidet, wie mir meine Mitarbeiterin Solveigh berichtet hat.«

Hélène nickte. »Eine sehr engagierte Mitarbeiterin, die mich gut beraten hat.«

»Jawohl, das ist sie«, antwortete Madame Bonnet. »Manchmal vielleicht ein wenig zu engagiert. Wenn es nach ihr ginge, müsste ich meine Geschäfte zu einer Art Einsatzzentrale für Umweltaktivistinnen machen. Das liegt mir aber fern. Ich würde meine Kundinnen nur vergraulen. Ich vermittle meine Werte gerne dezent und ohne ein großes Aufheben davon zu machen.«

Sie sah Hélène an und hielt sich erschrocken die Hand vor den Mund. »Ach, entschuldigen Sie, Madame Mordent. Ich wollte mit dieser Aussage nicht Ihr Engagement in Paris abwerten. Ihre Aktion hat meinem Geschäft durchaus genützt. Es sind danach Kundinnen gekommen, die noch nie da waren und vom Typ her eher in teuren Nobelboutiquen einkaufen würden.«

»Danke, Madame«, sagte Hélène. »Wir sollten aber jetzt gehen, Florence. Allzu lange will ich meinen Mann nicht in einer Vinothek alleine lassen. Wer weiß, vielleicht hat er bereits eine Kiste *Mouton Rothschild* erstanden, und ich wüsste nicht, wie wir die im Zug nach Paris transportieren sollen. Bei edlen Weinen neigt er nämlich zu Spontankäufen.«

»So sind die Männer«, bemerkte Madame Bonnet. »Ich hatte mal einen, der war genauso. Ich musste immer für ihn mitdenken. Ich bin jetzt schon lange unabhängig und, ehrlich gesagt, froh darüber. Heute Nachmittag habe ich in Lourmarin geöffnet. Kommen Sie doch vorbei, Madame Beaumarie! Und Sie auch, Madame Mordent!«

Sie überreichte Florence eine Visitenkarte.

»Lieber nicht«, sagte Hélène. »Ich habe gestern genug eingekauft. Sonst werde ich noch einmal schwach. Es ist besser, wenn du alleine hinfährst, Florence!«

Florence nahm die Visitenkarte. »Au revoir, Madame Bonnet, und vielen Dank, dass Sie sich Zeit genommen haben!«

»Sie ist doch sehr sympathisch«, bemerkte Hélène, nachdem sie das Geschäft verlassen hatten. »Mit ihrer zurückhaltenden Art kann sie vermutlich mehr Kundinnen zum Kauf bewegen als Solveigh mit ihrem Übereifer.«

Mittlerweile hatten sie einen kleinen Platz erreicht, der von einer riesengroßen Platane überschattet wurde und an dessen Ende sich die Vinothek befand. Mehrere Stufen führten zu einem schmiedeeisernen Eingangsportal. Davor befand sich eine kleine Plattform, bestückt mit zierlichen Tischchen und

Blumentrögen. Der größte der Tische war besetzt, und zwar von Charles, Honoré und einem Unbekannten.

»Das ist der Besitzer der Vinothek«, sagte Florence zu Hélène. »Er hat mir neulich den Whisky für Charles verkauft.«

In diesem Moment sah Charles in ihre Richtung.

»Kommt herauf«, rief er ihnen zu. »Ich spendiere euch ein Glas Champagner.«

»Wir sind gerade am Weinverkosten«, ergänzte Honoré und deutete auf die Weinflaschen, die vor ihm aufgereiht standen. »Ich habe schon drei Sorten aus dieser Region ausgewählt. Unser Gastgeber ist ein großer Weinkenner. Du hast doch nichts dagegen, wenn wir eine Kiste mitnehmen?«

Hélène warf Florence einen triumphierenden »Na, was hab ich dir gesagt«-Blick zu.

»Und wie willst du die im Zug nach Paris transportieren?« Hélène stand bereits vor ihrem Mann und blickte ihn amüsiert an.

»Wieso Paris?« Honoré Mordent war um keine Antwort verlegen. »Wenn wir unsere Fälle hier gelöst haben«, sagte er, »werden wir bestimmt eine Menge Wein zum Feiern benötigen!«

Als sie eine Stunde später auf dem Weg nach Hause waren, dachte Florence, dass der genussfreudige Lebensstil, den man den Franzosen in aller Welt nachsagte, hier im Süden noch viel mehr gelebt wurde als in Paris. Die kleinen Happen, die der Geschäftsinhaber zu den Weinen serviert hatte, waren exquisit gewesen, und nachdem auch sie und Hélène noch eine halbe Stunde geblieben waren und ein Glas Champagner getrunken hatten, waren sie in beschwingter Stimmung zum Auto gegangen. Natürlich hatte Honoré noch wissen wollen, was sie bei Madame Bonnet in Erfahrung gebracht hatten, und er und seine Frau hatten sich bereit erklärt, weitere Informationen zum Label *AnniqueNatur* einzuholen.

23

»Charles, ich fahre morgen nach Marseille – und ich würde gerne alleine fahren. Ich habe noch keinen wirklichen Plan, wie ich meine dortigen Recherchen anlegen werde. Ich denke, ich werde mir die Stadt anschauen und eventuell auch die Gegend aufsuchen, in der am Weihnachtstag Robert Albert unterwegs gewesen sein dürfte.«

»Und unter Garantie wirst du auch den Park inspizieren, in dem die Leiche gefunden wurde. Ich habe dich aber gewarnt, Florence. Der Verkehr in Marseille ist mörderisch. Du wirst in die Stadt hinein-, aber nie mehr herausfinden.«

»Ich kann Stadtpläne lesen, Charles, und ein Navi befindet sich ebenfalls im Auto!«

»Du wirst sehen, Florence. Selbst ich bin dort schon stundenlang im Kreis gefahren und habe befürchtet, dass ich das wohl bis an mein baldiges Lebensende tun würde. Und ich kenne Marseille einigermaßen.« Er seufzte. »Was hat dich denn zu dem Entschluss gebracht, morgen nach Marseille zu fahren?«

Florence und Charles saßen wieder einmal am Küchentisch und widmeten sich der kleinen, aber ausgezeichneten Käseauswahl, dem Abschluss ihres Abendessens. Während sie am späteren Nachmittag Madame Gilbert und Lena Albert aufgesucht hatte, hatte er sich der Zubereitung des Essens gewidmet und dann mit einem Cassoulet au Confit de Canard aufgetrumpft. »Das Entenconfit habe ich schon im Herbst zubereitet und dann eingefroren«, hatte er lächelnd gesagt, »bereits damals habe ich mir vorgestellt, wie ich dich damit überraschen könnte.«

Florence hatte das Cassoulet andächtig und mit Genuss verzehrt und mit ihrer Bewunderung für Charles' Kochkunst nicht gespart. Jetzt waren sie also beim Käse und erneut bei den Kriminalfällen gelandet, und Florence machte sich daran, Charles alles zu berichten, was sie am Nachmittag noch herausgefunden hatte.

Von Lena hatte sie erfahren, dass deren Maman schon am Vormittag vom Bürgermeister, Monsieur Garnier, zu einer kleinen Landpartie eingeladen worden war. »Er hat tatsächlich das deutsche Wort ›Landpartie‹ verwendet, hatte Lena sich mokiert, »was für eine altmodische Ausdrucksweise. Die muss er in einem veralteten Wörterbuch gefunden haben. Er kann nämlich gar nicht Deutsch. Er tut alles, um sich bei meiner Mutter einzuschleimen, und sie fühlt sich geehrt. Er hat auch mich eingeladen, aber meine Mutter wollte mich nicht dabei haben. Sie hat ihm geantwortet, dass ihre Tochter bestimmt lieber hier bei ihren Büchern bliebe.

Sie hat ja nicht ganz unrecht«, hatte sie hinzugefügt. »Wenn ich jetzt nicht die Bücher hätte, die Monsieur Florentin mir zu Weihnachten geschenkt hat, hätte ich schreckliche Langeweile. Die Bücher haben mich gerettet.«

Woher Madame Albert den Bürgermeister von Saignon

eigentlich kenne, hatte Florence das Mädchen gefragt. »Die kennen sich schon ewig. Maman hat ihn als Studentin auf einem Ferienlager in der Bretagne getroffen. Er hat sie dann noch ein einziges Mal in Deutschland besucht, da war sie aber schon mit meinem Papa zusammen. Von Zeit zu Zeit ist ein Brief von ihm gekommen. Als wir hier angekommen sind, haben sie sich zum ersten Mal wiedergesehen. Da hat Papa noch gelebt, und wir haben Monsieur Garnier zu dritt einen Besuch abgestattet. Das ist vielleicht ein Angeber, das kann ich Ihnen sagen! Papa und er haben sich überhaupt nicht vertragen. Das Haus, in dem der Bürgermeister wohnt, ist riesig und scheußlich protzig. Natürlich ist dort gar nichts nachhaltig oder Bio, und Papa hat ihm deswegen Vorwürfe gemacht. Maman war das alles schrecklich peinlich, und sie hat darauf gedrängt, wieder zu fahren. Nachher hat Maman meinem Papa versprechen müssen, den Kontakt zu diesem Idioten, wie er es ausdrückte, abzubrechen. Nach Papas Tod hat sie allerdings den Idioten sofort angerufen. Sie haben doch selbst gesehen, dass sie jetzt wie ausgewechselt ist. Mir gefällt sie so ja sogar besser, aber diesen Monsieur Garnier mag ich nicht, und dass ihr der Tod von Papa egal zu sein scheint, gefällt mir auch nicht.«

An dieser Stelle begann Lena wieder zu schluchzen, und diesmal hatte Florence sie spontan in die Arme genommen und ihr versprochen, mit Adas Vater zu sprechen und ein Treffen zwischen den beiden Mädchen zu organisieren. Als Lena sich wieder beruhigt hatte, hatte Florence ihr noch die Frage gestellt, die sie am meisten interessierte. Ob sie denn zufällig wüsste, ob ihr Vater kurz vor Weihnachten in Avignon eine Frau namens Alima Semana kennengelernt und vielleicht von ihr gesprochen habe.

»Sie meinen die ermordete Afrikanerin? Ada hat mir davon erzählt. Aber nein, den Namen Alima Semana hat Vater nie erwähnt. Wenn es so gewesen wäre, hätte ich das natürlich der Polizei berichtet.« Lena hatte einen Augenblick innegehalten und mit schräg nach oben gerichteten Augen nachgedacht.

»Aber warten Sie mal. Als wir in Avignon waren, gab es doch diesen Streit zwischen meinen Eltern. Wir waren getrennt unterwegs. Ich war bei Maman, aber Papa machte wieder einen seiner üblichen Alleingänge. Wir wollten uns dann in einem Café treffen, und Papa hatte sich, wie gewohnt, verspätet. Als er endlich auftauchte, war Maman schon richtig wütend und er hat – ungeschickt, wie er in diesen Dingen war – die Sache noch schlimmer gemacht. Er hätte eine junge Frau aus Afrika getroffen, hat er geschwärmt, die genauso denke wie er, und die hätte ihm von einem Schwindel mit irgendwelchen Öko-Produkten erzählt, und dem werde er nachgehen. Maman ist daraufhin richtig ausgerastet, und sie hatten wieder einmal ihren Streit, der wie üblich endete.«

»Wie denn?«, Florence hatte neugierig nachgefragt.

»Papa hat die Oberhand behalten, und Maman musste sich fügen. Wenn sie sich gestritten haben, hat er irgendwann einmal zu Maman gesagt, dass sie hoffentlich noch wüsste, was sie ihm schulde, und sie hat ›aber nicht vor dem Kind‹ gesagt. Das Kind – also ich – hat schon oft gefragt, was damit gemeint sei, aber eine Antwort hat das Kind nie erhalten. Da haben beide Eltern eisern geschwiegen. Jetzt wird es aber Zeit, dass Maman mir sagt, was das zu bedeuten hatte!«

Charles hatte Florence während ihres Berichtes nicht unterbrochen. Jetzt konnte er nicht mehr an sich halten und richtete sich pfeilgerade auf.

»Was hab ich dir gesagt«, rief er aus, »es gibt zwischen den beiden Fällen eine Verbindung. Das habe ich doch von Anfang an vermutet. Und jetzt weiß ich auch, warum du morgen doch nach Marseille fahren willst. Bedauerlicherweise ohne mich!«

»Oui, ohne dich«, sagte Florence schlicht und fügte keine weitere Erklärung hinzu.

Charles zuckte resigniert mit den Schultern.

»Na gut, Florence, wie du meinst. Dann würde ich aber gerne Ada und Lena zu mir einladen. Dann können sich die zwei Mädchen sehen, und ich hätte Gesellschaft.«

»Es überrascht mich, dass du so viel Gesellschaft brauchst, Charles. Ich hatte von Büchermenschen, wie du einer bist, immer die Vorstellung, dass sie am liebsten wie Einsiedler in einem Turm leben und froh sind, in Ruhe ihrer Leidenschaft nachgehen zu können. So wie im 16. Jahrhundert der Philosoph Michel de Montaigne! Ich fand es immer interessant, dass er sich tagelang in einen Turm zurückgezogen hat, um seine berühmten Reflexionen zu schreiben. So ähnlich habe ich mir das bei dir auch vorgestellt.«

»Das hat gewiss seinen Reiz. Montaigne hatte aber auch eine gesellige Seite, und die habe ich ebenfalls, wie du vielleicht schon bemerkt hast. Aber jetzt lenke bitte nicht vom Thema ab, Florence. Was hältst du von meinem Vorschlag?«

»Da ist dir leider schon Madame Gilbert zuvorgekommen. Sie hatte nämlich dieselbe Idee. Ada wird den Tag mit Lena wohlbehütet im Haus und im Garten bei Madame Gilbert verbringen. Du kannst ihnen ja einen Besuch abstatten.«

»Vielleicht mache ich das.« Charles nahm die Käseplatte und trug sie zur Küchenzeile, wo er einen Glassturz darüberstülpte, ehe sie wieder in seinem riesigen Kühlschrank verschwand.

»Komm, Florence, wir setzen uns noch mit einem Gläschen zum Kamin. Ich mache das Geschirr morgen am Vormittag. Da habe ich genug Zeit, und du wirst heute ohnedies bald ins Bett wollen, falls du allen Ernstes morgen schon früh nach Marseille fahren willst. Ich werde heute in meinem Zimmer schlafen, damit du am Morgen schalten und walten kannst, wie du möchtest.

Florence hielt das für keine schlechte Idee. Sie übersiedelten zum Kamin und betrachteten für eine Weile das flackernde Feuer, ein jeder versunken in die Welt der eigenen Gedanken.

Florence war Charles dankbar, dass er ihren Wunsch, Marseille alleine zu erkunden, respektiert hatte. Seit sie am Tag zuvor ihren morgendlichen Disput erfolgreich beigelegt hatten, hatte er begonnen, ihr Fragen zu ihren persönlichen Eigenheiten und Vorlieben zu stellen. Sie hatte zurückgefragt, und auf einmal hatten sie verwundert festgestellt, wie viel sie bisher voneinander noch nicht gewusst hatten. »Jetzt verstehe ich, was der Satz ›Liebe macht blind‹ im eigentlichen Sinn auch noch bedeuten kann«, begann Charles schließlich das Gespräch am Kamin. »Dass man sich nämlich vor lauter Liebe mit dem Bild zufriedengibt, das man sich anfangs von einer Person gemacht hat, und dabei versäumt, ein wenig in die Tiefe zu schürfen, um noch weitere Edelsteine zu finden.«

»Oder dunkle Flecken«, hatte Florence ihm lachend geantwortet, und dann machten sie gleich damit weiter, sich gegenseitig Fragen zu stellen, und brachten dabei noch mancherlei Interessantes in Erfahrung, das ihr Verständnis füreinander und sogar für sich selbst vergrößerte.

TEIL 4
JAHRESENDE

24

Bereits nach 7 Uhr am Morgen des nächsten Tages streifte Florence Beaumarie alleine durch die Gegend am Vieux Port, dem alten Hafen und gleichzeitig eines der Zentren von Marseille. Natürlich hielt sie Ausschau nach einem Café.

Nachdem sie sehr früh aufgewacht war, hatte sie sich in die Küche geschlichen, sich mit Charles' kleiner silberner Espressokanne den ersten Kaffee gebraut und war noch in der Dunkelheit nach Marseille gefahren. Da zu dieser frühen Stunde nur ganz wenige Autos unterwegs waren, hatte sie nur eineinhalb Stunden für die Fahrt gebraucht. Mit zwei Stunden Fahrzeit müsse sie schon rechnen, hatte Charles ihr gestern gesagt. Wenn sie in den Berufsverkehr am Morgen gerate, könne es noch viel länger dauern.

Bevor sie aus dem Haus ging, hatte sie noch ihr Ohr an die Tür von Charles' Schlafzimmer gelegt, beruhigt seine leisen Schnarchtöne belauscht und gehofft, dass er gerade einen schönen Traum hatte, in dem sie die Hauptrolle spielte.

Am Vieux Port ging es schon recht geschäftig zu. Viele Cafés hatten offen, aber anstatt eines zu besuchen, folgte Florence einer spontanen Eingebung, mit der sie sich selbst überraschte. Als sie sah, dass sich vor einem der Schiffsanlegeplätze eine kurze Warteschlange gebildet hatte, reihte sie sich dort ein. Dem ausgehängten Fahrplan hatte sie nämlich entnehmen können, dass das kleine Fährschiff in Kürze die Ile de Ratonneau ansteuern und dass die Fahrt nicht lange dauern würde. Irgendwo hatte sie den Namen dieser Insel erst vor Kurzem gehört. Noch in der Warteschlange fiel es ihr wieder ein. Als ein leichter Windstoß einen feinen Schleier von Meerwasser über die Wartenden legte, erinnerte sie sich an den ebenso frischen und hellen Duft einer Seife mit Zitronenaroma, wie sie ihn am Tag ihrer Anreise im Geschäft von Eloise Bonnet in der Nase gehabt hatte und, ja genau, die Seife wurde auf einer Insel produziert, die den Namen Il de Ratonneau trug.

Ein kurzer Inselspaziergang würde ihr guttun, und vielleicht bekam sie dort sogar einen Kaffee. Auf der Fahrt konnte sie sich ihr Hirn vom Wind einmal ordentlich durchpustend lassen und einen konkreteren Plan für den heutigen Tag entwickeln.

Davon konnte dann jedoch keine Rede mehr sein. Sie war so überwältigt von dem fantastischen Anblick, den die Stadt Marseille vom Schiffsdeck aus bot, dass sie sich gar nicht daran sattsehen konnte! Die Sonne war erst vor Kurzem aufgegangen, und die dunklen Schatten, die noch über den dicht bebauten Hügeln lagen, hatten gerade erst damit begonnen, sich auf kleine Plätze und in Parks und Gärten zurückzuziehen. Während sich das Schiff immer weiter vom Ufer entfernte, schrumpfte das Häusermeer vor ihr zu einer dunklen Silhouette zusammen, deren Ränder wie von Gold bestäubt erschienen. Über dem Wasser schwebte noch ein feiner Dunst, aber die Luft war blau und frisch. Ein verheißungsvoller Tag war angebrochen!

Florence schien die einzige von den Passagieren zu sein, die sich für diesen überwältigend schönen Anblick interessierte. Die meisten Leute saßen schlafend oder miteinander plaudernd im Inneren des Schiffes, und nur ganz wenige befanden sich mit ihr auf der Aussichtsplattform.

Ein jüngerer Mann, der in ihrer Nähe stand, hatte ihre verzückten Blicke bemerkt.

»Ich sehe Sie auf diesem Schiff zum ersten Mal, Madame«, sprach er sie an. »Hier sind nämlich zu dieser frühen Stunde immer dieselben Leute unterwegs. Alles Leute, die auf den Inseln arbeiten.«

»Ja, ich bin Touristin und Frühaufsteherin. Ich habe gerade einen kleinen Morgenspaziergang gemacht und plötzlich Lust bekommen, mit dem Schiff zu fahren. Der Anblick von hier auf die Stadt ist ja atemberaubend! – Gehören Sie auch zu den Menschen, die auf den Inseln arbeiten?«

»Nun ja, nicht regelmäßig. Mein Name ist Emilian Pagnol. Ich bin Straßenkünstler und male Porträts und Landschaftsskizzen. Ab und zu auch vor einem Café auf Ratonneau. Der Besitzer ist ein Freund von mir, und zweimal in der Woche baue ich vor seinem Lokal meine Staffelei auf. Die Touristen, die im Winter hierher kommen, haben Zeit, denn zum Baden ist es zu kalt, und nach einer Wanderung müssen sie oft noch auf ihre Fähre warten. Da haben Sie ja Glück gehabt, dass man Sie auf diesem Schiff mitgenommen hat! Eigentlich ist es den Leuten vorbehalten, die auf den Inseln arbeiten und wohnen. Die Touristenfähren nehmen erst etwas später ihren Betrieb auf.«

»Ach, ich habe mich einfach in die Warteschlange eingereiht, und der Kontrolleur hat nicht nachgefragt. Ich bin übrigens Florence Beaumarie.«

»Freut mich, Madame Beaumarie. Ich habe auch beobachtet, dass man hin und wieder auch Touristen mitfahren lässt. Es hängt wohl davon ab, wie viel gerade los ist. Am späteren Vormittag sind sogar im Winter die Touristenschiffe oft total überlastet. Aber drehen Sie sich einmal um.

Sehen Sie, wir sind schon fast da. Vom Vieux Port hierher ist es nur ein Katzensprung.«

Florence folgte seinem Blick. Tatsächlich, sie näherten sich bereits dem Ufer! Was für ein Gegensatz zu dem Anblick, der sie soeben noch in ihren Bann gezogen hatte. Hinter ihr die opulente Silhouette der Großstadt, unmittelbar vor ihr ein karges Eiland, das nicht sehr groß sein konnte. Eine Ansammlung von Häusern, über einen nur mäßig ansteigenden Hügel verstreut. Daneben und dahinter ein größeres und imposantes Gebäude. Eine alte Festung? Erstaunlicherweise gab es auch einen beachtlichen Jachthafen! Mit einer schmalen Landbrücke zu einem weiteren Inselchen. Alles wirkte sehr felsig und kahl. Und still! Es hatte einen eigenen Reiz. Schon wieder eine Entdeckung! Plötzlich verspürte Florence den Anflug einer unbestimmten Sehnsucht. Vielleicht war es doch ein Fehler gewesen, dass sie zeit ihres Lebens ihr geliebtes – und manchmal auch gehasstes – Paris kaum verlassen hatte. Gelegenheit, diesen Gedanken weiterzuspinnen, blieb ihr aber nicht, denn nun hatten sie schon die Landungsbrücke erreicht, und die ersten Leute verließen das Schiff.

»Ich gehe voraus, wenn Sie erlauben«, sagte ihr neuer Bekannter, der einen beachtlichen schwarzen Koffer hinter sich herzog. Kaum hatte er den schmalen Spalt zwischen Landungsbrücke und Ufer bewältigt, drehte er sich wieder um, streckte Florence die Hand entgegen und half ihr beim Aussteigen.

»Hätten Sie Lust, Madame, mit mir bei Charly einen Kaffee zu trinken? Das ist mein Freund, dem das Café dort drüben gehört. Woanders werden Sie jetzt noch keinen bekommen. Die meisten Lokale machen erst um 10 Uhr auf, wenn die ersten Touristen eintreffen. Charly macht für mich immer eine Ausnahme, und für Sie ganz bestimmt auch!«

Florence nahm gerne an, und bald darauf saß sie in einem blauen Plastiksessel mit Blick auf das Meer und den Jachthafen. Charly, der Wirt, versorgte sie nicht nur mit Kaffee, sondern auch mit einer warmen Decke und einem Croissant. Alles zusammen tat seine Wirkung, und der Geschmack von karamellisiertem Zucker legte sich wie ein Echo des wahren Glücks auf ihre Lippen.

Emilian betrachtete sie. »Genauso, wie Sie jetzt schauen, würde ich Sie gerne malen.« Schon hatte er zu Pinsel und Palette gegriffen. »Wenn Sie die Güte hätten, und Ihre Mimik für ein paar Minuten einfrieren würden, wäre ich Ihnen sehr verbunden.«

Was blieb ihr anderes übrig? Sie nickte, konnte es aber nicht verhindern, dass ein als skeptisch zu deutender Ausdruck auf ihrem Gesicht erschien.

»Keine Sorge«, sagte Emilian. »Ich werde Sie nicht mit steinerner Miene aufs Papier bannen. Ich hatte schon ausreichend Zeit, Ihre Züge zu studieren, und kann sozusagen Ihre Seele aus dem Gedächtnis in mein Bild einfließen lassen.«

Das glaubte sie ihm sogar, denn er hatte bereits einige seiner Bilder vor ihr ausgebreitet und die waren alle wunderbar lebendig und, wie sie selbst spontan gedacht hatte, tatsächlich »beseelt« gewesen.

Aus verschiedenen Gründen hatte Florence es später nie bereut, auf den Vorschlag des unbekannten jungen Malers eingegangen zu sein. Erstens war sie dadurch erneut hier im Süden jemandem begegnet, mit dem sie schon bald eine anregende Freundschaft verband, zweitens war sein Bild wirklich großartig geworden, und drittens hatte sie während dieser unerwarteten Sitzung eine Beobachtung gemacht, die noch eine gewisse Bedeutung für die Lösung ihrer beiden Kriminalfälle bekommen sollte.

Das Bild war noch nicht ganz fertig, als sie aus einem Augenwinkel heraus beobachten konnte, wie eine kleine Jacht im Hafen anlegte, der nur eine einzige Person entstieg. Dabei handelte es sich offensichtlich um eine Frau, die sich raschen Schrittes in Richtung der kleinen Anhöhe bewegte und bald darauf aus ihrem Blickfeld verschwand. Florence, die noch stillhalten musste, glaubte erneut, eine Erscheinung zu erblicken. Ein ähnliches Erlebnis wie das Auftauchen der Alima Semana neulich in Avignon! Diesmal war es aber eine lebende Person, die sie erkannt zu haben glaubte. Eloise Bonnet! Sie konnte sich nicht ganz sicher sein, aber ihre Neugierde war geweckt.

Als sie das fertige Porträt bewundert und angemessen bezahlt hatte, fragte sie Charly, ob er zufällig eine Frau mit dem Namen Eloise Bonnet kenne. Der Name Bonnet sage ihm nichts, antwortete er, aber mindestens zwei Damen mit dem Namen Eloise verkehrten von Zeit zu Zeit in seinem Lokal. Er ließ sich deren Aussehen schildern, und während Florence das tat, hatte Emilian Pagnol nach ihrer Beschreibung bereits eine Skizze der geschilderten Person auf ein Blatt Papier gezaubert, das der realen Eloise Bonnet sehr nahe kam.

»Die kenne ich«, sagte Charly. »Die kommt öfter auf einen Kaffee – nein, eigentlich eher auf ein Gläschen Champagner – hierher. Mehr weiß ich aber nicht über sie. Ehrlich gesagt, bin ich nicht der Typ Wirt, der zu allen Stammkunden ein persönliches Verhältnis haben will. In meinem Gewerbe gibt es viel zu viele Klatschbasen.«

Über das Gespräch mit Charly hatte Florence beinahe

die Zeit übersehen. Plötzlich hatte sie es eilig, ihr Schiff noch zu erreichen. Sie bat Emilian Pagnol, das Bild einzupacken, aber der bedauerte. Die Farben seien leider noch nicht trocken. Im Winter und bei der hohen Luftfeuchtigkeit auf der Insel dauere das immer länger. Wie lange sie denn heute noch in Marseille sei? Er würde ab Mittag an seinem üblichen Standplatz am Vieux Port anzutreffen sein. Dort könne sie sich das Bild abholen. Florence war einverstanden. Sie würde bestimmt nicht vor dem späteren Nachmittag nach Saignon zurückfahren.

Nur wenige Minuten später war sie wieder auf dem Fährboot, und diesmal war sie die einzige Passagierin. Mit dem Rücken an eine Holzwand gelehnt und mit Blick auf die sich immer weiter entfernende Insel, beobachtete sie, wie das Café, vor dem sie gerade gesessen hatte, immer kleiner wurde. Eloise Bonnet ging ihr nicht aus dem Kopf. Bisher hatte sie sich kaum für sie interessiert, aber dass sie nun ausgerechnet heute hier auftauchte, war ein höchst seltsamer Zufall. Ein Zufall? Was sonst! Als rationale Person wusste sie um die Natur von Zufällen. Die Treffer eines Würfels waren beispielsweise voneinander völlig unabhängig und nicht vorhersehbar und dann gab es wieder dieses überraschende Gesetz der Serie. Eloise Bonnet war ihr jetzt mehrere Male zufällig begegnet. Zum ersten Mal hatte Florence sie in ihrem Geschäft in Apt gesehen, dann bei Bruno Amontero und erst kürzlich erneut in Apt. Gemeinsam mit Hélène Mordent. Dass sie sie jetzt auf der Insel gesichtet hatte, war ein merkwürdiges Zusammentreffen. Vielleicht war sie ja geschäftlich hier um neue Seifen für ihr Geschäft zu ordern, Eloise Bonnet schien eine umtriebige und geschäftstüchtige Person zu sein. Sollte Florence sich mehr für sie interessieren? Nachdenklich schüttelte sie den

Kopf. Interessant war allerdings, dass Eloise Bonnet nachhaltige und fair produzierte Sachen verkaufte. Immerhin! Das war etwas, wofür sich sowohl Alima Semana als auch Robert Albert interessiert hatten.

Florence bemerkte, dass sich das Schiff auf der kurzen Strecke zum Vieux Port bereits seinem Bestimmungsort näherte. Sie musste die verbliebene Zeit noch nutzen. Während sie ihren Blick auf den fernen Horizont richtete, führte sie sich wieder ihr Schachbrett vor Augen, wie sie es beim Lavendelfeld oberhalb von Saignon aufgestellt hatte. Benötigte sie für Robert Albert jetzt ein weiteres Schachbrett? Nein! Nach ihrem Gefühl gehörten mittlerweile Alima Semana und Robert Albert zum selben Spiel. Mit dem gleichen oder mit unterschiedlichen Tätern, das würde sich noch weisen. Eine kühne Hypothese. Dennoch! Sie stellte das Spiel ganz neu auf.

In der Mitte des Feldes befanden sich jetzt zwei weiße Kreuze. Links von der Mitte das für Alima Semana, rechts daneben das für Robert Albert. Dazwischen blieben zwei Felder frei. In Bezug auf Alima Semana hatte sich einiges verändert. Natürlich musste Aadil Kerboua mit ins Spiel. Für ihn wählte Florence den schwarzen Turm und stellte ihn zwei Felder hinter Alima auf. Da er sich zu den Drohbriefen bekannt hatte, war der Nebenschauplatz *ALNouveau* mehr oder weniger abgeschlossen. Für die drei Lamberts genügte Florence deshalb eine einzige Figur. Sie wählte dafür die weiße Königin, die zuvor schon Durya Lambert repräsentiert hatte, und positionierte sie weiter außen. Der schwarze Bauer, der für jenen unbekannten Mann gestanden war, der Alima brutal zusammengeschlagen hatte, wanderte jetzt direkt hinter Alima, sodass er genau zwischen ihr und Aadil Kerboua positioniert war.

War das alles? Nicht ganz. Es musste noch etwas mit ins Spiel. Und zwar eine symbolische Figur für Alimas Engagement in Sachen ökologisch produzierte Kleidung, im Speziellen für das Öko-Label *AnniqueNatur*. Warum hatte sie sich für dieses Anliegen engagiert? Wie Mordent in Erfahrung gebracht hatte, war sie nach Frankreich gegangen, um eine Karriere als Modedesignerin zu machen. Ihre Schwester hatte berichtet, dass sie der sozial engagierten Tante sehr ähnlich gewesen war. Auch das, was Florence im Frauenhaus über sie erfahren hatte, sprach für ihre sozialen Neigungen. Ein Engagement für Bio-Mode würde gut in dieses Bild passen. Wenn sie dann noch der Zufall mit Robert Albert zusammengeführt hatte ... Florence wählte den weißen Turm für AnniqueNature und stellte ihn zwischen Alima und Robert Albert. Dieser war neu im Spiel, und sie musste noch sämtliche Figuren für seine Aufstellung auswählen: für seine Frau, für Francois Garnier, für einen gewissen Liotard, den Lavendelbauern, sowie für mindestens einen jener Geschäftsleute, dem Robert Albert bezüglich der Bioqualität seiner Produkte auf den Zahn gefühlt hatte.

Jetzt blieb dafür keine Zeit mehr, denn das Fährschiff hatte schon angelegt, und der Bedienstete forderte seine einzige Passagierin auf, es zu verlassen.

25

Noch ganz in Gedanken an das Schachbrett, betrat Florence wieder festen Boden. Die Uhr über einem Geschäftsportal zeigte 10.20 Uhr. Nein, sie hatte jetzt keine Zeit mehr, sich mit ihren Schachfiguren zu beschäftigen. Es war höchste Zeit für einen Erkundungsgang, aber vorerst musste sie noch überprüfen, ob sich Lambert oder Mordent gemeldet hatten. Sie hatte vergessen, den Ton lauter zu stellen. Tatsächlich! Beide hatten angerufen. Sie versuchte es zuerst bei Lambert. Er hob beim ersten Läuten ab und hatte interessante Neuigkeiten.

»Ich habe vor einer halben Stunde Paul Barain angerufen, meinen Freund von der Mordkommission in Marseille. Er war in Eile und war gerade auf dem Weg zur Sternwarte. Dort befindet sich jener Park, in dem Robert Albert in einer Skulptur gefunden worden war. Die Skulptur stammt von einem regionalen Strickkünstler und hat den Titel: *Un homme sans but est comme un oiseau sans ailes.* Es ist eine überlebensgroße Figur aus Metallstäben, die mit gestrickten, sehr bunten Teilen bespannt ist. Mehrere der gestrickten Bahnen haben der oder die Täter aufgeschlitzt, den Toten hineinbefördert und dann notdürftig wieder geschlossen. Auf Anhieb war das Opfer von außen nicht zu sehen. Die Skulptur war nicht elektronisch gesichert, aber von einer niedrigen Absperrung umgeben. Jugendliche hatten einige Blutspuren am Boden entdeckt, sind neugierig geworden und haben schließlich den Toten gefunden. Sie waren entsprechend geschockt. Das noch größere Trauma dürfte jedoch der Schöpfer der Skulptur davongetragen haben. Ein hochsensibler junger Mann, der mit ansehen musste, wie die Polizei sein Kunstwerk beschädigte, um den Tatort zu sichern. Irgendwie hat diese Tat das Motto seines Kunstwerks: *Ein Mensch ohne Ziel ist wie ein Vogel ohne Flügel*, auf besondere und unheimliche Weise unterstrichen. Er war todunglücklich!«

»Na, das kann ihm aber auch eine Menge Publicity bringen«, bemerkte Florence. Sie konnte sich das anregende Gespräch, das Antoine Lambert mit seinem Kollegen geführt hatte, gut vorstellen. So wie er ihr jetzt davon berichtete, hatte die außergewöhnliche Inszenierung dieses Mordes sogar bei den beiden Profis eine gewisse Lust an der Sensation geweckt. Jetzt gab es aber Wichtigeres zu besprechen.

»Warte, Antoine. Sagtest du nicht eben, dein Kollege ist auf dem Weg zu diesem Park, und das in Eile? Warum?«

»Es gibt erneut eine Wendung der Dinge. Jemand hat heute Nacht das, was von dem Kunstwerk übrig geblieben ist, in eine Gedenkstätte verwandelt. Sie ist über und über mit Lavendel geschmückt, und unmittelbar davor steht ein hölzernes Kreuz mit einer Inschrift. ›In Gedenken an den Kämpfer für eine bessere Welt.‹ In Deutsch und in Französisch! Natürlich ist eine Gedenkstätte für einen Ermordeten nicht von vornherein ein Verbrechen, aber der Tatort war noch abgesperrt. Paul hatte es soeben erfahren, und natürlich ist er sofort hingefahren. Ich werde dir berichten, wenn ich mehr darüber weiß.«

»Der Tatort war nicht mehr bewacht?«

»Nein. Die Untersuchungen waren abgeschlossen und der Park in der Nacht ohnedies zugesperrt. Es ist momentan so viel los in Marseille, dass sie einfach nicht die personellen Kapazitäten dazu haben.«

»Wie gut kennst du dich in Marseille aus, Antoine?«

»Einigermaßen, Florence. Warum fragst du?«

»Weil ich, wie du weißt, in Marseille bin und gerade vorhatte, mir den Schauplatz des Verbrechens selbst anzusehen. Umso interessanter ist das nach dem, was du mir gerade erzählt hast. Ich frage mich nämlich, ob ich zu Fuß dorthin gehen oder lieber meinen Wagen nehmen soll. Aber dann bin ich meinen schönen Parkplatz hier am Hafenkai los. Den habe ich nur ergattert, weil ich schon so früh am Morgen hier war.«

»Das mit dem Auto lass lieber bleiben. Das Einbahnsystem von Marseille hat schon die härtesten Autofahrer zu greinenden Babys gemacht, und wenn du Pech hast, landest du vorher in einer dieser Tunnelröhren, die den Verkehr in Marseille auf sehr eigenwillige Weise regeln. Einmal drinnen, findest du nie mehr wieder heraus. Aber was bringt es dir eigentlich, dahin zu fahren? Ich kann dir alles zum Schauplatz und zum Ablauf des Verbrechens berichten.«

»Und das wäre?«

»Robert Albert ist ganz offensichtlich in der Nähe des Observatoriums erschossen worden. Todeszeitpunkt zwischen 17 und 18 Uhr. Es war schon dunkel. Bis zum Park hin ist natürlich alles beleuchtet, aber der Bereich, in dem sich die Skulpturen befinden, ist eingezäunt und ab 17 Uhr geschlossen. Zeugenbefragungen haben nichts ergeben. Die Stelle, wo er erschossen wurde, haben sie gefunden. Etwas Blut, das in den Boden gesickert war, zugedeckt mit Ästen und Laubwerk. Zwei Kugeln waren aus nächster Nähe auf ihn abgefeuert worden. Die eine direkt in die Brust, die andere knapp darüber. Er wurde übrigens im Handwagen einer Gärtnerin zur Skulptur transportiert. Der Wagen wurde wieder an die Stelle zurückgebracht, an die ihn seine Besitzerin am Vortag abgestellt hat.«

»Na gut, der Gärtner ist also der Mörder – oder die Gärtnerin, wie üblich! Ach entschuldige, ein Scherz. Erzähl lieber weiter.«

»Also ich mache es kurz. Letzter bekannter Aufenthaltsort des lebenden Robert Albert, circa 16 Uhr vor dem Café, in dem seine Frau auf ihn gewartet hat. Ihrer Aussage nach hatte er noch einen Anruf bekommen. Dass er seinem Mörder nur zufällig begegnet ist, ist unwahrscheinlich. Es sieht danach aus, als hätte ihn jemand in den Park gelockt. Das war's auch schon. Bisher haben die Kollegen in Marseille keine wirklichen Verdächtigen. Die Ehefrau – bei einem solchen Mann weiß man ja nie – hat jedenfalls ein super Alibi. Sie hat sich bis zur Sperrstunde geweigert, das Café, in dem sie auf ihren Mann vergeblich gewartet hat, wieder zu verlassen. Also, zieh los, Florence. Ich weiß ja, dass ich dich nicht davon abhalten kann. Und solltest du im Park noch meinen Kollegen Paul antreffen, grüß ihn von mir. Ob er eine Freude mit deinen Alleingängen hat, kann ich nicht sagen, aber er ist über deine Anwesenheit in Marseille informiert.«

»Okay, und wie komme ich da jetzt wirklich hin?«

»Ich würde dir raten, ein Taxi zu nehmen. Aber warte, eine letzte Frage noch zum Fall Alima Semana. Mich beschäftigt das, was Hélène Mordent über diese Solveigh Moreau gesagt hat. Dass sie sie möglicherweise vor deren Tod schon einmal gesehen hat, sich aber nicht mehr erinnern kann, wo. Ich finde, man muss ihrem Gedächtnis unbedingt noch auf die Sprünge helfen. Wer macht das? Meine Fallvertreterin bestimmt nicht. Die hat den Fall für sich abgeschlossen. Soll ich?«

»Nicht nötig, Antoine. Hélène wollte Solveig heute Vormittag ohnedies noch einmal anrufen. Nachmittags ist sie angeblich ab 16 Uhr in dem Geschäft in Marseille, und da könnte auch ich sie danach fragen. Hélène gegenüber wäre sie vermutlich gesprächiger, aber wir sollten sie nicht auch noch in diese Sache hineinziehen!«

»Bitte nicht, Florence. Hélène Mordent hat ihre eigenen Probleme.«

Aha, Lambert wusste also auch schon von Hélènes Eskapaden im *Bon Marché* in Paris. Eine seltsame Vorstellung schoss Florence durch den Kopf. Hélène Mordent, die bei Nacht und Nebel nach Marseille fährt, den Schauplatz des Mordes schmückt und ihrem Gesinnungsgenossen auf diese Weise die letzte Ehre erweist. Unsinn natürlich, aber ihre Fantasie schlug gerne Purzelbäume. Schließlich durfte es bei der Aufklärung eines Mordes keine Denkverbote geben!

Das Taxi benötigte bei viel Verkehr eine Viertelstunde bis zum Park. Dann noch einige Minuten Gehweg bis zu der Stelle, an der die Kunstausstellung stattgefunden hatte, und bald darauf hatte Florence auch schon das makabre Monument vor sich. Keine Polizisten waren zu sehen und auch kein Kommissar. Nur ein paar Schaulustige, von denen keiner ihrem Bild von einem Kommissar entsprach. Schade, sie hätte ihn gerne kennengelernt. Sie hätte schneller sein sollen.

Eigentlich erstaunlich, wie wenig Neugierige dieser Ort anlockte. In einer Stadt wie Marseille war man offensichtlich an die Gegenwart des Verbrechens und an Monstrositäten gewöhnt. Vermutlich wäre die Situation in einem kleinen Dorf wie Saignon eine andere gewesen. Mit Sicherheit wäre das Geschehen dort Tagesgespräch gewesen und hätte das halbe Dorf vor dem Schauplatz des Verbrechens versammelt.

Der Park hier war eine ruhige Oase in einer lauten Stadt. Großzügige Rasenflächen, schmale Gehwege, kleine Inseln mit Bäumen und Sträuchern. Die Besucher sprachen mit gedämpften Stimmen. Eine Frau machte gerade ein Selfie von sich und der Skulptur. Florence begann mit ihrer diskreten, aber gründlichen Untersuchung der Umgebung des Tatorts. Sie ließ sich Zeit dafür, hoffend, dass ihr doch noch etwas auffiel, was übersehen worden war. Die kleinen Lavendelsträuße interessierten sie, die jetzt das Werk des Strickkünstlers schmückten. Sie waren mit rosaroten Bändern zusammengebunden. Könnte es Madame Albert selbst gewesen sein, die hier eine Gedenkstätte für ihren Mann errichtet hatte? Oder gar die Tochter? Die hatte sich gestern Nachmittag noch beklagt, dass sie den Ort, an dem ihr Vater gefunden wurde, nicht besichtigen hatte dürfen. Mutter und Tochter waren aber schon gestern zurück nach Saignon gekommen. Sie konnten es also nicht gewesen sein, es sei denn, sie hatten jemanden dazu beauftragt.

Das fotographische Gedächtnis von Florence hatte bereits das gesamte Bild gespeichert. Dennoch schoss sie spontan noch ein Foto mit ihrem Smartphone und dann gleich darauf – und das war ihr etwas peinlich – zum ersten Mal im Leben ein Selfie. Die Aufnahme war für Lena. Falls es passte, konnte sie ihr so den Ort noch zeigen, an dem ihr Vater ums Leben gekommen war. Das Selfie natürlich für Charles. Er hatte schon einmal beklagt, dass es keine Fotos von ihr gab.

Gerade, als sie den Platz endgültig verlassen wollte, entdeckte sie eine Gestalt, die sich von einer Bank hochschraube, die durch einen Strauch halb verdeckt gewesen war. Einem mit einer Baskenmütze bedeckten Kopf folgte ein sehr schmaler, mit einer braunen Lederjacke bekleideter Oberkörper. Die Gestalt wurde größer und größer und schien im wahrsten Sinne des Wortes über sich hinaus zu wachsen, bis sie die beeindruckte Höhe von mindestens zwei Metern erreicht hatte. Gleich darauf war der Riese, der sich da soeben vor Florences Augen materialisiert hatte, in drei langen Schritten bei ihr.

»Madame Beaumarie?« Die angenehme Stimme des Riesen klang eher wissend als fragend.

Sogar sie, die für eine Frau recht groß war, musste ihr Kinn deutlich anheben, um ihm ins Gesicht sehen zu können.

»Kommissar Barain«, antwortete sie mit derselben Gewissheit in ihrer Stimme, die sie soeben bei ihm wahrgenommen hatte.

»Allerdings, Madame. Woher wissen Sie?«

»Und woher wissen Sie?«, gab Florence zurück, bemüht, ihm trotz des physischen Größenunterschiedes auf gleicher Höhe zu begegnen.

Jetzt mussten sie beide lachen. Lambert hatte bereits ganze Arbeit geleistet. Er hatte nicht nur Florence gebeten, dem Kommissar aus Marseille Grüße von ihm auszurichten, sondern diesen offensichtlich auch über ihr Kommen informiert. Ha – innerlich triumphierte sie – nun würde sie sicherlich alles erfahren, was die Polizei in Marseille über das Verbrechen an Robert Albert wusste.

Kurze Zeit später war sie an der Seite von Kommissar Barain auf dem Weg zu einem Café am Rande des Parks. Es hatte sich herausgestellt, dass er nicht alleine hier war, sondern auf einer anderen Bank eine Mitarbeiterin in Zivil positioniert hatte, die für die nächsten Stunden die Aufgabe hatte, die Skulptur und seine Besucher im Auge zu behalten.

»Leider tappen wir zum Großteil noch im Dunklen«, war das Erste, was er zu ihr gesagt hatte. »Deshalb hoffe ich, dass Sie uns einige weitere Informationen geben können. Mein Kollege Kommissar Lambert hat berichtet, dass Sie die Familie Albert erst vor Kurzem näher kennengelernt haben. Diese Hoffnung ist, wie sie sich denken können, der einzige Grund, warum ich mir trotz meines vollen Terminkalenders eine kurze Auszeit genommen und hier auf Sie gewartet habe. Einen Kaffee kann ich aber jetzt gebrauchen.«

Schon wieder dieses Glücksgefühl! Eigentlich unangemessen, dachte Florence, zum tausendsten Mal, als sie an der Seite dieses Riesen zum Parkausgang ging. Es war aber einfach herrlich, so unerwartet wieder in das Geschehen einbezogen geworden zu sein. Auch wenn sie sich über das Ausmaß ihrer Teilhabe keiner Illusion hingab!

Paul Barain behandelte sie jedenfalls zuvorkommend und freundlich. Vielleicht sogar etwas zu freundlich. Auch zum Kaffee lud er sie ein. Dann aber folgte eine knallharte Befragung, in der er alles über die Familie Albert wissen wollte. Über die Unterbringung Adas bei Charles Florentin war er informiert, und sie sah keinen Grund, ihm nicht alles zu berichten, was sie über den Charakter des Ermordeten, seine Aktivitäten in der Provence, die Verhältnisse in der Familie Albert sowie die Beziehung von Madame Albert zum Bürgermeister von Saignon wusste. Ein paar Kleinigkeiten behielt sie aber für sich. Die beiläufige Bemerkung von Madame Albert zum Beispiel, in der sie erwähnt hatte, dass ihr Mann sie in der Hand habe, und auch über die mögliche Begegnung zwischen ihm und Alima Semana bewahrte sie Stillschweigen. Er hätte es bereits von Antoine Lambert wissen können, aber da er es bei seiner Befragung nicht erwähnte, ging sie davon aus, dass ihm auch Antoine nichts davon erzählt hatte.

Sie selbst erfuhr wenig von ihm. Auf ihre Fragen blieb er freundlich, sagte aber nur, dass sie gut vorankämen. Immerhin kündigte er an, nun auch Monsieur Garnier, den Bürgermeister von Saignon, zu befragen. Dieser sei übrigens auch in Marseille kein Unbekannter, sondern ein Mäzen und Förderer sportlicher Ereignisse in der Stadt. Ein Mann, der sein Erbe – soweit man wusste – geschickt verwaltet und aus einer kleinen Getränkefabrik ein florierendes Unternehmen gemacht hatte. Die Getränkemarke *Puissance du Lion* würde ihr bestimmt etwas sagen. Nach dem Tod seiner Frau vor etwa drei Jahren habe sich Garnier aufs Land zurückgezogen und habe es geschafft, Bürgermeister von Saignon zu werden. Er könne sich aber nicht vorstellen, dass Monsieur Garnier mit diesem Mord etwas zu tun habe.

Nach dieser Feststellung hatte sich der Kommissar von ihr verabschiedet und ihr noch angeboten, sie mit seinem Wagen hinunter zum Vieux Port mitzunehmen. Sie hatte dankend abgelehnt, denn sie wollte sich jetzt lieber zu Fuß einen Eindruck von der Gegend verschaffen, in der sich das Drama um Robert Albert angespielt hatte.

26

»Mittagessen!« Die Botschaft, die Florence soeben von ihrem Magen erhalten hatte, war eindeutig. Es war 13 Uhr. Dem jungen Maler hatte sie versprochen, gegen 15 Uhr das Porträt abzuholen. Zeit genug also für ein Mittagessen.

»In Marseille musst du unbedingt eine Bouillabaisse essen«, hatte Charles gestern zu ihr gesagt. »Nirgendwo versteht man mehr von der Zubereitung dieses köstlichen Fischtopfes als in Marseille. Die wahrscheinlich Beste gibt es bei *FonFon* im *Vallon des Auffes*, einem reizenden kleinen Fischerhafen, etwas östlich vom Vieux Port. Dort wirst du aber nur mit viel Glück einen Platz bekommen, und unter zwei Stunden Essenszeit kommst du bei dieser wirklich großen Fischplatte nicht davon.« Das würde sie jetzt nicht riskieren. Lieber ein entspanntes Essen in einem kleinen Bistro. Dann fiel ihr ein, dass sie Mordent zurückrufen sollte.

»Florence, na endlich. Wo bist du, warum rufst du mich nicht an?«

»Désolée, Chef«, sagte sie. »Ich habe vergessen, mich zu melden. Werden Sie mich jetzt feuern?«

»Bitte, Florence, sei nicht so empfindlich. Ich nehme an, deine Erkundungen in Marseille sind bis dato nicht besonders erfolgreich, und deshalb ist deine Stimmung im Keller. Dabei hätte ich dir etwas zu erzählen.«

»Ach was, Honoré, meine Stimmung ist gut, aber den Satz ›Warum hast du dich nicht gemeldet?‹ habe ich in meiner aktiven Zeit oft genug von dir gehört. Ich habe mich nicht gemeldet, weil ich mit anderen Dingen beschäftigt war. Hat dir Charles verraten, dass ich in Marseille bin?«

»Ja, Charles hat mir gesagt, dass du heute schon sehr früh nach Marseille gefahren bist. Florence, entschuldige bitte. Natürlich bist du mir keine Rechenschaft schuldig. Ich bin halt ein Kommissar auf dem Abstellgleis. Ich fürchte, ich bin wieder einmal rückfällig geworden.«

Er machte eine kurze Pause, aber als sie nicht sofort antwortete, fuhr er fort.

»Aber gut, lass dir erzählen. Ich habe, wie versprochen, versucht, etwas über diese Modefirma *AnniqueNatur* herauszufinden. Ich war nicht wahnsinnig erfolgreich, aber ein paar interessante Dinge habe ich doch erfahren. Wir wissen ja, dass sich alle diese Firmen ziemlich bedeckt halten. Auf der Homepage gibt es meist keine Hinweise auf dahinterstehende Personen. Es gibt einen internationalen Verband für Bio-Kleidung, der die Erzeuger und Geschäfte zertifiziert. Auf dieser Liste habe ich das Label *AnniqueNatur* nicht entdeckt. Allerdings ist dort das Geschäft von Eloise Bonnet in Lourmarin verzeichnet. Seit deinem Bericht über *AnniqueNatur* und eurem gestrigen Besuch im Geschäft von Madame Bonnet in Apt ist Hélène ganz versessen darauf, mehr darüber zu erfahren. Sie wollte heute Vormittag noch einmal nach Lourmarin. Das Geschäft war aber geschlossen. Wie geplant, hat sie Solveigh Moreau angerufen. Die hatte keine Zeit für ein Gespräch. Sie hat ihr nur gesagt, dass sie ab 16 Uhr am Nachmittag im Geschäft in Marseille sein müsse, in der Boutique in Lourmarin sei am Nachmittag die Chefin höchstpersönlich. Hélène will noch einmal hin. Wir machen jetzt gerade eine kleine Wanderung oberhalb von

Saignon, nachher fahren wir nach Lourmarin. Hier gibt es jedenfalls eine Menge Lavendelfelder.«

»Ja, Honoré, und auf einem dieser Felder hatte ich Robert Albert angetroffen. Dort hat er seine Tafel aufgestellt, auf der er vor giftigem Lavendel warnt. Auf dem Feld, das laut Auskunft des Bürgermeisters von Saignon einem Lavendelbauern mit dem Nachnamen Liotard gehört. Verdammt, Honoré, der gehört natürlich auch zu den Verdächtigen im Fall Robert Albert. Ich habe vergessen, dem Kommissar in Marseille davon zu erzählen.«

»Seit wann verkehrst du mit einem Kommissar in Marseille, Florence?«

»Seit heute, Honoré. Lambert hat mir den Kontakt vermittelt, aber ich habe nicht viel Interessantes von ihm erfahren. Vielleicht sollte ich ihn noch mal anrufen und ihm von Liotard erzählen. Jedenfalls werde ich später die Boutique von Madame Bonnet hier vor Ort aufsuchen. Dann kann ja ich Solveigh noch einmal danach fragen, ob sie sich an Alima Semana erinnert.«

»Perfekt! Das Geschäft in Marseille heißt übrigens *Les Vêtements des Anges*.«

»Schön! Hoffen wir, dass Madame Bonnet auch so ein Engel ist, wie es der Name ihrer Boutique nahelegt. Ich mach jetzt Schluss, damit ich noch alles erledigen kann, und nichts für ungut wegen meiner Reaktion vorhin. Ich …«

»Ist schon okay, Florence. Schadet mir nicht. Da bist du in guter Gesellschaft mit meiner Frau Hélène. Sie weist mich derzeit auch regelmäßig zurecht. Wahrscheinlich nicht zu Unrecht. – Und sei so gnädig und halte uns auf dem Laufenden. Wir werden das auch tun.«

Florence legte auf und konsultierte ihren Plan. Dann stellte sie fest, dass das Geschäft mit dem schönen Namen

Die Kleider der Engel gar nicht so weit von ihrem gegenwärtigen Aufenthaltsort entfernt war. In einer Seitenstraße der Canebière, der bekannten Einkaufsmeile von Marseille, und etwas weiter unten in Richtung des alten Hafens. Also auch relativ nahe am Park gelegen, in dem der tote Robert Albert gefunden worden war.

Bald darauf stand Florence vor dem Portal der Boutique von Madame Bonnet.

Wie erwartet, war geschlossen. Sie betrachtete die Auslage, deren Mittelpunkt eine kunstvoll arrangierte Pyramide aus Schraubgläsern bildete, die mit Lavendelblüten gefüllt waren. Um sie herum waren einige Kleidungsstücke gekonnt arrangiert. Florence beugte sich nach vor, um die Aufschrift auf den Gläsern zu entziffern. »Lavendel aus dem Luberon«, stand da und etwas kleiner der Name des Herstellers. »Gerard Liotard«. Sehr interessant. Das war doch der Name des Bauern, dessen Feld von Robert Albert mit einem Warnschild versehen worden war. Sie griff zum Telefon und rief noch einmal Honoré an.

»Honoré, ganz kurz. Solltest du vorhaben – was ich stark annehme – diesen Lavendelbauern Liotard ausfindig zu machen und aufzusuchen, dann habe ich noch eine Information für dich. Seinen Lavendel gibt es auch im Geschäft von Eloise. Frag ihn doch, ob er sie kennt!«

»Wird gemacht, Florence. Nun, da du die Anweisungen gibst, werden wir diesen Mordfall sicher rasch aufgeklärt haben. Au revoir, bin unterwegs!«

Immer noch etwas gekränkt, der Herr, dachte Florence. Jetzt hatte sie noch mehr als eine Stunde Zeit bis zum Treffen mit dem Maler. Am Weg zur Boutique war sie an einem Restaurant vorbeigekommen, das sich direkt gegenüber einem höchst beeindruckenden Gebäude mit vorgelagerter prächtiger Brunnenanlage befand. Das Lokal besaß eine große Terrasse, auf der einige Leute unter Heizschirmen saßen. Ein kurzer Blick auf ihren Stadtplan verriet Florence, dass es sich bei dem monumentalen Gebäude um das Palais Longchamp handelte.

Fünf Minuten später saß sie an einem der vorderen Tischchen des Lokals und hatte bereits eine »Soupe de poissons comme à Marseille« bestellt. Wenn sich schon keine Bouillabaisse ausging, dann wenigstens deren kleine Schwester, die es auch in ihrem Pariser Lieblingsbistro hin und wieder gab. Als sie mit der Suppe fertig war, lehnte sie sich in ihrem Sessel zurück und spürte, wie Müdigkeit sie überkam. Ihr gegenüber bewachten steinerne Löwen den Teich. Aus der dahinter liegenden Brunnenanlage, aus der sich im Moment zu ihrem Bedauern kein Wasser ergoss, vermeinte sie, unter den vielen Figuren eine Trompete blasende Elfe zu erkennen. Natürlich musste sie dabei wieder an Chantal, Charles' Tochter, denken. Aber die war doch angeblich in Wien! Wie war sie so schnell hierher nach Marseille gekommen. Der schöne nackte Mann dort oben auf der Balustrade des Palais', konnte das ihr Freund Thomas sein?

Florence schreckte hoch. Sie musste für eine Sekunde eingenickt sein. Gleich darauf stand die Kellnerin vor ihr und fragte, ob sie vielleicht noch einen Kaffee wollte. Oh ja, den brauchte sie jetzt dringend, um wieder klar denken zu können.

Diesmal verfehlte er jedoch seine Wirkung. Die Tatsache, dass sie an diesem Tag schon um 4 Uhr früh aufgestanden war, forderte ihren Tribut. Sie sehnte sich nach einem Ort, an dem sie ihre Beine ausstrecken und ein kleines Schläfchen machen konnte. Wie wäre es, fragte sie sich, wenn ich mir hier in Marseille ein Hotelzimmer nehmen würde? Nur für eine Nacht! Eine Stadt wie Marseille konnte man nicht in wenigen Stunden abhaken. Das, was sie heute hier schon erlebt und gesehen hatte, verlangte geradezu danach, erweitert und vertieft zu werden. So könnte sie später noch in das Café gehen, in dem Madame Albert so lange vergeblich auf ihren Mann gewartet hatte. Vielleicht konnte sie sich auch mit dem Kommissar aus Marseille noch einmal treffen. Sie hatte sich von ihm überrumpeln lassen. Sie könnte sogar versuchen, die Reiseleiterin ausfindig zu machen, die ebenfalls eine der Letzten war, die noch mit Herrn Albert gesprochen hatte.

Kurz entschlossen rief sie Charles an, der sich, wie er ihr gerade erklärte, auf dem Weg zu Madame Elena befand, um die beiden Mädchen zu besuchen.

»Wirst du eine Nacht lang ohne mich auskommen?«, fragte sie ihn, nachdem sie ihn kurz über ihre bisherigen Erlebnisse informiert hatte.

Sie hatte mit seinem Widerstand gerechnet, aber er überraschte sie.

»Florence, du bist ein freier Mensch«, sagte er. »Jemand wie ich, ein Franzose und, wie ich schon einmal erwähnte, ein Mann der Aufklärung, ist verpflichtet, den Freiheitsgedanken auch dann hochzuhalten, wenn er seinen Bedürfnissen als Liebender diametral entgegensteht. Wie lange willst du den wirklich bleiben?«

»Ich komme auf alle Fälle nach dem Frühstück zurück«, antwortete Florence. »Schließlich ist morgen der letzte Tag des alten Jahres, und wir haben noch gar nicht darüber gesprochen, wie wir den Jahreswechsel feiern wollen. Sag mal, könntest du Lena Albert fragen, wo sie mit ihrer Mutter in Marseille genächtigt hat? Es spricht doch nichts dagegen, dass ich auch dort übernachte. Ach ja, und vielleicht weiß Elena Gilbert, wie das Café heißt, in dem Lenas Mutter am Tag des Mordes auf ihren Mann gewartet hat. Das würde ich mir auch noch gerne anschauen.«

Natürlich hatte sie mit dieser Bitte erneut Charles' Besorgnis geweckt. Verbunden mit einer Mahnung, dass sie gut auf sich aufpassen solle, versprach er ihr jedoch, Elena Gilbert zu fragen und sich dann wieder bei ihr zu melden.

27

Als Florence gegen 15 Uhr am Vieux Port ankam, sah sie sofort den Platz, auf dem einige Maler ihre Staffeleien und Verkaufsstände aufgestellt hatten. Er lag direkt am Wasser und gegenüber einem Café.

Emilian Pagnol hatte gerade eine Kundin und war so in seine Arbeit vertieft, dass er gar nicht bemerkte, wie Florence zwischen den einzelnen Tischen herumschlenderte und die Bilder der anderen Künstler begutachtete.

Natürlich konnte keines mit den Werken von Emilian konkurrieren. Man sah die üblichen, konventionellen Landschaftsbilder des Hafens oder der Lavendelfelder. Nur die Werke einer noch recht jungen Künstlerin waren ebenfalls etwas Besonderes. Mit entschiedenen und sparsamen Pinselstrichen lenkte sie die Aufmerksamkeit auf kleine Dinge, die einen Bezug zur Provence hatten, an einem ihrer Ränder ausfransten und sich in einer zarten, abstrakten Landschaft verloren.

Florence stand schon eine Weile neben Emilian Pagnol, bis dieser seinen Pinsel weglegte. Das Porträt der Dame, die ihm gegenübersaß, war fertig. Er blickte auf und entdeckte Florence. Sogleich sprang er auf, breitete seine Arme aus und umarmte sie. Sie erwiderte kurz seine Umarmung, etwas überrascht von dieser emotionalen Begrüßung. Seine Kundin hatte die Szene lächelnd mitverfolgt. Sie zahlte und wurde von Emilian darüber informiert, dass das Porträt noch etwas trocknen sollte. »Dann hole ich es morgen ab«, sagte sie und entfernte sich mit beschwingtem Schritt.

»Kommen Sie, Madame Beaumarie«, wandte sich Emilian wieder an Florence. »Wir gehen in das kleine Café gleich da hinten. Von dort habe ich einen Blick auf meinen Verkaufsstand. Ich habe Ihnen etwas zu erzählen.«

»Ich hatte heute noch eine Begegnung mit einer Dame, die vermutlich jene Eloise war, die ich heute Morgen nach Ihren Anweisungen gezeichnet habe«, leitete er wenige Minuten später seinen Bericht ein. Sie hatten an einem Tisch in der vordersten Reihe Platz genommen, und Emilian war darauf bedacht gewesen, nicht neben den Rauchern zu sitzen, die hier die Mehrzahl der Gäste ausmachten.

Überrascht von dieser Information stellte Florence ihren Espresso auf den Tisch zurück, an dem sie sich soeben die Zunge verbrannt hatte.

»Vraiment?«, sagte sie nur, und Emilian Pagnol fuhr sogleich mit seinem Bericht fort.

»Sie wollte unbedingt Ihr Porträt kaufen, Madame. Sie war gegen 11 Uhr am Vormittag ins Café gekommen, hatte sich einen Prosecco bestellt und bald darauf Ihr Bild auf der Staffelei entdeckt. Sie kam zu mir herüber, betrachtete es mit gerunzelter Stirn und sagte dann, dass sie das Bild kaufen wolle. Als ich ihr mitteilte, dass es schon verkauft sei, sagte sie ›schade!‹, zückte ihr Handy und fotografierte es. Ich konnte es nicht verhindern, sie war so schnell. Ich bot ihr natürlich an, ihr andere Bilder zu zeigen oder sie selbst zu porträtieren, aber sie sagte, dass sie zu Letzterem keine Zeit hätte und außerdem nur an dem Bild auf der Staffelei interessiert sei.« Er zuckte mit den Schultern.

»Sie hätten ihr ja die Skizze anbieten können, die Sie heute schon so genial nach meiner Beschreibung von ihr angefertigt haben«, sagte Florence scherzhaft lächelnd.

Emilian Pagnol reagierte empört.

»Wo denken Sie hin, Madame! Diese Informationen haben Sie mir doch im Vertrauen gegeben, und das respektiere ich natürlich. Außerdem wollte ich Ihnen die kleine Skizze zu Ihrem Porträt dazu schenken. Neugierig gemacht haben Sie mich jetzt aber schon. Wer ist diese Dame und warum sind Sie an ihr interessiert?«

»Ach, sie ist eigentlich niemand Besonderes. Die Inhaberin von drei Boutiquen, vorwiegen für Bio-Mode. Eine hier in Marseille, eine in Lourmarin und eine in Apt. Seit ich jetzt in der Provence bin, also seit knapp vor Weihnachten, ist sie mir ein paarmal begegnet, und ich war einfach überrascht, als ich sie heute Morgen an diesem ungewöhnlichen Ort gesehen hatte. Eigenartig ist es aber schon, dass sie ausgerechnet mein Porträt kaufen wollte.«

»Ja, das dachte ich auch. Wie mein Freund Charly sagt, gehört sie zu den Leuten, die man immer wieder hier auf der Insel sieht. Da ich oft in seinem Café male, hat sie mich sicher dort schon gesehen, sich aber noch nie für meine Bilder interessiert. Wo haben Sie sie denn zuletzt gesehen und worüber haben Sie da mit ihr gesprochen?«

»Gute Frage! In Ihnen scheint ein Detektiv zu stecken, lieber Emilian. Ich darf doch Emilian zu Ihnen sagen? Ich bin Florence!«

»Gerne, Florence. Ja, ich mag es, den Dingen auf den Grund zu gehen. Als Maler entwickelt man einen besonderen Blick auf die Menschen. Diese Eloise ist mir irgendwie seltsam vorgekommen.«

Florence war nachdenklich geworden. »Ja. Vielleicht. Mir gegenüber war sie das eine Mal reserviert, dann wieder sehr entgegenkommend. Une personnalité contradictoire! Als ich das erste Mal in ihrem Geschäft in Apt war, war sie kurz angebunden. Offensichtlich hätte ich mehr kaufen sollen. Gestern, als ich mit einer Freundin dort war, war sie sehr höflich. Meine Freundin hatte allerdings auch am Vortag eine Menge in ihrer Boutique in Lourmarin eingekauft.«

»Sie waren also schon in allen ihren Geschäften?«

»Nein, nur in Apt. In Lourmarin habe ich sie bei einem Fest von Bruno Amontero kennengelernt.«

»Wow, Bruno Amontero, der berühmte Pianist? Den kennen Sie auch und diese Eloise kennt ihn ebenfalls? Ich habe mir von Anfang an gedacht, Florence, dass Sie eine interessante Person sind.«

Gerade, als Florence antworten wollte, piepste das Handy, das vor ihr auf dem zierlichen metallenen Kaffeehaustischchen lag. Eine SMS von Charles war gekommen.

»Pardon, Emilian, ich muss das kurz lesen. Eine Nachricht, auf die ich schon gewartet habe.«

Er nickte und lehnte sich, Zustimmung signalisierend, in seinem Sessel zurück.

Charles hatte ihr den Namen eines Hotels plus Telefonnummer geschickt. Außerdem die Adresse des Cafés, in dem Madame Albert auf ihren Mann gewartet hatte.

»Hotel *Maison Saint Louis*, Vieux Port«, murmelte sie vor sich hin. »Das kann ja nicht weit von hier sein.«

»Das ist gleich ums Eck, Madame.« Er blickte sie neugierig an.

»Merci, Emilian. Dann werde ich versuchen, für heute Nacht dort ein Zimmer zu bekommen. Das kann ja um diese Jahreszeit nicht so schwierig sein.«

»Täuschen Sie sich nicht. Morgen ist Silvester! Da sind viele Leute in Marseille. Ich wusste ja nicht, dass Sie auf Zimmersuche sind. Sonst hätte ich Ihnen auch ein paar Tipps geben können.«

»Danke, Emilian, Sie wissen einiges von mir noch nicht. Ich werde Ihnen jetzt aber erzählen, warum ich eigentlich hier in Marseille bin, und warum ich mich für Eloise Bonnet, so heißt sie mit vollem Namen, interessiere. Danach können Sie mir bitte den Weg zu diesem Hotel zeigen.«

Emilian, dem man mit seinen schwarzen Jeans, dem weißen T-Shirt und seinen ebenso schwarzen gekrausten Haaren, die er auf dem Hinterkopf zu einem Dutt zusammengedreht hatte, durchaus den jungen Künstler abnahm, blieb der Mund offen stehen.

»Bitte, erzählen Sie, Madame. Ihre Ankündigung hört sich wie der Beginn eines spannenden Romans an. Viel Zeit habe ich aber leider nicht mehr. Ich sollte wieder an die Arbeit, es sieht so aus, als hätte ich wieder einen Kunden.« Er deutete zu seinem Malplatz.

Florence folgte kurz seinem Blick und enthüllte ihm

dann, warum sie nach Marseille gekommen war. Sie berichtete vom Mord an Alima Semana, von dem er noch nichts gehört hatte, und auch davon, dass sie jenen Mann gekannt hatte, der vor wenigen Tagen hier in Marseille ermordet worden war.

»Wow«, sagte Emilian. »Das ist aber ein Ding! Wissen Sie was, Florence, ich disponiere um. Ich habe für heute ohnedies schon genug gearbeitet. Wenn Sie nichts dagegen haben, erkläre ich mich für den Rest des Tages zu Ihrem Assistenten. So eine Gelegenheit, etwas Neues zu erleben, lasse ich mir nicht entgehen, und Sie können bestimmt noch jemanden brauchen, der sich in der Stadt auskennt.«

Für den Bruchteil einer Sekunde beschlich Florence ein ungutes Gefühl. Konnte es sein, dass dieser nette junge Mann von irgendjemandem den Auftrag hatte, sie zu beschatten?

Sie antwortete nicht gleich und unterzog ihr Bauchgefühl einer kurzen Analyse. Dann schüttelte sie den Kopf. Nein, diese Begegnung war einmal mehr dem Zufall zu verdanken, und da es eine angenehme Bekanntschaft war, würde sie sein Angebot annehmen. Das hätte sie übrigens auch getan, wenn ihr Verdacht weiterhin bestanden hätte. Nur, um ihn unter Kontrolle zu behalten.

Emilian hatte sie beobachtet und deutete ihr Kopfschütteln falsch.

»Oh schade, Madame. Ich hätte Sie gerne begleitet.«

»Das dürfen Sie auch, Emilian. Kommen Sie, packen Sie Ihre Sachen zusammen und zeigen Sie mir dann bitte, wo dieses Hotel ist.«

Florence zahlte und wartete, bis Emilian fertig war. Ihr Porträt steckte er in eine Papprolle und verabschiedete sich von den anderen Malern mit einem »a demain«. Dann ging er ihr voraus zu dem Hotel, das tatsächlich in wenigen Minuten zu erreichen war.

Dort teilte ihnen jedoch eine etwas brummige Dame an der Rezeption mit, dass heute Nacht kein einziges Zimmer mehr frei sei. Florence bedauerte, blieb stehen und zückte ihren alten Pariser Polizeiausweis, der ihr schon öfter einen guten Dienst erwiesen hatte.

»Florence Beaumarie von der Pariser Kripo«, stellte sie sich vor und hielt der Rezeptionistin ihren Polizeiausweis unter die Nase. »Ich ermittle in einem Mordfall und bin auf der Suche nach einer Zeugin, die hier vom 26. auf den 27. Dezember mit ihrer Tochter übernachtet haben soll. Können Sie sich an eine Madame Albert, eine deutsche Touristin, erinnern?«

»Allerdings!«, plötzlich war die Frau sehr mitteilungsfreudig. »Die hat sich nämlich ziemlich unmöglich aufgeführt. Sie hatte für fünf Tage gebucht, wollte aber nach dem zweiten Tag wieder abreisen, ohne den Rest zu bezahlen. Sie war komisch. Schüchtern und höflich bei ihrer Ankunft, bei der Abreise aber wie verwandelt – und zwar in jeglicher Hinsicht. Sie trat anders auf und war auch ganz anders angezogen. Sie würde bestimmt nicht für ein Zimmer bezahlen, das sie nicht mehr bewohnte und das ein dunkles und muffiges Loch sei, hat sie mich angeschrien. Sie ist übrigens von einem Mann abgeholt worden, der dann für sie die Rechnung beglichen hat. Dann sind sie zusammen abgerauscht. Der hatte schon am Vorabend nach ihr gefragt. Sie hat ihn aber nicht auf das Zimmer gelassen, sondern ihm ausrichten lassen, dass sie zu ihm in die Bar hinunterkommen werde. Ich habe ihm den Weg dorthin gezeigt!«

Florence ließ sich den Mann beschreiben, und es war klar, dass es sich dabei nur um Francois Garnier, den Bürgermeister von Saignon, handeln konnte.

»Schauen wir noch in die Bar«, schlug Emilian vor, und Florence nickte. »Das hatte ich vor.«

Die Bar befand sich im Keller des Hotels und war unbesetzt. Weder ein Gast noch Personal waren anwesend. Am Tresen gab es eine Klingel, und als Florence diese drückte, erschien dahinter eine Frau in Jeans und T-Shirt, die müde und verschlafen wirkte. Diesmal hielt ihr Florence sofort den Dienstausweis hin und stellte sich als Kommissarin aus Paris vor.

»Entschuldigen Sie«, sagte die Frau, »um diese Zeit haben wir fast nie Gäste.« Dann schlüpfte sie in ein schwarzes Jackett, fuhr sich mit den Fingern mehrmals durch die sehr kurzen glatten Haare und gab bereitwillig Auskunft. An das Paar, das sie am 26. Dezember am späten Nachmittag bedient hatte, erinnerte sie sich gut. Der Mann war zuerst gekommen, grußlos eingetreten, hatte sich kurz umgesehen und sich dann an den Tisch in der hintersten Ecke gesetzt. Die Dame kam gleich darauf. Die beiden hatten die Köpfe zusammengesteckt und sich flüsternd unterhalten. Sie sei zu ihnen gegangen, um die Bestellung aufzunehmen. »Nur ein Glas Wasser«, hatte die Frau gesagt, aber der Mann hatte den Kopf geschüttelt und die Hand der Frau genommen. »Nein«, hatte er gesagt, »bringen Sie uns zwei Gläser Champagner.« Dann hatte er wieder die Frau angeschaut und gesagt: »Es wird gleich etwas zu feiern geben, Cherie.« Was es zu feiern gab, hatte die Barfrau leider nicht hören können. Sie hatte den beiden den Champagner gebracht und dann von ihrem Standort am Tresen aus beobachtet, dass die Dame keinen einzigen Schluck getrunken hatte. Es hatte eine heftige Diskussion zwischen dem Paar gegeben. Schließlich hatte der Mann ein DIN-A4-Blatt auf den Tisch gelegt, auf den Text gezeigt, und auf einmal war die Dame ganz still geworden und hatte langsam zu ihrem Champagnerglas gegriffen, um es dann auszutrinken, ohne ihrem Gegenüber zuzuprosten und es abzusetzen.

Florence bat Ines, deren Name auf einem an ihre Jacke geheftete Schildchen stand, ihr das Paar zu beschreiben, und die Beschreibung passte erneut auf Monsieur Garnier und Madame Albert.

Sie fühlte sich verpflichtet, bei der auskunftsfreudigen Barfrau noch einen Drink zu bestellen, und lud Emilian auf ihren Lieblingsaperitif ein, den Ines bald darauf an den Tisch brachte, an dem sie inzwischen Platz genommen hatten.

»Alors«, sagte Florence, »jetzt kann ich tatsächlich noch Ihre Hoteltipps brauchen, Emilian, und außerdem möchte ich bei der Boutique von Madame Bonnet vorbeischauen. Das ist aber nicht eilig, denn das Geschäft öffnet erst um 16 Uhr und hat sicher länger offen.«

»Gut, dann rufe ich jetzt einmal für Sie in einem anderen Hotel an. Es liegt im Panier-Viertel, ganz in der Nähe meiner WG. Ich hatte dort einmal meine Mutter einquartiert, und der hat es sehr gut gefallen. Hoffen wir, dass sie noch ein Zimmer haben.«

Emilian rief an, hatte Glück, und nach einer kurzen Absprache mit Florence war das Zimmer auch schon reserviert.

»Wollen wir jetzt zusammen in diese Boutique gehen?«

Florence überlegte. Wollte sie diesen beinahe schon übereifrigen jungen Mann überall dabei haben? Auch in der Boutique für Damenmoden?

»Ich mache Ihnen einen Vorschlag, Emilian«, sagte sie. »Wir holen jetzt mein Auto. Dann brauchen Sie Ihre Malsachen und ich mein Bild nicht länger zu tragen. Dann lotsen Sie mich zu meinem Hotel, und anschließend mache ich einen kleinen Bummel und suche die Boutique von Eloise Bonnet auf. Wir können uns ja danach noch einmal treffen. Ich glaube, es ist besser, wenn ich alleine dorthin gehe. Ich muss mir erst eine Strategie überlegen, mit der ich die Verkäuferin zum Reden bringe. Sie dürfte gewisse Vorurteile gegenüber Polizisten haben und weiß, dass ich früher für die Pariser Polizei gearbeitet habe. Ich habe sie nämlich bereits kennengelernt. Sie war mit ihrer Chefin Eloise Bonnet ebenfalls auf dem Fest von Bruno Amontero. Wenn wir zu zweit dort aufkreuzen, erfahre ich möglicherweise gar nichts von ihr!«

Florence sah Emilians enttäuschtes Gesicht und fügte hinzu: »Auch wenn es sich bei meinem Begleiter um einen attraktiven jungen Künstler handelt!«

»Bitte nicht, Florence.« Emilian gab noch nicht auf. »Ich wäre so gerne dabei gewesen, wenn Sie ein Ermittlungsgespräch führen. Das ist bestimmt hochinteressant, und ich habe mir doch extra freigenommen, um Sie zu begleiten. Ich überlege mir, wie Ihnen der junge Künstler dort vielleicht sogar nützlich sein könnte.«

Florence konnte nicht nein sagen. Emilian war offensichtlich dabei, die Lücke zu füllen, die ihr in China lebender Sohn hinterlassen hatte.

»Also gut«, hörte sie sich sagen. »Begleiten Sie mich zur Boutique, aber zeigen Sie mir vorher das Hotel. Ich checke ein, ruhe mich ein wenig aus, und dann gehen wir zusammen hin.«

Am Weg zum Hotel erfuhr Florence auch etwas mehr

über die Lebensumstände ihres neuen Bekannten. Er stammte aus Saint Paul de Vence und war mit der überschwänglichen Bewunderung seiner Mutter für Marc Chagall, der am dortigen Friedhof begraben liegt, aufgewachsen. Sie war Lehrerin und wollte unbedingt, dass ihr Sohn auch Maler wird, und in seinem Fall trafen sich die Ambitionen der Mutter sogar mit denen des Sohnes. Seine Begabung zeigte sich schon im Kindesalter, und die alleinerziehende Mutter, mit der er bei den Großeltern aufwuchs, tat alles, um sein Talent zu fördern. Letztes Jahr hatte er sein Studium an der Kunsthochschule von Marseille beendet, und jetzt studierte er noch Pädagogik für den Fall, dass sich eine richtige Künstlerkarriere doch nicht ausging.

28

»Was interessiert Sie eigentlich genau an dieser Boutique, Florence?«

Es war gegen 17 Uhr am Nachmittag, und Emilian hatte Florence soeben von ihrem Hotel abgeholt.

Einen Moment lang überlegte sie, ob und wie sehr sie diesem Menschen, den sie erst seit sieben Stunden kannte, vertrauen sollte, fand aber, dass sie nichts zu verlieren hatte.

»Mich interessiert ein Bio-Label mit dem Namen *AnniqueNatur*. Es ist bei meinen Recherchen im Fall der ermordeten Alima Semana aufgetaucht. Alima Semana hatte anscheinend den Verdacht, dass mit diesem Label etwas nicht in Ordnung ist. Zumindest weisen zwei Zeugenaussagen darauf hin. Es interessiert mich, ob diese Boutique das Label ebenfalls führt, und vielleicht weiß die Verkäuferin etwas darüber. Sie heißt Solveigh Moreau und hat außerdem gegenüber einer Freundin von mir angedeutet, dass ihr Alima Semana möglicherweise schon einmal begegnet ist, konnte oder wollte sich dann aber doch nicht daran erinnern. Seit Kurzem besitze ich ein ziemlich gutes Foto von Alima Semana. Vielleicht kann das ihrem Gedächtnis doch noch auf die Sprünge helfen.«

»Glauben Sie, dass sie etwas verbirgt?«

»Ah, eine detektivische Frage! Ich weiß es nicht, da ich sie zu wenig kenne. Meine Freundin hat Solveigh Moreau bereits näher kennengelernt und schildert sie als sehr impulsiv, leicht erregbar und äußerst misstrauisch gegenüber der Polizei. Sie weiß, dass ich Polizistin war. Im Augenblick fische ich immer noch im Trüben und gehe einfach jeder Spur nach.«

Eine Weile gingen sie schweigend nebeneinander her, und Florence gefiel es, Marseille an der Seite eines Bewohners dieser Stadt zu erkunden.

»Ich hätte da vielleicht eine Idee«, sagte Emilian plötzlich. »Falls diese Solveigh tatsächlich Alima Semana gekannt hat und mit Ihnen aus irgendeinem Grund nicht darüber reden will, könnte vielleicht ich versuchen, sie ganz unverfänglich zum Sprechen zu bringen.«

»Ich höre.«

»Ich bin vermutlich im gleichen Alter wie diese Solveigh. Ich könnte vorgeben, dass ich vor einigen Wochen eine Alima Semana in Avignon kennengelernt habe, und das Gespräch auf sie lenken. Ich male ja tatsächlich von Zeit zu Zeit in Avignon. Ich könnte sagen, dass ich erst heute Morgen durch einen Zeitungsbericht von dem Mord erfahren hätte und noch ganz geschockt sei. Dann könnte ich ihr die Skizze zeigen, die ich von Alima nach unserer angeblichen Begegnung in meinem Skizzenbuch angefertigt habe, denn schließlich mache ich ständig Zeichnungen von Menschen, deren Gesichter ich interessant finde!«

»Eine Skizze?« Florence runzelte die Stirn und nickte gleich darauf lächelnd. »Aha, Sie meinen die Skizze, die Sie jetzt ganz schnell nach dem Foto auf meinem Handy anfertigen werden?«

»Erraten! Außerdem könnte ich mich als Umweltaktivist ausgeben, was mir im Übrigen nicht schwerfällt, denn auch mir ist dieses Thema ein Anliegen!«

»Die Idee ist gar nicht schlecht. Möglicherweise könnten Sie dieser Solveigh ein wenig den Kopf verdrehen und sie dadurch gesprächiger machen, denn ob sie mir etwas sagt, wenn ich sie mit dem Foto überrumple, ist tatsächlich ungewiss. Also gut, lassen Sie es uns versuchen. Wir erzählen ihr einfach, dass wir uns heute zufällig kennengelernt haben, und dass Sie beschlossen haben, mir – einer Touristin aus Paris – Marseille zu zeigen. Dann sage ich, dass ich mir gerne in Ruhe die Kleider anschauen und vielleicht auch etwas probieren möchte, und lasse Ihnen genug Zeit für das Gespräch.«

Emilian holte einen kleinen Skizzenblock und einen Stift aus einer der vielen Taschen seiner schwarzen Rangerjacke und zeigte auf ein unbesetztes Tischchen vor einer Bar.

»Machen wir hier fünf Minuten Pause! Wir können uns

einen kleinen Drink genehmigen, und in der Zwischenzeit mache ich die Skizze!«

15 Minuten später betraten sie gemeinsam die Boutique. Solveigh Moreau zeigte sich überrascht. »Sind Sie das erste Mal in Marseille?«, fragte sie.

»Ja, das bin ich«, antwortete Florence. »Ich erobere eine neue Stadt gerne auf eigene Faust und ohne Begleitung, aber heute Morgen habe ich zufällig Monsieur Pagnol hier kennengelernt. Er ist ein großartiger Maler und hat sich bereit erklärt, mir sein ganz persönliches Marseille zu zeigen, und das ist natürlich wunderbar. – Macht es Ihnen etwas aus Emilian, wenn ich mich hier im Geschäft umsehe? Seit ich vor einigen Tagen Madame Bonnet in Lourmarin begegnet bin, bin ich neugierig auf ihre Waren, und vielleicht finde ich ja noch ein passendes Kleid für den Silvesterabend.«

»Tun Sie das, Florence«, antwortete Emilian. Dann wandte er sich an Solveigh. »Wissen Sie zufällig, wer diesen Raum hier eingerichtet hat? Eine sehr gelungene Innenarchitektur und eine spannende Farbsymbolik! Es muss schön sein, hier zu arbeiten.«

Während die beiden jungen Leute ein Gespräch begannen, schaute sich Florence im Geschäft um. Auch ihr gefiel die Einrichtung. Obwohl der Name des Geschäftes – *Die Kleidung der Engel* – durchaus etwas Kitsch erwarten ließ, war das Interieur schnörkellos und schlicht. Ein sehr dunkles Grün dominierte die Wände, und nur einige zarte goldene Striche waren als Referenz an die Engel eingestreut. Die Decke war in einem hellen Lila gestrichen und brachte so auch die Lieblingsfarbe dieser Gegend, die Farbe des Lavendels, ins Spiel. Unter dem dunkellila gestrichenen Ladentisch befand sich eine kleine Bar mit gläserner Tür. Madame Bonnet schien tatsächlich ein Faible für Prosecco zu haben. Schon in Apt hatte sie Florence und Hélène einen angeboten, im Café auf der Insel hatte der Wirt erzählt, dass sie meist einen Prosecco bestellte, und auch hier gab es neben einigen Dosen mit Orangensaft mehrere Flaschen des schäumenden Modegetränks.

Florence begab sie sich auf die Suche nach Kleidern des Labels *AnniqueNatur* und wurde fündig. Immerhin acht Stück waren in der Boutique vorrätig, zwei davon sogar in ihrer Größe. Sie ließ sich aber Zeit, inspizierte noch andere Kleidungsstücke und hielt sie sich vor einem großen Spiegel an den Körper. Noch eine weitere Kundin hatte mittlerweile den Laden betreten und auf Solveighs Frage hin ebenfalls festgestellt, dass sie sich nur etwas umschauen wolle. Solveigh und Emilian unterhielten sich angeregt, aber mit gedämpften Stimmen, sodass Florence ihre Worte nicht verstehen konnte. Als die andere Kundin nach etwa zehn Minuten unverrichteter Dinge den Laden wieder verließ, und Solveigh ihr ein »Au revoir, Madame« nachrief, nickte Emilian Florence zu. Sie deutete dies als Zeichen, dass er von Solveigh erfahren hatte, was er erfahren wollte, und wandte sich dann an Solveigh.

»Darf ich das mal probieren?« Sie zeigte auf ein Kleid in Türkis und dunklem Blau. Solveigh nickte und schob einen Vorhang zur Seite, hinter dem sich eine geräumige Ankleidekabine befand.

»Einen Augenblick, Madame«, sagte sie, als sie sah, dass die Kabine voll mit Kleidungsstücken war. »Ich räume nur rasch diese Sachen weg. Dann können Sie probieren.«

»Alima Semana ist ihr tatsächlich begegnet. Ich erzähle

Ihnen nachher alles«, flüsterte Emilian Florence zu, und gleich darauf war die Kabine auch schon frei, und sie schlüpfte in das Kleid. Der Stoff glitt angenehm weich über ihre Haut und fühlte sich ganz anders an als das Modell, das sie in der Boutique von Madame Houpert in Avignon in Händen gehalten hatte.

Sie trat aus der Kabine, und Solveigh tat, was alle Verkäuferinnen tun: Sie gab einen Laut des Entzückens von sich.

»Das Kleid steht Ihnen ganz wunderbar«, rief sie, und auch Emilian nickte.

»Es ist wirklich perfekt«, sagte er. »An Ihnen, Florence, sozusagen ein Gesamtkunstwerk. Sie kennen sicher die Bilder von Modigliani. In diesem Kleid erinnern Sie mich daran. Sie sollten dieses Kleid kaufen!«

»Das überlege ich mir gerade«, sagte sie, ohne auf seine Schmeichelei einzugehen. »Es gefällt mir sehr gut. Auch der Stoff ist wirklich angenehm. Weicher als der desselben Labels, das ich in einer Boutique in Avignon gesehen habe. Dort war der Stoff ziemlich rau. Wie kann das sein?«

Solveigh verdrehte die Augen. »Ich glaube, ich habe dafür eine Erklärung – irgendwie«, sagte sie. »Ich verrate ihnen jetzt etwas, aber nur, weil Sie eine Freundin der bewundernswerten Hélène Mordent sind. Meine Chefin hat mir erst vor Kurzem erzählt, dass sie eine Teilhaberin der Firma ist, die die Öko-Mode *AnniqueNatur* produziert, dies aber nicht an die große Glocke hängen möchte. Sie macht sich seit einiger Zeit große Sorgen deswegen. Anscheinend tauchen immer wieder Modelle auf, die nicht aus der Originalproduktion stammen, Fakes also. Ich bin gerade dabei, das herauszufinden.«

»Wie das?« Jetzt nur nicht zu neugierig erscheinen, um

die Auskunftsbereitschaft von Solveigh nicht wieder zu bremsen.

»Nun, so, wie Sie es selbst gerade bemerkt haben. Die Stoffe dieser Kleider sind nicht immer von gleicher Qualität. Das hier«, sie zeigte auf das Kleid, das Florence ausgewählt hatte, »ist beste Bio-Qualität. Da bin ich mir sicher. Aber tatsächlich sind Kleider von *AnniqueNatur* aufgetaucht, die nicht diesen Qualitätsstandards entsprechen. Das hat Madame Bonnet alarmiert! Ich habe versprochen, ihr dabei behilflich zu sein, Fälschungen aufzudecken. In Paris haben wir Studentinnen im vorletzten Semester ein kleines Projekt gestartet, in dessen Rahmen wir gefälschter Bio-Ware auf der Spur sind. In den Ferien strecke diesbezüglich ich auch hier im Süden meine Fühler aus.«

»Und was machen Sie, wenn Sie beispielsweise ein gefälschtes Kleid entdeckt haben?«

»Ich und meine Kommilitoninnen kaufen diese Kleider und unterziehen sie dann einer chemischen Analyse. Wir wollen niemanden ohne Beweise anklagen. Wir sind seriös.« Solveighs Gesicht hatte den Ausdruck einer dozierenden Hochschulprofessorin angenommen. »Wenn unsere Vermutungen stimmen, versuchen wir, die Verantwortlichen ausfindig zu machen und sie mit unserer Entdeckung zu konfrontieren.«

»Sie nehmen diese Sache ja sehr erst. Wie meine Freundin Hélène.«

»Ich bewundere Madame Mordent sehr. Möchten Sie das Kleid kaufen?« Solveigh wechselte das Thema. »Es sitzt wirklich perfekt.«

»Tun Sie das, Florence.« Emilian mischte sich in das Gespräch. »Wie ich schon sagte, das Kleid steht Ihnen.

Ich glaube, ich werde Sie darin noch einmal malen müssen.«

»Damit Sie ein Modigliani werden?« Florence lächelte. »Ich scherze nicht, Emilian«, fügte sie hinzu. »Ich bin überzeugt davon, dass aus Ihnen noch ein berühmter Maler wird.«

Emilian errötete und wechselte rasch das Thema. »Solveigh, Sie wissen nicht zufällig, wer außer Madame Bonnet noch hinter dem Label *AnniqueNatur* steht?«

»Nein, woher soll ich das wissen?« Solveigh schien auf einmal genug von dem Thema zu haben. »Sie sind aber auch ganz schön neugierig, Emilian. Was sind Sie eigentlich, ein Maler oder ein Schnüffler?«

Emilian begann laut zu lachen. »Ich bin ein Künstler, Solveigh! Sie haben ja mein Skizzenbesuch gesehen. Sie können mich gerne einmal aufsuchen, und dann zeige ich Ihnen meine richtige Kunst. Heutzutage geht es uns Malern nicht mehr nur darum, ein oberflächlich schönes Bild zu malen. Wir haben auch einen gesellschaftlichen Auftrag und ein tiefes Interesse an der Welt. Ich könnte mir auch vorstellen, einmal ein künstlerisches Projekt zu machen, in dem das Thema Kleidung im Mittelpunkt steht.«

»Gut, Emilian. Ich würde Ihre Bilder sehr gerne sehen.«

»Dann gebe ich Ihnen meine Telefonnummer, und Sie rufen mich an, wenn Sie Zeit haben.«

Florence hatte das Gespräch wieder Emilian und Solveigh überlassen und sich in die Umkleidekabine zurückgezogen. Als sie mit dem Kleid in der Hand herauskam, sah sie, dass Solveigh mittlerweile mit neuen Kunden, einem älteren Paar, beschäftigt war.

»Einen Moment, ich werde mich sofort um Ihr Anliegen bemühen«, sagte sie zu diesen, packte das Kleid von

Florence in eine Tragetasche und überreichte ihr die Rechnung. Florence bezahlte, bedankte sich für die freundliche Bedienung, bat Solveigh, ihrer Chefin Grüße auszurichten, und verließ gemeinsam mit Emilian das Geschäft.

29

Um diese Jahreszeit wurde es früh dunkel. Florence stand am Fenster und blickte in den von einem schwachen Lichtschein erhellten und mit Gerümpel vollgestellten Innenhof ihres Hotels. Sie wusste nun, dass die Reise nach Marseille nicht umsonst gewesen war. Es hatte schon seinen speziellen Reiz, dieses Ermitteln auf eigene Faust. Sie musste jetzt anders vorgehen als damals, als sie noch im aktiven Polizeidienst stand, konnte sich aber dafür anderer Möglichkeiten bedienen. Das, was sie jetzt erlebte, erinnerte sie in gewisser Weise an ihre Kindheitsabenteuer, in denen sie ihrer Fantasie freien Lauf lassen konnte und natürlich immer die Heldin gewesen war. Mittlerweile war sie jedoch in der Realität angekommen, und die vielfältigen Erfahrungen ihres bisherigen Lebens und ihrer langen Berufstätigkeit standen ihr zur Verfügung. Obwohl sie brennend daran interessiert war, beide Mordfälle aufzuklären, war der übliche Erfolgsdruck weggefallen, den sie als offizielle Ermittlerin gehabt hatte. Jetzt wurde sie wieder von ihrem persönlichen Interesse geleitet und rekrutierte sich ihre Leute selbst. So wie heute diesen cleveren und sympathischen Künstler Emilian Pagnol! Das bedeutete allerdings auch wieder eine neue Verantwortung. Sie durfte niemanden in Gefahr bringen.

Gleich nachdem Florence und Emilian das Geschäft von Eloise Bonnet verlassen hatten, hatte er ihr vom Gespräch mit Solveigh berichtet.

Er hatte das Gespräch mit ihr mit der Feststellung begonnen, dass dies für ihn heute ein seltsamer Tag sei. Ein Tag, an dem er Schönes erlebt und Schreckliches erfahren habe. Das Schöne sei die Begegnung mit Florence Beaumarie gewesen, das Schreckliche hingegen, dass er heute zufällig in einer schon älteren Zeitung, nämlich in *La Provence*, von der Ermordung einer jungen Frau gelesen habe, die ihm ein einziges Mal begegnet sei. »Schauen Sie«, hatte er zu Solveigh gesagt, »das muss sie sein. Das Phantombild in *La Provence* war zwar miserabel, aber zusammen mit der Beschreibung kann es für mich nur diese Frau gewesen sein.« Dann hatte er Solveigh seine Skizze unter die Nase gehalten. »So hat sie ausgesehen. Ich habe sie gesehen, als ich in Avignon am Place Pie malte und sie dort zwischen den Malständen herumgegangen ist und unsere Bilder betrachtet hat. Ich habe eine schnelle Skizze von ihr gemacht, weil ich sie interessant fand.« Solveigh hatte erstaunt die Augenbrauen hochgezogen, das Skizzenbuch an sich genommen und auf das Bild gestarrt. »Warum zeigen Sie mir das?«, hatte sie ihn nach einiger Zeit gefragt, und er hatte ihr geantwortet, dass er das Bedürfnis habe, mit jemandem darüber zu reden. Solveigh hatte nur kurz und widerwillig den Kopf geschüttelt. »Ich glaube, ich habe sie auch kennengelernt«, hatte sie gemurmelt und ihm dann die Skizze wieder zurückgegeben. Ihre nächste Bemerkung war überraschend gekommen. »Die Zeichnung ist wirklich gut. Aufgrund des Phantombildes hätte ich sie nicht erkannt, aber es könnte die Frau sein, die Anfang Dezember einmal hier im Geschäft war.«

»Hat sie etwas gekauft?«, hatte Emilian gefragt. Solveigh hatte erst gezögert, dann aber seine Frage beantwortet. »Nein, hat sie nicht. Sie ist plötzlich hier aufgetaucht. So um den 5. Dezember herum. Sie hat gefragt, ob meine Chefin da ist. Als ich verneinte, hat sie enttäuscht reagiert. Oder nein, eher ärgerlich! Das, was sie der zu sagen habe, könne sie ihr nur persönlich mitteilen.« Wieder hatte sie gezögert und dann erneut weitergesprochen. »Wenn ich es mir recht überlege, war sie echt sauer auf Eloise.« Natürlich hatte Emilian wissen wollen, wie Eloise Bonnet auf Solveighs Bericht über diese Besucherin reagiert hatte. Es tue ihr leid, hatte Solveigh daraufhin geantwortet, sie habe total vergessen, es ihrer Chefin mitzuteilen.

Emilian hatte sich Florence gegenüber zerknirscht darüber gezeigt, dass er Solveigh nicht mehr hatte entlocken können. »Dass sie ihrer Chefin nichts gesagt hat, kann ich nicht glauben«, hatte er gesagt. »Ich habe den Eindruck, dass sie mir nur die halbe Wahrheit erzählt hat. Sie hätten vielleicht mehr aus ihr herausgeholt, Florence.«

»Nein«, hatte Florence ihm geantwortet. Er habe seine Sache gut gemacht und es sei doch eine Menge, was sie bei diesem Besuch erfahren hätten. Dieser Meinung war sie noch immer. Ihr leiser Verdacht, dass Eloise Bonnet irgendwie in die Vorfälle um Alima Semana und Robert Albert verwickelt war, hatte heute eine Menge neuer Nahrung erhalten.

Im Hof unter dem Fenster regte sich etwas! Jemand war hinausgetreten und rauchte eine Zigarette. Ob Mann oder Frau, konnte Florence nicht erkennen. Jeans, schwarzer Pulli und kleine schwarze Mütze, so wie sie oft von Köchen getragen wird. Wie überall verschlug es vermutlich auch hier das Personal in einer Pause an einen Ort, an dem man rasch und unauffällig eine rauchen konnte. Diese Person hatte es besonders eilig, denn schon nach einer Minute wurde die Zigarette wieder ausgedrückt, und der Hof war gleich darauf leer.

Noch immer weilten die Gedanken von Florence bei Eloise Bonnet. Heute war sie überraschend auf dieser Insel aufgetaucht – nicht mit einem Fährschiff, sondern an Bord einer privaten Jacht. Wem die wohl gehörte? Wie sie von Emilians Freund Charly erfahren hatte, war Eloise Bonnet des Öfteren Gast in seinem Café. Dass sie, nachdem sie bei Emilian das Porträt von Florence entdeckt hatte, dieses unbedingt erwerben wollte, war jedoch eigenartig. Und dann hatte sie es sogar fotografiert! Was war ihr Interesse daran? Eine mögliche und harmlose Erklärung gab es. Eloise war eine Nachbarin des Pianisten Bruno Amontero in Lourmarin, und sie wusste von dessen Freundschaft mit Florence. Vielleicht wollte sie ihm einfach nur zeigen, dass sie hier auf der Insel ein Porträt von Florence entdeckt hatte, und ihn damit überraschen.

Florence drehte sich vom Fenster weg und griff nach der schlichten braunen Papiertüte, die sie im Geschäft von Eloise erhalten hatte. Zeugnis für die ökologische Mission des Unternehmens. Sie nahm das Kleid heraus und breitete es auf dem Bett aus. Was hatte es mit diesem Öko-Label *AnniqueNatur* auf sich? Seit sie in Avignon erfahren hatte, dass Alima Semana einen persönlichen Feldzug dagegen gestartet und im Zusammenhang damit möglicherweise auch Robert Albert kennengelernt hatte, ging es ihr nicht mehr aus dem Kopf. Es konnte das Glied sein, das die beiden Mordopfer verband. Und jetzt gab es auch noch eine Verbindung von Alima Semana zu Eloise Bonnet.

Sie griff zu ihrem Handy, um von Amontero noch mehr über Eloise zu erfahren. Bevor sie ihn anrief, las sie eine neue Nachricht von Mordent:

»Liebe Florence, eine Frage und eine Information: 1. Kommst du morgen mit Charles zu uns? Hélène lädt zu einer kleinen Silvesterfeier ein. Charles würde kommen! 2. Wir waren bei Liotard, dem Lavendelbauern. Führt sich auf wie ein Plantagenbesitzer und hat eine Schwester, die Eloise Bonnet heißt. Wir waren bei ihr im Geschäft, und Hélène hat natürlich wieder bei ihr eingekauft!!!!! Alles Weitere morgen!«

Florence pfiff durch die Zähne. Sie und Honoré waren wieder einmal auf derselben Spur. Dann wählte sie die Nummer von Bruno Amontero.

»Bonsoir, Florence. Es tut mir leid, ich bin in Eile. Ich treffe gleich Reine-Marie Florentin. Sie zeigt mir ihre Bilder.«

»Dann will ich nicht lange stören. Nur eine Frage. Wissen Sie zufällig, ob ihre Nachbarin, Eloise Bonnet, einen Freund hat, und wenn ja, wissen Sie, ob der eine Jacht besitzt?«

»Oho, heikle Frage! Aber weil Sie es sind, verrate ich Ihnen, dass sie einen Freund hat, aber dass sie das nicht an die große Glocke hängt. Geld dürfte er auch haben, aber ob er eine Jacht besitzt, weiß ich wirklich nicht. Und ich will nicht wissen, warum Sie das wissen wollen, Florence. Jetzt muss ich aber auflegen. Sie können mich gerne morgen anrufen! Dann sage ich Ihnen, ob mir die Bilder von Reine-Marie Florentin gefallen haben.«

Es war höchste Zeit, ins Café aufzubrechen. Allzu weit war es nicht dorthin. Es lag wieder in Richtung des Vieux Port. Bevor sie, wie verabredet, Emilian dort traf, wollte sie sich alleine und in aller Ruhe einen Eindruck von dem Ort verschaffen, an dem Madame Albert am Abend des Weihnachtstages vergeblich auf ihren Mann gewartet hatte. Sie nahm ihren Mantel von dem Kleiderständer, der halb hinter einem Paravent verborgen war. Außer einem modernen Schreibtisch war in diesem relativ großen Hotelzimmer alles Mobiliar auf Rollen montiert und konnte leicht verschoben werden. An der Tür hing ein Zettel mit der Einladung, der Gast möge sich sein Zimmer so gestalten, wie er sich darin am wohlsten fühle. Originelle Idee, dachte Florence und schlüpfte in ihren Mantel. Dann verließ sie das Hotel und vergegenwärtigte sich am Weg zum Café noch einmal den Mordfall Albert.

Der Schauplatz des Mordes war letzte Nacht in eine Art Würdigungsstätte verwandelt worden. Konnte es Madame Albert selbst gewesen sein? Um irgendetwas gutzumachen? Dass sie die Mörderin ihres Mannes war, war mit großer Wahrscheinlichkeit auszuschließen. Schließlich hatte sie während seiner Ermordung die ganze Zeit im *Café Jean Paul* auf ihn gewartet. Es war aber möglich, dass es jemand anderer für sie erledigt hatte, zum Beispiel der Bürgermeister von Saignon. Lena Albert hatte ihr erzählt, dass er ihre Mutter schon seit Jugendzeiten kannte. Hatten sich die beiden erneut oder erst jetzt wieder ineinander verliebt? Hatte er ihr helfen wollen, den unliebsamen Ehemann zu beseitigen? In der Hotelbar in Marseille hatte er ihr am Tag nach dem Mord offensichtlich etwas Wichtiges mitzuteilen gehabt. Es hatte etwas zum Feiern gegeben, zumindest für ihn. Laut Aussage der Barfrau dürfte sich das Paar jedoch über den Grund nicht einig gewesen sein. Florence hätte jetzt gerne gewusst, ob der Kommissar aus Marseille den Bürgermeister mittlerweile als Zeugen befragt hatte. Er hatte ja nichts über die Beziehung zwischen den beiden gewusst und erst heute von ihr davon erfahren.

War das da vorne schon das *Café Jean Paul*? Nein, noch nicht! Sie musste aufpassen, dass sie sich jetzt nicht verlief. Nach dem stillen Saignon war sie nicht mehr an dieses schrille Gewirr von Menschen, Autos, heulenden Sirenen, blinkenden Lichtern und Leuchtreklamen gewöhnt. Sie blieb stehen und hatte das Gefühl, dass hinter ihr ebenfalls jemand abrupt stehen geblieben war. Rasch drehte sie sich um, aber unter den vielen Menschen fiel ihr niemand Besonderer auf. Dennoch blieb sie wachsam. Wurde sie beschattet? Aus Erfahrung wusste sie, dass ein solches Gefühl sie selten trog.

Sie befragte ihren Stadtplan und stellte fest, dass das gesuchte Café nicht mehr weit entfernt sein konnte.

Als sie es bald darauf gefunden hatte und betreten wollte, läutete ihr Handy. Es war Charles. Sie sah, dass er es schon mehrmals bei ihr versucht hatte.

»Was ist los mit dir, Florence. Warum meldest du dich nicht?« Eine mehr ungeduldige als besorgte Stimme tönte ihr entgegen.

»Ich melde mich ja gerade, Charles. Warte, ich drehe nur den Ton meines Handys lauter, damit ich dich in dem Verkehrslärm hier hören kann.«

»Kannst du reden oder kannst du mich bald zurückrufen. Ich habe interessante Neuigkeiten!«

»Nein, geht schon, bin gerade unter einen Hauseingang getreten. Hier ist es ruhiger.«

»Sehr gut. Ich habe nämlich die Mädchen hier. Sie werden beide bei mir übernachten. Durya Lambert hat mich angerufen und mich darum gebeten. Wie vereinbart, hat sie heute Ada zu Lena gebracht. Geplant war ein kurzer Besuch von zwei Stunden. Sie wollte sich in der Zwischenzeit in Madame Gilberts Garten setzen und lesen. Dazu ist es aber nicht gekommen. Lena war nämlich in völliger Auflösung, als sie kamen. Denn – und jetzt halte dich fest, Florence – sie hatte gerade zuvor erfahren, dass unser Bürgermeister, Francois Garnier, ihr Vater ist.«

Charles schwieg, er wartete offensichtlich Florences Reaktion ab. Trotz der kühlen Abendluft spürte diese, wie ihr plötzlich ganz heiß wurde. Das war es also, mit dem Robert Albert seine Frau in der Hand gehabt hatte. Er hatte es offensichtlich gewusst. Schon immer? Und Garnier ebenso – oder hatte er es auch erst vor Kurzem erfahren? Die Tragweite dieser Information war jedenfalls beträchtlich. Plötzlich gab es, neben seinem Kreuzzug für eine ökologische Produktionsweise, ein weiteres Motiv für die Ermordung Robert Alberts. Die Wahrscheinlichkeit, dass Francois Garnier den unliebsamen Rivalen aus dem Weg geschafft hatte, war dadurch wesentlich größer geworden. Mit oder ohne Wissen von Madame Albert.

»Das ist allerdings eine hochinteressante Information«, sagte Florence. »Weißt du, auf welche Weise Lena es erfahren hat?«

»Auf eine denkbar ungünstige Art. Durya sagt, Lena hat zufällig ein Telefongespräch mit angehört, das ihre Mutter mit Francois Garnier geführt hat. Sie hat sofort ihre Mutter zur Rede gestellt, und das Ganze ist in einen riesigen Streit zwischen Mutter und Tochter ausgeartet. Lena ist aus dem Haus gerannt, und Durya und Ada haben sie auf der Straße angetroffen.«

»Und wie sind sie dann bei dir gelandet?«

»Durya hat kurz mit Lenas Mutter gesprochen und hat dann mit deren Einverständnis mit den beiden Mädchen einen Ausflug hinauf auf die Hügel gemacht. Dort sind sie spazieren gegangen und haben dann in Bonnieux noch etwas gegessen. Lena hat sich zwar beruhigt, wollte aber partout nicht zurück zu ihrer Mutter. Als ich dann am Nachmittag in der Pension von Elena ankam, platzte ich gerade in eine Besprechung aller Beteiligten. Die Mädchen hatten sich darauf versteift, dass sie sich nicht trennen wollten, und Durya hatte schon einen wichtigen Termin in Avignon versäumt und musste dringend zu einem weiteren. Dann habe ich eben die Mädchen zu mir mitgenommen.«

»Und wie ist die Stimmung jetzt?«

»Lena und Ada sind unten im Zimmer von Chantal, ich halte die Stellung, und Durya kommt heute noch einmal aus Avignon hierher zurück. Florence, ich habe Durya eingeladen, in Saignon zu übernachten, und sie war einverstanden. Morgen sehen wir dann weiter.«

»Wenn du Unterstützung brauchst, Charles, ändere ich meine Pläne und komme noch heute.«

»Das ist nicht nötig, Florence. Du bleib nur schön in Marseille. Ich habe im Augenblick ohnedies genug Frauen im Haus. In welchem Hotel bist du denn nun abgestiegen.«

»Im *Petite Ville*, einem hübschen kleines Hotel im Panier-Viertel. Jetzt bin ich am Weg zum Abendessen. Ich werde aber morgen so früh wie möglich zurückkommen, damit ich noch mit Durya reden kann.«

Dass sie sich gleich mit einem attraktiven jungen Künstler treffen wollte, und das in dem Café, in dem Madame Albert so lange auf ihren Mann gewartet hatte, verschwieg sie ihm. Diese Geschichte würde sie ihm morgen erzählen.

Wenige Minuten später betrat Florence das *Café Jean Paul.* Aus der lauten Stadtatmosphäre hinein in die Stille eines schmalen, lang gestreckten Raumes, in dem eine Theke aus dunklem Holz und hellen Glasvitrinen den größeren Teil einnahm. Von den wenigen kleinen Tischchen, die sich an der Wand hinzogen, war nur eines von zwei jungen Leuten besetzt, die in einem Buch lasen.

»Kann ich Ihnen helfen, Madame?« Eine große, rundliche Frau war hinter dem Tresen aufgetaucht und lächelte Florence freundlich zu.

»Ich treffe mich hier mit einem Freund und möchte dann zu Abend essen.«

»Der Speisesaal ist hinten. Kommen Sie, ich gebe Ihnen einen Tisch.«

Sie öffnete eine Klappe am Tresen, schlüpfte durch und ging langsam voraus. Tatsächlich, der schmale Raum erweiterte sich zu einem größeren Saal, der prächtiger war, als Florence es erwartet hatte, und in dem etwa ein Drittel der Tische besetzt war. Während die eine Seite des Raumes mit Stoffbahnen verkleidet war, deren große Muster an japanische Kimonos erinnerten, wurde die ihr gegenüberliegende Wand von einer Fensterfront dominiert, die auf eine Seitengasse hinaus ging und deren bunte Glasscheiben nur einen verschwommenen Blick auf das Geschehen auf der Straße erlaubten. Das Licht, das mehrere tief von der Decke herunterhängende Kugellampen verbreiteten, war angenehm hell, aber keineswegs grell. Hier – an einem dieser über den Raum verteilten kleinen Tischchen – war also Madame Albert an jenem Abend gesessen und hatte auf ihren Mann gewartet. Oder doch eher auf Monsieur Garnier, den Bürgermeister von Saignon? Oder hatte sie draußen an einem der noch kleineren Tischchen gegenüber dem Tresen Platz genommen? Gerade als die Kellnerin auf einen Tisch vorne an der Fensterfront zeigte, sah Florence, wie an einem der Tische an der rückwärtigen Wand ein allein sitzender Gast seine Hand hob.

»Wollen Sie sich nicht zu mir setzen, Madame Beaumarie! Ich vermute, dass wir aus den gleichen Gründen hier sind!«

Kommissar Barain aus Marseille hatte sich mittlerweile zu seiner beeindruckenden Größe erhoben.

Florence bat die Kellnerin, ihr das Fenstertischen für später zu reservieren, und ging zu ihm.

»Ich treffe mich mit einem Freund hier in einer halben Stunde zum Abendessen. Bis dahin leiste ich Ihnen gerne an Ihrem Tisch Gesellschaft.« Es stellte sich heraus, dass er bereits gespeist hatte und im Begriff gewesen war zu bezahlen. Jetzt änderte er seinen Plan und lud sie noch auf ein Glas Wein ein.

»Sie sind offensichtlich nicht mehr im Dienst?« Florence hatte den Wein dankend angenommen.

»Nun ja, ein, zwei Gläschen zum Tagesausklang«, bemerkte er schmunzelnd, wurde dann aber sofort wieder strenger.

»Sie sind also immer noch in Marseille? Ich dachte, Sie wollten am Abend zurück nach Saignon fahren.«

»Ich habe festgestellt, dass ein einziger Tag für die Besichtigung dieser faszinierenden Stadt nicht ausreicht.«

»Faszinierend aus der Sicht einer selbsternannten Ermittlerin«, bemerkte er trocken. »Sie haben wohl kein Vertrauen in die Arbeit der hiesigen Kriminalpolizei.«

Florence hatte nicht vor, auf diese Bemerkung einzugehen.

»Ich habe interessante Neuigkeiten für Sie, die ich allerdings nicht meinem Aufenthalt hier in Marseille, sondern anderen Quellen verdanke.«

Sein Kopf schoss in die Höhe und stieß beinahe an eine der tief hängenden Lampen an.

»Und zwar?«

Sie erzählte ihm, dass sie soeben erfahren hatte, dass Francois Garnier, der Bürgermeister von Saignon, der Vater der Tochter des Mordopfers war. Er wiederum berichtete, dass seine Mitarbeiter ohnedies schon den ganzen Nachmittag erfolglos versucht hatten, Monsieur Garnier zu erreichen. »Sie sehen also, Madame«, sagte er, »dass ich Ihren Hinweis zur Beziehung von Sissy Albert und Francois Garnier durchaus ernst genommen habe.« Vor wenigen Minuten habe er von diesem Beamten erfahren, dass Francois Garnier soeben in seiner Zweitwohnung in Marseille eingetroffen sein. Er habe ihn daraufhin für den nächsten Morgen auf das Revier vorgeladen.

»Und Sie haben keine Sorge, dass Ihnen ein potenziell Verdächtiger durch die Lappen gehen könnte, wenn Sie ihm bis morgen früh für seine Aussage Zeit lassen.«

»Nein, die Sorge hatte ich bisher nicht«, antwortete der Kommissar. »Aber jetzt, wo ich von Ihnen erfahren habe, dass er der biologische Vater von Lena Albert ist, hat sich die Sachlage geändert. Ich werde ihn noch heute zu mir zu einem Verhör bringen lassen.«

»Eine gute Entscheidung, Kommandant. Aber sagen Sie, haben Sie hier im Café noch etwas Neues erfahren? Sie sind doch nicht nur zum Abendessen hierhergekommen.«

»Genauso wenig wie Sie, Madame Beaumarie. Natürlich wollte ich wissen, ob ein Mann wie Garnier am Abend des Mordes, als Madame Albert so lange auf ihren Mann gewartet hatte, hier gesehen worden sein könnte.«

Florence sah ihn erwartungsvoll an.

»Ich muss Sie enttäuschen, Madame. Sowohl die Besitzerin des Cafés als auch die Mitarbeiterin, die damals Dienst hatte, sind sich sicher, dass an jenem Abend außer dem Reiseleiter und später dem Herrn, der Madame Albert abgeholt hat, kein weiteres männliches Wesen diese Dame aufgesucht hatte. Offensichtlich war sie tatsächlich den ganzen Abend alleine.«

Der Kommissar sah auf seine Uhr. »Jetzt muss ich aber wirklich los. Gibt es noch etwas, was Sie mir vielleicht sagen möchten?« Sie verneinte, und er wünschte ihr noch einen schönen Abend. Mit seinen langen Beinen hatte er in wenigen Schritten den Saal durchquert und war verschwunden.

Derart groß zu sein, hat auch Vorteile. Florences Blicke folgten ihm amüsiert. Mit solchen Beinen ist er jetzt vermutlich doppelt so schnell auf seinem Kommissariat, als wir normal Sterbliche es wären.

30

Das Abendessen mit Emilian Pagnol verlief erwartungsgemäß angenehm. Auf einen Aperitif und Wein hatten sie verzichtet und sich mit einer großen Flasche Mineralwasser begnügt. Sie hatten noch einmal über ihren Besuch in der Boutique von Eloise Bonnet gesprochen. Emilian hatte gesagt, dass er das Gefühl nicht los würde, dass Solveigh ihn nur mit der halben Wahrheit abgespeist hatte.

»Ich gestehe Ihnen jetzt etwas«, hatte er gesagt. »Ich habe Solveigh noch einmal angerufen und sie gefragt, ob sie nicht Lust hat, schon heute meine Bilder anzuschauen. Ein Teil davon, schwindelte ich, müsste morgen zu einer Ausstellung nach Rouen, und das sei die letzte Chance, sie zu besichtigen. Sie hat zugesagt, hat mich aber gefragt – désolé, Florence – ob ich dann hoffentlich mein Kindermädchen nicht dabei hätte.«

»Damit wäre geklärt, dass Solveigh Bonnet es nicht nur auf Ihre Bilder abgesehen hat«, bemerkte Florence trocken. »Wie sind Sie denn ausgerechnet auf Rouen gekommen?«

»Das war so eine Eingebung. Keine Ahnung!« Er runzelte die Stirn. »Oder vielleicht doch? Vielleicht deswegen, weil mich Solveigh heute Nachmittag irgendwie an die Jungfrau von Orleans erinnerte, die, wie Sie natürlich wissen, in Rouen den Feuertod erlitten hat. Als sie mir von ihrem Engagement für die Umwelt erzählte, wirkte sie so kämpferisch, dass ich sie plötzlich als Jeanne d'Arc vor mir sah. Ich habe die Eigenheit, dass in meinem Kopf alles, was ich denke, sofort in Bilder umgesetzt wird.«

»Interessant«, sagte Florence, »da wird Ihnen ja der Stoff für Ihre Gemälde nie ausgehen! Aber was Solveigh Moreau betrifft ... das Kämpferische einer Jeanne d'Arc habe ich auch an ihr bemerkt. Hoffen wir, dass sie nicht über das Ziel hinausschießt. Wo wird denn diese Besichtigung Ihrer Bilder stattfinden, Emilian?«

»Dort, wo ich sie gelagert habe, liebe Florence. Wie ich ja schon erzählt habe, teile ich mir eine Wohnung mit zwei Freunden. Gar nicht weit von hier. Einer davon, Edouard, hat einen reichen Vater, der ihm die Wohnung finanziert, und Louis und ich wohnen dort zur Untermiete. Die Zimmer sind riesig – und in meinem habe ich noch Platz genug für die Bilder.«

Auch Florence hatte jetzt ein Bild im Kopf. Emilian mit Solveigh auf einem großen Doppelbett unter einer roten Decke. Ziemlich attraktiv! Was bezweckte er wirklich? Hatte er es auf Solveigh abgesehen, oder wollte er sich auf eigene Faust in ihre Ermittlungen einmischen? Sie entschloss sich, ihm den Wind aus den Segeln zu nehmen. Wenn nötig, würde sie selbst noch einmal mit Solveigh sprechen, aber in ihre Arbeit hineinziehen wollte sie ihn auf keinen Fall.

»Zeigen Sie Solveigh Ihre Bilder, Emilian, und präsentieren Sie sich als der höchst talentierte Künstler, der Sie sind. Spielen Sie aber bitte nicht mehr Detektiv. Ich bin Ihnen sehr dankbar für die Mithilfe, aber ich will, dass der Ball bei mir bleibt. Ich bin Profi und Sie nicht. Sollte die Sprache noch einmal auf Alima Semana kommen, so sagen Sie einfach, dass Sie nichts weiter über sie wissen.«

Emilian reagierte verständnisvoll. »Wie Sie meinen. Ich akzeptiere Ihren Standpunkt. Falls Sie jedoch denken, dass ich an Solveigh aus – na sagen wir – eher erotischen Gründen interessiert bin, täuschen Sie sich. Mein diesbezügliches

Interesse gilt nicht unbedingt dem weiblichen Geschlecht. Ich nütze nur gerne jede Gelegenheit, um meine Bilder herzuzeigen.«

Als Florence in Begleitung Emilians eine gute Stunde später das Café verließ, wusste sie wieder einiges mehr über ihn und – interessanter, als gedacht – über die moderne Malerei. Vielleicht könnte sie dieses Interesse vertiefen. Sozusagen als Kontrapunkt zu ihrem Interesse an der Barockmusik.

Auf den Straßen von Marseille war es stiller geworden. Obwohl niemand zu sehen war, hatte Florence wieder das seltsame Gefühl, beobachtet zu werden. Emilian gegenüber erwähnte sie jedoch nichts.

»Da vorne rechts müssen Sie abbiegen, um zu Ihrem Hotel zu kommen«, sagte Emilian jetzt. »Ich begleite Sie noch.«

»Das ist wirklich nicht nötig. Keine Sorge, ich kenne mich hier schon aus. Gehen Sie lieber nach Hause und verwandeln Sie ihr Zimmer in eine Galerie. Vielleicht kennt ja Solveigh tatsächlich vermögende Kunstliebhaber. Ich werde Sie jedenfalls irgendwann einmal Bruno Amontero vorstellen. Ich weiß, dass er an Malerei außerordentlich interessiert ist.«

»Das wäre super, Florence! Na gut, dann gehe ich jetzt. Ich muss meine Bude wirklich noch aufräumen, bevor ich Damenbesuch erhalte. Wir bleiben in Kontakt!«

»Das tun wir, Emilian. Es war ein großes Vergnügen, Sie kennengelernt zu haben, und das Porträt, das Sie von mir gemacht haben, wird einen Ehrenplatz bekommen. Und ich werde Sie weiterempfehlen!«

»Danke, Florence. Ich melde mich bestimmt wieder bei Ihnen. A bientôt! Passen Sie auf sich auf.«

Florence blickte ihm nach. Sie hatte keine Eile. Was für ein Tag das heute gewesen war! Auch wenn der Erfolg ihrer

Aktion noch nicht absehbar war, so hatte sich der Ausflug nach Marseille in jedem Falle gelohnt. Auch ihren spontanen Entschluss, am Morgen auf die Insel zu fahren, hatte sie nicht zu bereuen. Jetzt bekam sie Lust, noch einmal zum Ausgangspunkt ihres heutigen Tages zurückzukehren. Sie befand sich wieder auf der Canebière und bis zum Vieux Port würde sie höchstens zehn Minuten benötigen. Bald darauf stand sie an jener Stelle, an der am heutigen Morgen ihre Abenteuer ihren Ausgang genommen hatten. In wenigen Schritten war sie an der Hafenmauer und überblickte eine ganze Armada von kleineren Schiffen, die hier auf ihre nächste Ausfahrt warteten. Außer dem Geräusch der Wellen, die an die Schiffswände schlug, war nichts zu hören. Die Lichter der Stadt spiegelten sich im Wasser. Ein Farbenspektakel in Blau, Gelb und Orange. Sie sah genauer hin und entdeckte noch andere Farben. Ein zartes Rosa, ein freches Pink, ein Tannengrün! Trug ihre Begegnung mit Emilian schon Früchte?

Gerade wollte sie sich auf eine vor ihr stehende Bank setzen, als sie von einem Objekt an der rechten Schulter getroffen wurde. Ein heftiger Schlag, dann ein blechernes, rollendes Geräusch auf dem Pflaster. Abrupt drehte sie sich um und bemerkte eine schwarz gekleidete schlanke Gestalt im Dunkeln verschwinden. Sollte sie ihr nachlaufen? Keine Chance, sie einzuholen. Der Gegenstand, der sie getroffen hatte, war offensichtlich über die Hafenmauer ins Wasser gerollt. Aus dem Boot direkt vor ihr tauchte eine Gestalt auf. »Ist Ihnen etwas passiert?«

Florence schüttelte den Kopf. Eine kleine drahtige Frau war behände zu ihr hinauf geklettert und sah sie besorgt und fragend an.

»Vielen Dank«, sagte Florence, »es geht schon. Ich bin

offensichtlich von einem Geschoss getroffen worden, habe aber niemanden gesehen oder gehört.«

»Na ja, die Wellen übertönen hier ja auch viele Geräusche.« Die Frau sah sie prüfend an. »Brauchen Sie wirklich keine Hilfe, Madame?«

»Nein, nein. Danke noch einmal. Ich komme zurecht.«

Die Frau verschwand wieder in ihrem Boot, tauchte aber sofort erneut auf. Sie hatte eine Getränkedose in der Hand, die sie Florence hinhielt. »Könnte es das sein, wovon Sie getroffen wurden? Dieses Ding lag vorher bestimmt noch nicht in meinem Boot.«

Florence streckte ihre Hand nach der Dose aus und verspürte einen stechenden Schmerz an der Schulter. Sie nahm sie entgegen und betrachtete sie. Die Dose hatte eine Delle und fühlte sich leichter an als übliche Getränkedosen. Beim Schütteln hörte sie ein schepperndes Geräusch.

»Das könnte es gewesen sein«, sagte sie.

»Komisch«, die Frau saß schon wieder absprungbereit auf der Hafenmauer. »So etwas fliegt doch nicht einfach durch die Luft, da muss Sie jemand attackiert haben. Soll ich die Polizei rufen?«

»Das ist nicht nötig.« Florence schüttelte den Kopf. »Das kann auch ein dummer Zufall gewesen sein. Ich möchte jetzt nur mehr in mein Hotel und ins Bett und bestimmt nicht die halbe Nacht auf einem Polizeirevier verbringen.«

»Na gut«, sagte die Frau, »aber passen Sie auf sich auf.« Dann verabschiedete sie sich zum zweiten Mal und verschwand wieder in ihrem Boot.

15 Minuten später war Florence in ihrem Hotelzimmer und ließ sich – jetzt doch schon sehr müde – auf das Bett fallen. Vor ihr auf dem Tischchen stand die Dose. Ein ihr unbekanntes Getränk! Goldbraune Ränder, schwar-

zer Hintergrund und in der Mitte das Bild einer halben Orange, aus der der Saft spritzte. Irgendwo hatte sie so eine Dose schon einmal gesehen. Wo, wollte ihr aber jetzt nicht einfallen. Sie war erschöpft und jetzt wirklich müde, aber natürlich musste sie dieses Objekt noch genauer untersuchen. Es könnte eine absichtliche Attacke gewesen sein.

Seit ihrer Jugend enthielt ihr Rucksack eine Kosmetiktasche, in der sich ihre detektivische Grundausrüstung befand. Ein bisschen altmodisch das Ganze, aber so war sie eben auch. Das Zeug hatte ihr schon viele nützliche Dienste erwiesen. Jetzt holte sie ein paar Einweghandschuhe aus dieser Tasche und widmete sich der Dose. Der Trinkschlitz war geöffnet und wieder zugeklebt worden. Offensichtlich hatte man einen Stein oder ein anderes Objekt hineingesteckt. Tatsächlich! Mit Hilfe eines kleinen Schraubenziehers förderte sie den Stein und einen zusammengerollten Papierstreifen zutage. Es würde kein Liebesbrief sein! Stattdessen eine kleine Bleistiftzeichnung, die offensichtlich einen Grabstein darstellte, mit der Inschrift »Florence Beaumarie«. Darunter stand nur noch ein einziger Satz: »Auf dem Friedhof von Lourmarin für Sie reserviert!«

Florence ließ sich auf ihrem Bett zurückfallen und starrte an die Decke. Die erwartete Drohung! Und mit Sicherheit die Handschrift eines Mörders – oder einer Mörderin! Aber Mörder oder Mörderin von wem? Von Alima Semana oder von Robert Albert? Jedenfalls ein Signal, dass sich jemand von ihren Recherchen bedroht fühlte. Einmal mehr! Erneut ein stechender Schmerz in der Schulter. Die Tränen der Erschöpfung kamen unerwartet. »Freu dich doch«, flüsterte sie sich selbst zu. »Jetzt weißt du wenigstens, dass du auf der richtigen Spur bist.« Dann erhob sie sich und prüfte, ob sie die Tür ihres Hotelzimmers auch tatsächlich abgeschlossen hatte.

Sollte sie Lambert noch anrufen? Sie hatte nicht mehr die Kraft dazu. Heute konnte er ohnedies nichts mehr tun, aber die Dose musste natürlich auf Fingerabdrücke oder DNA-Spuren untersucht werden.

Kaum hatte sie an Lambert gedacht, kam auch schon sein Anruf.

»Ich bin in Saignon, Florence«, sagte er. »Ich habe Durya hierhergefahren, und Charles hat mich eingeladen, ebenfalls hier zu übernachten. Durya und ich müssen zwar morgen sehr früh raus, aber wir genießen es gerade, hier einen entspannten Abend zu verbringen. Wir finden es schade, dass du nicht bei uns bist. Es gibt schon wieder etwas Neues, und wenn du es hören willst, erzähle ich es dir noch.«

Ich habe auch Neuigkeiten, dachte Florence, aber das erzähle ich dir lieber morgen. »Schieß los«, sagte sie.

»Es ist eigentlich die Geschichte von Durya«, sagte er. »Sie beschäftigt sich gerade noch mit den Mädchen und ist einverstanden, dass ich es dir erzähle. Sie hatte nämlich heute ein Treffen mit den Eltern des inhaftierten Aadil Kerboua. Sie hat eine professionelle Konfliktreglerin um Vermittlung gebeten, und die hat es geschafft, seine Eltern, Ana und Alim Kerboua mit ihr an einen Tisch zu bringen. Das Gespräch ist gut gelaufen. Sie hat erfahren, dass die Kerbouas in jungen Jahren bis zum Ausbruch des Bürgerkrieges im Hotel von Duryas Großvater in Oran gearbeitet haben. Dann waren sie jedoch zwischen die Fronten der Bürgerkriegsparteien geraten und hatten als vermeintliche Kollaborateure nach Frankreich fliehen müssen. Aber das weißt du ja eigentlich schon. Dort hatten sie das Schicksal vieler Emigranten geteilt und Ablehnung und Arroganz vonseiten der Franzosen erfahren. Duryas Familie hatten sie immer als die wahren Verantwortlichen für ihr Schicksal angesehen. Als Naima Abourdaham, die Cousine von Madame Kerboua, zu Durya ins Frauenhaus kam und herausfand – wie, war ihr nicht zu entlocken – dass Durya aus der Familie Bessoucan in Oran stammte, sah Madame Kerboua endlich eine Gelegenheit zur Vergeltung. Ihren Sohn, den sie ein Leben lang auf dieses Thema eingeschworen hatte, hat sie dazu überredet, meiner Frau einen Denkzettel zu verpassen. Madame Kerboua hat allerdings beteuert, dass sie nie vorhatten, Durya wirklich etwas anzutun. Sie wollte ihr nur einen gehörigen Schrecken einjagen. Mit dem Mord an Alima Semana hätte ihr Sohn aber ganz gewiss nichts zu tun. Er sei mit Sicherheit kein Mörder, schon gar nicht an einem armen afrikanischen Mädchen, das er überhaupt nicht kannte. Durya glaubt ihnen. Sie hat den Kerbouas ihre Unterstützung zugesagt und ihnen den besten Anwalt versprochen, den sie kennt, und morgen hat sie schon um 8 Uhr einen Termin in der Haftanstalt, um mit Aadil zu reden. Was sagst du dazu, Florence?«

»Ich finde das gut. Sag das bitte Durya. Ein Prozess der Versöhnung ist sicher für alle Beteiligten wichtig.«

»Ja, es wird eine große Entlastung auch für Durya sein. Durya war heute zum ersten Mal seit Langem wieder einigermaßen entspannt. Allerdings ist sie jetzt mit den Problemen von Lena Albert beschäftigt. Lena weigert sich nach wie vor, zu ihrer Mutter zurückzukehren. – Aber sag jetzt du, was dein Ausflug nach Marseille noch gebracht hat?«

Das, sagte sie noch einmal, würde sie ihm morgen erzählen. Sie würde ihm auch gerne etwas zeigen und auf ihrer Rückfahrt von Marseille einen kleinen Abstecher nach Avignon machen. Sie wolle morgen sehr früh aufbrechen und müsse jetzt endlich ins Bett. Er war damit einverstanden.

»Ruf mich am besten an«, sagte er, »wenn du morgen in Avignon oder knapp davor bist. Ich habe schon um 7 Uhr eine Besprechung in meiner Dienststelle und muss hier auch sehr früh weg. Die Besprechung wird aber nicht lange dauern. So ab 7.30 Uhr stehe ich dir zur Verfügung.«

Sie war jetzt richtig müde und hatte plötzlich heftige Kopfschmerzen. Sie nahm eine Schmerztablette, legte sich ins Bett und war auf der Stelle eingeschlafen.

31

Florence liebte Vivaldi. So wie er jetzt vor ihr stand, hatte sie sich ihn immer vorgestellt. Rote Locken, ein zartes, bartloses Gesicht, ein mildes Lächeln. Er war nicht alleine, sondern umgeben von einer ganzen Schar junger Mädchen in pastellfarbenen Kleidern und mit Geigen in den Händen. Ein Boot hatte Florence nach Venedig gebracht. Hierher in diesen Palazzo. Eines der Mädchen löste sich aus der Gruppe. Florence fiel erst jetzt auf, dass es im Gegensatz zu den anderen ein schwarzes Kleid trug. Der schwarze Schwan, dachte sie unwillkürlich, aber da hatte Signore

Vivaldi schon die Hand des Mädchens ergriffen und sie zu Florence geführt. »Unsere neue Solistin«, sagte er. »Sie heißt Alima und wird uns sogleich mit ihrem Spiel beglücken. Bringt ihr die Violine!« Schon flog eine Violine durch die Luft und wurde von dieser Alima graziös aufgefangen. Gleich darauf verwandelte sich das Instrument jedoch in eine ganz gewöhnliche Getränkedose. Dennoch erklangen sofort die ersten Takte von Vivaldis *Frühling*, wurden aber von einer schrillen Stimme aus dem Publikum unterbrochen. »Trink schon, Alima. Die Musik spielt auch ohne dich.« Florence drehte sich um und stand unmittelbar vor Eloise Bonnet, die das Kleid in Türkis und Blau trug, das sie selbst gekauft hatte. Auf einmal verspürte Florence einen Schmerz in ihrer Schulter. Die Musik spielte immer lauter, während sich die Umgebung um sie herum in ein Hotelzimmer verwandelte, in dem ein türkis-blaues Kleid an einem Kleiderständer hing. Die Musik war aus ihrem Handy gekommen. Wie schade. Zu gerne hätte sie noch weiter geträumt.

Allzu lange konnte sie noch nicht geschlafen haben. Sie sah auf die Uhr. Es war knapp vor Mitternacht. Falls der Anruf nicht ein Irrläufer gewesen war, musste es wichtig sein. Niemand würde sie sonst zu dieser nächtlichen Stunde stören. Sie sah auf das Display. Es war Emilian, der ihr inzwischen etwas auf den Anrufbeantworter gesprochen hatte.

Anstatt die Nachricht abzuhören, rief sie sofort zurück.

»Bonne nuit, Emilian, ist alles in Ordnung?«

»Mehr oder weniger, Florence. Ist mir echt unangenehm, dass ich Sie so spät noch störe, aber das, was ich soeben erfahren habe, muss ich Ihnen einfach mitteilen.«

»Kein Problem, Emilian, reden Sie!«

»Solveigh war bis vor Kurzem hier. Sie war wahnsinnig gesprächig und gleichzeitig sehr emotional. Ich habe mein Versprechen eingehalten und nicht mehr nach Alima Semana gefragt, aber Solveigh hat selbst damit angefangen. Na ja, zuerst hat sie von Ihnen geredet.«

»Von mir?«

»Allerdings! ›Ich weiß jetzt, wer diese Madame Beaumarie in Wirklichkeit ist‹, hat sie zu mir gesagt. Sie hat am Abend noch mit ihrer Chefin telefoniert, und von der hat sie erfahren, dass Sie nicht nur eine pensionierte Polizistin sind, was sie ja schon wusste, sondern dass Sie in gewisser Weise noch immer aktiv sind und im vergangenen Sommer in Avignon einen Mord aufgeklärt haben. Eloise Bonnet hat sich angeblich furchtbar darüber aufgeregt, dass Solveigh Ihnen das mit den gefälschten Modellen von *AnniqueNatur* erzählt hat. Solveigh versteht nicht, warum sie nicht darüber hätte reden sollen! Madame Bonnet hat angeblich sogar damit gedroht, Solveigh zu entlassen. Sie sagt, dass sie ihre Chefin noch nie so wütend erlebt hat. Solveigh hat mich gefragt, ob ich das alles über Sie weiß. Ich habe geschummelt und verneint. Stimmt ja auch. Bis ich Sie heute kennenlernte, habe ich noch nie von Ihnen gehört. Von dem Mordfall im Sommer in Avignon habe ich gelesen, mich aber nicht für Details interessiert. Hätte ich die Wahrheit sagen sollen?«

»Das ist schon in Ordnung, Emilian. Ich glaube aber, dass Solveigh Moreau mehr über mich weiß, als sie zugibt. Sie hat ja lange Gespräche mit Hélène geführt, und wenn Eloise Bonnet meine Geschichte kennt, müsste sie sie eigentlich auch gekannt haben!«

»Angeblich hat Solveigh es nicht gewusst. Sie war im Sommersemester auf einer Uni in Schottland und hat daher nicht mitbekommen, was zu der Zeit in Avignon passiert ist. Außerdem hat sie betont, dass sie grundsätzlich keine Boulevardzeitungen mehr liest.«

Florence gähnte. Sie streifte ihre Bettdecke ab, um wach zu bleiben. »Ich verstehe noch immer nicht, warum sich Madame Bonnet so aufregt. Solveigh will ihr doch offensichtlich nur dabei helfen, die Sache mit den gefälschten Modellen von *AnniqueNatur* aufzuklären!«

»Genau das fragt sich Solveigh auch. Sie hat gesagt, dass sie sich mit Eloise nicht mehr auskennt. Wussten Sie, dass Eloise Bonnet eine Art Ziehmutter für sie ist? Solveighs Mutter hat sich das Leben genommen, als sie erst vier Jahre alt war. Sie ist bei ihrer Großmutter aufgewachsen, aber Eloise Bonnet, die mit ihrer Mutter befreundet war, hat sich auch um Solveigh gekümmert, und seit dem Tod der Großmutter vor einem Jahr kann sie bei ihr wohnen, wenn sie in Marseille ist.«

»Interessant. Ist das alles, was Sie mir erzählen wollten, Emilian?«

»Nicht ganz. Solveigh sagt, sie befürchtet, dass Eloise Bonnet vielleicht sogar etwas mit dem Tod von Alima Semana zu tun haben könnte. Sie will heute nicht mehr zu ihr in die Wohnung zurück. Ich habe ihr angeboten, in einem freien Zimmer unserer Wohngemeinschaft zu übernachten. Sie hat dankend angenommen, und erst dann hat sie mir die ganze Wahrheit über ihre Begegnung mit Alima Semana erzählt.«

»Reden Sie weiter, Emilian!«

»Alima Semana war nicht nur einmal, sondern mehrere Male in der Boutique in Marseille, und jedes Mal hat es eine heftige Auseinandersetzung zwischen ihr und Eloise gegeben. Eloise war danach immer furchtbar schlecht gelaunt.

Solveigh hat nicht gehört, weswegen sie sich gestritten haben, denn Eloise hat Alima jedes Mal gleich auf die Straße hinauskomplimentiert. Sie hat aber gesehen, dass Eloise Alima am Ende immer Geld gegeben hat. Sie hat den Verdacht, dass Alima Semana Eloise erpresst hat. Sie hat sogar die Hypothese aufgestellt, dass Eloise Bonnet deswegen sogar zur Mörderin an ihr geworden sein könnte.«

Er machte eine kurze Pause und ließ seine Worte wirken. Bevor Florence etwas sagen konnte, fuhr er fort.

»Warum hat sie mir das nicht schon am Nachmittag gesagt? Ich glaube, dass sie längst wusste, dass die Ermordete von Avignon die Gleiche war, die mit ihrer Chefin gestritten hat. Wenn das überhaupt stimmt!«

»Ist Solveigh jetzt bei Ihnen?«

»Sie schläft im Zimmer von Jean, der in den Weihnachtsferien nicht hier ist.«

Florence war mittlerweile hellwach.

»Wann kann ich morgen früh zu Ihnen kommen, um mit Solveigh zu reden?«

»Sie wollten doch schon ganz früh zurück nach Saignon fahren!«

»Dann muss ich eben meine Pläne ändern!«

»Aber Sie werden doch Solveigh morgen ohnedies sehen! Sie hat mir erzählt, dass Sie am Abend gemeinsam mit ihr und Eloise Bonnet bei Madame Mordents Silvesterfeier eingeladen sind. Ich habe Solveigh gefragt, ob sie die ganze Geschichte nicht lieber der Polizei erzählen will, aber das hat sie strikt abgelehnt. Sie will morgen ausschlafen und ihre Ruhe haben.«

»Nun gut. Vielen Dank für Ihren Anruf, Emilian. Ich lasse mir das noch durch den Kopf gehen. Heute können wir nichts mehr tun. Das, was Solveigh über Madame Bonnet berichtet und was wir heute über sie und die Marke *AnniqueNatur* erfahren haben, ist seltsam, reicht aber bei Weitem nicht aus, um sie eines Mordes zu beschuldigen. Über die angeblichen Kontakte zwischen Eloise Bonnet und Alima Semana müssen die ermittelnden Beamten allerdings informiert werden. Das übernehme ich gleich morgen früh. Sie erwähnen bitte nichts davon gegenüber Solveigh. Und bitte, schicken Sie mir noch Solveighs Handynummer. Die habe ich leider nicht.«

»Mache ich, Florence. Danke für Ihr Verständnis! Ich habe Ihnen alles gesagt und gehe jetzt schlafen. Hoffentlich können Sie auch wieder rasch einschlafen! Bonne nuit! Ich verdanke Ihnen einen hochinteressanten Tag!«

»Das freut mich, Emilian! Ich melde mich wieder. Bonne nuit!«

Florence sank in ihr Bett zurück. Es würde nicht leicht werden mit dem Einschlafen. Sie war todmüde und erregt zugleich. Wenn sie um 8 Uhr bei Lambert in Avignon sein wollte, musste sie knapp nach 6 Uhr losfahren. Er rechnete mit ihr. Es war wohl das Vernünftigste, bei ihrem Plan zu bleiben. Sie stellte den Wecker ihres Handys auf 5 Uhr früh. Frühstück bekam sie um diese Zeit noch nicht, ihr Hotelzimmer hatte sie aber ohnedies schon beim Einchecken bezahlt und gleichzeitig angekündigt, dass sie morgen sehr früh aufbrechen würde. Dann sollte sie jetzt besser an etwas anderes denken. Ihr Traum von vorhin fiel ihr wieder ein. Das brachte sie aber erst recht wieder zu Eloise Bonnet. Dass eine wütende Eloise Bonnet in diesem Traum auf Alima Semana getroffen war, war angesichts dessen, was sie soeben von Emilian erfahren hatte, beinahe prophetisch gewesen.

Was hatte Eloise und Alima Semana verbunden, dass

es laut Solveigh zu diesen Begegnungen gekommen war? Etwas, was sie so erregt hatte, dass sie sogar zur Mörderin werden konnte? An einer Afrikanerin, die ohne Arbeitserlaubnis in Frankreich lebte, die eine höchst geschickte Näherin war und deren Lebenstraum es war, Modedesignerin zu werden? Eine, die überdies mit einem deutschen Touristen Kontakt gehabt haben könnte, der sich als Missionar für ökologische und faire Produktionsweisen verstand und der ebenfalls ermordet worden war?

Was es wieder einmal Freund Zufall gewesen, der hier die Geschicke gelenkt hatte? Florence wusste, dass außerordentliche und seltene Ereignisse, zu denen ohne Zweifel auch ungewöhnliche Mordfälle zählten, oft nur durch die Verkettung unerwarteter und unvorhersehbarer Umstände zustande kamen. Zufälle also, deren Auftreten so unwahrscheinlich war wie das Erscheinen eines schwarzen Schwans. Ihre Erfolge als Ermittlerin hatte sie oft genug der Tatsache zu verdanken gehabt, dass sie sich dem Zufall nie verschlossen hatte. Solche singulären Ereignisse folgten einer ganz eigenen Logik. Man musste sich für diese Logik öffnen, wenn man sie enthüllen wollte, und Spuren verfolgen, die andere als unwahrscheinlich abtaten. Man konnte dabei natürlich ins Leere laufen, man konnte knapp daneben treffen oder aber den großen Coup landen. Sie hatte bei dieser Strategie einen erklecklichen Anteil an Misserfolgen eingesteckt, aber sie hatte auch spektakuläre Ergebnisse erzielt. Wie die Geschichte von Alima Semana und Eloise Bonnet ausgehen würde, war ungewiss, aber wieder einmal war offensichtlich sie dazu auserwählt worden, einer riskanten Fährte zu folgen. Über diesen Gedanken schlief sie endlich ein.

32

Ich muss irgendwann wieder hierher zurückkommen, dachte Florence, als sie am Morgen dabei war, ihr Hotelzimmer zu verlassen. Es ist doch ein sehr spezielles Hotel, und ich bin gar nicht dazu gekommen, diese flexiblen Möbel nach meinem Geschmack zu arrangieren. Sie hatte gleich nach dem Aufstehen das Fenster zum Hof hinaus geöffnet und die frische Brise genossen, die hereingeströmt war und sie an die Nähe des Meeres erinnerte. Die Schwere der Nacht war wie weggefegt.

Gerade als sie die Zimmertür hinter sich schließen wollte, entdeckte sie gleich daneben ein Tischchen mit einem roten Tablett, bestückt mit einer kleinen Thermoskanne samt Becher, einem Teller mit einem Croissant, einer Orange, einem grünen Apfel und einigen Scheiben in Cellophan verpackten Schinken und Käse.

»Wir lassen keinen Gast ohne Frühstück abreisen. Sie können alles gerne mitnehmen! Besuchen Sie uns wieder. Bon Voyage!« Das Kärtchen war an einem Hotelprospekt angeheftet und lag neben der Thermoskanne.

Wie freundlich. Florence bekam sofort Appetit und änderte spontan ihren Abreiseplan. Sie würde noch zehn Minuten im Zimmer bleiben und das kleine Frühstück genießen.

Sie nahm das Tablett und ging zurück in das Zimmer. Ah, der Kaffee war nicht schlecht, das Croissant warm und frisch, die Orange bereits so eingeschnitten, dass sie sich leicht schälen ließ. Die Orange ließ sie an die Getränkedose denken, die gestern Nacht offensichtlich jemand mit Absicht nach ihr geworfen hatte. Sie nahm ihren Rucksack, öffnete ihn und holte die Dose heraus. Ein Produkt aus Großbritannien! Ob man das hier in einem Supermarkt bekam? Der Kaffee hatte offensichtlich ihr Gedächtnis in Schwung gebracht, denn nun glaubte sie, sich daran zu erinnern, wo sie eine solche Dose schon einmal gesehen hatte. Gestern in der Boutique von Eloise Bonnet, in dem kleinen Kühlschrank unter dem Tresen! Die Farben waren jedenfalls ganz ähnlich gewesen: Schwarz und ein leuchtendes Orange!

Schon wieder kam ihr ein schwarzer Schwan in den Sinn. Symbol für ein singuläres und ungewöhnliches Ereignis, das allen herkömmlichen Erwartungen zuwiderläuft. Für dessen Auftreten galt keine der üblichen Erklärungen. Hatte sie nicht gestern beim Einschlafen darüber philosophiert, dass man vertraute Pfade verlassen musste, wollte man ein derartiges Rätsel lösen? Erneut änderte sie ihren Plan. Es galt, den schwarzen Schwan zu finden. Antoine Lambert musste warten! Sie musste sich das Geschäft von Eloise Bonnet noch einmal anschauen. Der Weg dorthin war nicht weit. Zur Ausrüstung ihres Rucksackes gehörten seit jeher eine Taschenlampe und ein Bund Dietriche. In der Zeit, in der sie bei Monsieur Atlas trainierte, hatte sie sich mit einem charmanten kleinen Gauner angefreundet, der sie den Umgang damit lehrte. Er hatte ihr gesagt, dass sie geschickte Hände hätte, und hatte sie an den schwierigsten Schlössern üben lassen. Und sie war gut darin geworden. Dass er sich in sie verliebt hatte und eines Nachts zur Demonstration seiner Künste unangemeldet in ihr Schlafzimmer eingedrungen war, war eine andere Geschichte. Die Sache mit den Dietrichen hatte sie Honoré Mordent nie verraten. Sie fand aber, dass es zur Ausbildung einer echten Ermittlerin gehörte, und eine solche hatte man ihr bedauerlicherweise offiziell nie angedeihen lassen.

Als sie vor der Boutique *Les Vêtements des Anges* eintraf, stand dort gerade ein Wagen der städtischen Müllabfuhr. Direkt neben dem Geschäftsportal befand sich ein Hauseingang. Die Tür war offen, und ein Müllmann beförderte eine leere Tonne in den Hinterhof. Florence vermutete, dass es auch von diesem Gang aus eine Tür in die Boutique geben musste. Sie schlüpfte hinter ihm hinein. Der Müllmann sah sie, grüßte und hielt sie offensichtlich für eine Hausbewohnerin. Als er wieder verschwunden war, inspizierte sie den Flur und entdeckte sofort die Hintertür in das Geschäft von Eloise Bonnet. Sie hatte ein altmodisches Schloss, das nicht schwer zu knacken war. Typisch, das Geschäftsportal vorne war bestimmt raffinierter gesichert. Gleich darauf huschte der Lichtkegel von Florence Beaumaries Taschenlampe suchend durch den Raum und blieb an den Getränkedosen in der Vitrine unter dem Tresen hängen. Sie sahen genauso aus wie diejenige, von der sie getroffen worden war. Vier Stück, nebeneinander aufgereiht. Sie nahm eine und steckte sie in den Rucksack. Dann fiel ihr Blick auf einen Papierkorb, der beinahe leer war. Sie inspizierte ihn und fand einige Quittungen, ein benutztes Kosmetiktuch und ein kleines leeres Fläschchen Prosecco. Das deutete auf Eloise Bonnet hin. Florence vermutete, dass Solveigh gestern noch den Papierkorb gelehrt hatte, Eloise aber später ebenfalls noch hier gewesen war. Man könnte versuchen, die Fingerabdrücke auf dem Fläschchen und dem Tuch, die wahrscheinlich von Eloise stammten, mit denen auf der Getränkedose zu vergleichen. Kosmetiktuch und Fläschchen wanderten in den Rucksack.

Im Geschäftslokal gab es noch eine zweite Tür, die in einen weiteren Raum führte. Sie war nicht versperrt. Beim Öffnen flammte automatisch eine Lampe auf. Ein kleiner Büroraum! Rasch schloss Florence die Tür hinter sich, damit das Licht nicht nach außen drang. Hier herrschte eine ziemliche Unordnung. So, als hätte jemand etwas gesucht, dann aber keine Zeit mehr zum Aufräumen gefunden! Aber wer? Solveigh wäre eine Möglichkeit! Nach ihr war jedoch – wenn Florence richtig tippte – Eloise Bonnet noch hier gewesen. Möglicherweise im Zustand der Erregung nach dem, was Solveigh zu Emilian gesagt hatte.

»Fischen im Trüben«, Florence war sich gar nicht mehr sicher, ob sie das Richtige tat. Dennoch begann sie, alles zu durchsuchen, was am Schreibtisch, auf zwei Stühlen und am Boden lag. Geschäftsbriefe, Rechnungen, Lieferscheine. Eine herausgerissene Zeitungsseite mit einem Bericht über die Eröffnungsparty der Boutique hier in Marseille, übertitelt mit: »Bio-Kleidung kann todschick sein! Prominentes Publikum trifft sich zur Eröffnung der Boutique von Madame Eloise Bonnet.« Auf einem Foto war eine strahlende Eloise Bonnet zu sehen, umringt von aufgetakelten Freundinnen und – tatsächlich – einer noch kindlichen Solveigh an ihrer Seite. Die Bildunterschrift nannte Namen, die Florence nichts sagten. Die Eröffnung des ersten Geschäftes von Eloise Bonnet war offensichtlich ein glanzvolles Ereignis gewesen.

Unter der Zeitungsseite befand sich eine Klarsichthülle mit Reiseprospekten. Alle über Indien! Angebote für Ayurveda-Kuren an einem Ort namens Varkala. Florence wollte sie schon zur Seite schieben, als ihr eine Haftnotiz am oberen Rand eines der Prospekte auffiel. Ein Name – Amro Raduro – daneben eine Telefonnummer und eine E-Mail-Adresse. Zwei weitere Blätter waren angeheftet und erweckten ihr Interesse. Der Terminplan eines Wellnesshotels in Varkala – in Französisch! Für Madame Eloise Bonnet! Termine für Massagen, Bäder, Ausflüge zwischen dem 2. und 23. Juni vor vier Jahren. Der Termin für eine Exkursion in eine Textilmanufaktur am 12. Juni war dreimal rot unterstrichen und zusätzlich mit einer handschriftlichen Adresse versehen. Die Manufaktur nannte sich *India Textiles: Royal and Modern*, und das zweite Blatt informierte in bunten Farben über dieses Unternehmen. Im Mittelpunkt ein Foto mit drei schönen indischen Frauen, eine in einem traditionellen Sari, zwei in westlichen Kleidern. Der Stil der Kleider erinnerte Florence an *AnniqueNatur*. Sie betrachtete sie genauer. Die kleinen Verzierungen, die Führung der Nähte, vor allem die Stoffe. Hatte sich jemand dort die Inspirationen für *AnniqueNatur* geholt? Eloise Bonnet? Florence stutzte. Hatte das etwas zu bedeuten? Ihre Gedanken machten gerade wilde Sprünge. Hatte Eloise Bonnet etwa solche Kleider ganz billig in Indien eingekauft und hier in Frankreich unter dem Namen des Bio-Labels *AnniqueNatur* teuer verkauft? War das überhaupt möglich? Es würde jedenfalls erklären, warum Eloise Bonnet empfindlich auf Fragen nach *AnniqueNatur* reagierte. Hatte etwa Alima Semana davon gewusst und Eloise Bonnet damit konfrontiert, vielleicht sogar erpresst?

Ein Geräusch aus dem Verkaufsraum ließ sie aufschrecken. Sie hörte Schritte, die sie in einen Alarmzustand versetzten. Gab es einen Fluchtweg? Nur ein Fenster mit undurchsichtigen Scheiben und Gitterstäben, vermutlich auf den Gang hinaus! Keine Möglichkeit, es zu öffnen. Mit einem Schritt war Florence beim Lichtschalter und hatte das Licht ausgedreht. Fast zeitgleich ging draußen im Flur das Licht an. Ein dunkler Schatten huschte am Fenster vorbei. Die Person aus dem Verkaufsraum? Florence riskierte es und öffnete die Tür. Niemand war zu sehen. Nichts wie weg! Ihr Rucksack stand – scheinbar unbemerkt – vor der Tür. Sie schnappte sich ihn. Öffnete die Tür zum Gang. Niemand da. Schon war sie draußen!

Kurz darauf stand sie im Schatten eines Hauseinganges gegenüber dem Geschäftslokal. Durch das Schaufenster hindurch konnte sie beobachten, wie die Person, die sie zur Flucht veranlasst hatte, wieder zurückkam. Mit einem Staubsauger in der Hand. Offensichtlich eine Reinigungskraft. Florence entspannte sich, holte ihr Handy heraus und schaltete es ein. Schon wieder ein Anruf von Lambert. Es war erst 6.30 Uhr. Er konnte sie noch nicht vermisst haben. Wahrscheinlich eine Information zu ihrem Treffpunkt. Sie hörte den Anrufbeantworter ab. »Sorry, Florence, es ist etwas dazwischengekommen. Ich kann erst um 9 Uhr im Café sein, kannst du warten?«

Sie atmete auf. Perfekt! Niemand würde von ihrem Ausflug in das Geschäft erfahren. Sie würde vermutlich um 9 Uhr in Avignon sein, und gegenüber Charles konnte sie sagen, dass Lambert ihre Ankunft leider verzögert hatte. Sie tippte eine kurze Antwort an Lambert in ihr Handy. »Kein Problem. Ich komme um 9 Uhr!«

Es war Zeit, zum Hotel zurückzukehren. Doch schon wieder zögerte sie. Es wäre nicht uninteressant, einige Worte mit der Reinigungsfrau zu wechseln. Solche Personen wussten oft eine Menge über ihre Auftraggeber. Florence klopfte an die Glastür. Die Putzfrau erschien, schüttelte den Kopf und entfernte sich wieder. Florence gab nicht auf. Sie klopfte erneut, heftig und anhaltend. Als sich die

Putzfrau wieder zeigte, hielt Florence einen Zehneuroschein in die Höhe, deutete auf sich und auf das Geschäft. Die Putzfrau stieß einen sichtbaren Seufzer aus und öffnete die Tür.

»Ich bin zufällig hier vorbeigekommen und habe gesehen, dass geputzt wird. Es ist fast unmöglich, eine Putzfrau zu bekommen. Ich brauche aber dringend eine. Hätten Sie Interesse an einen Job bei mir?« Sie überreichte der extrem schlanken Frau mit Kopftuch den Geldschein, den diese kommentarlos in ihre Schürze steckte. Unter der Schürze trug sie zwei dicke Pullover übereinander sowie abgewetzte Jeans. Blonde Haarsträhnen lugten unter ihrem Tuch hervor. Ein hübsches Gesicht. Sie hatte helle Haut, und Florence schätzte sie auf höchstens 20.

»Keine Zeit.« Sie sprach mit einem starken Akzent, der Florence an eine Nachbarin in Paris erinnerte, die aus Moldawien stammte. »Arbeite den ganzen Tag in Fabrik. Nur in der Früh hier im Geschäft.«

»In der Firma von Madame Bonnet.« Die Frau nickte. »Auf der Insel?« Die Frau sah sie verständnislos an. »Welche Fabrik? Wo ist sie? Ich könnte Sie nach der Arbeit abholen. Ich bezahle gut!«

»Weiß nicht«, sagte die junge Frau. Sie wirkte jetzt verschreckt. »Ich werde mit Auto geholt. Sie bitte gehen!«, sagte sie. »Muss arbeiten.«

Florence spürte, dass nichts mehr aus ihr herauszuholen war, entschuldigte sich für die Störung und ging.

Eine Dreiviertelstunde später saß sie in ihrem Auto und brauste Richtung Avignon. Beinahe hätte Charles mit seiner Prophezeiung von gestern Recht behalten. Ihr Navi hatte sie anfänglich ständig im Kreis geführt, und es hatte so ausgesehen, als würde sie aus dieser Stadt tatsächlich nicht wieder hinausfinden. Sie hatte am Straßenrand angehalten und die Straßenkarte studierte, die sich im Handschuhfach ihres Mietwagens befand. Die war total veraltet gewesen, hatte ihr aber gezeigt, dass sie gerade wieder stadteinwärts unterwegs gewesen war. Da war sie kurzentschlossen ihrem Instinkt gefolgt. Nachdem um diese Tageszeit vermutlich alle nach Marseille hinein wollten, hatte sie sich auf der Gegenfahrbahn eingefädelt und war zu ihrer eigenen Überraschung bald darauf aus der Stadt draußen gewesen. Es wäre doch wunderbar, dachte sie sich jetzt, wenn es sich bei der Auflösung ihres Kriminalfalles genauso verhalten würde. Auch hier hatte sie schon mehrmals die Fahrspur gewechselt und hoffte, jetzt in der richtigen Richtung unterwegs zu sein.

33

Durya und Antoine Lambert saßen Florence in einem kleinen und liebevoll eingerichteten Café in Avignon gegenüber. Florence hatte sich nach der langen Autofahrt einen Cappuccino gegönnt, dessen Milchschaum mit einem Glückskleeblatt aus Kakao verziert war. Das brachte das Gespräch sofort auf den heutigen Silvesterabend, und

Durya teilte Florence mit, dass die Mordents sie zur Silvesterfeier eingeladen hätten.

»Und, kommt ihr?«

»Leider nein«, antwortete Durya. »Ich feiere mit meinen Frauen, und Antoine wollte ursprünglich mit Ada in eine Theatervorstellung gehen. Mittlerweile hat sich die Lage geändert. Ada, die offensichtlich in Honoré Mordent vernarrt ist oder in das Haus, in dem die Mordents wohnen, oder in beides zusammen, will unbedingt mit Charles zu den Mordents fahren. Natürlich möchte auch Lena mit, aber da gibt es gerade noch Komplikationen mit ihrer Mutter und deren Freund. Meinem Mann hier ist das sogar recht. Er will heute noch länger arbeiten. Seine Ersatzkommissarin ist abgereist, und endlich ist er wieder in seinem Element. N'est-ce pas, Chéri?«

»Allerdings«, die auffallend spitze Nase Antoine Lamberts streckte sich triumphierend in die Höhe. Wenn er, so wie jetzt, lächelte, wirkte er charismatisch und »très charmant«, und man konnte gut verstehen, warum Durya sich in ihn verliebt hatte.

»Kommissarin Lagrange hat den Fall abgeschlossen und Aadil Kerboua der Staatsanwältin übergeben.«

»Und der Fall ist nun für dich ebenfalls ad acta gelegt?« Die Frage kam von Florence.

In einer resignierten Geste warf Antoine Lambert seine Arme in die Höhe. »Was soll ich machen? Die Staatsanwältin hat mir jegliche weiteren Ermittlungen untersagt.«

»Und daran hältst du dich?«

»Na, was glaubst du?«, antwortete Durya anstelle ihres Mannes. »Der Fall wird ihn bestimmt noch weiter beschäftigen. Aber stell dir vor, Florence. Aadil Kerboua wird höchstwahrscheinlich noch heute aus der Untersuchungshaft entlassen. Er scheint einen betuchten Gönner zu haben, der eine astronomisch hohe Kaution für ihn hinterlegen will.«

Florence sah Antoine erstaunt an. Der zuckte mit den Schultern.

»Frag Durya. Die war soeben bei Aadil Kerboua.«

Florence zog die Augenbrauen hoch, und Durya antwortete.

»Antoine hat dir ja schon erzählt, dass ich gestern ein sehr gutes und bewegendes Gespräch mit den Eltern von Aadil Kerboua hatte. Anschließend habe ich mir einen Besuchstermin bei ihm in der Untersuchungshaft geben lassen. Sie haben mir einen für heute 8 Uhr verpasst.«

»Und – war das Gespräch ein Erfolg?«

»Wie man es nimmt, Florence. Aadil Kerboua ist ein völlig anderer Typ als seine Eltern. Ich hatte ihn mir anders vorgestellt.«

»Wie denn?«

»Nun ja, ehrlich gesagt wie eines dieser typischen Kinder von Einwanderern. In den Banlieues aufgewachsen und den Franzosen gegenüber eher feindselig gesinnt. Ein ›Loser‹ halt, wie man auf Englisch zu sagen pflegt. Klingt das nicht schrecklich nach Vorurteilen?«

»Ich weiß, was du meinst«, antwortete Florence, »wie war er wirklich?«

»Wenn ich nicht gewusst hätte, wo er herkam, hätte ich ihn für einen Franzosen gehalten. Praktisch akzentfreies Französisch! Er hatte seine Zivilkleider an. Teuer und gepflegt. Um die 30 Jahre alt. Er wirkte auf mich wie ein erfolgreicher Anwalt oder einer dieser Börsenheinis. Er war wegen der Sache mit der *ALNouveau* nicht einmal besonders zerknirscht. Er sagte nur, dass er die endlosen Klagen seiner Mutter über die Familie Bessoucan, die die Schuld an der Ermordung ihrer Brüder trüge, nicht mehr ausgehalten habe. Seit seine Mutter wusste, dass die Frau des Polizeichefs von Avignon eine Bessoucan ist, war es noch schlimmer geworden. Als er dann erfuhr, dass vor dem Kommissariat meines Mannes dieser Mord passiert war, habe er die Idee mit dem Drohbrief gehabt. Er wäre ja nicht der Erste, hat er gesagt, der sich die Tat eines anderen zunutze mache, um jemanden einzuschüchtern. Immerhin sagte er, dass es ihm leidtäte, dass er sich auch noch dazu hinreißen habe lassen, in dem Park unsere Tochter zu bedrohen.«

»Hast du ihn gefragt, warum er das getan hat?«

»Es hätte sich da in etwas hineingesteigert, sagte er. Es sei ein kleines Abenteuer für ihn gewesen. Ab und zu brauche er einen Adrenalinstoß. Jetzt wisse er, dass sich das Risiko nicht gelohnt habe, denn mit einer Mordanklage hatte er nicht gerechnet, und was das bedeute, wenn jemand mit seiner Herkunft in Frankreich vor Gericht käme, könne ich mir ja denken.«

Durya fuhr sich durch die Haare, eine Strähne fiel ihr über die Stirn.

»Du hast mich nach dem Erfolg des Gesprächs gefragt, Florence. Die Frage ist, was ich damit bezweckt habe. Vielleicht als die große Gönnerin dazustehen, die ihrem Verfolger verzeiht und ihm auch noch einen Rechtsanwalt verschafft? Letzteres hat sich erübrigt. Aadil Kerboua braucht keine Gönnerin. Er ist nach außen hin ein aalglatter Typ. Ich muss aufpassen, dass ich mich der Familie Kerboua gegenüber nicht wie meine Großeltern verhalte.«

»Wie meinst du das?«

»Das hängt mit dem zusammen, was mir Madame Kerboua erzählt hat. Dieses Gespräch war dann sehr berührend. Sie hat mir ihre Geschichte erzählt und mir gestanden, dass sie meine Großeltern einmal bewundert hat. Sie ist ja als junges Mädchen von meiner Großmutter als Küchenhilfe im Hotel eingestellt und von ihr gefördert worden. Sie und ihr Mann waren meinen Großeltern in jungen Jahren sehr verbunden gewesen und haben diese als ihre Gönner betrachtet. Sie hat geweint, als sie von mir hörte, dass meine Großeltern damals von algerischen Bürgerkriegsmilizen als Kollaborateure angeklagt und, so wie ihre eigenen Brüder, ermordet worden sind. Anfangs war sie noch feindselig, aber ab da hat sich die Atmosphäre zwischen uns verändert. Wenn ich jetzt als Gönnerin auftrete, stelle ich irgendwie die Verhältnisse von damals wieder her. Ich erhebe mich in gewisser Weise über sie. Verstehst du, was ich meine?«

»Ich glaube schon«, sagte Florence. »Ich finde, du hast getan, was möglich war, und hast dir und auch Madame Kerboua eine neue Perspektive eröffnet. Es gibt für uns so viele unterschiedliche Spielarten der Vergangenheitsbewältigung. Deine Eltern haben sich für das Schweigen gegenüber ihrer Tochter entschieden. Aadil Kerbouas Mutter hatte offensichtlich nicht aufhören können, darüber zu reden.«

»Genau, Florence. Aber jetzt genug von mir und meiner Familie. Ich wollte nur, dass du das alles weißt, bevor du dich weiterhin mit dem Mord an Alima Semana beschäftigst. Ich muss jetzt ohnedies los. Alles, was es sonst noch zu sagen gibt, kann dir Antoine berichten.«

»Danke für dein Vertrauen«, sagte Florence schlicht. »Ich wusste bisher auch viel zu wenig über das, was sich in Algerien während des Befreiungskrieges abgespielt hat, und welche Rolle wir Franzosen dabei hatten. Es ist höchste Zeit für mich, diese Bildungslücke zu schließen.«

Durya nahm ihre Tasche und verabschiedete sich. Im Gehen drehte sie sich noch einmal um. »Nach Neujahr müssen du und Charles unbedingt zu dem längst geplanten Essen zu uns kommen. Richte ihm bitte noch einmal meinen Dank für alles aus.« Dann war sie weg.

Florence wandte sie sich an Antoine.

»Ich habe nicht mehr viel Zeit«, sagte sie zu ihm, »aber weißt du schon, wer dieser reiche Typ ist, der die Kaution für Aadil Kerboua bezahlen will.«

»Ja, natürlich. Er heißt Phillip Oudart, ein superreicher Unternehmer aus Marseille und dafür bekannt, dass er nicht zimperlich ist, wenn es darum geht, seine Interessen durchzusetzen. Aadil Kerboua ist ein Mitarbeiter von ihm. ›Marketing Manager‹ nennt er sich. Ich vermute aber, dass er auch zu jenen gehört, die die Drecksarbeit für ihre Chefs erledigen, denn eine besondere Ausbildung hat er nicht. Jedenfalls scheint er diesem einiges wert zu sein. Möglicherweise ist diese Kaution ja auch eine Art Schweigegeld. Er arbeitet schon recht lange für ihn. Schau mal!«

Lambert hielt Florence sein Handy unter die Nase. »Dies ist ein Foto von einer Schiffstaufe im Hafen von Marseille, auf dem beide drauf sind.« Er vergrößerte das Bild derart, dass nur mehr die zwei Männer zu sehen waren.

»Oh.« Florence staunte. »Der ältere ist Oudart, nicht wahr? Den kenne ich von einem Foto aus einem Zeitungsbericht, den ich zufällig in der Boutique von Eloise Bonnet entdeckt habe. Das wurde anlässlich der Geschäftseröffnung aufgenommen.«

»Was heißt, zufällig entdeckt?«

»Ach, der Zeitungsartikel hing in der Kabine, in der ich gestern ein Kleid anprobiert habe.« Florence hatte jetzt nicht vor, Lambert von ihrem morgendlichen Ausflug zu erzählen. »Interessant, dass bei der Eröffnung einer ihrer Boutiquen ein reicher und offensichtlich nicht ganz lupenreiner Unternehmer aus Marseille unter den Gästen war, der für den inhaftierten Aadil Kerboua eine hohe Kaution hinterlegt hat. Sag jetzt nichts und warte bitte einen Augenblick, ich muss kurz einen Anruf tätigen.«

Florence hatte ihre Ankündigung, bald aufbrechen zu müssen, beinahe wieder vergessen. Sie wählte die Nummer von Bruno Amontero, und der meldete sich tatsächlich beim ersten Klingelton.

»Bonjour, Bruno. Désolée, dass ich Sie zu so früher Stunde störe.«

»Kein Problem, Florence.« Amontero klang ungewöhnlich gut gelaunt. »Ich sitze bei meinem Frühstück und betrachte das wunderbare Gemälde, das ich gestern von Reine-Marie Florentin gekauft habe. Die Schwester Ihres Charles' ist eine ganz großartige Malerin.«

Florence glaubte, ein Kichern im Hintergrund zu hören, und fragte sich, ob Reine-Marie Florentin vielleicht nicht nur gestern mit Bruno zusammen gewesen war. Sie hatte jetzt aber wirklich keine Zeit für Spekulationen.

»Das freut mich, Bruno. Dürfte ich Sie noch einmal kurz etwas zu Eloise Bonnet fragen?«

»Meinetwegen, Florence«, er hörte sich immer noch gut gelaunt an. »Ich möchte wirklich wissen, warum Sie an meiner lieben Nachbarin Eloise so interessiert sind? Wenn Sie sich für jemanden interessieren, wird es nämlich gefährlich.«

»Ich möchte nur im Interesse von Madame Bonnet ausschließen, dass sie nichts mit einer unangenehmen Geschichte zu tun hat. Bruno, Sie kennen mich mittlerweile. Ich stehe immer auf der Seite des Rechts. Bitte sagen

Sie mir, ob der Freund von Eloise, von dem wir gestern kurz gesprochen haben, zufällig Phillip Oudart heißt.«

»Ich habe Ihnen gestern schon gesagt, Florence, dass mich Eloise gebeten hat, die Beziehung zu ihrem Phillip nicht an die große Glocke zu hängen. Er ist in einer unglücklichen Ehe gefangen, und deshalb muss ihre Beziehung geheim bleiben. Seinen Familiennamen hat sie allerdings nie erwähnt. Mehr kann ich dazu aber wirklich nicht sagen. Ich muss auflegen. Rutschen Sie gut ins Neue Jahr, Florence.«

Florence dankte ihm und wandte sich wieder an Antoine Lambert.

»Nach dem, was ich gerade erfahren habe, könnte Eloise Bonnet die heimliche Geliebte jenes Mannes sein, der für Aadil Kerboua eine Kaution hinterlegen will. Die Frau wird immer interessanter für uns. Ich weiß jetzt, dass sie in einer Beziehung zu Alima Semana stand, und dass ihr zumindest ein Teil des Modelabels *AnniqueNatur* gehört. Und dieses Label wurde von Alima Semana mehrfach als unseriös kritisiert. Dass dabei einmal der ermordete Robert Albert Zeuge gewesen sein dürfte, ist ein weiteres interessantes Detail dieser Geschichte.«

»Und welche Details hast du noch anzubieten?« Antoine Lamberts Stimme hatte eine gewisse Schärfe angenommen.

Florence lehnte sich in ihrem Sessel zurück und berichtete ihm alles, was sie gestern und heute erlebt und über Eloise Bonnet herausgefunden hatte. Als sie von ihrem unerlaubten Eindringen in die Boutique berichtete, blickte er nur resigniert zum Himmel und verschränkte seine Arme über dem Bauch.

»Zusammenfassend erlaube ich mir eine kühne Schlussfolgerung«, sagte sie abschließend. »Ich bin mir mittlerweile ziemlich sicher, dass Eloise Bonnet selbst hinter den gefälschten Modellen von *AnniqueNatur* steckt. Ich vermute, dass sie die Idee zu diesen Fälschungen bei ihrem Ayurveda-Aufenthalt in Indien bekommen hat. Wie sie das alles hinbekommen hat und warum es echte und gefälschte *AnniqueNatur* Modelle gibt, ist mir noch rätselhaft. Meiner Meinung nach ist ihr Alima Semana auf die Schliche gekommen. Sie war Näherin, und möglicherweise hat sie ja irgendwo für Madame Bonnet gearbeitet und ist dieser gefährlich geworden. Vielleicht hat Madame Bonnet ihren Freund, Philipp Oudart, um Hilfe gebeten, und dieser hat Alima Semana beseitigen lassen. Möglicherweise sogar mithilfe von Aadil Kerboua, der immerhin ein enger Mitarbeiter von Oudart sein dürfte. Weißt du eigentlich, wie er erklärt hat, dass er eine Waffe der gleichen Bauart und des gleichen Kalibers besitzt wie jene, mit der Alima Semana ermordet wurde?«

»Er behauptet, dass er diese Waffe noch nie gesehen hätte und dass es ihm völlig rätselhaft ist, wie sie in eine Schublade seines Kleiderschranks kommt. Eine ziemlich schwache Verteidigungsstrategie, Florence, wenn auch, wie mir Camille Lagrange berichtete, mit großer Überzeugungskraft vorgebracht. Jedenfalls ist es ziemlich interessant, was du da erzählst, allerdings mit ein bisschen viel ›möglicherweise‹ versehen.«

»Hör zu, Antoine«, Florence musste es hinter sich bringen. »Eines habe ich dir noch nicht berichtet. Ich bin gestern in Marseille Opfer eines kleinen Angriffs geworden. Ohne besondere Folgen. Nur ein leichter Schlag auf meine Schulter!«

»Und das erfahre ich auch erst jetzt?«

Florence antwortete nicht auf seine Frage, sondern zog

einen Plastikbeutel mit der Getränkedose, die sie getroffen hatte, aus dem Rucksack.

»Das ist die Tatwaffe«, sagte sie ungerührt. »Ein hier in Frankreich eher unbekanntes Getränk. Stammt aus England. Das war es, was mich am alten Hafen an der Schulter getroffen hat. Kein Zufall, wie ich meine. Eine Zeugin gibt es auch. Interessant ist nur, dass sich im Geschäft von Eloise Bonnet mehrere Dosen dieser Art befinden. Ich hab dir eine mitgebracht. Zusammen mit einem Taschentuch und ein Proseccofläschchen. Alles vermutlich aus Eloise Bonnets Besitz zum Vergleich.

Vielleicht gibt es ja Fingerabdrücke von Eloise Bonnet auf den Sachen. Der Zettel, mit dem mir gedroht wird, befindet sich im Inneren der Dose.«

Antoine Lambert hatte längst seine bequeme Sitzposition aufgegeben. Seine Hand schoss über den Kaffeehaustisch und hielt Florences Arm fest. Er sah ihr in die Augen.

»Hast du mir jetzt wirklich alles berichtet?«

Florence nickte.

»Dann versprich mir, dass du ab jetzt nichts mehr unternimmst. Ich bin wieder Herr in meinem Haus und werde mich mit meinen Leuten um alles kümmern. Wenn ich weitere Informationen brauche, melde ich mich. Widme dich wieder deinem Urlaub und deinem Charles. Wirst du mir das versprechen?«

»Das hört sich an, als würdest du mit einem ungehorsamen kleinen Kind reden, Antoine.«

»Désolé, Florence.« Er seufzte. »Ich weiß, so ein Gespräch führen wir nicht zum ersten Mal, und ich sollte wissen, dass ich dich nicht wirklich davon abhalten kann, das zu tun, was du offensichtlich als deine Bestimmung ansiehst. Aber bitte, nur für heute, und vielleicht morgen,

Silvester und Neujahr! Gib dir eine Auszeit und lass dich nicht auf ein Abenteuer ein, bei dem du dich und andere gefährden kannst.«

»Ich weiß, Antoine, du denkst auch an deine Tochter, die noch in Charles' Obhut ist. Aber keine Sorge, für heute habe ich ohnedies andere Dinge geplant. Ich muss mich auch auf den Silvesterabend vorbereiten, den wir, wie es aussieht, bei den Mordents verbringen werden. Ich bin gespannt, wer da noch kommen wird. Hast du eigentlich gewusst, dass sie auch Eloise Bonnet und Solveigh Moreau eingeladen haben – und auch Lena und ihre Mutter?«

»Das habe ich nicht gewusst, Florence.« Jetzt wirkte er wirklich verärgert. »Die Mordents können einladen, wen sie wollen, aber wenn Honoré Mordent sein eigenes Süppchen kochen will und Leute um sich versammelt, die im Zusammenhang mit Mordfällen nicht ganz uninteressant sind, dann ist mir das nicht einerlei. Weiß er denn von deinem Verdacht gegenüber Eloise Bonnet?«

»Er war es, der herausgefunden hat, dass sie eine Teilhaberin am Label *AnniqueNatur* ist, Antoine. Aber von dem, was ich dir soeben alles erzählt habe, weiß er nichts. Ich gehe mal davon aus, dass jetzt, wo du wieder gänzlich in Amt und Würden bist, der Schwerpunkt der Ermittlungen ohnedies wieder dort liegt, wohin er gehört, nämlich in deinem Kommissariat. Das behelfsmäßige Team Beaumarie, Mordent und Lambert, das sich zweimal in Apt getroffen hat, gehört der Vergangenheit an.«

»So ist es, Florence, und ich werde Honoré dann gleich anrufen. Dieses Corpus Delicti«, er zeigte auf die Getränkedose, »nehme ich mit und kümmere mich darum.«

34

Es war knapp nach Mittag am letzten Tag des Jahres, als Florence, entgegen ihrer guten Vorsätze, erneut in die Geschehnisse um die Morde an Alima Semana und Robert Albert verwickelt wurde.

Nach ihrer Ankunft in Saignon war dieser Tag zunächst beschaulich, ja heiter verlaufen. Charles hatte sie gut gelaunt begrüßt, sie hatten eine Tasse Kaffee miteinander getrunken, und Florence hatte ihn über ihre Aktivitäten in Marseille – unter Aussparung gewisser Details – informiert. Erwartungsgemäß konnte er es nicht lassen, wegen ihrer Begegnung mit Emilian ein wenig den eifersüchtigen Liebhaber zu spielen. Vom Porträt, das dieser für sie gemalt hatte, war er jedenfalls beeindruckt. Sofort hatte er es Ada und Lena gezeigt, und auch vor den Augen der talentierten Zeichnerin Ada fand es Gnade. »Wahrscheinlich«, hatte sie festgestellt, »kann er noch viel mehr. Hier sieht man natürlich, dass es ein für den schnellen Verkauf gedachtes Bild ist. Dennoch sehr gelungen!« Sie selbst war gerade dabei – mit Assistenz von Lena – ein Geschenk für die Gastgeber des heutigen Silvesterabends zu gestalten. Ein kleines Heft, in dem die Abenteuer der Madame Mordent im Kaufhaus *Bon Marché* als Comic dargestellt wurden, denn diese hatten sich natürlich mittlerweile bis zu den beiden aufgeweckten Mädchen durchgesprochen.

Die einzige Komplikation in diesen Stunden war die Tatsache, dass Lena Albert alles daran setzte, ebenfalls bei Charles zu bleiben und mit ihm, Ada und Florence am Abend zu den

Mordents fahren zu können. Sie war noch immer sauer auf ihre Mutter, die sie um jeden Preis dazu bewegen wollte, den Abend mit ihr und ihrem neuen ›Vater‹ zu verbringen. Dieser war gestern tatsächlich aus seiner Wohnung in Marseille abgeholt und auf das Kommissariat zu Kommandant Barain gebracht worden. Sein Alibi für den Zeitpunkt der Ermordung Robert Alberts hatte höchst wackelig, ja bizarr ausgesehen, hatte aber schließlich allen Überprüfungen standgehalten. Dass der Bürgermeister von Saignon den ganzen Abend unter dem Dach eines Zirkuszelts verbracht hatte, wo er im Rahmen einer Benefizveranstaltung als Zauberer aufgetreten war, hatte alle überrascht. Tatsächlich aber hatte er neben seinen erfolgreichen Geschäften und seinem Amt als Bürgermeister noch zwei weitere Hobbys. Das eine war das Joggen, das andere die Zauberei. Kommissar Barain hatte es hin- und hergewendet, aber keine Möglichkeit gesehen, wie Francois Garnier es geschafft haben könnte, zwischen seinen Auftritten im Zirkus einen Mord zu begehen.

Florence hatte all dies von Lenas Mutter erfahren, die gekommen war, um ihre Tochter abzuholen. Ein vergeblicher Versuch, wie sich herausgestellt hatte.

Es war gegen 13.30 Uhr am Nachmittag – Florence, Charles und die Mädchen waren gerade dabei, als Dessert eine Tarte Tartine zu verspeisen – als zeitgleich die Türglocke schellte, und Florences Handy, das tatsächlich einige Stunden friedlich geblieben war, klingelte.

Ada sprang auf, um nach unten zu laufen, aber Charles hielt sie zurück. »Ich mach das schon«, sagte er.

Florence hatte sich inzwischen auf die Terrasse begeben, wo sie einen Anruf von Emilian Pagnol entgegennahm.

»Sie wissen nicht, Florence, was ich soeben erlebt habe!« Er hörte sich erregt, aber nicht beunruhigt an.

»Natürlich nicht, Emilian, reden Sie.«

»Ich war heute wieder auf der Insel und habe dort bis vor einer Stunde mit einer Mademoiselle Dukovic Tee getrunken. Sie stammt aus Bulgarien und ist Schneiderin in einem Nähatelier auf der Insel. Sie erraten nie, wem dieses Atelier gehört!«

»In Anbetracht der Tatsache, lieber Emilian, dass die Anzahl der Personen, von denen wir beide gemeinsam Kenntnis haben, begrenzt ist, tippe ich auf Madame Eloise Bonnet.«

»Gratulation. Die scharfsinnige Detektivin hat gesprochen. Bevor Sie mich aber dafür tadeln, dass ich mich schon wieder in Ihre Angelegenheiten mische, lassen Sie mich erzählen, wie diese Begegnung zustande gekommen ist.«

»Ich höre.«

»Also, ich war heute Vormittag wieder auf der Insel, und Madame Eloise Bonnet ebenfalls. Nachdem sie auch heute so gegen 9.30 Uhr der Jacht entstiegen ist, habe ich es nicht lassen können und bin ihr heimlich gefolgt. Sie ist bis zu einem der letzten Häuser marschiert, einem der größten und elegantesten auf der Insel, hat dort mittels einer Fernbedienung das Garagentor geöffnet und ist darin verschwunden. Da sich das Tor relativ langsam geschlossen hat, bin ich, einem Impuls folgend, hinter ihr in die Garage geschlüpft. Durch einen schmalen Gang gelangt man zu einer Glastür und dahinter befindet sich eine Nähwerkstatt. Dort wird, wie ich nun weiß, für ein Label namens *AnniqueNatur* produziert! Was sagen Sie dazu, Madame Beaumarie!«

Florence pfiff durch die Zähne. Das war nun doch eine Überraschung.

»Hat man Sie bemerkt?«

»Allerdings. Sofort. Désolé, es war unvermeidlich. Kaum betritt man den kleinen Gang hinter dem Garagentor, wird man auch schon von der Schneiderwerkstatt aus gesehen. Madame Bonnet hat mir ja den Rücken zugekehrt, aber eine der Arbeiterinnen hat sofort auf mich gedeutet, die Bonnet hat sich umgedreht und mich von unserer gestrigen Begegnung im Café her erkannt.«

»Und?«

»Es war eigentlich recht harmlos. Zuerst hat sie mich zwar scharf angefahren, aber meine Antwort hat sie milder gestimmt. Ich hätte sie zufällig gesehen und sei ihr hierher gefolgt. Jetzt im Winter, sagte ich, gehen meine Geschäfte schlecht. Ich brauche Geld, und da sie gestern unbedingt das Bild haben wollte, das ich von einer anderen Kundin gemalt hatte, würde ich ihr nun gerne eine Kopie davon anbieten. Ich könne nämlich sehr gut aus dem Gedächtnis etwas, was ich bereits einmal gemalt habe, ein zweites Mal zu Papier bringen.«

»Ist sie darauf eingegangen?«

»Sie werde es sich überlegen, hat sie gesagt, und dass ich jetzt schnell wieder verschwinden soll, denn sie hat zu tun. Also bin ich wieder zurück ins Café.«

»Und wieso wissen Sie dann, dass in dieser Werkstatt die Modelle von *AnniqueNatur* hergestellt werden?«

»Warten Sie. Ich bin ja noch nicht fertig. Das habe ich später erfahren. Ich habe gesehen, wie Madame Bonnet bereits eine halbe Stunde später zurück zur Jacht gegangen ist. Also so um 10 Uhr herum. Wider Erwarten hatte ich einen Kunden. Ich habe ganz schnell sein Porträt fertiggestellt und bin dann noch einmal hinauf zum Haus mit dem Atelier. Das Garagentor war geschlossen. Auf mein Klingeln an der Gartentür hat sich niemand gemeldet.

Ich habe mich auf einen Stein gesetzt und habe ein wenig gezeichnet. Eine Bleistiftskizze vom Blick durch die Glastür in die Schneiderwerkstätte, wie ich ihn noch in Erinnerung hatte. Nach einer halben Stunde ist die Gartentür aufgegangen, und eine recht attraktive junge Frau ist herausgekommen. Mademoiselle Corina Dukovic. Ich habe sie angesprochen, habe sie gefragt, ob Madame Bonnet noch da sei, ich hätte noch etwas mit ihr zu besprechen. Das hat sie natürlich verneint. Ich habe ihr meine Skizze von der Werkstätte gezeigt. Sie hat gelacht, und wir sind ins Gespräch gekommen. Schließlich sind wir zusammen im Café bei Charly gelandet!«

»Ihr Charme scheint ja bei jüngeren Damen gut anzukommen, Emilian!«

»Nur bei jüngeren Damen, Madame? Nein, das ist einfach das Image des Künstlers, das wirkt immer. Aber Spaß beiseite. Das wirklich Interessante habe ich nämlich erst jetzt von dieser Corina erfahren. Von ihr weiß ich, dass in dieser Werkstatt die Modelle von *AnniqueNatur* hergestellt werden. Eine ziemliche kleine Werkstatt übrigens. Alles wird laut Corina streng ökologisch produziert. Stoffe aus einer regionalen Weberei, beim Waschen dürfen nur Bio-Produkte verwendet werden. Keinerlei Chemie darf zum Einsatz kommen. Das gilt bis hin zu den Garnen. Corina ist sehr glücklich, dass sie diesen Job bekommen hat. Sie wird besser bezahlt als Näherinnen in anderen Betrieben. Oder sagen wir so, sie war glücklich, denn seit einiger Zeit, sagte sie mir, ist nichts mehr so, wie es einmal war. Und jetzt kommt es, Florence.«

»Bitte, reden Sie weiter, Emilian!«

»Corina hat plötzlich zu heulen begonnen. Seit die Chefdesignerin verschwunden ist, läuft alles aus dem

Ruder, hat sie geschluchzt. Und heute hat Madame Bonnet angekündigt, dass der Betrieb mit Beginn des neuen Jahres geschlossen werden muss, da sie keinen Ersatz für diese gefunden hat. Die Chefdesignerin hat alle Modelle für *AnniqueNatur* entworfen und – jawohl – die Designerin hieß Alima Semana! So, Florence, jetzt ist die Katze aus dem Sack. Ich hoffe, Sie sind nicht allzu sauer wegen meines Alleinganges.«

»Wie sollte ich, Emilian? Ich bin nur froh, dass offensichtlich alles glimpflich abgelaufen ist und Sie bei der ganzen Aktion nicht in Gefahr waren. Haben Sie Corina auch gefragt, ob sie weiß, was mit Alima Semana passiert ist?«

»Ja natürlich. Sie sagt, dass sie eines Tages nicht mehr zur Arbeit gekommen sei, und niemand wusste, was mit ihr los ist. Die Chefin, also Madame Bonnet, hat angeblich auch nichts gewusst und gesagt, dass sie spurlos verschwunden ist und sie es der Polizei melden würde, wenn sie nicht wieder auftaucht. Vom 24. bis zum 28. Dezember war der Betrieb wie geplant geschlossen: Weihnachtsferien! Erst vorgestern haben sie wieder zu arbeiten begonnen, und da hat ihnen die Chefin mitgeteilt, dass ihre Mitarbeiterin tot sei, ermordet, dass es aber offensichtlich noch keinerlei Hinweise auf die Hintergründe der Tat gäbe. Es war ein furchtbarer Schock, und Madame Bonnet hat um eine Gedenkminute für die Verstorbene gebeten. Dann hat sie alle aufgefordert, mit der Arbeit weiterzumachen, und heute kam das doch sehr überraschende Aus für den Betrieb. – Oh ich muss leider Schluss machen. Ich bin nämlich wieder am Vieux Port, und es interessiert sich jemand für meine Bilder.«

»Eine Frage noch, Emilian.«

»Okay, wenn ich sie rasch beantworten kann.«

»Was ist mit Solveigh, haben Sie sie heute Morgen noch gesprochen?«

»Leider nein. Sie hat gestern gesagt, dass sie sich ausschlafen will, und da ich ein Frühaufsteher bin, habe ich ihr gesagt, dass sie das tun soll und dass ich sie am Morgen nicht behelligen werde. Als ich dann die Wohnung verlassen wollte, habe ich allerdings bemerkt, dass die Tür zu ihrem Zimmer einen Spalt offen gestanden und das Vögelchen schon ausgeflogen ist. Auch gut, habe ich mir gedacht. Somit ist meine Episode mit Solveigh Bonnet wieder beendet.«

»Alles klar. Vielen Dank, Emilian. Rutschen Sie gut ins Jahr 2016! Ich melde mich wieder bei Ihnen. Das Porträt, das Sie von mir gemacht haben, ist hier in Saignon übrigens schon sehr bewundert worden.«

»Super, freut mich. Auch Ihnen ›Une Bonne Année‹! Et à bientôt!«

Eine kleine Werkstätte, eine bis vor Kurzem zufriedene Mitarbeiterin, eine offensichtlich faire Produktionsweise? Daran konnte eigentlich nichts falsch sein. Warum hatte Alima Semana begonnen, sich gegen das Label *AnniqueNatur* zu wenden?

Nachdenklich ging Florence von der Terrasse in die Küche zurück. Und stellte fest, dass nicht nur Charles, sondern auch die beiden Mädchen nicht mehr da waren.

»Charles, Ada, Lena, wo seid ihr?«, rief sie ins Stiegenhaus hinunter.

»Wir ziehen uns gerade die Mäntel an. Wir gehen zu den Gilberts in die Galerie. Zu einer Veranstaltung. Kommst du mit?«, rief Charles zurück.

»Welche Veranstaltung?«, fragte Florence, wartete die Antwort aber nicht ab, sondern eilte die vielen Stufen bis zum Hauseingang hinunter.

»Elena war hier«, sagte Charles, als er ihrer ansichtig wurde. »Sie ist schon wieder weg. Sie hat unserem Gast hier«, er deutete auf Lena, die mit einem etwas mürrischen Gesichtsausdruck bei der Eingangstür stand, »zu verstehen gegeben, dass es an der Zeit sei, ihrem leiblichen Vater eine Chance zu geben.« Der sei vor einer Stunde angekommen und habe alle im Haus zu einer kurzfristig anberaumten Zaubervorstellung eingeladen. Er wolle ihrer Mutter und seiner Tochter zeigen, was noch in ihm stecke.

»Das darf sich Lena wirklich nicht entgehen lassen«, sagte nun auch Ada. »Einem Vater, der zaubern kann, muss man eine Chance geben.«

»Ich bin doch kein kleines Kind mehr, das man mit einer Vorstellung zum Kindergeburtstag herumkriegen kann«, murrte Lena.

»Nun komm schon«, sagte Ada. »Wer zaubern kann, ist interessant. Oder hast du *Harry Potter* nicht gelesen?«

»Natürlich habe ich das. Also gut, gehen wir.«

Florence hatte sich während des kleinen Geplänkels dazu entschlossen, etwas später nachzukommen. Sie musste noch die Informationen, die sie von Emilian bekommen hatte, verdauen und auch an Antoine weitergeben.

»Geht schon voraus«, sagte sie daher, »ich komme spätestens in einer halben Stunde nach.«

»Falls dann die Zaubervorstellung nicht schon vorbei ist«, murmelte Charles in seinen Weihnachtsmannbart hinein, eilte aber gleich darauf den beiden Mädchen nach, die das Haus schon verlassen hatten.

35

Florence ärgerte sich. Schon wieder war ihr die Regie über die Geschehnisse des Tages aus der Hand genommen worden. Sie hatte es ernst gemeint, als sie zu Lambert gesagt hatte, dass sie zumindest am heutigen Silvesterabend anderes zu tun hatte, als sich mit einem Kriminalfall zu beschäftigen. Wie gerne hätte sie einige ruhige Stunden mit Charles verbracht. War sie gerade dabei, ihre Beziehung zu ihm erneut aufs Spiel zu setzen? Es nützte aber nichts. Das, was sie soeben von Emilian erfahren hatte, konnte sie Antoine Lambert nicht vorenthalten. Sie steuerte die Bibliothek an. Von Anfang an ihr liebster Rückzugsort in diesem Haus.

Ihr Handy piepste, und sie sah, dass eine SMS von Mordent gekommen war. Dem pikierten Ton seiner Nachricht entnahm sie, dass er ebenfalls verärgert war. »Vielen Dank, Madame Beaumarie, dass Sie Kommissar Lambert von Ihren Recherchen in Kenntnis gesetzt und ihm sogar gestattet haben, es mir mitzuteilen. Dürfen ich und meine Frau heute Abend damit rechnen, dass Sie uns beehren, oder sind wir – aus welchen Gründen auch immer – bei Ihnen in Ungnade gefallen?«

Ach du liebe Güte. Den hatte sie ebenfalls vernachlässigt. Er würde aber noch warten müssen. Lambert kam zuerst.

Sie wählte Lamberts Nummer, und er hob sofort ab.

»Ich habe Eloise Bonnet noch nicht erreicht«, war das Erste, was er sagte. »Deshalb rufst du ja an, oder?«

»Eigentlich nicht«, antwortete Florence, »ich gehe davon aus, dass du mich informierst, wenn es etwas Neues gibt.

Ich hätte aber noch ein interessantes Detail zu meinen Ausführungen von heute Morgen hinzuzufügen.«

»Und das wäre?«

»Ich weiß jetzt, wo sich die Werkstätte befindet, in der die Modelle von *AnniqueNatur* hergestellt werden, und außerdem«, sie machte eine kurze, bedeutungsvolle Pause, »weiß ich auch, dass Alima Semana in dieser Werkstätte gearbeitet hat und dort sogar eine Art Chefdesignerin gewesen ist. Die Chefin dort ist übrigens Eloise Bonnet.«

»Im Ernst? Wie hast du denn das jetzt wieder herausgefunden? Fliegen dir die Informationen mittlerweile durch die Luft zu?«

»Beinahe! Oder sagen wir so, es gibt auch in Marseille mir freundlich gesinnte Menschen, die die Augen für mich offenhalten.«

Sie teilte ihm mit, wie sie zu diesen Informationen gekommen war, und diesmal verzichtete er auf Vorwürfe und bat sie nur um Emilians Telefonnummer für den Fall, dass er dessen Angaben überprüfen musste oder ihn als Zeugen benötigte.

»Wir erreichen Eloise Bonnet übrigens nicht«, sagte er dann. »Sie beantwortet keine Anrufe, ihre Geschäfte sind heute geschlossen, in ihrer Wohnung in Marseille ist sie auch nicht, und sogar ihren Bruder habe ich gefragt. Der scheint aber kein gutes Verhältnis zu ihr zu haben. ›Bin ich der Hüter meiner Schwester?‹ war alles, was er zu sagen hatte. Ich beginne mich zu fragen, ob sie sich dem Arm des Gesetzes entziehen will, weil sie tatsächlich etwas mit dem Mord an Alima Semana zu tun hat. Nach dem, was dieser Emilian Pagnol herausgefunden hat, wird die Sache aber noch brisanter. Eloise Bonnet hätte sich natürlich nach der Ermordung ihrer Mitarbeiterin bei der Polizei melden müssen!«

»Vermutlich konnte sie das nicht tun, weil Alima Semana ohne Arbeitsgenehmigung bei ihr gearbeitet hat. Es ist anzunehmen, dass Alima auch genau aus diesem Grund mit niemandem über ihre Arbeit gesprochen hat.«

»Na gut. Jedenfalls sieht es nun so aus, als sei die Bonnet das letzte Mal beim Besteigen einer Motorjacht auf einer Insel vor Marseille gesehen worden!«

»Ja, Antoine, und vielleicht solltest du nun auch ihren Freund, diesen Phillip Oudart, befragen.«

»Selbstverständlich. Ich veranlasse alles, was in diesem Fall jetzt nötig ist. Deine Getränkedose wird übrigens gerade untersucht.«

»Merci! Halte mich bitte auf dem Laufenden, Antoine! Ich vermute, du hast nun doch vor, am Abend bei den Mordents vorbeizuschauen.«

»Au revoir, Florence! Es sieht danach aus. Warten wir ab, wie sich die Dinge entwickeln!«

Nachdenklich sah Florence zum Fenster hinaus. Die Sonne stand schon tief, und der letzte Abend des Jahres dämmerte herauf. Kein Laut war zu hören, weder im Haus, noch draußen. Ein großer blauschwarzer Vogel hatte sich auf einem Baum niedergelassen, der seine winterlich kahlen Zweige fast bis zum Fenster ausstreckte. Ein Vorbote kommenden Unheils? Aber nein, er war wunderschön.

Sie kannte sich mit Vögeln nicht aus. Dieser war jedenfalls ein Wesen, das eine große Ruhe ausstrahlte und sie daran erinnerte, dass jedes Lebewesen seiner eigenen Bestimmung folgte, im Guten wie im Schlechten.

Etwas schreckte den Vogel auf, ein kurzer Flügelschlag, dann erhob er sich in die Lüfte und ließ sie ein wenig neidvoll zurück. Es musste herrlich sein, sich so weit über all das hinaus zu erheben, was einen täglich umgab und oft genug auch zur Last fiel.

Sie wäre aber nicht Florence Beaumarie gewesen, wenn ihr dabei nicht sogleich ein neuer Gedanke gekommen wäre, der sie zu den Mordfällen zurückführte. Auch die Opfer in beiden Fällen waren auf ihre Weise ihrer Bestimmung gefolgt. Gab es noch jemanden in diesem Drama, der sich seiner Bestimmung nicht hatte entziehen können und zum Mörder oder zur Mörderin geworden war? Wem von den Beteiligten würde sie zutrauen, für die Erfüllung einer Mission alles aufs Spiel zu setzen? Plötzlich sah sie diese Person vor sich. Wenn ihre Vermutung zutraf – und natürlich war es nur eine Vermutung – dann war diese Person nicht Eloise Bonnet. Es gab aber jemanden, der ihr sehr nahe stand und der genau jetzt ein Interesse daran haben konnte, dass sie verschwand.

Jedenfalls hatte Lambert heute auf der Suche nach Eloise Bonnet noch nicht alle Personen kontaktiert, zu denen sie eine Beziehung hatte. Was war mit Elena Gilbert oder mit Solveigh Moreau? Er hatte beide nicht erwähnt. Schon wieder hatte Florence ihr Handy am Ohr. Elena Gilbert meldete sich nicht. Sie war wohl bei der Zaubervorstellung für Ada. Was war mit Solveigh Moreau? Sie wählte Solveighs Nummer, die sie von Emilian bekommen hatte. Von einer anonymen Stimme erfuhr sie, dass unter dieser Nummer kein Teilnehmer bekannt sei. Ein kurzer Anruf bei Emilian bestätigte ihr jedoch, dass dies tatsächlich Solveighs Nummer war.

Am besten fragte sie Hélène Mordent. Vielleicht hatte sie inzwischen wieder Kontakt mit Solveigh gehabt.

Es dauerte eine Weile, bis Hélène sich meldete.

»Entschuldige, Florence, ich bin gerade mit dem Auto in Buoux angekommen, um noch Nachschub für das heutige Abendessen zu holen. Mittlerweile erwarten wir elf Gäste und das Essen, das ich vorbereitet habe, reicht nicht für alle. Wir haben aber gestern hier ein Restaurant entdeckt, in dem es die besten Vorspeisen der Welt gibt. Ich habe gefragt, ob man sich auch welche liefern lassen kann. Sie haben tatsächlich ein Catering, allerdings waren sie für Silvester schon ausgebucht. Heute habe ich noch einmal angerufen und hatte Glück. Ein Kunde ist ausgefallen, und ich kann mir jetzt seine Bestellung abholen. Ich hatte schon befürchtet, dass wir heute Abend hungern müssen. Du kommst doch auch? Honoré hat sich schon Sorgen gemacht!«

»Tut mir leid, dass ich mich noch nicht gemeldet habe. Es war so viel los. Natürlich komme ich. Aber sag mal, wieso so viele Gäste? Mit euch sind wir dann 13. Gut, dass wir nicht abergläubisch sind. Wer kommt denn noch?«

»Also, du, Charles, Ada und Lena, die Gilberts, Antoine Lambert – seine Frau leider nicht –, und heute kurz nach Mittag hat noch Bruno Amontero angerufen. Ob er doch noch kommen dürfe und eine Begleitung mitbringen. Natürlich konnte ich nicht nein sagen. Was für eine Ehre!«

»Interessant! Die Begleitung kann nur Charles' Schwester sein. Die Beziehung zwischen den zweien scheint ja rasant an Fahrt aufzunehmen. Das sind aber noch immer nicht elf Gäste, Hélène. Wer kommt noch?«

»Vor etwa einer Stunde hat Elena Gilbert angerufen. Madame Albert sei untröstlich, weil ihre Tochter sich von ihr abwendet. Ob sie zur heutigen Silvesterfeier auch noch Madame Albert und Monsieur Garnier mitbringen dürfe. Gemeinsam mit einer riesigen Portion russische Blinis – Wodka natürlich inbegriffen – damit es keinen Engpass beim Essen gäbe. Auch da konnte ich natürlich nicht ablehnen. Honoré ist sowieso begeistert von der Gästeliste. Ich fürchte aber, dass er da auch noch einige Hintergedanken hat, was eure Kriminalfälle betrifft.«

»Das soll er sich lieber aus dem Kopf schlagen«, sagte Florence tröstend, aber halbherzig. »Ich rufe ihn dann gleich noch an, hätte jedoch noch eine Frage. Wann hat sich Eloise Bonnet zum letzten Mal bei dir gemeldet? Sie ist den ganzen Tag nicht erreichbar!«

»Das weiß ich leider nicht, Florence. Dieselbe Frage haben uns heute schon Antoine Lambert und Solveigh Moreau gestellt.«

»Solveigh Moreau?«

»Ach ja, das habe ich dir noch gar nicht erzählt. Sie ist schon vor einer Stunde bei uns eingetroffen. Ob sie etwas früher kommen dürfe, hat sie mich gefragt. Sie habe sich gestern mit Eloise gestritten, und heute kann sie sie nirgends erreichen. Außerdem sei gerade eine Beziehung zu ihrem Freund in die Brüche gegangen. Ein Spaziergang hier heroben täte ihr gut, und dann wolle sie sich noch zurückziehen, Bilanz über das alte Jahr ziehen und sich auf das neue vorbereiten.«

»Und sie hat keine Ahnung, wo sich Eloise Bonnet aufhält?«

»Nein. Die hält am Silvestertag schon immer ihre Geschäfte geschlossen und will dann alleine sein. Solveigh nimmt an, dass sie das auch heute macht und ihr Handy abgeschaltet hat. Als Solveigh kam, haben wir noch zusammen in der Küche Tee getrunken. Sie hat dreimal nachgefragt, ob das auch Bio-Tee ist, und als Honoré sie damit aufgezogen hat, ist sie fuchsteufelswild geworden, hat ihren Rucksack stehen lassen und ist abgerauscht. Sie war heute irgendwie seltsam. Hoffentlich hat sie sich beruhigt, wenn sie zurückkommt. Ich will nicht, dass sie uns diesen Silvesterabend verdirbt!«

Florence überlegte kurz. »Hast du etwas dagegen, Hélène, wenn ich auch schon früher zu euch komme? Ich könnte dir bei den Vorbereitungen helfen. Charles kann ja später mit den beiden Mädchen nachkommen.«

»Die Vorbereitungen sind erledigt, Florence, aber komm, wann du willst. Honoré wird sich freuen, dich zu sehen. In Wirklichkeit willst du dich ja vor allem wieder mit ihm über diese Morde unterhalten, ich kenne euch! Oh, warte mal, ich muss Schluss machen. Da kommt jemand aus dem Restaurant und bringt mir meine Horsd'oeuvres.«

Florence erhob sich aus ihrem Sessel. Jetzt ließ sie Charles schon wieder im Stich. Dann zuckte sie mit den Schultern. Es musste sein! Sie schickte ihm eine SMS und war bald darauf auf dem Weg zu den Mordents.

36

Nur ein einziges Auto war vor dem Anwesen der Mordents geparkt. Ein schon in die Jahre gekommener, mittelgroßer hellblauer Renault mit Heckklappe. Das konnte eigentlich nur der Wagen von Solveigh Moreau sein. Florence konnte es nicht lassen, das Wageninnere zu inspizieren. Ein Paar Gummistiefel und eine schmutzige Wolldecke lagen im hinteren Wagenteil. Sonst war nichts zu entdecken, was auf die Identität der Besitzerin hinwies. Ein schwarzer Fahrradreifen lugte unter der Decke hervor. Außerdem gab es noch ein Warndreieck und einen Erste-Hilfe-Koffer.

»Hélène hat dein Kommen schon angekündigt, sie muss auch gleich zurück sein, und ich habe Neuigkeiten für dich. Hast du im Auto von Solveigh etwas Interessantes entdeckt?«

Der Hausherr erwartete sie bereits an der Haustür.

»Schön, dich zu sehen, Honoré . Nein, habe ich nicht!«

»Man weiß ja nie bei dir. Lambert hat mich bereits über deine Abenteuer in Marseille informiert. Aber komm herein. Wir setzen uns in eines der Gästezimmer. Wir wollen die Räume, die meine Frau schon vorbereitet hat, unangetastet lassen.«

Er führte sie in einen kleinen Raum mit hellgrün lackierten Möbeln und Blümchentapeten, der sie an ein Kinderzimmer aus dem viktorianischen England erinnerte.

Ein Lehnstuhl stand am Fenster, das gestreifte Bettsofa war mit Pölstern übersät, und eine Stehlampe verströmte ein warmes Licht.

»Wo magst du Platz nehmen, Florence?« Honoré schielte sehnsüchtig nach dem Lehnstuhl. Sie machte ihm die Freude und deutete auf das Bettsofa.

»Ich versinke gerne in diesen Pölstern, Honoré, denn ich bin ohnedies etwas müde. Wenn ich dann plötzlich zu schnarchen anfange, gönne mir bitte zehn Minuten, bis du mich wieder aufweckst. Ich glaube, ich könnte ein kleines Nickerchen zur Regeneration gebrauchen.«

»Warum nicht gleich«, sagte er. »Du siehst tatsächlich müde aus. Pass auf, ich mache uns jetzt eine Kanne Tee, und du legst dich für zehn Minuten hin. Ich wecke dich dann wieder auf.« Er nickte ihr noch einmal zu und verließ den Raum.

Florence ließ sich auf das Sofa fallen und war auf der Stelle eingeschlafen.

Honoré hielt sich an sein Versprechen. Er hatte ihr genau zehn Minuten gegönnt. Als er ihr den Tee einschenkte, war sie noch etwas benommen, aber das kräftige heiße Getränk machte sie schnell wieder munter.

»Seit wann seid ihr unter die Teetrinker gegangen?«, fragte sie ihn.

»Ach, nur vorübergehend! Es ist wegen der Atmosphäre hier im Haus. Die verlangt geradezu nach Tee. Schmecken tut er mir trotzdem nicht.« Er zündete sich eine Zigarette an. »Du gestattest?«, fragte er, und sie nickte.

»Erzähle«, sagte sie dann, »welche Neuigkeiten hast du?«

»Also gut. Lambert hatte ja einiges zu berichten. Er hat mir von diesem Phillip Oudart erzählt, der vermutlich der Freund von Eloise Bonnet ist. Ich habe ein wenig recherchiert. Der Mann ist sehr reich und kein unbeschriebenes Blatt. Ein großes Firmenimperium. Er ist ursprünglich mit Börsengeschäften reich geworden. Er dürfte mit unsauberen Methoden arbeiten. Illegale Arbeitskräfte, Steuerhinterziehung, ziemlich sicher auch Schutzgelderpressung. Die ganze Palette! Er macht das aber sehr raffiniert. Es sind immer andere, die für ihn den Kopf hinhalten, und ihm hat man bisher nicht wirklich etwas anhaben können – oder wollen. Er spielt auch eine Rolle als Mäzen in Marseille. Stellt sich immer wieder mit großzügigen Spenden ein, das Übliche halt. Eine Jacht besitzt er auch. Ob es die war, mit der Eloise Bonnet auf deiner Insel angekommen ist, weiß ich noch nicht.«

Florence konnte es sich nicht verkneifen. »Du bist ja wirklich bestens über meine Aktivitäten in Marseille informiert«, sagte sie.

»Dank Lambert, Florence! Aber egal. Da ist noch mehr. Er ist der Besitzer des Hauses auf der Insel, in dem sich die Schneiderwerkstätte von *AnniqueNatur* befindet. Dieser harmlose kleine Betrieb, den offensichtlich ein Bekannter von dir entdeckt hat, kann aber nur ein Steckenpferd dieses Typen sein. Damit lässt sich kein größeres Geld verdienen. Es sei denn, es ist nur ein Feigenblatt für einen anderen Betrieb, der gefälschte Bio-Kleidung produziert. Das ist nämlich mittlerweile ein begründeter Verdacht Lamberts. Ich habe vor Kurzem mit ihm telefoniert. Bei der Suche nach Eloise Bonnet hat er mittlerweile die Damen ausfindig gemacht, die in ihren Boutiquen auf Teilzeitbasis als Verkäuferinnen arbeiten.«

»Alle Achtung. Daran hat er auch gedacht!«

»Ja, er nimmt deine Spur ernst, und die hat ihn jetzt wieder nach Avignon geführt. Es sieht so aus, als befände sich dort diese ominöse Produktionsstätte für gefälschte Bio-Kleidung.«

»In Avignon?«

»Ja genau. Das ist eine Überraschung, n'est-ce pas? Eine der Verkäuferinnen, die schon lange für Eloise arbeitet, war eingeweiht. Sie gestand Lambert, dass Madame Bonnet ihr schon vor einigen Jahren davon berichtet hatte, dass sie nun selbst Ökomode produziere, und zwar unter dem Label *AnniqueNatur*. Sie habe ihr aber auch zu verstehen gegeben, dass es wegen der Konkurrenz besser sei, darüber Stillschweigen zu bewahren. Daran habe sie sich gehalten. Sie glaubt sich zu erinnern, dass ihre Chefin einmal eine Produktionsstätte in Avignon erwähnt hatte. Jedenfalls wisse sie, dass diese oft nach Avignon gefahren sei!«

»Sehr interessant, Honoré. Wir sollten Solveigh fragen, ob sie von dieser Betriebsstätte weiß – und natürlich Eloise selbst, falls sie heute Abend doch noch hier eintrifft.«

»Das wird sie hoffentlich. Dass sie für ein paar Stunden nicht erreichbar ist, muss ja nichts zu bedeuten haben. Außer sie hat sich abgesetzt, weil sie hinter dem Mord an Alima Semana steckt und Angst bekommen hat. Wenn sie kommt, könnten wir allerdings eine Mörderin zu Gast haben.«

»Vielleicht, Honoré. Aber das sind nach wie vor alles nur Hypothesen. Was hast du früher immer von deinen Mitarbeitern gefordert? ›Kühne Hypothesen, meine Herrschaften, aber sorgfältigste Recherchen und Beweise, Beweise, Beweise. Das ist effektive Polizeiarbeit!‹«

Honoré schmunzelte. »Jedenfalls ist es dir auch diesmal wieder gelungen, mit einer kühnen Hypothese meine Neugierde zu erwecken.«

Florence stellte ihre leere Teetasse auf das Tablett und erhob sich. »Komm, Honoré. Sagtest du nicht, Solveigh hat ihren Rucksack im Vorzimmer gelassen? Die Gelegenheit, einen Blick hineinzuwerfen, kann ich mir nicht entgehen lassen. Beeilen wir uns. Falls sie nicht ohnedies schon zurück ist.«

Honoré Mordent, der in seiner aktiven Zeit eine solche Vorgehensweise kaum gebilligt hätte, nun aber – wie viele Pensionisten – mangels anderer Möglichkeiten selbst zu Guerillataktiken neigte, hatte keinen Einwand.

»Ich bin mir nicht ganz sicher, was du im Schilde führst, Florence«, sagte er, »aber warum nicht? Bleib hier im Zimmer. Ich hole den Rucksack und stehe draußen Schmiere.«

Florence hatte schon Handschuhe angezogen, Honoré erschien mit dem Rucksack, und sofort begann sie mit der Durchsuchung.

Was dabei zum Vorschein kam, schienen die Besitztümer einer Nomadin zu sein. Alles, um jederzeit seine Zelte abbrechen zu können: Toilettebeutel, Zahnbürste, eine Glasflasche, zwei T-Shirts, ein Strickpullover, zwei Unterhosen, zwei Paar warme Socken, ein dickes Notizbuch, eine Haarbürste, mehrere Schreibstifte und ein kleiner Laptop. Florence fiel auf, dass außer dem Laptop kein einziges Teil in Solveighs Rucksack aus Plastik gefertigt war. Die junge Frau meinte es ernst mit ihrem Engagement für die Umwelt! Sie hätte sich mit Robert Albert bestens verstanden. In einem mit Reißverschluss verschlossenen Seitenfach fand sie sogar die Geldbörse von Solveigh sowie ihren Reisepass. Der enthielt noch das Flugticket ihrer vermutlich letzten Reise. Am 30. August war sie vom Londoner Flughafen Heathrow aus nach Marseille geflogen. Dann machte Florence noch einen weiteren Fund. Einen zweiten Toilettebeutel, der aber offensichtlich keine Toilettesachen, sondern einen Stapel von Papieren enthielt: Zeitungsausschnitte, Kindheitsfotos, Briefe, Notizen, vermutlich in Solveighs Handschrift, diverse Dokumente. Einiges davon so interessant, dass sie sie zur Seite legte. Sie öffnete ein mehrfach zusammengefaltetes Blatt, und ihre Augen weiteten sich. Rasch fotografierte sie es mit ihrem Mobiltelefon. In diesem Augenblick erschien der Kopf Mordents in der Tür.

»Schnell, Florence, Solveigh ist schon am Gartentor. Gib mir den Rucksack!« Hastig stopfte sie die Papiere wieder in den Toilettebeutel, steckte ihn in den Rucksack und überreichte ihn Honoré, der ungeduldig von einem Fuß auf den anderen stieg.

Verdammt, sie hätte den Rucksack gerne noch genauer untersucht. Wenige Sekunden später hörte sie durch die geöffnete Tür die zornige Stimme von Solveigh. »Wieso haben Sie meinen Rucksack genommen, Monsieur Mordent? Der geht Sie nun wirklich nichts an!«

»Pardon, Mademoiselle Moreau«, ertönte die beruhigende Stimme Honorés. »Ich wollte ihn gerade in einem der leeren Gästezimmer deponieren. Wir erwarten noch Lieferanten, und da schien es mir zu riskant, ihn ihm Vorzimmer stehen zu lassen.«

»Geben Sie ihn mir bitte, darum kümmere ich mich schon selbst.«

Florence hatte genug gehört. Leise schloss sie die Tür. Sie würde vorerst hier im Zimmer bleiben und über ihren Fund nachdenken. Als sie sich wieder auf dem Sofa niedergelassen hatte, entdeckte sie zu ihren Füßen einen Zeitungsausschnitt, der ihr offensichtlich aus der Hand gerutscht war. Der Inhalt war interessant. Ein Bericht über die »Unternehmerin des Jahres 2015«, ausgezeichnet von der Wirtschaftsuniversität in Marseille. In diesem Jahr war es Eloise Bonnet gewesen, der diese Ehre zuteilgeworden war. Auf dem Foto der Preisverleihung war auch Solveigh zu sehen, Händchen haltend mit einem attraktiven jungen Mann, der Florence unbekannt war. War das der Freund, von dem sie sich eben erst getrennt hatte? Hélène hatte vorhin im Telefongespräch so etwas erwähnt.

Das war aber jetzt gar nicht so wichtig. Viel wichtiger war das Dokument, das sie soeben fotografiert hatte. Ein Testament, unterzeichnet von Eloise Bonnet, und die Begünstigte war niemand anderer als Solveigh Moreau!

Sie stand auf und machte ein paar Schritte durch den Raum. Irritiert und erregt!

Wenn jemand in einem Mordfall von einem Testament profitierte, dann rückte er oder sie naturgemäß an die vorderste Stelle unter den Verdächtigen. Dann fehlte nur noch ein letzter Beweis, um ihn oder sie des Mordes zu überführen. Dieses Puzzlestück fehlte hier allerdings nach wie vor. Fieberhaft begannen ihre Gedanken um die Person zu kreisen, von der sie sich mittlerweile sicher war, dass sie den Mord an Alima Semana begangen hatte. Vielleicht sogar den Mord an Robert Albert. Diese Person hatte möglicherweise keinen lang gehegten Plan verfolgt. Sie hatte gemordet, weil sie endlich das bekommen musste, was ihr ihrer Meinung nach zustand und weil sie sich das von niemandem mehr wegnehmen lassen durfte. Ihr Verhalten war bestimmt nicht folgerichtig gewesen, aber in ihrer eigenen Logik hatte sie vermutlich konsequent einen Schritt nach dem anderen gemacht.

Zurück zu dem, was die Fakten im Mordfall Alima Semana waren. Sie vergegenwärtigte sich das, was sie als Allererstes erfahren hatte. Was hatten eigentlich die wenigen Zeugen von der Tat berichtet?

Hatte nicht einer behauptet, dass der Täter auf einem Kinderroller im Nebel verschwunden war? Lambert hatte ihr später einmal erzählt, dass seine Stellvertreterin keinen dieser Zeugen als glaubwürdig eingestuft hatte.

Der sogenannte Kinderroller ging ihr nicht mehr aus dem Kopf. Sie musste auf der Stelle etwas überprüfen, was sie erst vor Kurzem gesehen, aber möglicherweise falsch eingeordnet hatte. Sollte sich ihr Verdacht als richtig erweisen, musste sie schnell handeln. Sie musste dringend noch einmal hinaus ins Freie.

»Die Situation ist entschärft«, flüsterte Honoré ihr zu, als er ihr jetzt in der Vorhalle entgegenkam. »Hélène ist gerade zurückgekommen und hat Solveigh gebeten, mit ihr in der Küche einen schottischen Silvesterpunsch vorzubereiten. Ich habe Hélène gebeten, sich dafür möglichst viel Zeit zu lassen. Du hast doch in dem Rucksack etwas Interessantes entdeckt! Ich sehe es dir an!«

»Hat Solveigh den Rucksack jetzt bei sich?«, kam die Gegenfrage.

»Allerdings. Sie hat ihn in die Küche mitgenommen!«

»Merde! Entschuldige, Honoré. Ich muss dringend hinaus ins Freie. Bitte achte darauf, dass Solveigh Moreau mich nicht sehen kann.«

»Was ist los, Florence, rede schon?«

»Désolée, Honoré. Du wirst es bald erfahren. Ich muss etwas überprüfen und dann eventuell noch telefonieren. Spätestens in zehn Minuten bin ich zurück.«

Sie ließ Honoré in der Halle zurück und stand gleich darauf vor dem hellblauen Peugeot, den sie zuvor schon inspiziert hatte. Trotz der beginnenden Dämmerung war der Fahrradreifen, dem sie zuvor wenig Augenmerk geschenkt hatte, noch gut zu erkennen. Jetzt, wo sie wusste, was sie suchte, erkannte sie es sofort. Es war nicht der Reifen eines Fahrrades, der unter der Decke hervorlugte, dazu war er eigentlich viel zu klein. Es war der Reifen eines Rollers. Einer, wie er früher von Kindern und heute auch von Erwachsenen als praktisches und schnelles Fortbewegungsmittel Verwendung fand. Mit einem solchen Fahrzeug würde man jemandem nicht nur unauffällig folgen, sondern, wenn nötig, jederzeit auch rasch die Flucht ergreifen können.

Florence blickte zurück zum Haus, in dem gerade einzelne Lichter angingen. Dann drehte sie sich um und entfernte sich noch ein Stück, hoffend, dass auch hier ihr Handy noch Empfang hatte.

37

Lambert meldete sich nicht sofort, und Florence wollte es in wenigen Minuten ein zweites Mal versuchen.

Inzwischen blickte sie zum Haus hinüber, in dem bereits die Lichter angegangen waren. Es erinnerte sie einmal mehr an das Haus aus dem Roman Rebecca von Daphne du Maurier, und auch in diesem Haus befand sich eine Person, die ein düsteres Geheimnis mit sich trug. »Lass dich von dieser Stimmung nicht mitreißen«, sagte sie sich. »Es wird alles gut, und schließlich befinden wir uns hier nicht im viktorianischen England, sondern in der heiteren und genussfreudigen Provence.«

»Florence, was ist los? Ich habe keine Zeit. Wir haben gerade einen fürchterlichen Fund gemacht.« Lambert hatte zurückgerufen.

»Was für einen Fund, Antoine?

»Vor einer Stunde hat uns eine Frau angerufen.« Antoine klang atemlos und erregt. »Sie hat in einem alten Brunnen auf dem Gelände eines Bauernhauses eine Leiche entdeckt. Wir sind schon da und – halte dich fest, Florence, wo immer du bist – es handelt sich um die Leiche von Eloise Bonnet. Ich fürchte, sie hat sich dem Arm der Gerechtigkeit entzogen und Selbstmord begangen.«

»Das ist ja entsetzlich, Antoine. Aber warum Selbstmord? Es könnte Mord sein. Ich glaube nämlich jetzt zu wissen, wer wirklich hinter der Ermordung Alima Semanas steckt.«

Ein Stöhnen erklang am anderen Ende der Leitung. »Nicht schon wieder eine neue Theorie, Florence!«

»Doch, Antoine, das kann ich dir nicht ersparen. Ich bin nämlich hier bei den Mordents und stehe vor deren Haus. Solveigh Moreau ist auch hier, und ich habe durch Zufall entdeckt, was sich in ihrem Rucksack befindet. Pass auf! Eloise Bonnet hat zu ihren Gunsten ein Testament gemacht. Solveigh soll das ganze Betriebsimperium von Eloise erben. Ich habe ein Foto davon gemacht und schicke es dir.«

»Florence! Was …«

»Warte, ich habe noch mehr. Ein Foto von einer Feier, auf der Solveigh möglicherweise mit ihrem Freund, von dem sie sich angeblich soeben getrennt hat, zu sehen ist. Vielleicht kann jemand von deinen Leuten herausfinden, wer er ist.«

»Okay, okay. Das mit dem Testament ist tatsächlich ein starkes Stück, aber was hat das alles mit dem Mord an Alima Semana zu tun?«

»Kommt schon. Antoine, im Auto von Solveigh befindet sich ein Roller. Einer eurer Zeugen glaubte doch gesehen zu haben, dass der Mörder von Alima Semana die Flucht mit einem Roller angetreten hat?«

»Wir hatten einige widersprüchliche Zeugenaussagen«, murmelte Lambert. »Aber der mit dem Roller war sich ziemlich sicher. Was sollte Solveigh für ein Motiv gehabt haben, Alima Semana zu ermorden?«

»Ich zähle eins und eins zusammen, Antoine. Alima Semana hat offensichtlich etwas über eine Fälschung von *AnniqueNatur* gewusst und dem Betrieb schaden wollen, wie auch immer. Solveigh wusste wiederum, dass sie ihn erben würde. Aber bitte, bitte, Antoine. Natürlich gibt es noch viele offene Fragen. Jedenfalls ist Eloise Bonnet tot. Mit dem Testament hätte Solveigh für den Mord an Eloise ein Motiv. Sie ist hier und sie ist eine Gefahr für alle, die kommen werden, auch für deine Tochter. Worauf wartest du noch!«

»Die Gäste werden für 19 Uhr erwartet, n'est-ce pas? Bitte, Florence, schicke mir deine Fotos. Ich muss das Testament sehen. Und bitte, ruf Charles an und sag ihm, dass er mit den Mädchen vorerst in Saignon bleiben soll. Beunruhige ihn nicht. Sag irgendetwas! Was macht Solveigh Moreau gerade?«

»Sie ist mit Hélène in der Küche. Sie machen einen schottischen Silvesterpunsch. Solveigh hat ein Semester lang in Schottland studiert!«

»Bleib noch kurz draußen. Ich ruf dich in fünf Minuten zurück.«

Schon hatte er aufgelegt und Florence stand alleine in der Dunkelheit, denn die Sonne hatte sich endgültig verabschiedet. Sie nützte die Wartezeit, um Charles anzurufen, und sah, dass sie von ihm bereits eine Nachricht erhalten hatte: »Komme mit Ada schon etwas früher als geplant. Lena ist mit Elena Gilbert und ihren Eltern bereits unterwegs. Bis gleich, Charles!« Rasch wählte sie seine Nummer, aber er hob nicht ab, und sie vermutete, dass er bereits unterwegs war.

Unruhig begann sie, auf und ab zu gehen. Zu Beginn dieses nun ausklingenden Jahres hatte sie noch in Paris im Polizeidienst gearbeitet. Dass sie sich zu Jahresende in einer Situation wie der jetzigen befinden würde, hätte sie sich damals bestimmt nicht träumen lassen. Sie hoffte, dass Lambert rasch handeln würde. Sie hatte nicht einmal gefragt, wo sich das alte Bauernhaus befand, auf dessen Gelände der Leichnam von Eloise Bonnet gefunden worden war. Etwa auf dem Hof des Bruders?

Endlich meldete sich Lambert wieder.

»Wir kommen, Florence. Der Mann, der mit Solveigh auf dem Zeitungsfoto Händchen hält, ist Aadil Kerboua. Das kann kein Zufall sein! Wir sind in 20 Minuten da. Pass auf Solveigh auf! Beschäftige sie! Fordere sie nicht heraus! Meine Kollegin versucht gerade, Hélènes Gäste zu erreichen, um sie zu warnen. Darum musst du dich jetzt nicht kümmern.«

»In Ordnung, Antoine. Leider hat auch Charles nicht abgehoben. Er und Ada dürften ebenfalls bereits unterwegs sein. Beeilt euch!«

Sie eilte ins Haus und dann sogleich in die Küche. Dort bot sich ihr ein friedlicher, ja geradezu idyllischer Anblick. Honoré und Solveigh saßen plaudernd am Küchentisch und nippten am Silvesterpunsch.

»Wollen Sie auch probieren, Madame?«, sagte Solveigh lächelnd.

Honoré hatte bereits ein Glas für sie eingeschenkt und hielt es ihr hin.

»Probiere, Florence. Ein köstliches Getränk! Ich habe Mademoiselle Moreau gerade erzählt, dass du schon da bist, dich aber noch ein wenig ausgeruht hast.«

»Ja, auf einmal war ich müde. Ich habe ja in Marseille übernachtet und bin sehr früh aufgestanden, weil ich nicht zu spät nach Saignon zurückkommen wollte. Jetzt wollte ich Hélène noch bei den Vorbereitungen für das Fest unterstützen.«

Honoré setzte zum Sprechen an, aber Solveigh kam ihm zuvor.

»Wenn Sie gekommen sind, Madame Beaumarie, um Madame Mordent zu helfen, dann sind Sie zu spät dran. Hat sie Ihnen denn nicht gesagt, dass längst alles erledigt ist?«

In Solveighs freundliche Stimme hatte sich ein fragender Unterton eingeschlichen, der Florence nicht ganz geheuer war.

»Ach«, sagte Florence wegwerfend, »vor so einer Party ist doch immer etwas zu tun. Aber wo ist eigentlich Hélène?«, fragte sie.

Honoré antwortete. »Sie ist oben und richtet ein Zimmer für Mademoiselle Moreau her. Wir haben ihr angeboten, hier zu übernachten. Sie macht sich Sorgen, weil sie Eloise Bonnet, die ja mit hierherkommen wollte, überhaupt nicht mehr erreichen kann. Das ist doch so, Mademoiselle Moreau?«

»Sagen Sie doch einfach Solveigh zu mir, Monsieur Mordent. Aber ja, Sie haben recht. Wenn Eloise nicht kommt, kann ich nach der Feier hier nicht mit ihr nach Lourmarin fahren. Ich habe keinen Schlüssel zu ihrer Wohnung, und in der Nacht ist es mir nach Marseille zu weit.«

»So weit können Sie heute Nacht wirklich nicht mehr fahren.« Mordent sprach in einem väterlichen Ton. »Immerhin sollen Sie ja auch unser kleines Fest und Ihren wunderbaren Silvesterpunsch genießen können.«

»Wie soll ich etwas genießen können, wenn ich mir Sorgen um Eloise mache. Vielleicht ist ihr etwas zugestoßen, und ich sollte lieber eine Vermisstenanzeige aufgeben.«

»Wahrscheinlich ist es dafür noch etwas zu früh«, sagte Florence. »Aber ich habe eine Idee. Wie wäre es, Honoré, wenn du deinen ehemaligen Mitarbeiter in Avignon, Kommandant Antoine Lambert anrufst? Der ist jetzt der Chef der dortigen Polizei und kann veranlassen, dass zumindest in den Krankenhäusern nach Eloise Bonnet gesucht wird. Dann ist die Sache in professionellen Händen, und Solveigh muss sich nicht so viele Sorgen machen.«

»Gute Idee«, sagte Mordent, der den Tonfall von Florence zu deuten wusste. Er nahm sein Handy. »Sind Sie einverstanden, Solveigh, wenn ich das mache?«

»Ist okay«, sagte sie.

»Bonsoir, Kommandant Lambert!« Mordent sprach betont förmlich in sein Telefon. »Mordent am Apparat. Ihr früherer Chef aus Paris.« Schrittweise entfernte er sich vom Küchentisch, damit Solveigh nicht hören konnte, was am anderen Ende der Leitung gesprochen wurde. »Ich befinde mich zufällig in der Gegend und hätte eine berufliche Bitte an Sie. Wir haben hier einen sehr netten Gast, Mademoiselle Solveigh Moreau. Sie macht sich große Sorgen um ihre Chefin und Freundin, Madame Eloise Bonnet, die sie nun schon seit einem Tag vermisst. Könnten Sie uns den Gefallen tun und in den Krankenhäusern von Marseille, Avignon, Apt und Umgebung nachfragen, ob vielleicht jemand mit diesem Namen eingeliefert worden ist?«

Solveigh verfolgte jeden seiner Schritte mit ihren Blicken, und Florence versuchte, sie abzulenken. Sie hielt ihr Punschglas in die Höhe. »Prost, Mademoiselle Moreau! Trinken wir auf eine schöne Zukunft.«

Solveigh blieb nichts anderes übrig. Sie erhob ebenfalls ihr Glas und stieß mit Florence an, die nun versuchte, sie in ein Gespräch zu verwickeln.

»Wie schauen denn Ihre Pläne für das neue Jahr aus, Solveigh? Wollen Sie Ihr Studium in Paris fortsetzen?«

Im Hintergrund hörte sie, wie Mordent mit Lambert sprach. Sie wusste, dass dieser ihn von der Ermordung Madame Bonnets und von seiner bevorstehenden Ankunft in seinem Haus unterrichtete. Sie hatte aber die richtige Frage gestellt. Solveigh ließ sich auf das Thema ein.

»Selbstverständlich werde ich wieder in Paris studieren.

Ich hatte in diesem Herbstsemester nur pausiert, weil ich Geld verdienen musste. Für Schottland hatte ich ja nur ein Kurzzeit-Stipendium. Wenn ich es mit leisten könnte, würde ich dort weiterstudieren. Ich war in Dundee. Die Universität dort ist genial. Tausendmal besser als Paris, wo man nur eine Nummer unter vielen ist. In Dundee hatten wir eine persönliche Betreuung, und überhaupt gefällt mir der britische Lebensstil viel besser als der französische. Insbesondere die Schotten. Die sind ehrlich und geradlinig und noch viel mehr mit der Natur verbunden als die Franzosen. Hier ist alles so überkandidelt.«

»Was meinen Sie mit überkandidelt, Solveigh?«

»Ich meine das in jeder Hinsicht«, antwortete diese fast trotzig. »Wir Franzosen reden zu viel, bereiten unsere Speisen viel zu aufwendig zu, nehmen den Gemüsen das natürliche Aroma weg, und die Natur ist für uns nur eine romantische Kulisse. Wir nehmen sie nicht ernst. Bei den Schotten ist genau das Gegenteil der Fall. Ein einfaches, schmackhaftes und naturbelassenes Essen, kurz und nicht stundenlang gegart wie hier bei uns. Die kennen noch Verantwortung und echte Liebe zur Natur.«

»Dieser Punsch ist dann bestimmt auch ein reines Naturprodukt?«

»Das kann ich leider nicht behaupten. Ich habe zwar einen echten schottischen Whisky von einer Bio-Destillerie mitgebracht, aber ob die Orangen und die anderen Zutaten, die Madame Mordent daheim hatte, bio sind, kann ich nicht sagen.«

Hélène, die in diesem Moment wieder in die Küche kam, hatte Solveighs letzte Worte gehört.

»Meine Orangen und Kräuter stammen alle von einem Marktstand in Apt, und dort hat man mir geschworen, dass alles bio ist«, stellte sie fest. Sie hatte sich umgezogen, und bei ihrem Anblick ging ein unerwartetes Lächeln über Solveighs Gesicht.

»Sie könnten als Model für Biokleidung auftreten, Madame Mordent. Sie sehen in diesem Modell aus unserer Boutique fantastisch aus.«

»Hervorragende Idee«, kommentierte ihr Mann, der soeben sein Gespräch mit Lambert beendet hatte. Dann wurde er wieder ernst.

»Kommissar Lambert braucht die Wohnadressen und die persönlichen Daten von Madame Bonnet. Wir haben aber das Glück, dass er zufällig in der Nähe ist. Er wird in 15 Minuten hier sein. Dann können Sie ihm selbst alles mitteilen, was er wissen muss, Solveigh.«

Solveighs Miene hatte sich für einen Augenblick lang verdüstert, dann hatte sie ihre Emotionen wieder im Griff.

Honoré schnappte sich erneut den Krug mit dem Punsch.

»Magst du auch einen Schluck?«, fragte er seine Frau.

»Gerne«, antwortete sie ihm. »Aber bitte, gehen wir doch in den Salon. Ich habe im Kamin ein Feuer angezündet. Wir erwarten in Kürze weitere Gäste. Madame Gilbert hat angerufen. Sie kommt früher, weil sie hier in der Küche noch ihre Blinis vorbereiten will. Sie bringt auch schon Gäste mit, Madame Albert mit ihrer Tochter Lena. Außerdem hat sie gefragt, ob noch ein weiterer Freund kommen darf. Hoher Besuch, sage ich euch.« Sie machte eine kurze Pause, um die Spannung zu erhöhen. »Monsieur Garnier, der Bürgermeister von Saignon.«

»Ist mein Zimmer schon fertig?« Solveigh war unvermittelt aufgesprungen und hatte gleichzeitig ihr Punschglas mit lautem Knall auf dem Tisch abgestellt.

»Ich gehe mich frisch machen«, sagte sie, schnappte ihren

Rucksack und war nach oben verschwunden, bevor jemand von den Anwesenden Einspruch erheben konnte.

38

»Ich weiß etwas über Solveigh, das ihr noch nicht wisst«, sagte Hélène in verschwörerischem Ton zu Florence und Honoré, ahnungslos, wie prekär die Situation hier mittlerweile war.

Florence schaute Honoré an. »Behältst du sie im Auge?« Lambert musste ihm inzwischen alles erzählt haben, und vielleicht wusste er jetzt sogar schon mehr als sie.

Honoré nickte. »Wo ist ihr Zimmer?«, fragte er.

»Das kleine rechts am Ende des Ganges«, antwortete Hélène leicht irritiert.

Schon war er verschwunden, und Florence informierte Hélène über den aktuellen Stand der Dinge. Diese war entsetzt und besorgt um ihre Gäste.

»Ich kann versuchen, Elena Gilbert noch zu erreichen, aber sie und ihre Gäste müssten eigentlich jeden Augenblick hier sein.«

Sie tippte auf ihr Handy und schüttelte dann den Kopf: »Es ist abgeschaltet oder es gibt keinen Empfang!«

Wie schon so oft war Florence von der Contenance, die Hélène in fast jeder Lebenslage behielt, beeindruckt. Sie war eine starke und besonnene Frau, die sich aber auch – wie sie vor Kurzem bewiesen hatte – leidenschaftlich für eine Sache einsetzen konnte.

»Komm, Florence«, sagte sie jetzt, »gehen wir in den Salon. Ich muss dort noch die Jalousien schließen und das Feuer im Kamin am Brennen halten.«

Als sie den Salon betraten, konnte Florence trotz der Lage, in der sie sich befanden, einen Ausruf der Bewunderung nicht unterdrücken. Hélène hatte den ohnedies sehr eleganten Raum in einen richtigen Festsaal verwandelt. Florence hatte ihn von ihrem letzten Besuch her nicht so groß in Erinnerung, wie er ihr jetzt erschien, nachdem Hélène sämtliche Lichter eingeschaltet hatte. Der Raum war beinahe quadratisch. Es gab mehrere kleine Sitzgruppen sowie, zur Seite gerückt, einen lang gestreckten Tisch, auf dem neben einem Blumenarrangement und einer großen gefüllten Obstschale eine ganze Armee funkelnder Gläser auf die Gäste wartete. Auf der dem Eingang gegenüberliegenden Seite des Raumes flackerte in dem offenen Kamin ein kleines Feuer. Dort, wo er sich befand, war die Wand ein Stück nach hinten versetzt, sodass der Eindruck einer Nische entstand, vor der so viele Polstersessel und Hocker gruppiert waren, dass bestimmt alle Gäste des heutigen Abends dort Platz finden würden.

Hélène steuerte das einzige Fenster an, das geöffnet war und sich in dem Mauervorsprung neben der Nische befand. Sie beugte sich über die niedrige Fensterbank nach draußen und schloss die Holzjalousien, ließ aber die Fensterflügel offen. Dann warf sie ein paar Scheite in das beinahe schon erloschene Feuer im Kamin, das bald darauf wieder hell aufloderte.

»Kann ich dir helfen, Hélène?«, fragte Florence, die gerade einen prüfenden Blick auf eine der Seitenwände des Raumes warf, in der es drei weitere Fenster gab.

»Nein danke, Florence. Diese Fenster sind schon geschlossen. Ich lasse nur das an der Rückwand noch offen, wir brauchen frische Luft. Es ist ohnedies von außen schwer zugänglich. Offensichtlich hat sich in letzter Zeit niemand die Mühe gemacht, den Dschungel hinter dem Haus zu lichten.«

»Komm, setzen wir uns hierher«, sagte sie dann. Sie drehte einige Sessel der Sitzgruppe vor dem Kamin in Richtung Eingangstür. »Von hier aus haben wir alles gut im Blick. Willst du noch hören, was mir Solveigh erzählt hat, als wir zusammen den Punsch zubereitet haben?«

Florence nickte.

»Ich habe sie nämlich danach gefragt, wie sie zu ihrem Interesse an Biologie und Ökologie gekommen ist, und da hat sie mir ihre Lebensgeschichte erzählt. Wer ihr Vater ist, weiß sie nicht. Ihre Mutter ist bei einem Unfall ums Leben gekommen, als sie vier Jahre alt war. Interessanterweise am Hof von Eloise Bonnets Bruder, für den sie gearbeitet hat. Ihre Mutter war übrigens die beste Freundin von Eloise Bonnet. Solveigh Moreau ist dann bei ihrer Großmutter, einer harten und lieblosen Frau, aufgewachsen. Sie hatte keine schöne Kindheit, wie sie mir sagte, außer in den Stunden, in denen sie von Eloise Bonnet besucht und des Öfteren auch zu einem Ausflug mitgenommen wurde. Sie und ihre Großmutter haben in einem kleinen Dorf in der Nähe von Avignon gelebt, und eigentlich, sagte sie dann, hätte Eloise sie auch öfter besuchen und mehr für sie tun können, denn sie musste ja gesehen haben, wie schlecht es ihr bei der Großmutter erging. In der Schule war sie gut, sie hat das Lycée mit Spitzennoten abgeschlossen und schließlich ein staatliches Stipendium für ihr Studium gewonnen. Im letzten Frühjahr ist die Großmutter hochbetagt verstorben, und weil Solveigh deren Mietwohnung nicht weiter bewohnen konnte und auch gar nicht wollte, ist sie bei Eloise eingezogen. Natürlich nur vorübergehend und in den Universitätsferien. Seither arbeitet sie in ihren Betrieben mit.«

»Sie gehen ja recht freizügig mit den Informationen zu meiner Person um!«

Solveigh hatte so leise den Raum betreten, dass Florence und Hélène sie zunächst gar nicht bemerkt hatten. Erschrocken schauten sie zu ihr auf.

»Tut mir leid Solveigh, ich fand ihre Lebensgeschichte so berührend und interessant, dass ich mir nichts dabei dachte, als ich sie Florence erzählte. Setzen Sie sich doch zu uns!«

Solveigh setzte sich auf einen mit gemustertem Leinen bezogenen Hocker. Ihren Rucksack, den sie mitgebracht hatte, stellte sie daneben.

»Na gut«, sagte sie dann. »Dann kennt jetzt auch Madame Beaumarie die Geschichte vom Aschenbrödel, das von einer guten Fee gerettet wurde.«

»Und die gute Fee ist Eloise Bonnet, und auch deshalb machen Sie sich solche Sorgen, weil Sie sie nicht erreichen.« Florence sah Solveigh mitfühlend an.

»Allerdings«, sagt diese. »Eloise und ich stehen in einer so engen Verbindung, dass ich es geradezu spüre, wenn etwas mit ihr nicht stimmt.«

»Gestern Abend waren Sie ihr gegenüber aber nicht so freundlich gestimmt. Sie haben uns doch heute beim Tee erzählt, dass sie sich da gestritten haben«, mischte sich Honoré Mordent ein, der sich soeben zu ihnen gesellt hatte.

»Na und? Das kommt in den besten Familien vor. Außerdem ist das meine persönliche Angelegenheit, und es geht Sie nichts an.«

Solveighs Gesicht hatte sich wieder gerötet.

Die Türglocke läutete. Florence sprang auf. »Ich gehe aufmachen«, sagte sie, denn sie hoffte, dass es Lambert war.

Er war es tatsächlich, aber er war nicht der Einzige. Vor der Tür standen Elena Gilbert, Madame Albert, Monsieur Garnier und Lena. Ihre ahnungslos heiteren Mienen standen in deutlichem Kontrast zu der von Lambert, der sich drei Schritte hinter ihnen befand.

»Bienvenue«, sagt Florence. »Bitte, kommt herein. Madame Mordent wird gleich hier sein.«

Sie hielt ihnen die Tür auf und ließ sie eintreten. Antoine Lambert blieb abwartend draußen stehen. Florence schielte in Richtung Parkplatz. War er alleine gekommen? Es war zu dunkel, um etwas sehen zu können.

»Sie sind auch schon hier, Madame Beaumarie, wie schön!« Elena Gilbert stellte einen großen Korb ab und reichte Florence die Hand.

Nun kam auch Hélène in den Flur. »Bienvenue«, rief sie und an Elena Gilbert gewandt sagte sie: »Freie Fahrt für Ihre Blinis in der Küche.« Ihre Stimme war eine Spur lauter als sonst.

Während sich Hélène um ihre Gäste kümmerte und ihnen aus den Mänteln half, trat Florence zu Lambert hinaus ins Freie.

»Wie ist die Lage, Antoine?«, fragte sie ihn flüsternd und schlug die Arme um ihren Körper, denn es war empfindlich kühl geworden.

»Das wollte ich dich gerade fragen, Florence. Wo ist Solveigh Moreau? Bei uns laufen die Ermittlungen auf Hochtouren. Auch nach Aadil Kerboua suchen wir wieder, aber den haben wir noch nicht erreicht. Kommissar Barain ist in Marseille gerade am Weg zu Philip Oudart, dem Freund des Mordopfers.«

»Solveigh Moreau ist drinnen im Salon mit Honoré. Bist du alleine gekommen, Antoine?«

»Ich bin mit zwei Kollegen, die noch draußen warten, schon vorgefahren. In Kürze kommt noch ein Einsatzkommando nach. Ich hoffe aber, dass ich das alles nicht brauche. Ich möchte mich erst einmal mit Solveigh alleine unterhalten. Inzwischen werden die Kollegen ihr Auto inspizieren, und wenn das wirklich ihr Roller ist, haben wir genug Material in der Hand, um sie auf das Kommissariat in Avignon mitzunehmen.«

»Alles klar, Antoine. Komm herein. Hélène wird die anderen Gäste schon irgendwo deponieren. Ich hoffe, nicht im Salon. Ich bringe dich zu Honoré und Solveigh. Sie weiß, dass du kommst, um die Vermisstenanzeige für Eloise Bonnet aufzunehmen.«

»Warte noch kurz, Florence. Es gibt noch etwas. Wir haben inzwischen das Bauernhaus inspiziert, auf dessen Grund Eloise Bonnets Leiche gefunden wurde.

Es ist kein Bauernhaus mehr, sondern ein Textilbetrieb, und dort wird Bekleidung der Marke *AnniqueNatur* hergestellt. Du hast wohl wieder einmal die richtige Spur verfolgt.«

Hélène Mordents Gestalt erschien im hell erleuchteten Türrahmen. »Ihr könnt hereinkommen«, sagte sie nun mit gesenkter Stimme. »Ich mache für unsere neuen Gäste erst einmal eine Hausführung. In den Salon führe ich sie ganz zum Schluss. Dann kann sich Kommandant Lambert in Ruhe mit Mademoiselle Moreau unterhalten. Ich nehme an, dass dieses Gespräch nicht lange dauern wird.«

Schon war sie wieder verschwunden, und Florence und Antoine folgten ihr ins Haus.

Die Tür zum Salon war offen, und man sah, dass Honoré Mordent sich ebenfalls erhoben hatte und ihnen ein Stück entgegengekommen waren. Solveigh war auf ihrem Hocker sitzen geblieben.

»Hier kommt Kommandant Lambert, er war in Paris einer meiner besten Mitarbeiter«, sagte Mordent, an Solveigh gerichtet, »er wird Ihnen bei der Suche nach Madame Bonnet behilflich sein.«

Solveighs Gesichtszüge hatten einen misstrauischen Ausdruck angenommen, sie wirkte jetzt unruhig und nervös.

Lambert salutierte kurz und förmlich vor seinem ehemaligen Chef und wandte sich sogleich an Solveigh.

»Sie vermissen also Ihre Chefin, Mademoiselle Moreau? Normalerweise suchen wir nach einer abgängigen Person erst, wenn sie seit 24 Stunden vermisst wird, aber bei einem Gast meines früheren Chefs mache ich eine Ausnahme.«

»Setzen wir uns doch«, sagte Honoré Mordent. Der Stimmungsumschwung bei Solveigh war ihm nicht entgangen. Er ging ihnen zum Kamin voraus und zeigte einladend auf einen der Lehnstühle. Die anderen folgten ihm, und als alle saßen, begann Lambert mit der Befragung.

»Können Sie mir bitte sagen, Mademoiselle Moreau, wann Sie mit Eloise Bonnet zum letzten Mal Kontakt hatten?«

»Ich habe gestern am späten Nachmittag mit ihr telefoniert. Ich habe den gestrigen Abend bei Freunden in Marseille verbracht und auch bei ihnen übernachtet. Eine

Stunde vor Mitternacht habe ich Eloise noch einmal angerufen, sie aber weder am Handy noch am Festnetz erreicht.«

»Vielleicht hat sie schon geschlafen.«

»Bestimmt nicht, Eloise ist nie vor Mitternacht ins Bett gegangen. Aber okay. Sie könnte irgendwo gewesen sein. Jedenfalls bin ich heute schon früh aufgestanden und zu ihr in die Wohnung gefahren. Da war sie aber nicht, und es war erst 8 Uhr am Morgen. So früh geht sie nie aus dem Haus. Seither suche ich sie. Ich habe nichts mehr von ihr gehört.«

Antoine Lambert schrieb alles, was Solveigh ihm sagte, in sein Notizbuch. Er ließ sich von ihr beschreiben, wie Eloise Bonnet aussah, und erkundigte sich dann nach den Adressen ihrer Geschäfte und danach, wo sie sich sonst noch gerne aufhielt. Solveigh beantwortete seine Fragen, erwähnte aber mit keinem Wort die beiden Werkstätten, in denen *AnniqueNatur* erzeugt wurde. Auf die Frage, ob sie wisse, wer die Angehörigen von Eloise Bonnet seien, nannte sie den Bruder und fügte hinzu, dass Eloise keinen Kontakt zu ihm habe. Je länger Lambert fragte, desto ungeduldiger wurde sie. Als er dann auch noch ihre Personalien aufnehmen wollte, reagierte sie empört.

»Jetzt wissen Sie aber wirklich genug, um die Suche nach Eloise in den Krankenhäusern zu starten. Wenn Sie noch lange fragen, verlieren Sie kostbare Zeit. Wo werden Sie sonst noch suchen?«

Lambert warf einen kurzen Blick zur Tür und dann auf Florence, die im rechten Winkel zu Solveigh Platz genommen hatte. Florence war seinem Blick gefolgt und sah, dass mittlerweile Lamberts Stellvertreterin, Leonie Perrin, ins Haus gekommen war und abwartend im Schatten der geöffneten Tür stand.

Solveigh schien nichts bemerkt zu haben, denn sie saß halb mit dem Rücken zur Tür.

»Sagen Sie mir jetzt bitte die Wahrheit, Mademoiselle Moreau. Sie haben sich nicht zufällig heute doch noch mit Madame Bonnet in ihrem Textilbetrieb in Avignon getroffen?« Überraschend war Lambert zum Angriff übergegangen.

Solveigh erstarrte, sie sagte nichts. In ihr arbeitete es. Würde sie die Beherrschung verlieren? Florence sah, wie Leonie Perrin zu ihrer Waffe griff, aber Solveigh hatte sie glücklicherweise noch immer nicht bemerkt. Betont langsam schüttelte sie den Kopf. Vorwurfsvoller Gesichtsausdruck! Verächtlich zog sie den rechten Mundwinkel nach oben.

»Textilbetrieb in Avignon? Wie kommen Sie darauf? Ich kenne keinen Textilbetrieb in Avignon. Und überhaupt. Bis vor einer halben Stunde haben Sie nichts von Eloise gewusst und jetzt stellen Sie mir eine solche Frage. Was wollen Sie von mir?«

»Ich will wissen, ob Sie die Mörderin von Eloise Bonnet sind.«

Viel später, bei seiner Anhörung durch die Staatsanwältin, sagte Antoine Lambert, dass er für sein unprofessionelles Verhalten in dieser Situation keine andere Erklärung habe als die, dass dieser Fall ihm schon längst viel zu sehr unter die Haut gegangen sei. Er hätte mit einer derartigen Reaktion von Solveigh Moreau rechnen müssen und habe dadurch alle Anwesenden und insbesondere Madame Beaumarie in höchste Gefahr gebracht.

Der genaue Ablauf der nun folgenden Ereignisse konnte im Nachhinein nur mehr mühsam rekonstruiert werden, aber die Situation, in der man sich nach dieser Aussage von Lambert befand, hätte dramatischer nicht sein können.

Leonie Perrin war zwar sogleich mit drei Schritten bei ihnen gewesen und hatte ihre Waffe auf Solveigh gerichtet, aber diese war schneller. Kaum hatte Lambert seine verhängnisvolle Aussage getätigt, war Solveigh auch schon hinter Florence gestanden, hatte ihr einen Arm um den Hals gelegt, sie in den Würgegriff genommen und als menschlichen Schutzschild verwendet, sodass auch Leonie Perrins gezückte Waffe nicht mehr zum Einsatz kommen konnte. Auch Lambert und Honoré waren aufgesprungen, aber angesichts der Gefahr, in der sich Florence plötzlich befand, in ihren Bewegungen erstarrt. Für einen Augenblick herrschte vollkommene Stille im Raum, nur das Feuer im Kamin knisterte munter weiter.

Solveigh hatte Florence samt ihrem Sessel gefährlich nahe an den Kamin herangezogen und jene Kraft in sich mobilisiert, die nur diejenige aufbringt, die sich in höchstem Alarmzustand befindet. Florence spürte, wie ihr die Luft wegblieb. Ein Gefühl der Schwäche überschwemmte sie, das es ihr unmöglich machte, sich zu wehren.

Der Griff um ihren Hals wurde noch fester.

»Alle hinaus hier«, schrie Solveigh. »Sonst setze ich das ganze Haus in Brand!«

Es blieb ihnen nichts anderes übrig, als dieser Anweisung zu folgen, denn Solveigh hatte mit der freien Hand den langen Schürhaken an sich gerissen, der am Kamin lehnte, und damit ein brennendes Holzscheit herausgeschleudert, das gemeinsam mit einem Regen aus Glut und Asche durch die Luft segelte und auf dem Steinboden landete, wo es noch weiterbrannte. Leonie Perrin hatte daraufhin noch versucht, beruhigend auf Solveigh Moreau einzureden, aber diese hatte den Schürhaken erneut ins Feuer gestoßen und gleichzeitig Florence im Griff behalten.

»Hinaus alle und Tür zu«, schrie Solveigh mit einer Stimme, die jetzt mindestens eine Oktave über ihrer sonstigen lag, und diesmal folgten sie ihren Anweisungen, verließen fluchtartig den Raum und schlossen die Tür hinter sich.

39

Florence musste kurz bewusstlos gewesen sein. Sie konnte sich nämlich nicht daran erinnern, gesehen zu haben, wie Solveigh die Tür von innen abgesperrt hatte. Als sie wieder etwas Luft bekam, sah sie, wie Solveigh mit dem Schürhaken vor ihr stand und mit einem ihrer schwarzen Stiefel auf das am Boden liegende brennende Holzscheit eintrat, um die restlichen Flammen zu löschen.

»Versuchen Sie nicht zu fliehen, ich habe die Tür von innen zugesperrt«, sagte sie zu Florence und zeigte ihr mit der freien Hand den Schlüssel.

Florence antwortete nicht. Sie war immer noch benommen, ihr Hals schmerzte, und außer dem Knistern der Flammen im Kamin war es für einige Zeit still im Raum.

»Das ist bereits ihr zweiter Angriff auf mich, nicht wahr, Solveigh? Warum ich?«, stellte Florence schließlich fest. Sie wusste, dass sie mit Solveigh reden musste.

War es ihre ruhige Stimme gewesen, mit der sie Solveigh angesprochen hatte, und die nun bewirkte, dass sich diese erschöpft in einen Sessel fallen ließ und sie mit müden Augen anstarrte, ohne sofort auf ihre Frage zu antworten? Das Adrenalin, das sie in den letzten Minuten angetrieben hatte, begann sich wieder zu verflüchtigen.

Trotzdem sah Florence keine Möglichkeit, schon jetzt den Spieß umzudrehen. Sie saß mit dem Rücken zum Kamin, und Solveigh Moreau hatte nun den Schürhaken direkt auf sie gerichtet. Ein Stoß und sie würde in der brennenden Glut landen.

Es war nicht das erste Mal, dass sie sich in der Situation einer Geisel befand. Das war ihr in ihrem Leben bereits zweimal passiert. Das erste Mal war bestimmt schon mehr als 20 Jahre her, das zweite Mal war letzten Sommer in Avignon gewesen.

Nicht schon wieder, dachte sie sich jetzt, und das Gefühl, das sich ihrer bemächtigte, war eine Mischung aus Resignation und Verzweiflung. War es vielleicht das allerletzte Mal, dass sie in eine derartige Lage geriet? Würde sie auch diesmal irgendwie überleben oder hatte sie ihr Glück bereits zu oft herausgefordert?

Das, was Solveigh jetzt zu ihr sagte, ließ tatsächlich keinen Zweifel daran, dass ihr Schicksal auf Messers Schneide stand.

»Entweder es fällt Ihnen etwas ein, wie Sie mich innerhalb der nächsten Minuten hier so aus dem Haus bringen, dass mich niemand mehr verfolgt, oder ich zünde das ganze Haus an, und wir beide werden als Erste in den Flammen verbrennen!«

»Sie wissen doch, Solveigh, dass es keine Chance für Sie gibt, gänzlich der Polizei zu entrinnen. Selbst wenn Ihnen heute die Flucht gelingen würde, wird man Sie irgendwann einmal erwischen, und das, was Sie soeben getan haben, kommt ohnedies einem Schuldeingeständnis gleich. Haben Sie nun Eloise Bonnet auf dem Gewissen oder nicht?«

»Eloise Bonnet hat sich selbst auf dem Gewissen«, antwortete Solveigh nun mit leiserer Stimme. »Sie war es, die damals den Unfall meiner Mutter verursacht hatte, und jetzt wollte sie mich erneut um meine Zukunft bringen und mir das Erbe, das sie mir versprochen hatte, wieder entziehen. Dabei habe ich schon genug für sie getan!«

»Haben Sie wegen dieses Erbes auch Alima Semana und Robert Albert ermordet?«

»Ich hatte keine Wahl«, sagte Solveigh. »Beide haben Eloise Bonnet und damit auch das bedroht, was mir in Zukunft zustehen würde. Ich hätte aus dem Label *AnniqueNatur* das größte und berühmteste Imperium für Bio-Mode gemacht. Wenn ich die Produktion übernommen hätte, wäre die Marke auch ohne gefälschte indische Ware erfolgreich geworden. Eloise hatte nicht nur meine Mutter auf dem Gewissen und andere Leute mit dem Fälschen von Bio-Mode betrogen, sondern sie wollte mir jetzt auch meine eigene Zukunft stehlen.«

»Wie das?«

»Wenn Sie es unbedingt wissen wollen, ich sollte bald Miteigentümerin und später Erbin ihrer Geschäfte und Betriebe werden, aber heute hat sie mir das alles wieder entzogen. Sie wollte alle meine Zukunftspläne zerstören und hätte damit nicht nur mir, sondern auch unserer ökologischen Bewegung schwer geschadet.«

»Warum aber mussten dann Alima Semana und Robert Albert ihr Leben lassen? Die sind doch beide ganz offensichtlich Teil dieser ökologischen Bewegung gewesen.«

»Muss ich es noch einmal sagen? Sie haben mir keine Wahl gelassen. Ich hatte ihre Vernichtung nicht geplant, aber bevor sie die Firma vernichteten, die einmal mir gehören wird, mussten sie selbst gehen.«

Aus Florences Jackentasche erschallte der *Winter* von Vivaldi.

»Nehmen Sie es heraus«, schrie Solveigh, »wer ist es?«

»Ich kenne die Nummer nicht«, sagte Florence. »Wahrscheinlich ein Werbeanruf.«

»Das werden wir gleich sehen. Heben Sie ab und schalten Sie auf laut, aber keine Dummheiten.«

Sie war wieder aufgesprungen und mit erhobenem Schürhaken näher an Florence herangetreten. Florence tat, wie sie ihr geheißen hatte, und meldete sich mit »Beaumarie«.

»Bonsoir, Florence, wie geht es euch? Ich erreiche Papa nicht! Ich habe eine Überraschung für euch!«

Die beschwingten Klänge eines Wiener Walzers erfüllten für einen Augenblick den Raum, dann war wieder Chantal, die Tochter von Charles in der Leitung.

»Du errätst nie, wo ich bin, aber ich sag es dir. Ich bin im Wiener Musikverein. Bei der Probe für das morgige Neujahrskonzert. Ein befreundeter Musiker hat mich hineingeschmuggelt. Ich bin so glücklich! Komm, sag schon was. Stimmt was nicht?«

»Alles in Ordnung, Chantal. Ich bin gerade bei Hélène. Vorbereitungen für den Silvesterabend. Charles kommt später nach.«

Ein heftiger Schlag traf Florences Arm, und das Handy fiel zu Boden. Man hörte es piepsen. Die Verbindung war unterbrochen worden, aber die Kampfbereitschaft von Solveigh war wiedergekehrt.

»Sie wollen mir also einreden, dass ich keine Chance mehr habe und ohnedies im Gefängnis landen werde? Wer war die Glückliche soeben am Telefon? – Egal. Ich werde mir jedenfalls nicht mein Glück stehlen lassen. Wissen Sie, was hier in meinem Rucksack ist?«

Florence wusste es, aber sie schüttelte den Kopf.

»Da sind mein ganzes Leben und meine Zukunft drinnen, und diesen Rucksack nehme ich mit, wenn ich jetzt verschwinde.« Sie deutete auf das Fenster, das sich neben dem Kamin befand und das Hélène zuvor offen gelassen hatte.

»Sie gehen da hin und öffnen den Riegel der Holzjalousie. Dann machen Sie die Jalousien einen Spalt auf, damit ich sehe, dass sie auch aufgehen. Wenn Sie einen Fehler machen, sind Sie tot. Glauben Sie nicht, dass ich nicht weiß, dass da draußen die Polizei auf mich wartet! Die werden aber von dem Spektakel hier herinnen gleich so abgelenkt sein, dass mich niemand bemerkt, wenn ich in der Dunkelheit verschwinde.«

Florence blieb nichts anderes übrig, als Solveighs Anordnung zu folgen. Wie sollte sie sich mit einem Arm, der nach dem Schlag heftig zu schmerzen begonnen hatte, gegen diese junge Frau zur Wehr setzen, die mittlerweile zum Äußersten entschlossen schien. Sie tat, wie ihr geheißen. Die Jalousien würden beim leichtesten Stoß aufgehen. Solveigh hatte für ihre Flucht das einzig geeignete Fenster ausgewählt. Florence schätzte deren Chance, der Polizei zu entkommen, zwar nicht hoch ein, aber durch dieses Fenster würde es tatsächlich am ehesten möglich sein. Ihre leise Hoffnung, dass Solveigh jetzt einfach aus dem Fenster springen und sie im Raum zurücklassen würde, erfüllte sich jedoch nicht. Solveigh, die annehmen musste, dass auch dieses Fenster von Polizisten bewacht wurde, hatte einen ganz anderen Plan ausgeheckt. Warum sie nun von Florence verlangte, auch sämtliche Verriegelungen der zwei vorderen Fenster möglichst geräuschlos zu öffnen, konnte sich diese nicht erklären. Während sie auch das erledigte, war Solveigh die ganze Zeit dicht hinter ihr geblieben, immer noch den Schürhaken in der erhobenen Hand.

»Schnell zurück in den Raum«, befahl sie, als Florence vor dem zweiten Fenster für einen Augenblick zu verweilen schien. Sie zeigte auf einen von mehreren niedrigen Hockern, die über den Raum verteilt waren.

»Schieben Sie jetzt diesen Hocker in die Mitte des Salons und setzen Sie sich drauf!«

Kaum saß Florence auf dem Hocker, prasselten die Schläge des Schürhakens erneut auf sie herab. Das harte Metall traf sie wieder an der Schulter, aber auch im Nacken und am Hinterkopf, sodass ihr die Luft wegblieb und Tränen ihre Augen überschwemmten. Sie war jetzt völlig wehrlos und nur mehr mit den Schmerzen beschäftigt, die ihr diese junge Frau, die sich zu einem Monster entwickelt hatte, zugefügt hatte.

Diese handelte nun blitzschnell. Sie raffte Kissen und Decken zusammen und verteilte sie am Boden um Florence herum. Es gab noch etwas, wovor Florence, außer vor Hunden, schon immer eine besondere Angst gehabt hatte – und das war Feuer. Sie ahnte jetzt, was Solveigh zuvor mit »Spektakel« gemeint hatte, und geriet in Panik. Flucht! Sie wollte aufspringen, aber die Beine versagten ihr, und Solveigh, die ihre Absicht erkannt hatte, ließ noch mehrere Male den Schürhaken – diesmal auf Knie und Oberschenkel – niedersausen. Dann vollendete sie ihr Werk. Sie hatte längst die Holzwolle entdeckt, die zum Anzünden des Kaminfeuers in einem Korb bereit lag, und streute sie über die am Boden liegenden Textilien. Dann schleuderte sie mit dem Schürhaken Glut und brennende Holzscheiter in den Raum, und sogleich war Florence von einem Ring aus Flammen umgeben. Ihre Hilferufe waren für Solveigh das endgültige Signal zur Flucht. Bevor sie aber durch das rückwärtige Fenster verschwand, raste sie zu den beiden vordersten Fenstern, schlug mit dem Schürhaken das Glas ein und stieß die Jalousien auf. Ihr Plan ging auf. Der Knall, der dadurch erzeugte wurde, das Prasseln der Flammen und Florences schwächer werdende Hilferufe genügten, um die Aufmerksamkeit sämtlicher draußen postierter Einsatzkräfte auf diese beiden Fenster auszurichten. Während die einen die Tür zum Salon aufbrachen, versuchten andere, durch die eingeschlagenen Fenster ins Innere zu gelangen. Alles war darauf konzentriert das Feuer zu löschen und die Personen zu retten, die sich im Raum befanden. Erst als das Feuer gelöscht war und man mitten im Inferno nur mehr die mittlerweile bewusstlose Florence Beaumarie entdeckte, machte man sich auf die Suche nach der Täterin. Die war aber längst durch das rückwärtige Fenster hinausgesprungen und hatte im Dunkel der Nacht ihre Flucht angetreten.

TEIL 5

JAHRESBEGINN UND EPILOG

40

»Nun sagt schon. Wie habt ihr Solveigh erwischt?«

Es war der Morgen des neuen Jahres, und obwohl es noch recht früh am Tag war, waren bereits mehrere taufrische Blumensträuße für Florence Beaumarie in das Krankenhaus von Apt geliefert worden. Eingelullt von einem Cocktail aus schmerzstillenden und beruhigenden Substanzen, die in ihren Blutkreislauf tropften, hatte sie hier die Silvesternacht verbracht.

Vor einer halben Stunde war sie zum ersten Mal aufgewacht, und während ihr die Augen immer wieder zufielen, hatte sie schon wieder ein Rätsel zu lösen. Wo war sie und wie war sie hierhergekommen? Die Frage des Ortes hatte sie grundsätzlich schnell klären können. Alle Indizien sprachen dafür, dass es sich um ein Krankenzimmer handelte. Eine Bewegung im Raum hatte sie kurz verunsichert, dann hatte sie festgestellt, dass es eine Pflegeperson war. Rasch hatte sie ihre Augen wieder geschlossen. Zu einem Gespräch war sie noch nicht bereit. Über ihrem Bewusstsein lag ein gnädiger Schleier. Bald war sie wieder eingeschlafen, kurz darauf erneut aufgewacht, und diesmal hatte sich die Erinnerung an die Ereignisse des vergangenen Tages sofort eingestellt. Als unvermittelt das Gesicht von Solveigh Moreau vor ihr auftauchte, hatte sie sich ruckartig aufgerichtet. Schmerzen, die sie nicht lokalisieren konnte, ließen sie sogleich wieder in ihre Kissen zurücksinken.

Die Krankenpflegerin, die noch anwesend war, hatte die Bewegung bemerkt, auf der Stelle nach einem Arzt geklingelt, und dieser war herbeigeeilt und hatte Florence über ihren Zustand aufgeklärt.

»Sie haben einen schweren Schock erlitten, Madame. Ich möchte Sie noch einen oder zwei Tage hier behalten. Wir haben Sie erst einmal stabilisiert. Einige Untersuchungen sind noch ausständig. Jedenfalls haben Sie eine Gehirnerschütterung und eine Reihe von massiven Blutergüssen. Keine Knochenbrüche, soweit wir das schon feststellen konnten! Sie werden Ruhe und Erholung brauchen.«

Florence hatte seine Ausführungen zur Kenntnis genommen und nach ihrem Handy gefragt. Das, was sie jetzt am dringendsten brauchte, waren Informationen von Antoine Lambert und von Charles.

Das Handy war sichergestellt worden und stand zu ihrer Verfügung, aber sie hatte es gar nicht benötigt, denn im Gang vor ihrem Krankenzimmer hatte sich zu diesem Zeitpunkt bereits der Großteil der um sie besorgten Gäste jener Silvesterfeier versammelt, die bedauerlicherweise ins Wasser gefallen oder – treffender ausgedrückt – vorzeitig in Flammen aufgegangen war.

Auf ihr Drängen hin hatte sich der Arzt bereit erklärt, einen Teil dieser Leute zu ihr zu lassen, jedoch immer nur zwei auf einmal und jeweils höchstens für zehn Minuten. So kam es, dass als Erste Charles Florentin und Antoine Lambert ihr Zimmer betraten und jetzt mit betroffener Miene an ihrem Bett saßen. Mit Tränen in den Augen hatte ihr Charles versichert, dass er alles dazu beitragen würde, um ihre Genesung voranzutreiben. Lambert hatte sich schwer erschüttert darüber gezeigt, dass diese Geschichte für sie so dramatisch und schmerzhaft enden musste. Es sei doch ihrer tatkräftigen Unterstützung zu verdanken, dass drei rätselhafte Mordfälle, die von ein- und derselben Täterin begangen worden waren, aufgeklärt werden konnten. Diese habe übrigens bereits ein umfassendes Geständnis abgelegt. Gleich darauf korrigierte er sich. Nein, Unterstützung sei wohl nicht der korrekte Ausdruck. Eigentlich habe Florence die Taten an Alima Semana, Robert Albert und schließlich auch Eloise Bonnet beinahe im Alleingang aufgeklärt, denn ohne sie würden er und sein Team vermutlich noch immer im Dunkeln tappen.

Als sie nun schon zum zweiten Mal die Frage danach gestellt hatte, wie sie denn die entflohene Solveigh Moreau doch noch erwischt hatten, erhob sich Lambert und sagte: »Das soll dir lieber diejenige selbst erzählen, die für dieses Meisterstück verantwortlich ist.« Dann bat er Charles, seinen Sessel freizugeben, und verließ den Raum, um gleich darauf mit seiner Tochter zurückzukehren.

»Ada!« Florence konnte einen Ausruf des Erstaunens nicht unterdrücken, während Ada auf einem den beiden Sesseln vor Florences Krankenbett Platz nahm.

»Ja«, sagte ihr Vater, der neben ihr stehen geblieben war, »es war ausgerechnet meine Tochter, die mir und meiner Einsatztruppe die Blamage erspart hat, eine gefährliche Täterin entkommen zu lassen.« Voller Stolz blickte er auf Ada hinab, fügte dann aber hinzu, »obwohl es natürlich auch einer Blamage gleichkommt, wenn sich ein ganzes Einsatzkommando von einer 13-Jährigen zeigen lassen muss, wie man es richtig macht.«

»Aber Papa«, sagte jetzt die Heldin des Tages, »du hast doch auch das Deinige dazu beigetragen, dass ich dazu in der Lage war. Hättest du mich nicht damals, als du und Maman mich nach Saignon brachten, insgeheim mit dieser Wunderlampe und dem Pfefferspray ausgestattet, hätte ich diese Frau niemals verfolgen können.«

Florence war ungeduldig geworden. »Nun erzähl endlich, Ada. Wie ist dir das gelungen? Ich dachte, du und Charles seid zu diesem Zeitpunkt noch unterwegs gewesen.«

»Eben nicht mehr«, sagte Ada. »Wir haben uns kurzfristig entschlossen, früher zu kommen, beziehungsweise habe ich Charles so lange bearbeitet, bis er losgefahren ist. Ich hatte nämlich einen Anruf von Lena bekommen, dass sie mit Madame Gilbert und ihren Eltern bereits unterwegs zu den Mordents sei, weil Madame Gilbert dort noch ihre Blinis zubereiten musste. Und natürlich hat sie mich gefragt, ob ich nicht Charles überreden kann, auch früher loszufahren.«

»Sie sind dann genau zum falschen Zeitpunkt gekommen«, ergänzte Lambert, der nun neben ihr Platz genommen hatte.

»Oder genau zum richtigen«, konterte seine Tochter.

»Wie man es nimmt.« Das war wieder ihr Vater. »Ihr seid jedenfalls gerade angekommen, als Solveigh sich zusammen mit Florence im Salon eingesperrt hatte.«

»Ja, und du hast sofort gesagt, dass wir uns gefälligst im Hintergrund halten sollen, weil wir es hier mit einer zu allem entschlossenen Täterin zu tun haben, und Florence Beaumarie sich in höchster Gefahr befindet.« Sie machte eine kurze Pause.

»Damit hast du allerdings genau das Gegenteil erreicht, liebster Papa. Charles war ganz außer sich. Er werde sich bestimmt nicht im Hintergrund halten, wenn Florence Beaumarie in Gefahr ist, sondern an vorderster Front bei ihrer Befreiung mitwirken.«

»Allerdings. Er hat sich sofort angeboten, ihn im Austausch von Florence als Geisel in den Salon zu schicken.«

»Genau, und auf mich habt ihr dabei, Gott sei Dank, vollkommen vergessen. Ich habe mich aus dem Vorzimmer wieder ins Freie begeben, wo ich sofort von einem deiner Beamten aufgegriffen wurde. Gleich darauf ist das Chaos ausgebrochen, und alle sind in den Salon gestürmt. Ich habe die Szene ganz kurz betrachtet und habe mich gleichzeitig gefragt, was ich in dieser Situation an Stelle der Täterin machen würde. Ich habe mich genug mit dem Grafen von Monte Christo beschäftigt, um eine Idee davon zu haben, wie man sich aus einer fatalen Lage befreien kann. Ich beobachtete, dass die wenigen Leute, die im Freien postiert waren, sich sofort auf die zwei vorderen Fenster konzentrierten, dass jedoch dem rückwärtigen, ganz im Dunklen liegenden Teil des Gebäudes wenig Beachtung geschenkt worden war. Es war mit sofort klar, dass die Täterin irgendwie getrickst haben musste! Also bin ich in diese Richtung gelaufen und habe gesehen, wie jemand aus dem Lichtschein des Fensters ins Dunkel verschwinden wollte. Ich wusste natürlich, wer das ist, habe die Taschenlampe und den Pfefferspray aus der Tasche meiner Jacke geholt und bin ihr nach. Gleich darauf war der Polizist, der auf mich aufpassen sollte, an meiner Seite. Bevor er etwas sagen konnte, habe ich rasch meine Taschenlampe auf die Fliehende gerichtet. Er hat die Pistole gezogen und ›halt‹ gerufen, und da ist sie glücklicherweise über irgendetwas gestolpert. Wir konnten sie noch einholen und festnehmen. Okay, mein Pfefferspray ist nicht zum Einsatz gekommen.«

Florence, bei der langsam die Wirkung der Schlaf- und Schmerzmittel nachließ, hatte das Bedürfnis, sich aufzurichten und Ada zu umarmen. Der Versuch scheiterte. Ein stechender Schmerz durchzuckte ihre Schulter und spiegelte sich in ihrem Gesicht.

»Geht es Ihnen nicht gut, Madame Beaumarie?« Ada sah Florence mit besorgtem Blick an.

»Nein, nein, alles in Ordnung, Ada. Ich wäre dir nur gerne um den Hals gefallen, aber das geht leider noch nicht. Ich bin beeindruckt von dem, was du geleistet hast, und wirklich froh, dass du die Flucht von Solveigh Moreau verhindern konntest. Du bist eine Heldin!«

»Lobe Ada bitte nicht zu sehr«, sagte Antoine Lambert. »Helden haben nicht immer das Glück, ihre tollkühnen Abenteuer zu überleben. Diesmal ist für Ada alles gut gegangen, aber das Risiko war beträchtlich. Ich möchte nicht, dass sie sich dadurch dazu ermuntert fühlt, auch künftig die Heldin zu spielen.«

»Ist schon gut Papa«, sagte Ada, und Florence beschloss, nicht auch noch die Moralpredigt zu halten, die ihr bereits auf der Zunge gelegen war.

Stattdessen sagte sie: »Ehre, wem Ehre gebührt. Auch wenn ich deinem Vater zustimme, bin ich dir sehr dankbar. Eine beeindruckende Leistung, Ada!«

»Gerne geschehen«, sagte Ada, und dann, an ihren Vater gewandt: »Komm, Papa, gehen wir wieder«, ein spitzbübisches Lächeln glitt über ihre Gesichtszüge, und sie zwinkerte Florence zu. »Meine Oma braucht jetzt Ruhe. Oma, ich werde dich bald wieder besuchen kommen.«

»Noch einmal danke, Ada.« Es sah ganz so aus, als seien sie und Charles von Ada Lambert endgültig und nicht nur für die Dauer ihrer Zuflucht über Weihnachten zu Großeltern ernannt worden.

Wo war eigentlich Charles? Er war viel zu rasch wieder verschwunden! Florence hatte Schmerzen und spürte jetzt, wie erschöpft sie noch war. Sie wusste, dass sich am Gang des Krankenhauses noch mehr Freunde versammelt hatten. Sicherlich die Mordents, vielleicht auch Madame Gilbert. Mit ihren Blumensträußen waren sie ja schon in ihrem Zimmer anwesend. Niemand hatte ihr bisher berichtet, wie sie aus den Flammen gerettet worden war. Verbrennungen hatte sie offensichtlich keine erlitten. Davon hatte der Arzt nicht gesprochen. Es musste alles sehr schnell gegangen sein. Über diesen Gedanken waren ihr wieder die Augen zugefallen.

»Komm, Ada, gehen wir, sie ist eingeschlafen«, hörte sie Lambert flüstern. Sie öffnete die Augen.

»Danke, dass ihr gekommen seid«, sagte sie. »Ich bin tatsächlich noch sehr matt. Ach bitte, sagt doch den anderen, dass ich mich über ihre Anteilnahme freue, dass ich aber jetzt zu müde für weitere Besucher bin. Sie sollen bitte nach Hause gehen und sich selbst ausruhen, denn vermutlich haben alle zu wenig geschlafen. Aber schickt mir bitte unbedingt Charles wieder herein!«

Vater und Tochter taten wie geheißen, und bald darauf saß Charles an ihrem Bett und wich an diesem Tag nicht mehr von ihrer Seite.

Florence hatte ein Einzelzimmer, und so fanden sie Gelegenheit für Gespräche, unterbrochen von ärztlichen Untersuchungen und dem einen und anderen Schläfchen. Es blieb aber genug Zeit, um die Ereignisse der gemeinsam verbrachten Tage Revue passieren zu lassen. Diese hatten ihnen, wie sie feststellten, vor allem zwei Dinge gezeigt. Das erste und wichtigste war, dass sie sich wirklich und wahrhaftig liebten, und dass diese Liebe für jeden von ihnen ein Geschenk darstellte, das sie nicht mehr leichtfertig aufs Spiel setzen wollten. Das zweite war, dass man Leidenschaften und Interessen, die man ein Leben lang gehegt hatte, nicht so ohne Weiteres loslassen konnte.

»Ich hätte da eine Idee«, sagte Charles plötzlich zu Florence. »Wie wäre es, wenn du nach Avignon ziehen und hier dein privates Detektivbüro eröffnen würdest. Es ist doch offensichtlich, dass du diese Tätigkeit brauchst. Du könntest es dir jetzt leisten, nur solche Fälle anzunehmen, die dir wirklich lohnenswert erscheinen, und wärst in meiner Nähe. Außerdem müssen es ja nicht immer nur Mordfälle sein, bei denen du dich ich Gefahr begibst. Es gibt noch andere Gründe, eine Privatdetektivin anzuheuern.«

»Ach, ich weiß nicht recht«, sagte Florence. »Soll ich vielleicht untreuen Ehepartnern hinterher schleichen? Dazu habe ich nicht die geringste Lust.«

»Das wird ja wohl nicht alles sein, da man als Privatdetektivin macht.«

»Nein, natürlich nicht. Wahrscheinlich könnte ich so etwas wie eine Angebotsliste erstellen, für welche Fälle ich mich interessiere, und wo es mir ein Anliegen ist zu ermitteln. Betrug gehört bestimmt dazu, Erpressung, Drohbriefe, Morddrohungen natürlich sowie – und auch das wäre interessant – alte unaufgeklärte Fälle, bei denen die Polizei allzu schnell das Handtuch geworfen hat. Ich bräuchte dazu ein spezielles Geschäftsmodell. Ich will nämlich kein Geld mehr damit verdienen. Es soll für mich keinen ökonomischen Druck geben. Andererseits müssten meine Klienten dennoch etwas dafür bezahlen oder leisten, denn sonst hätte es keinen Wert!«

»Aha, Madame beginnt schon zu planen. Vielleicht ist mein Vorschlag doch nicht zu unrealistisch.«

»Ich will darüber nachdenken, Charles. Eine kleine Chance möchte ich deiner Idee schon geben.«

Charles schmunzelte und rieb sich deutlich sichtbar die Hände.

»Dann will ich nichts weiter mehr sagen. Es hat ja auch Zeit. Erst musst du ohnedies wieder ganz genesen und dich gründlich erholen.«

Am Ende dieses Tages – als sie sich von Charles verabschiedete – waren sie sich darin einig, dass sie ihre Beziehung noch einmal auf neue Beine stellen mussten. Ab nun sollte jedermann wissen, dass sie zusammengehörten! Wenigstens ein Jahr lang wollten sie ein Leben zwischen Paris und Avignon führen. Das hieß, dass auch Charles regelmäßig ein paar Wochen in Paris verbringen würde. Was seine Buchhandlung betraf, würde er sich noch etwas einfallen lassen müssen. Es würde sich eine Lösung finden. Mit seiner Schwester konnte er jedenfalls nicht rechnen, denn die hatte sich inzwischen zu einem Leben an der Seite des bekannten Pianisten Bruno Amontero entschieden. Das hatten sie der Silvestergesellschaft gestern noch mitteilen wollen. Als sie aber im Haus der Mordents eingetroffen waren, war gerade Solveigh Moreau in einem Polizeiauto nach Avignon befördert worden, und Florence lag bereits im Krankenhaus in Apt. Hélène und Honoré Mordent waren einigermaßen verstört vor den Trümmern dieses Silvesterabends gestanden, und Bruno Amontero hatte sie kurzerhand in sein Haus in Lourmarin eingeladen. Dort waren sie dann zu viert still und nachdenklich ins Neue Jahr hinübergeglitten. Die Mordents hatten bei Amontero übernachtet und waren am frühen Morgen nach Apt ins Krankenhaus aufgebrochen.

41

Am 2. Jänner war Hélène die erste von Florence Freunden, die ihr einen Besuch abstattete.

»Weißt du, Hélène, dass Charles und ich gestern kein einziges Mal mehr über die Morde gesprochen haben? Der Arzt hätte seine Freude an mir gehabt. Jetzt, wo er sich gegen eine Operation meiner Schulter entschieden hat, hat er mir nämlich Ruhe, Ruhe und nochmals Ruhe verordnet, und zu Charles hat er gesagt, dass es seine Aufgabe sei, jegliche Aufregung von mir fernzuhalten. ›Mit Freuden werde ich mich daran halten‹, hat Charles ihm geantwortet. Mir kann es recht sein. Übermorgen werde ich aus dem Krankenhaus entlassen und dann werde ich wohl noch einige Zeit hier bei ihm bleiben. Wie heißt es so schön? *Carpe diem*! Unter den momentanen Umständen gibt es wohl keine geeigneteres Motto.«

»Du bleibst also noch länger hier im Süden?«

»Ich habe keine Wahl. Eine Reise wäre derzeit noch zu anstrengend.« Florence zuckte mit den Schultern und stieß dabei einen kleinen Schmerzensschrei aus. Dann überraschte sie Hélène mit einem breiten Lächeln. »Und eigentlich bin ich auch hocherfreut, dass ich keine Wahl habe.«

»Wegen Charles natürlich! Darf ich davon ausgehen, dass ihr zwei nun endgültig ein Paar seid?«

Diesmal kein Schulterzucken, sondern ein stummes und mehrfaches Nicken mit dem Kopf.

»Wie schön, Florence! Dann ergreife dein Glück. Genieße diese Zeit! Möge es noch lange andauern. Ich meine das Glück, nicht deine körperlichen Beschwerden.«

Hélène musterte Florence lächelnd. Dann stellte sie fest: »Dein Zustand ist zwar bedauerlich, aber er hat auch sein Gutes. Derzeit kannst du nicht wieder die Flucht in Richtung einer neuerlichen Mordermittlung ergreifen. Na gut, ist ja auch nicht nötig. Der aktuelle Fall scheint nach dem, was mir mein Mann heute beim Frühstück erzählt hat, endgültig geklärt und abgeschlossen. Sie haben auch Aadil Kerboua wieder eingebuchtet.«

»Was? Davon weiß ich ja noch gar nichts! Übrigens wird es höchste Zeit, dass man mich auf den letzten Stand der Dinge bringt. Oder wollen mich Antoine und Honoré dumm sterben lassen?«

»Ach was, Florence. Das wollen sie bestimmt nicht. Sie sitzen vor der Tür und warten darauf, dir alles zu erzählen.«

»Na, dann herein mit ihnen!«

»Gleich, Florence. Ich verabschiede mich jetzt noch in aller Form von dir. Wie du dich vielleicht erinnerst, haben wir für den 4. Januar unsere Rückreise nach Paris gebucht – und das ist bereits morgen. Wir werden uns deshalb erst wieder in Paris sehen – irgendwann.«

»Das habe ich tatsächlich vergessen. Keine Sorge, ich komme wieder zurück. Spätestens im März muss ich in Paris sein. Da kommt mein Sohn samt Frau und Tochter aus China zu Besuch, und dann sehe ich zum ersten Mal mein Enkelkind. Schaust du dort in den Schrank, bitte! Charles hat mir ein besonderes Kleidungsstück mitgebracht, so eine Art Kimono. Ein Geschenk seiner Schwester! Kluge Frau. Sie hat erkannt, dass ich mit meinen blauen Flecken und Schwellungen etwas Spezielles zum Anziehen benötige! Ich möchte ihn anziehen, bevor ich meine beiden Kollegen empfange.«

Hélène tat, wie ihr geheißen, half Florence aus dem Bett und in den Kimono und rückte ihr den Sessel am Fenster zurecht. Dann umarmten sie sich vorsichtig und verabschiedeten sich.

»Ich weiß nicht, womit ich anfangen soll, Florence«, begann Antoine Lambert das Gespräch. Er und Honoré Mordent hatten sich noch zwei Sessel organisiert und saßen nun mit ihr gemeinsam am Fenster des Krankenzimmers.

»Mir geht es genauso«, sagte Honoré . Die beiden Männer sahen sich kurz an und richteten dann ihre Augen erwartungsvoll auf Florence.

»Es ist ganz einfach«, sagte Florence. »Keine Mitleidsbekundungen, keine Entschuldigungen bitte! Das habt ihr mir ja alles schon auf anderem Weg mitgeteilt.« Sie deutete auf einen riesigen Strauß rote Rosen auf ihrem Nachttisch. »Danke. Die sind prachtvoll! Was mich brennend interessiert, ist das Geständnis von Solveigh Moreau. Außerdem, welche Rolle Aadil Kerboua nun tatsächlich gespielt hat. Zudem kann ich mir einige andere Zusammenhänge noch nicht wirklich erklären, auch wenn ich offensichtlich wieder einmal insgesamt den richtigen Riecher gehabt habe.«

»Den hattest du, Florence. Ich hingegen habe mich am Silvesterabend in dem Gespräch mit Solveigh ziemlich unprofessionell verhalten.« Das war Antoine.

»Sagen wir mal so, Antoine. Der Satz, mit dem du Solveigh Moreau des Mordes an Eloise Bonnet bezichtigt hattest, kam vielleicht nicht ganz im richtigen Moment. Ich erkläre es mir damit, dass die ganze Geschichte für dich äußerst belastend und sehr speziell war, und am Ende ist ja alles gut ausgegangen. Zumindest was mich betrifft. Weniger leider für Solveighs Opfer. Aber jetzt schieß los! Was ist mit Aadil Kerboua?«

»Nun ja, Dreh- und Angelpunkt der ganzen Geschichte

ist Solveighs Beziehung zu Eloise Bonnet. Durch sie hat sie Aadil Kerboua kennengelernt und auch Alima Semana. Robert Albert ist dann noch einmal eine eigene Geschichte. Für jeden der drei Morde hat sie uns jedenfalls mehr als umfangreiche Erklärungen geliefert. Sie hat gar nicht mehr aufhören können zu reden. Mittlerweile ist klar, dass sie eine schwere psychische Störung hat. Der Tod ihrer Mutter, als sie vier Jahre alt war, muss tiefe Spuren in ihrer Psyche hinterlassen haben. Sie hat es wohl lange verdrängt, aber mittlerweile gibt sie Eloise Bonnet die alleinige Schuld daran. Angeblich war diese es, die ihre Mutter zu jener verhängnisvollen Autofahrt im betrunkenen Zustand überredet hat, die ihr das Leben gekostet hat.«

»Dass Solveigh eine schwer gestörte Persönlichkeit ist, ist mir klar. Welche Rolle aber hat Aadil Kerboua tatsächlich bei der Ermordung Alima Semanas gespielt?«

»Aadil Kerboua und Solveigh Moreau haben sich im Herbst bei einer Benefizveranstaltung kennengelernt, zu der sie Eloise Bonnet mitgenommen hat. Sie haben sich heftig ineinander verliebt. Das hat Solveigh später allerdings nicht davon abgehalten, die Pistole, mit der sie Alima Semana erschossen hat, in seiner Wohnung zu verstecken. Die Veranstaltung stand übrigens unter der Schirmherrschaft von Aadils Chef und Eloise Bonnets Liebhaber, Philipp Oudart.«

»Ich verstehe noch immer nicht ganz, warum sie Alima Semana ermorden musste«, mischte sich jetzt Honoré Mordent ins Gespräch.

»Da hat sie einen ziemlichen Zickzackkurs verfolgt«, antwortete Lambert. »Ihr Motiv war aber von Anfang an nur das eine: vom kleinen Firmenimperium ihrer Gönnerin Eloise Bonnet zu profitieren und dieses letzten Endes für sich zu gewinnen. Als sie entdeckte, dass Eloise Bonnet von Alima Semana erpresst wurde, hat sie befürchtet, dass diese ihren Zukunftsplänen in die Quere käme, und beschlossen, Alima durch Einschüchterung zum Schweigen zu bringen. Die Drecksarbeit hat sie dabei ihren Lover Aadil Kerboua machen lassen. Alima Semana muss irgendwann entdeckt haben, dass der Betrieb, für den sie auf der Insel arbeitete, nur der Deckmantel für ein viel größeres Unternehmen war, das gefälschte Bio-Mode herstellte. Das wiederum dürfte mit ihrem politischen Bewusstsein nicht vereinbar gewesen sein. Aber natürlich wollte sie auch ihren persönlichen Profit daraus schlagen und hat begonnen, Eloise Bonnet zu erpressen. Sie muss mindestens einmal in Avignon gewesen sein und Fotos von dem Betrieb in Avignon gemacht haben. Wir haben auf Eloise Bonnets Handy eine Nachricht von ihr mit einer derartigen Aufnahme entdeckt.«

Antoine Lambert machte eine kurze Pause, und Florence nutzte die Gelegenheit für eine Bemerkung.

»Ich frage mich schon die ganze Zeit, warum Alima Semana ausgerechnet in Avignon und nicht in Marseille im Frauenhaus gelandet ist. Wollte sie noch einmal Beweise für diesen Betrieb liefern oder Eloise Bonnet dort direkt konfrontieren?«

»Keines von beiden. Alima Semana wurde von Solveigh unter einem Vorwand nach Avignon gelockt. Dort wurde sie jedoch nicht von ihr, sondern von Aadil empfangen. Das war Mitte Dezember, und Aadil Kerboua hatte den Auftrag, sie derart fertigzumachen, dass sie für längere Zeit kaltgestellt wäre. Aadil Kerboua war Alima Semana zuvor nie begegnet, und er hat seinen Auftrag ernst genommen. Er war jener Mann, der sie so schwer verletzt hat, dass sie in der Ambulanz des Krankenhauses und dann im Frauenhaus gelandet ist.«

»Wo sie sich jedoch nicht lange versteckt hat, sondern bald wieder ausgegangen ist«, bemerkte Florence. »Sie hat versucht, eine Arbeit zu finden, und hat gleichzeitig begonnen, das Label *AnniqueNatur* in einigen Boutiquen schlechtzumachen. Aber das kann dann doch alles noch kein Grund für Solveigh gewesen sein, Alima Semana schließlich zu töten. Da muss inzwischen noch etwas anderes passiert sein.«

»So ist es, und das hat uns Solveigh auch erzählt. Es war zwei Tage vor dem Mord, als Alima Semana und Solveigh Moreau sich durch Zufall in einer der zahllosen engen Gassen Avignons über den Weg gelaufen sind. Solveigh war aber nicht alleine. Sie war eng umschlungen mit Aadil Kerboua unterwegs. Es gab keine Möglichkeit des Ausweichens. Alima Semana kannte Solveigh nur von zwei kurzen Zusammentreffen im Geschäft von Eloise, aber sie hat Aadil erkannt und sofort zwei und zwei zusammengezählt. Alima Semana ist laut Aussage von Solveigh total ausgerastet. Es sei ihr mittlerweile egal, was mit ihr passiere. Die Leute, die an diesem Tag recht zahlreich in der Stadt unterwegs waren, waren bereits auf sie aufmerksam geworden. Alima Semana hat damit gedroht, endlich zur Polizei zu gehen, jetzt wo sie wisse, wer hinter dem Überfall auf sie stecke. Dann hat sie plötzlich auf dem Absatz kehrtgemacht und war in der Menschenmenge verschwunden.«

»Mittagessen, Madame!« Die Tür zu Florences Krankenzimmer ging auf. Ein junger Pfleger schob ein Wägelchen mit Essen herein und stellte es auf den Tisch, an dem Florence mit Antoine und Honoré saß.

»Bon appétit, Madame«, sagte er und war auch schon wieder verschwunden.

»Erst 11 Uhr«, stellte Honoré fest. »Die Essensbräuche in Spitälern sind mir schon immer seltsam vorgekommen. Aber iss, Florence, damit es nicht kalt wird.«

»Nein, bestimmt nicht, Honoré«, sagte Florence und schob den Teller ein Stück von sich weg. »Das Essen hier ist erstaunlich gut, aber solang ich nicht die Geschichte zu Ende gehört habe, bringe ich keinen Bissen hinunter. Bitte, erzähle weiter, Antoine. Wie ist Solveigh tatsächlich zur Mörderin an Alima Semana geworden?«

»Sie sagt, dass sich Aadil und sie zunächst über die weitere Vorgehensweise nicht einig waren. Sie sei von Stunde zu Stunde nervöser geworden und habe hin und her überlegt, wie sie Alima Semana loswerden könnte. Zu diesem Zeitpunkt hatte sie bei Aadil in Avignon übernachtet, aber bald ist klar geworden, dass es besser war, ohne sein Wissen zu handeln. Am nächsten Tag ist sie schon am Morgen zum Frauenhaus, um Alima zu beschatten. Die hatte sich an diesem Tag jedoch nicht blicken lassen. Als Alima am darauffolgenden Tag gegen Mittag das Frauenhaus verließ, ist sie ihr – ihren Roller schiebend – unauffällig gefolgt. Als sie dann sah, dass Alimas Weg in die Nähe des Polizeireviers führte, hatte sie keine Wahl mehr gehabt. Offensichtlich war Alima nun entschlossen, ihre Drohung wahrzumachen. Solveigh war auf ihren Roller gesprungen, hatte Alima noch vor dem Revier eingeholt und mit dem Revolver, der sich schon seit einiger Zeit in ihrer Umhängetasche befand, aus allernächster Nähe dreimal auf sie geschossen. Der Rest ist bekannt. Sie konnte im Nebel rasch wieder verschwinden und hat sich bei Aadil versteckt. Sie hat ihm alles erzählt. Das mit dem Drohbrief an meine Familie ist dann ebenfalls ihre Idee gewesen. Ein genialer Schachzug, wie sie sagte. Dass der angeblich so kluge Aadil so blöd gewesen sei mitzumachen, sei nicht ihre Schuld. Oft genug hatte er sich über seine Mutter beschwert, und die hatte ihm in letzter Zeit wieder besonders zugesetzt. Solveigh hatte es ihm als eine ideale Gelegenheit dargestellt, sowohl seine Mutter zufriedenzustellen, als gleichzeitig die Polizei von seiner Geliebten abzulenken.«

»Moment mal, Antoine«, unterbrach ihn Florence. »Warum mit dem Roller, und woher hatte sie die Pistole. Ist das auch geklärt?« Auf einmal konnte sie es nicht mehr lassen und lugte kurz unter den Deckel ihres Speisentabletts, um zu sehen, welches Essen da gerade kalt wurde.

»Das ist geklärt. Natürlich! Die Pistole war ein Erbe ihrer Großmutter beziehungsweise des Großvaters, den sie nicht gekannt hatte. Den Roller wiederum hat sie sich, wie sie sagte, in ihrem Studienjahr in England zugelegt. In Dundee waren alle Studenten mit so einem Fahrzeug unterwegs. Er habe sich auch in den engen Gassen französischer Altstädte als nützlich erwiesen, besonders dann am 22. Dezember. Aber jetzt iss endlich, Florence. Du bist doch offensichtlich schon hungrig!«

»Na gut, Antoine. Gleich nach dem Essen kommt die Visite, und man erwartet, dass ich dann fertig bin. Wenn ihr nichts dagegen habt, esse ich, während du mir berichtest, was das Verhängnis von Robert Albert war.«

»Das kann ich dir sagen. Tatsächlich wurde ihm seine Begegnung mit Alima Semana zum Verhängnis. Sie hat ihm von den Fälschungen erzählt und auch davon, wo sie gemacht werden. Er hat dann im Geschäft von Eloise in Marseille angerufen, hat dort Solveigh erreicht, sie fälschlicherweise für die Inhaberin gehalten und sie gefragt, ob er sie treffen könne. Er sei ein Journalist und recherchiere in Sachen Bio-Mode. Solveigh war natürlich sofort alarmiert und hat sich für den Weihnachtstag mit ihm verabredet.«

»Und wie…«

Florence konnte ihre Frage nicht mehr zu Ende führen.

»Visite, meine Herren.« Eine Krankenschwester steckte den Kopf zur Tür herein. »Anschließend muss Madame Beaumarie zu einigen Untersuchungen. Ich darf Sie bitten, morgen wiederzukommen!«

»Morgen bin ich schon auf dem Weg nach Paris«, sagte Mordent. »Wir werden wohl unser Gespräch in ein paar Wochen im *Café de Flore* fortsetzen müssen. Bis dahin lass es dir mit deinem Charles gut gehen, liebe Florence. Und du, Antoine, sei so lieb und halte sie von allem fern, was nur annähernd mit deinem Beruf zu tun hat.«

Sie kamen nicht mehr dazu dieses Thema weiter zu vertiefen, denn nun strömte eine ganze Armada von Ärztinnen und Krankenschwestern in den Raum, und gegen diese Übermacht konnte in Apt, genauso wie überall auf dieser Welt, nicht einmal die Polizei etwas ausrichten.

GLOSSAR FRANZÖSISCHER AUSDRÜCKE

Autriche
Österreich

Bonjour
Hallo/Guten Tag

Caillettes
Provenzalische Spezialität. Fleischlaibchen/Frikadellen im Schweinenetz

Ce sont des ci beaux cadeaux
Das sind so schöne Geschenke

D'accord
Einverstanden

De belles choses
Schöne Dinge

Désolé
Tut mir leid

Entrez!
Treten Sie ein!

Excusez-moi!
Verzeihen Sie!

Fromager
Käsemacher

Le monde dans ma maison
Die Welt in meinem Haus

Les grands esprits se rencontrent
Zwei Seelen, ein Gedanke

Les treize desserts de Noël
Die dreizehn Weihnachtsdesserts, die nach alter provenzalischer Tradition zubereitet werden.

Les vêtements dés anges
Die Kleidung der Engel

N'est-ce pas?
Nicht wahr?

Père Noël
Weihnachtsmann

Quelle surprise!
Was für eine Überraschung!

Savonerie
Seifenmanufaktur

Soupe de poissons
Fischsuppe

Tartine beurrée
Eine Baguette, mit Butter bestrichen

Un homme sans but est comme un oiseau sans ailes
Ein Mensch ohne Ziel ist wie ein Vogel ohne Flügel

Vraiment
Wirklich

FAST VOLLSTÄNDIGE LISTE DER IM ROMAN AUFTRETENDEN PERSONEN

Naima Abourdaham
Bewohnerin des Frauenhauses von Avignon

Robert Albert
Tourist aus Deutschland

Sissy Albert
Ehefrau von Robert Albert, Französischprofessorin

Lena Albert
Tochter des Ehepaares Albert

Bruno Amontero
Pianist

Paul Barain
Kommissar in Marseille

Florence Beaumarie
Pensionierte Polizistin aus Paris

Eloise Bonnet
Boutiquebesitzerin

Charles Florentin
Buchhändler aus Avignon, ehemaliger Direktor des Papstpalastes

Reine-Marie Florentin
Schwester von Charles Florentin

Francois Garnier
Bürgermeister von Saignon

Elena Gilbert
Pensions- und Galeriebesitzerin in Saignon

Samira Houpert
Boutiquebesitzerin

Vinita Joy
Boutiquebesitzerin

Aadil Kerboua
Sohn von Ana und Alim Kerboua

Ana Kerboua
Cousine von Naima Abourdaham

Camille Lagrange
Kommissarin, Vertreterin von Lambert

Antoine Lambert
Leitender Kommissar, Kommandant in Avignon

Durya Lambert
Leiterin des Frauenhauses von Avignon, verheiratet mit Antoine Lambert

Ada Lambert
Tochter von Durya und Antoine Lambert

Hélène Mordent
Umweltaktivistin und Ehefrau von Honoré Mordent

Honoré Mordent
Pensionierter Kommissar aus Paris

Solveigh Moreau
Studentin und Verkäuferin in der Boutique von Eloise Bonnet

Emilian Pagnol
Kunstmaler in Marseille

DANK

Ich danke meinem Mann Herbert Walther sowie meinen Freundinnen Elisabeth Grabner-Tesar, Anneliese Heilinger und Irmgard Winkler für viele hilfreiche Kommentare und Ermunterungen zu diesem Buch. Ulrike Strolz danke ich für ihre beständige Ermunterung und Expertise.

Ganz besonders danke ich meiner Freundin Erika Apfelbaum. Als häufiger Gast in ihrem Haus in Saignon hat sie mir die Gegend des Luberon sowie dessen angrenzende Landschaften und Städte auf ihre besondere und unnachahmliche Weise nähergebracht.

ZUGABE
ZWEI REZEPTE VON FLORENCE UND CHARLES

Die Tarte au Citron von Florence

Florence macht den Mürbteig für ihre Zitronentarte selbst. Wenn Sie es eilig hat, greift sie aber auch auf Mürbteig aus dem Supermarkt zurück. Hier ein Rezept für Teig und Creme.

1. Der Mürbteig
Zutaten: 250 g Mehl, 150 g kalte Butter, 1 Eigelb, 1 Esslöffel Crème fraîche, eine Prise Salz, 80 g Zucker

Zubereitung: Florence schneidet die Butter in kleine Flöckchen und bereitet schon mal alle Zutaten vor. Die trockenen Zutaten vermengt sie in einer Schüssel und gibt dann das Eigelb und alle feuchten Zutaten hinein. Dann verknetet sie den Teig möglichst rasch, formt ihn zu einer Kugel, umhüllt ihn Frischluftfolie und legt ihn für mind. 30 Minuten in den Kühlschrank.

2. Die Creme
Zutaten : 4 große Bio-Zitronen, 4 große Eier, 180 g Butter, 150 g Zucker

Zubereitung: Florence reibt die Zitronenschale fein ab und presst den Saft aus. Dann stellt sie einen Topf mit Wasser auf den Herd und schaltet auf mittlere Temperatur. Sämtliche Zutaten kommen in eine Schüssel und werden dann im Wasserbad (mittlere Temperatur) mit einem Holzlöffel bis knapp vor dem Kochen gerührt. Florence rührt so lange, bis die Masse dick und cremig wird und achtet darauf, dass sie keinesfalls kocht, denn sonst gerinnt sie. Sie hat das im Gefühl, empfiehlt aber Anfängern ein Thermometer zu verwenden, das nicht mehr als 80 Grad anzeigen darf. Dann streicht sie die Creme durch ein Sieb und lässt sie in einer Schüssel abkühlen. Sie hat die Creme auch schon mal am Vortag vorbereitet und im Kühlschrank aufbewahrt.

3. Das Backen

Florence schaltet das Backrohr auf 220 Grad, Ober-Unterhitze. Umluft hat sich hier nicht bewährt !

Auf einer mit Mehl bestäuben Arbeitsfläche rollt sie dann den Teig gleichmäßig und dünn aus. Sie fettet eine Tarteform von 28 cm Durchmesser mit Butter ein, legt den Teig hinein, drückt ihn an und formt einen hübschen Rand. Nun sticht sie den Teigboden noch mehrmals mit einer Gabel ein und schiebt das Ganze für 12 Minuten in das Backrohr. Dann ist der Teig goldgelb und darf wieder etwas abkühlen. Das Backrohr schaltet sie auf 200 Grad zurück, füllt abschließend die Zitronencreme in den gebackenen Tortenboden und bäckt das Ganze noch einmal 20 Minuten lang.

Voilà, ein sehr flacher und köstlicher Kuchen kann nach dem Abkühlen genossen werden. Bon Appetit!

Achtung: Für ihre Notversion hat Florence in Saignon für die Creme anstatt der Butter 200 Gramm Mascarpone verwendet. Sie hat die Creme kalt angerührt und vorsichtshalber noch zwei weitere Eidotter hinzugefügt. Den Teig hat sie wieder vorgebacken, das Ganze dann aber bei nur 180 Grad länger als sonst gebacken. Es werden schon 45 Minuten gewesen sein. Das Anrühren ging schnell, aber mit dem Ergebnis war sie nicht ganz so zufrieden wie mit dem Originalrezept.

*

Tian de courge von Charles

Eine Tian ist ein typisches, buntes und schön arrangiertes Sommerrezept mit in Scheiben geschnittenen frischen Gemüsen und Tomaten.

Im Winter macht Charles gerne eine Tian mit Kürbissen. Weil er am Tag von Florences Ankunft auch Auberginen im Supermarkt gesehen hat, hat er auch eine Aubergine verwendet.

Und so hat er Florence das Rezept erklärt:

»Ich nehme einen Hokkaido-Kürbis und schneide ihn samt Schale in kleine Stücke. Meine Aubergine und die Zwiebel habe ich ganz klein geschnitten. In einer Pfanne habe ich etwas Olivenöl erhitzt, die Zwiebel angedünstet, die Auberginenwürfel dazu gefügt und gebraten. Sie müssen wirklich schön weich werden. Inzwischen habe ich in einer Schüssel den Kürbis mit ganz viel Kräutern – Petersilie und Thymian genaugenommen – sowie mit etwas gehacktem Knoblauch vermischt. Eine Dose geschnittene Tomaten, ein schönes Stück gewürfelter Gruyère, etwas Sahne – du kannst auch eine halbe Tasse Milch nehmen –

und natürlich Salz und Pfeffer sind auch noch hineingewandert. Zuletzt habe ich die Zwiebel samt Auberginen dazu gefügt und alles gut durchgemischt. Diese Masse habe ich dann in meine feuerfeste Steinform gestrichen. Nicht zu hoch übrigens, sonst werden die Kürbisse nicht richtig weich. Ich habe sie noch mit Paniermehl bestreut, Butterflöckchen draufgesetzt und das Ganze bei 180 Grad für 45 Minuten in das Backrohr gegeben.

Voilá, wenn es dir geschmeckt hat, kannst du es ja nachmachen!«